Un patron si irrésistible

L’héritière amoureuse

BRENDA JACKSON

Un patron si irrésistible

Traduction française de
ROSELINE AULIAC

PASSIONS

HARLEQUIN

Collection : PASSIONS

Titre original :
DUTY OR DESIRE

HARPERCOLLINS FRANCE
83-85, boulevard Vincent-Auriol, 75646 PARIS CEDEX 13
Service Lectrices — Tél. : 01 45 82 47 47

www.harlequin.fr

ISBN 978-2-2804-4368-5 — ISSN 1950-2761

Prologue

En entendant le carillon de la porte d'entrée, Bane Westmoreland se demanda qui étaient les retardataires. Tous les membres de sa famille et les amis que lui et son épouse Crystal avaient invités pour la pendaison de crémaillère étaient présents.

Il alla ouvrir et se retrouva face à un couple âgé d'une bonne soixantaine d'années, la femme tenant un bébé dans ses bras.

Bane était certain de ne pas connaître ce couple.

— Bonsoir. En quoi puis-je vous être utile ?

L'homme prit la parole.

— Nous sommes désolés de vous déranger, mais on nous a dit que Peterson Higgins était ici ce soir. Nous sommes les beaux-parents de son frère décédé.

Bane acquiesça d'un signe de tête.

— En effet, Pete est ici. Entrez, je vous prie.

— Oh ! non, c'est inutile. Mais pourriez-vous le prévenir que nous sommes ici ? Nous souhaiterions lui parler. Nous l'attendrons dehors.

— Entendu. Je vais le chercher.

Retournant sur ses pas, Bane fit le tour de la salle de séjour avant de repérer Pete parmi un groupe de convives.

— Désolé, les amis, mais je dois vous emprunter Pete, dit-il.

L'entraînant à part, il lui parla du couple âgé qui

l'attendait dehors. Intrigué, Pete posa son verre de punch et se dirigea aussitôt vers la porte d'entrée.

Quand il revint une demi-heure plus tard, il portait un bébé dans une main et un sac à langer dans l'autre. L'attention des convives se reporta aussitôt sur lui quand le bébé poussa un hurlement plaintif.

— Oh ! à qui est ce bébé ?

Gemma, la cousine de Bane, fut la première à poser la question avant de prendre l'enfant des bras de Pete, déboussolé.

— Il s'agit de Ciara, ma nièce de neuf mois, répondit-il, remarquant comme le bébé s'était calmée dès que Gemma l'avait prise sous son aile. Comme la plupart d'entre vous le savent, mon frère Matthew et son épouse Sherry sont morts dans un accident d'auto six mois auparavant. Voici leur fille, Ciara. Les parents de Sherry avaient demandé la garde exclusive du bébé, mais ils viennent de me la confier car ils ont des problèmes de santé qui les empêchent de s'en occuper correctement. Cela signifie que je suis désormais son tuteur légal.

Pete promena son regard sur le groupe de convives qu'il considérait comme sa famille et posa la question à laquelle aucun d'entre eux n'était en mesure de répondre :

— Je suis célibataire. Que diable vais-je faire d'un bébé ?

- 1 -

Cinq mois plus tard

— Je regrette beaucoup de te faire faux bond, Pete, mais ma sœur a besoin de moi.

Le shérif Peterson Higgins considéra la femme d'une soixantaine d'années qui lui faisait face dans la cuisine. Il avait deviné que quelque chose clochait dès qu'il était entré dans la pièce.

Eh bien, il avait des nouvelles pour Bonnie. Lui aussi avait besoin d'elle.

Pete s'en voulut aussitôt d'avoir pensé une chose pareille alors que Bonnie venait de lui expliquer, des sanglots dans la voix, que sa sœur s'était fait diagnostiquer un cancer du sein. Il était de tout cœur avec elle et comprenait qu'elle veuille être auprès de sa sœur pour la soutenir dans cette épreuve. Bien sûr, son départ le plongeait dans l'embarras, mais il ne voulait pas que Bonnie se sente coupable de faire passer sa sœur avant lui. Il chercherait une nounou compétente pour garder sa nièce de quatorze mois pendant qu'il travaillerait.

Sauf qu'il ne trouverait jamais une perle comme Bonnie.

Bonnie McCray avait été la meilleure amie de sa mère. Quand Renee Higgins était morte, Pete avait seize ans, et son frère Matthew douze ans. Renee avait demandé à Bonnie de veiller sur ses fils, et Bonnie avait tenu sa promesse. Et quand le père de Pete était décédé trois ans plus tard, Bonnie et son mari Fred s'étaient occupés de Matthew pour permettre à Pete de faire des études universitaires et réaliser ainsi le rêve de sa mère.

Pete avait eu beaucoup de mal à concilier ses cours à plein temps et la supervision du ranch familial spécialisé dans l'élevage de bétail. Par chance, ses deux meilleurs amis, Derringer et Riley Westmoreland, avaient de nombreux frères et cousins qui l'avaient secondé dans cette tâche et conseillé dans le choix des personnes capables de l'aider à gérer le domaine pendant ses études.

Après avoir décroché son diplôme en criminologie, il avait compris que le métier d'éleveur n'était pas fait pour lui et qu'il lui préférait une carrière dans la police. À son tour, Matt n'avait eu aucune envie de prendre la relève et avait intégré l'armée aussitôt après le lycée.

Malgré tout, Pete avait refusé de vendre le ranch, dans la famille Higgins depuis des générations. À la place, il avait loué une partie des quatre-vingts hectares à des métayers et confié la gestion des terres restantes à un contremaître secondé par des ouvriers agricoles. Ces dispositions permettaient à Pete de se consacrer à son travail de shérif, poste qu'il avait obtenu après l'université grâce à Dillon Westmoreland, le frère aîné de Riley.

Pete aimait son métier, et le ranch rapportait beaucoup de bénéfices qu'il avait partagés avec Matt jusqu'à son décès.

Pete sentit son cœur se serrer douloureusement en se remémorant le coup de fil qui lui avait appris, un an auparavant, le décès tragique de Matt et de Sherry dans un accident de la route. Par chance, Ciara alors âgée de trois mois ne se trouvait pas avec eux. Ce soir-là, Matt et Sherry étaient sortis en amoureux, laissant le bébé aux bons soins d'une baby-sitter.

Les parents de Sherry, résidant dans le New Hampshire,

avaient réclamé la garde exclusive de Ciara, et Pete ne s'y était pas opposé. Matt adorait ses beaux-parents qui le considéraient plus comme un fils que comme un gendre. Par ailleurs, Pete savait que son style de vie de célibataire endurci et ses horaires de travail étaient incompatibles avec la prise en charge d'un bébé. Quand le shérif Harper avait pris sa retraite quelques mois auparavant, Pete avait été choisi pour le remplacer, et cette nomination s'était accompagnée d'un surcroît de responsabilités.

Malgré tout, il s'était fait un devoir d'appeler chaque week-end les beaux-parents de Matt pour prendre des nouvelles de sa nièce. Il était content de connaître ses premiers mots et d'apprendre qu'elle mangeait bien et qu'elle commençait à marcher.

Mais cinq mois plus tôt, les beaux-parents de Matt étaient venus le trouver à Denver pour lui demander de devenir le tuteur de Ciara car ils avaient des problèmes de santé. Ils pensaient qu'il ne resterait pas célibataire toute sa vie et qu'un jeune couple serait plus à même d'élever leur petite-fille.

À trente-six ans, Pete pensait à tout sauf au mariage. Cela ne l'empêchait pas d'entourer sa nièce d'amour et d'attentions, comme son frère l'aurait voulu.

Désormais, à quatorze mois, Ciara Renee Higgins régentait la maisonnée, et Pete était heureux que Bonnie soit là pour le seconder en tant que nounou à temps plein. Son mari étant décédé deux ans auparavant et son fils unique vivant sur la côte Est, Bonnie avait saisi avec joie cette nouvelle occasion d'aider son prochain. Pour Pete, son aide était une vraie bénédiction. Il ne savait pas ce qu'il aurait fait sans Bonnie et se demandait comment il allait s'en sortir maintenant qu'elle s'apprêtait à partir.

— Puis-je faire une suggestion, Pete ?

L'espace d'une minute, il avait été tellement plongé

dans ses pensées qu'il en avait oublié la présence de Bonnie.

— Oui.

Bonnie sourit en posant sur la table un plateau contenant un bol de potage et un sandwich. Le déjeuner de Pete. Il avait pris l'habitude de faire un saut au ranch à midi pour passer du temps avec Ciara. Bien que le travail de Bonnie consiste à s'occuper du bébé, elle se faisait un devoir de lui préparer à déjeuner et à dîner. Où diable trouvait-elle le temps de faire toutes ces choses ? Les jours où Bonnie retournait chez elle, Pete s'occupait de sa nièce. Ciara réclamait toute son attention et ne manquait pas de se manifester bruyamment quand elle jugeait ladite attention insuffisante. C'était uniquement durant ses siestes qu'il pouvait se reposer.

— Je ne devrais pas m'absenter plus de deux mois, et je connais quelqu'un qui pourrait me remplacer.

Il doutait que Bonnie soit remplaçable, mais bon.

— Qui est-ce ?

— Une femme que j'ai rencontrée à l'église il y a deux mois. Elle s'est installée récemment à Denver, et nous sommes devenues amies.

Il prit place à table et commença à manger.

— D'où vient-elle ?

— De Charleston.

Il rit.

— Oh ! Seigneur, encore une belle du Sud ! Comme si Bella ne nous suffisait pas.

Bella était l'épouse de son ami Jason Westmoreland. Tout le monde la considérait comme une véritable belle du Sud tant elle était raffinée. Dès son arrivée à Denver, la nouvelle s'était répandue qu'elle était la fille d'un puissant magnat de Savannah, Géorgie. Bien que Bella se soit adaptée à son nouveau mode de vie, par moments elle semblait déplacée au milieu des fermiers un peu frustes.

Bonnie déposa une petite salade à côté de son sandwich.

— Oui. Une autre femme du Sud.

Puis elle remplit son verre de thé glacé.

— Merci, Bonnie. Et qu'est-ce qui te fait croire qu'elle saura s'y prendre avec Ciara ?

— Elle a enseigné la puériculture pendant quelques années et, avant cela, elle s'est occupée de nouveau-nés dans la pouponnière d'un hôpital de Charleston. Chaque fois qu'elle nous invite à prendre le thé, j'emmène Ciara avec moi, et toutes deux s'entendent à merveille. Tu es bien placé pour savoir comment Ciara se comporte parfois.

En effet. Avec elle, c'était tout ou rien. Soit elle vous aimait, soit elle ne vous aimait pas. Qui plus est, elle se montrait méfiante envers les inconnus.

— Comment sais-tu qu'elle accepterait de garder Ciara jusqu'à ton retour ?

— Parce que je le lui ai demandé, répondit Bonnie, une note de triomphe dans la voix. Je ne voulais pas te laisser sans personne ou avec n'importe qui.

— Merci. Quand pourrai-je la rencontrer ?

— Je l'ai invitée à déjeuner.

Surpris, Pete s'arrêta de mastiquer son sandwich.

— Aujourd'hui ?

Bonnie sourit.

— Oui. Plus tôt tu la rencontreras mieux ce sera. Je me ferais un sang d'encre durant mon séjour à Dallas si toi et Ciara étiez livrés à vous-mêmes.

À ce moment, le carillon de l'entrée retentit.

— C'est sûrement elle, ajouta Bonnie en souriant et en quittant précipitamment la cuisine.

Pete mordit à nouveau dans son sandwich, curieux de rencontrer la femme que Bonnie lui recommandait. Elle devait avoir le même âge que Bonnie et avec un peu de chance elle lui préparerait ses repas. L'idée de manger de temps à autre des spécialités du Sud lui plaisait.

— Pete, je te présente Myra Hollister. Myra, voici le shérif Peterson Higgins.

Reposant son verre, Pete se leva et se tourna pour tendre la main à ladite Myra, puis il se figea, stupéfait. Car au milieu de la cuisine, à côté de Bonnie, se trouvait la femme la plus splendide qu'il ait vue depuis longtemps. Et elle était jeune, vingt-deux ou vingt-trois ans maximum. Elle ne devait pas mesurer plus d'un mètre-soixante et paraissait encore plus petite face à lui, avec son mètre quatre-vingt-dix.

Elle était d'une beauté si frappante, avec sa peau d'une belle couleur moka, ses traits délicats et ses grands yeux noisette, qu'il ressentit comme une décharge électrique dans tout son corps. Tandis qu'elle le fixait à son tour, un sourire charmant étira ses lèvres délectables. Sa chevelure brune et bouclée cascadait sur ses épaules et une frange moussait sur son front. Quand il détourna enfin le regard de son visage, ce fut pour reporter son attention sur ses jambes aussi parfaites que le reste.

Il ne put ignorer l'onde de chaleur qui se propageait dans son bas-ventre. Le charme féminin et la douce sensualité qui émanaient d'elle l'environnaient littéralement, faisant battre son cœur plus vite. Furieux contre lui-même, il réussit à se ressaisir au prix d'un gros effort de volonté.

— Je suis enchantée de faire votre connaissance, shérif Higgins. J'ai entendu dire le plus grand bien de vous, dit-elle en lui tendant la main.

Son accent du Sud ajoutait à son charme, si tant est que ce fût possible.

— Merci, répondit Pete, réprimant un juron.

Car dès l'instant où il prit sa main dans la sienne, le désir bourdonna dans ses veines.

Bonnie voulait qu'il engage cette femme comme nounou à plein temps et qu'elle vive sous son toit ? Elle se moquait de lui ! Il était hors de question qu'il l'engage, même de façon temporaire. Pour la simple et bonne raison que c'était la première femme qui l'attirait depuis Ellen.

Oh ! Seigneur, il se trouvait dans un sacré pétrin !

Myra Hollister dissimulait de son mieux son excitation à l'idée d'être peut-être engagée pour s'occuper de Ciara. Elle adorait la ravissante petite fille qu'elle avait rencontrée à plusieurs reprises. Et quand Mme Bonnie lui avait expliqué qu'elle cherchait quelqu'un pour la remplacer, elle avait aussitôt proposé son aide, ravie de cette aubaine, car ce poste lui permettrait de résoudre pour un temps une partie de ses problèmes personnels.

D'abord, elle percevrait un salaire, ce qui lui éviterait de puiser dans ses économies. Ensuite, son bail se terminant le mois prochain, elle n'aurait pas à chercher un autre logement puisqu'elle serait hébergée chez son employeur. Avec un peu de chance, faute de connaître son adresse, son demi-frère Baron ne la retrouverait pas. C'était très important. Il fallait qu'elle échappe à sa surveillance avant de retourner à Charleston dans deux mois pour une confrontation décisive.

— Quel âge avez-vous ?

La question du shérif Higgins l'arracha à ses pensées.

— Vingt-quatre ans. Mais j'en aurai vingt-cinq à Noël.

Myra observa son visage aux traits énergiques et réguliers. Dès qu'elle était entrée, elle avait été frappée par sa beauté virile. Il devait avoir trente-cinq ou trente-six ans – le même âge que Baron. Ce n'était pas la première fois qu'elle rencontrait un homme beau. Les amis de son frère avaient un physique avantageux et, comme lui, étaient des coureurs de jupons persuadés que les femmes n'étaient bonnes qu'à leur dispenser du plaisir. Au début, elle avait cru qu'ils changeraient de mentalité avec l'âge. Même Baron l'avait cru quand il avait épousé Cleo quatre ans auparavant. Hélas, il avait vite repris ses mauvaises habitudes. Myra aimait sa belle-sœur et déplorait la façon dont Baron et sa mère Charlene la traitaient. Myra en était convaincue, Cleo aurait quitté Baron depuis longtemps s'il ne l'avait pas menacée de réclamer la garde exclusive de leurs enfants.

Chassant Baron de son esprit, Myra se concentra sur l'homme qui lui faisait face. De nouveau, elle fut frappée par son visage avenant d'une belle carnation marron, par ses épaules larges et ses longues jambes robustes.

Il avait aussi des yeux noirs superbes qui semblaient la fixer avec désapprobation. Pourquoi ? Bien qu'il s'agisse d'un entretien informel, elle s'était vêtue de façon appropriée, choisissant une des robes qu'elle portait à l'église, assortie d'escarpins.

Et pourquoi lui avait-il demandé son âge ? Mme Bonnie ne lui avait-elle pas fait part de ses références et de son expérience ? Quel était le problème ? À en juger par son air renfrogné, il y en avait bel et bien un.

Machinalement, elle fit bouffer ses cheveux sur sa nuque, un geste qu'elle faisait quand elle était nerveuse. Pourtant, elle ne devrait pas l'être puisqu'elle était qualifiée, voire surqualifiée, pour ce poste.

— Vous êtes beaucoup plus jeune que je ne pensais, dit-il enfin. Je suis désolé, mais vous ne faites pas l'affaire.

Myra cilla, stupéfaite. Elle était disqualifiée à cause de son âge ? Peut-être devrait-elle lui rappeler qu'il existait des lois contre la discrimination à l'embauche. Mais cela ne ferait qu'aggraver la situation. Elle jeta un coup d'œil à Mme Bonnie, laquelle fixait le shérif, l'air choquée.

Désireuse de le rassurer car elle avait vraiment besoin de ce job, elle décida de plaider sa cause :

— Je ne me considère pas trop jeune pour m'occuper de votre nièce, shérif Higgins. J'ai travaillé dans une garderie et dans la pouponnière d'un hôpital. Et quand j'aurai terminé ma thèse, j'aurai un doctorat en psychologie de l'enfant.

Si elle pensait impressionner le shérif avec ces informations, elle en fut pour ses frais. Il demeura de marbre.

— Tout cela est intéressant, mais j'ai le regret de vous dire que vous avez perdu votre temps en venant ici.

Bien qu'elle ne comprenne pas sa réaction, elle était forcée d'admettre son échec. Elle était peut-être trop jeune selon lui, mais elle était forte. Seule une femme au mental d'acier aurait pu supporter sans craquer les coups bas de son frère durant les six derniers mois. S'efforçant de réprimer sa colère, elle répondit aussi poliment qu'elle le put :

— Moi aussi je regrette d'avoir perdu mon temps en venant ici. Au revoir, shérif.

Adressant un sourire amical à Mme Bonnie, elle ajouta :

— Inutile de me raccompagner, je connais le chemin.

Puis, pivotant sur ses talons, elle sortit de la cuisine.

— Veux-tu me dire ce qui t'a pris, Peterson ?

Ce n'était pas seulement le ton de Bonnie qui indiquait à Pete qu'elle était furieuse contre lui. Elle ne l'appelait jamais Peterson.

— J'ai déjà tout dit. J'étais persuadé que la femme que tu m'avais recommandée avait à peu près ton âge.

Mais elle est beaucoup trop jeune, précisa-t-il avant de se rasseoir.

— Trop jeune ? Pour l'amour du ciel, elle a pratiquement vingt-cinq ans. Des millions de femmes de son âge ont déjà des bébés ! Et comment peux-tu la trouver trop jeune alors que tu fais garder Ciara de temps autre par Charity Maples qui n'a que dix-sept ans ?

Il haussa les épaules avec détachement.

— Charity fait du *baby-sitting* alors que j'ai besoin d'une nounou à plein temps et *vivant sous mon toit.*

— Et toi, tu as besoin de faire examiner ta tête ! Myra Hollister est très qualifiée pour ce job de nounou. Et puis, où est le problème si elle s'installe ici pour s'occuper de Ciara ?

Il s'abstint de répondre. Mal lui en prit car Bonnie en profita pour lui lancer une autre accusation :

— Tu as peur, n'est-ce pas ? Tu redoutes qu'une belle jeune femme te donne envie de vivre à nouveau.

Il leva les yeux vers elle, ce qui n'était pas difficile puisqu'elle s'était campée en face de lui.

— J'ignore de quoi tu parles. Je suis bel et bien vivant.

— Non, tu ne vis pas. Tu te contentes d'exister. Je sais mieux que quiconque qu'une partie de toi s'est arrêtée de vivre le jour où Ellen est morte. Ça fait déjà douze ans, Pete.

Il sentit chacun de ses muscles se raidir. Comme s'il ne savait pas combien d'années s'étaient écoulées depuis ce jour fatal ! Comme si un homme pouvait oublier le jour où sa fiancée mourait, désarçonnée par son cheval. Ce souvenir resterait à jamais gravé dans sa mémoire.

Un mois avant ce jour fatal, un homme était entré dans la boutique de vêtements où Ellen travaillait et avait tenté de flirter avec elle. Elle lui avait répondu qu'elle n'était pas intéressée et qu'elle allait bientôt se marier. Il avait commencé à la poursuivre de ses assiduités, et elle n'en avait rien dit à Pete. Puis l'homme avait délibérément lancé un pétard sous les sabots de son cheval. Au moins, il avait été arrêté et croupissait toujours en prison pour avoir causé la mort d'Ellen.

— Je sais combien de temps cela fait, Bonnie. Où veux-tu en venir ? Tu réagis comme si je ne sortais pas avec des femmes.

— Mais c'est tellement rare.

Elle avait raison. Toutefois, il avait une bonne excuse : il était trop occupé. Par ailleurs, certaines femmes considéraient les hommes en uniforme comme un trophée à remporter, et il n'appréciait pas cette mentalité. Exhalant un soupir, il détourna son regard vers la fenêtre.

Mais Bonnie vint se poster dans son champ de vision, les mains campées sur les hanches et le regard incisif.

— Tu viens d'éconduire la meilleure candidate. Je ne savais même pas qu'elle préparait une thèse de doctorat sur le sujet des enfants. Cela la rend encore plus qualifiée.

Il exhala un autre soupir de lassitude.

— Que sais-tu seulement d'elle ?

— Elle habite à Denver de façon temporaire pour essayer de faire son deuil de la mort de ses parents survenue lors d'un crash d'hélicoptère il y a six mois alors qu'ils étaient en vacances au Maroc.

— Oh ! mon Dieu, c'est tragique, dit-il en secouant la tête.

Il la plaignait sincèrement. Perdre ses deux parents en même temps devait être très dur à supporter. Il se souvenait qu'un drame identique avait frappé ses meilleurs amis, Derringer et Riley Westmoreland, des années auparavant. Les deux cousins avaient perdu leurs parents le même jour dans un accident d'avion. La nouvelle les avait anéantis.

— Oui, c'est tragique, approuva Bonnie. Sa famille

possède une société très importante à Charleston, mais Myra a préféré suivre une tout autre voie.

— Pourquoi a-t-elle choisi Denver ?

— Une de ses amies d'université possède une maison ici, et elle l'a louée pour six mois.

— Eh bien, je lui souhaite bonne chance pour la suite de sa carrière, mais elle est trop jeune pour s'installer chez moi. Je suis sûr de trouver une autre femme *plus âgée* susceptible de faire l'affaire.

— Myra peut très bien vivre ici en tant que nounou de Ciara, Pete. Et ne va pas croire que j'ignore pourquoi tu réagis ainsi. J'ai des yeux pour voir. J'ai su que tu étais attiré par Myra dès que tu as posé le regard sur elle.

Il ne se donna pas la peine de nier car il savait depuis longtemps que Bonnie était d'une perspicacité redoutable.

— Et après ? J'ai été attiré par d'autres femmes avant elle.

— Oui, mais elles ne risquaient pas de mettre ton cœur en danger. La vérité, c'est que tu as peur qu'une jeune et jolie femme comme Myra te séduise et dégèle ton cœur en hibernation depuis douze ans.

D'abord elle l'accusait de se contenter d'exister au lieu de vivre, et maintenant elle prétendait que son cœur était congelé !

Ce qui était faux. Il était simplement protégé par une épaisse carapace. Car Pete ne voulait pas souffrir à nouveau mille morts, comme ce fut le cas après le décès d'Ellen. Une douleur insidieuse qu'il lui arrivait encore de ressentir, douze ans après. Si Ellen n'était pas morte, ils seraient mariés, parents d'une ribambelle d'enfants et vivant dans cette même maison où il était né. Ils seraient heureux, comme ils l'avaient été ce jour où, âgés respectivement de dix-sept et quinze ans, ils avaient décidé d'être ensemble pour toujours.

Pour toujours…

Pour lui, cette expression était encore d'actualité. Elle n'avait pas été vidée de sa substance à la mort d'Ellen.

— Aurais-tu oublié ce rêve dont tu m'as parlé, Pete ?

Il n'avait pas besoin de lui demander de quel rêve il s'agissait.

— Qu'a-t-il à voir avec l'affaire qui nous occupe ?

Bonnie s'assit à côté de lui.

— Parce que dans ce rêve, tu avais les mains liées et qu'Ellen te les détachait. Qui plus est, elle essayait de te pousser hors d'une pièce.

À cet instant, il regrettait de s'être confié à Bonnie. Mais ce rêve l'avait tellement marqué qu'il l'avait réveillé en sursaut au milieu de la nuit. Il s'était levé pour boire un verre d'eau dans la cuisine et avait trouvé Bonnie assise dans le salon en train de bercer Ciara pour l'aider à se rendormir. Il lui avait alors raconté son rêve, et elle l'avait écouté sans mot dire.

C'était le lendemain matin qu'elle lui avait expliqué le sens qu'elle donnait à son rêve. Ellen tentait de le libérer de tous les projets d'avenir qu'ils avaient faits ensemble. Elle voulait qu'il profite de la vie. Qu'il aime à nouveau au lieu de demeurer replié sur lui-même.

Pete exhala un profond soupir. Il n'avait pas accepté l'interprétation de Bonnie et il ne l'acceptait toujours pas.

— Je ne veux pas parler de ce rêve, Bonnie.

— Très bien, Pete. Mais tu dois accepter le fait que je m'absente pour deux mois et que tu as besoin d'une nounou pour Ciara. Franchement, je doute que tu trouves une candidate plus qualifiée que Myra, surtout d'ici deux semaines.

Il repoussa sa chaise et se leva.

— Je suis déterminé à la trouver, Bonnie.

Il le fallait.

- 2 -

Myra sirotait son infusion en lisant le journal du matin quand la sonnerie de son téléphone portable retentit. Elle contempla l'écran, perplexe, car cette sonnerie ne correspondait à aucun des jingles qu'elle avait attribués à ses correspondants privilégiés. Elle était sur le point d'ignorer l'appel quand l'idée lui vint qu'il pouvait s'agir du shérif Higgins.

Elle avait croisé Mme Bonnie et Ciara à l'épicerie deux jours auparavant. L'enfant lui avait aussitôt tendu ses petits bras dodus, et elle avait été heureuse de la serrer contre elle. C'était la première fois qu'elle rencontrait Mme Bonnie depuis ce jour où, une semaine plus tôt, le shérif Higgins avait refusé sa candidature au poste de nounou.

Selon Bonnie, le poste était toujours vacant et le shérif ne tarderait pas à se rendre compte de son erreur de jugement au sujet de Myra.

Décidant d'assouvir sa curiosité, elle prit l'appel.

— Oh ! Seigneur, Myra, l'espace d'un instant, tu m'as fait une peur bleue !

— Wallace ? Pourquoi m'appelles-tu depuis un numéro que je ne connais pas ?

Wallace Blue avait été le protégé de son père. L'homme qu'Elias Hollister avait formé pendant des années pour qu'il le remplace à la tête de la société le moment venu. Au moins, son père avait eu le bon sens de ne pas faire de Baron son successeur, reconnaissant très tôt son manque de compétences, de connaissances et d'empathie pour diriger une société de la taille de Hollister Enterprise.

Son père pensait que les défauts de son fils unique venaient du fait qu'il avait été élevé par sa mère Charlene, la première femme d'Elias, laquelle avait fait de Baron un être à son image, dur, calculateur et cruel. Myra n'avait pas su à quel point ces assertions étaient vraies jusqu'à sa rencontre avec Rick Stovers.

C'était à croire que la mort tragique de leur père avait libéré les mauvais instincts de Baron. Ainsi, il avait réussi à s'emparer de la société familiale par des méthodes peu recommandables. Selon la rumeur, lui et sa mère auraient manipulé les actionnaires, menaçant de divulguer des informations compromettantes sur leurs passés respectifs s'ils ne le nommaient pas à la tête de la société à la place de Wallace, successeur désigné d'Elias.

— J'ai acheté un téléphone jetable pour pouvoir te contacter en toute sécurité et m'assurer que tu allais bien, expliqua Wallace. Ton frère est plus retors que jamais, et je crains qu'il n'ait mis un traceur sur mon téléphone habituel car il te recherche désespérément.

Myra le croyait volontiers car dans deux mois, quand elle aurait vingt-cinq ans, la société de son père lui appartiendrait de plein droit, et ni Baron ni les actionnaires ne pourraient s'y opposer. L'objectif de Baron était de l'empêcher de se présenter devant le conseil d'administration pour succéder à son père, de nommer Wallace directeur général, et de mettre son frère à la porte. Elle ignorait comment Baron s'y prendrait pour l'en empêcher, mais elle ne voulait courir aucun risque.

— Je ne comprends pas pourquoi tu continues à travailler dans la société, dit-elle.

— Je m'assure que Hollister Enterprise demeure rentable jusqu'à ce que tu prennes la relève. Sinon, Baron la mènerait tout droit à la faillite. Il a nommé tous ses amis à des postes importants, mais ils sont d'une rare incompétence.

Là encore, Myra le croyait. Selon son père, Baron n'avait aucun sens des affaires, et les hommes dont il s'entourait, pour la plupart des membres de sa fraternité universitaire, en étaient dépourvus eux aussi.

— Eh bien, que Baron continue à me chercher. Je pense que Denver est le dernier endroit où il aura l'idée d'enquêter. Selon Cleo, il est persuadé que je me trouve en Espagne et il aurait demandé à Charlene d'essayer de faire annuler mon passeport pour m'empêcher de retourner aux États-Unis.

— Ne la sous-estime pas, Myra. Elle est connue pour avoir des partenaires sexuels haut placés.

De fait, Baron se vantait qu'elle obtenait tout ce qu'elle voulait de ses amants. Baron et Charlene n'aimaient pas Wallace qu'ils considéraient comme un usurpateur. Les deux hommes étaient presque du même âge, mais tellement différents. Wallace, dont le père avait été le meilleur ami d'Elias, était l'incarnation du professionnalisme et de la probité.

— Alors, que deviens-tu ? demanda Wallace.

Sa question ne la prit pas au dépourvu. Il s'était toujours comporté comme un grand frère prévenant envers elle – tout le contraire de Baron.

— J'ai noué quelques amitiés ici. Mais Paula a remis sa maison en location sur le site Airbnb pour les vacances, et je dois déménager dans une semaine.

— Où vas-tu aller ?

— Je n'en sais trop rien. J'ai sympathisé avec une femme originaire de Savannah, qui vit désormais ici, dit-elle, pensant à Bella Westmoreland. Elle possède un *bed and breakfast* privé. Je vais lui demander si elle peut me louer une chambre pendant deux mois, jusqu'à Noël. Comme tu le sais, j'évite les hôtels.

— Oui, c'est plus prudent. Baron pourrait retrouver ta trace. Il n'empêche que je déteste te savoir en fuite. Si ton père était vivant, il…

— Mais il ne l'est plus, et nous devons respecter ses volontés. Cette situation est pénible, mais je m'en accommode.

En réalité, elle se sentait d'autant plus frustrée qu'elle n'avait jamais eu le désir d'intégrer la société familiale. Son père avait respecté sa décision tout en lui expliquant que s'il lui arrivait malheur ainsi qu'à son épouse, la mère de Myra, elle hériterait de la société. Il lui avait demandé de nommer Wallace au poste de directeur général, et c'était ce qu'elle comptait faire d'ici deux mois, quand elle aurait vingt-cinq ans. D'ici là, elle devait faire profil bas.

— Tu travailles toujours sur ta thèse ? demanda Wallace.

— Oui, mais pas autant que je le voudrais.

Puis, désireuse de partager sa déception avec quelqu'un, elle ajouta :

— La semaine dernière, j'ai passé un entretien d'embauche pour un poste de nourrice, mais je n'ai pas été engagée. L'homme m'a trouvée trop jeune.

— Trop jeune ?

— Oui. Apparemment, il préfère une personne d'âge mûr.

— Quel dommage. Il ne sait pas ce qu'il perd. Tu adores les enfants et tu aurais fait une formidable nounou.

Elle le croyait aussi. À cet instant, le carillon de la porte d'entrée retentit.

— Merci, Wallace, mais je dois te laisser. On a sonné.

— Entendu. Mais vérifie de qui il s'agit avant d'ouvrir.

— D'accord. Je te rappellerai plus tard.

Elle raccrocha et se dirigea vers la porte.

Pete n'en revenait pas d'être là, mais c'était son meilleur ami, Derringer Westmoreland, qui l'avait finalement convaincu que Myra Hollister était la mieux placée pour être la nounou de Ciara. Par ailleurs, le temps lui était compté.

Bonnie partait la semaine prochaine, et jusqu'à présent les candidates qu'il avait reçues lui avaient paru tellement dépourvues de certaines compétences qu'il les avait vite congédiées. Puis il y avait eu la réaction de Ciara vis-à-vis de chacune d'elle. À peine les avait-elle regardées qu'elle avait manifesté son mécontentement en hurlant.

Selon Derringer, Myra Hollister et Bella, l'épouse de Jason, étaient devenues amies. Bella l'avait invitée à un des buffets campagnards organisés par les Westmoreland chaque vendredi, et ils avaient tous été stupéfaits de voir à quel point les enfants aimaient Myra. Elle s'y prenait tellement bien avec eux qu'elle faisait penser à une Mary Poppins des temps modernes !

Un autre argument avancé par Derringer avait fini par convaincre Pete. S'il voulait ce qu'il y avait de mieux pour Ciara, il devait lui choisir la meilleure nounou, en l'occurrence Myra. Ce serait ensuite à lui de faire en sorte que leur relation demeure strictement professionnelle.

Et il entendait que les choses se passent ainsi.

Voilà pourquoi il se trouvait avec Ciara sur le seuil de la maison de Myra Hollister. C'était son jour de congé, et il espérait qu'elle serait toujours intéressée par le job. Il jeta un coup d'œil à sa nièce, qui lui répondit par un grand sourire.

Soudain, la porte s'ouvrit, et Myra apparut, visiblement surprise de les voir.

— Bonjour, shérif Higgins.

Il s'apprêtait à lui demander s'il pouvait entrer quand Ciara poussa un cri joyeux et tendit les bras vers Myra Hollister. Il resserra aussitôt sa prise pour retenir l'enfant qui tentait de lui échapper en se trémoussant.

— Vous pouvez la lâcher, je la tiens, expliqua Myra.

Non contente d'être dans les bras de la jeune femme, Ciara se raccrocha à son cou, comme si sa vie en dépendait.

Pete n'en revenait pas. Certes, il avait vu le lien de tendresse qui s'était créé entre Bonnie et Ciara au fil des mois, mais il n'était pas préparé à cette démonstration d'affection envers une quasi-inconnue.

— Hello, Ciara, comment vas-tu, trésor ? demanda Myra.

En réponse, Ciara se recula un peu pour lui adresser un sourire éclatant.

Myra Hollister détourna son attention de Ciara pour la reporter sur Pete. Il ne parvenait pas à détacher son regard d'elle. Chose incroyable, elle semblait encore plus jeune que l'autre jour. Sa chevelure lustrée cascadait sur ses épaules, comme l'autre fois, et il se demanda si ses boucles étaient aussi soyeuses qu'il y paraissait.

— Voulez-vous entrer, shérif Higgins ?

— Volontiers.

Elle s'effaça pour le laisser passer, Ciara calée sur sa hanche.

— Elle est lourde, dit-il, tendant les bras pour reprendre sa nièce.

Mais de nouveau, Ciara l'ignora et se raccrocha à Myra.

— Tout va bien. Installez-vous près de la cheminée.

Je constate avec plaisir que vous avez habillé Ciara comme il convient.

— Évidemment, dit-il, ôtant sa veste et son Stetson.

On était en octobre et la température était descendue au-dessous de zéro degré. Se figurait-elle qu'il ne savait pas vêtir chaudement sa nièce ? Il est vrai que Bonnie lui avait facilité la tâche en sortant ses vêtements la veille au soir.

— Voulez-vous boire quelque chose, shérif Higgins ? Je peux vous proposer du thé, du chocolat ou du café.

Voyant qu'elle s'asseyait sur le canapé avec Ciara, il prit place dans un fauteuil en face d'elle.

— Non, merci.

Il savait par Bonnie que Myra louait cette maison. Il se souvenait avoir patrouillé dans le secteur quand il était shérif adjoint. Le quartier était agréable, les habitants amicaux et la délinquance quasi inexistante grâce à un programme de surveillance du voisinage.

— Je souhaite vous présenter mes excuses pour mon comportement de l'autre jour. Je ne voulais pas vous froisser.

Il aurait préféré ne pas remarquer à quel point elle était belle en legging et pull-over. Ni comment, par ce lundi matin glacial, elle lui faisait l'effet d'un rayon de soleil.

Après avoir retiré à Ciara son manteau, son bonnet et ses moufles, elle la cala sur ses genoux et regarda Pete droit dans les yeux.

— Et pourtant, vous m'avez froissée, shérif.

Il exhala un soupir frustré. Il devait faire de son mieux pour lui expliquer sa démarche tout en omettant certains détails, notamment sa puissante attirance pour elle. Il avait cru qu'elle n'était que passagère, mais quand Myra lui avait ouvert la porte, il avait compris son erreur. Du moins, il était davantage maître de lui que l'autre jour.

— Je vous renouvelle mes excuses. Quand Bonnie m'a parlé de vous, je m'étais imaginé que vous étiez une dame d'âge mûr. D'où ma surprise en vous voyant.

— Même si je ne correspondais pas à l'image que vous vous faisiez de moi, Mme Bonnie vous avait sûrement parlé de mes qualifications. J'ai beau réfléchir, je ne vois toujours pas où est le problème. Comme je vous l'ai dit, malgré *mon jeune âge*, j'ai travaillé dans une garderie et une pouponnière, et je vais bientôt avoir un doctorat en psychologie de l'enfant. Que vous faut-il de plus, shérif ?

Il se retint de lui dire que cela l'arrangerait énormément si elle n'avait pas l'air d'une déesse. Puis, comme si ce n'était pas suffisant, Ciara agrippa le pull de Myra et tira dessus, révélant une généreuse portion de son décolleté. Un trouble étrange l'envahit, et il dut faire un gros effort de volonté pour se ressaisir.

— Il ne me faut rien de plus. Vous êtes tout à fait qualifiée pour ce poste..., si tant est qu'il vous intéresse toujours.

Elle prit son temps avant de répondre :

— Oui, je suis toujours intéressée.

Il réprima un soupir de soulagement.

— Bien. Cependant, j'ai quelques questions à vous poser pour compléter l'entretien.

— Je vous écoute.

— D'abord, je vous présente mes condoléances pour la mort de vos parents. Bonnie m'a raconté ce qui s'était passé.

Il perçut une lueur de tristesse dans les yeux de Myra. Elle devait être proche de ses parents. Un policier était habitué à déchiffrer les émotions des gens même quand ils s'efforçaient de les dissimuler.

— Merci, shérif.

Il était gêné d'avoir à évoquer la question suivante, mais Myra devait savoir quel serait son cadre de travail.

— Vous devrez cohabiter avec moi durant ces deux mois.

Il marqua une pause, se rendant compte que sa formulation était maladroite.

— Je vais exprimer ma pensée autrement.

— Inutile, dit-elle en souriant. Je sais ce que vous voulez dire. Vous avez des horaires de travail contraignants, et je devrai m'installer dans votre maison pour m'occuper de Ciara à plein temps. Il se trouve que cela m'arrange de loger chez vous.

Il haussa un sourcil surpris.

— Pourquoi ?

— Parce que mon bail expire dans deux semaines, et que je serai obligée de trouver un autre logement. Votre proposition m'évite donc cette démarche. Et quand Mme Bonnie reviendra, je retournerai en Caroline du Sud.

Il acquiesça d'un signe de tête. Elle quitterait donc Denver au moment des vacances de fin d'année. Qui plus est, l'autre jour, elle avait précisé que son anniversaire tombait le jour de Noël… Comme le sien.

Elle changea de position sur le canapé sans que Ciara détache son regard des flammes qui s'élevaient dans l'âtre. Curieusement, elle n'avait jamais manifesté autant d'attention quand il faisait du feu dans sa cheminée. Puis il observa à son tour les hautes flammes colorées et sourit en comprenant que la fillette soit à ce point fascinée par elles puisqu'il l'était aussi.

— Savez-vous, shérif, que les bébés sont capables de reconnaître les couleurs dès dix-huit mois ?

Bien sûr, elle avait remarqué que Ciara fixait les flammes.

— Vraiment ?

— Oui. Toutefois, je pense que Ciara est en avance

pour son âge puisqu'elle les détecte déjà. À mon avis, elle ne tardera pas à identifier la forme, la taille et la texture des objets.

— Elle commence déjà à parler et pense que je suis son père. Il lui arrive même d'appeler Bonnie maman.

— Cela vous ennuie-t-il qu'elle vous appelle papa ?

— Dans un sens, oui. Je ne veux pas qu'elle oublie Matt et Sherry.

— Puis-je être franche avec vous, shérif ?

— Bien sûr.

— Il est probable qu'elle les ait déjà oubliés.

Il pinça les lèvres, mécontent. Il aurait préféré qu'elle garde son opinion pour elle car elle ne le satisfaisait pas du tout.

— Vous n'en savez rien.

Une ombre de tristesse voila son regard.

— Si, je le sais. Elle n'avait que trois mois lors de l'accident, n'est-ce pas ?

— Oui.

— Alors, ce dont elle se souvient le mieux c'est leur odeur.

Bien qu'il n'ait aucune envie d'être d'accord avec elle, il était forcé d'admettre que sa remarque était pertinente.

— Encore une fois, je ne veux pas qu'elle les oublie.

— Ce que vous voulez dire, c'est qu'elle se souvienne d'eux.

Selon lui, cela revenait au même. Mais il n'avait pas envie de débattre avec elle de ce sujet, d'autant qu'il lui restait un autre point à éclaircir avant de l'engager.

— Quand Ciara sera plus grande, vers trois ans, poursuivit-elle, ce sera le bon moment de lui montrer des photos de ses parents pour qu'elle grave leur souvenir dans sa mémoire. Quant au fait qu'elle vous appelle papa, il n'y a rien de mal à cela. Vous lui direz la vérité quand elle sera en âge de l'entendre.

Il garda le silence pendant un moment, regrettant cette conversation. Après tout, il l'engageait comme nounou et non comme psychologue. Lui et Ciara s'en sortiraient très bien sans ses conseils.

— Il y a autre chose dont je souhaite discuter avec vous.

— Oh ? dit-elle, reportant son attention sur Ciara.

L'enfant s'était finalement lassée des flammes et examinait la pièce, sage comme une image dans les bras de Myra Hollister. Il n'en revenait pas de la voir ainsi. D'habitude, elle gigotait pour qu'il la mette par terre et cherchait à appréhender tout ce qui était à sa portée. Il avait dû réaménager sa maison pour la rendre plus sûre depuis que Ciara avait commencé à marcher, trois mois auparavant.

— De quoi voulez-vous me parler ?

— De notre relation.

Puis, craignant qu'elle ne se méprenne, il ajouta très vite :

— De notre relation *de travail*. Il me semble important de la définir.

Il la vit froncer les sourcils.

— Pourquoi ?

Visiblement, elle n'en avait aucune idée. Peut-être était-ce une bonne chose. Mais il préférait mettre les choses au clair.

— Nous vivrons sous le même toit. Je suis célibataire et vous aussi.

— Et ?

— Les gens risquent de jaser.

Elle parut encore plus perplexe.

— Je ne vois pas pourquoi. Ils savent que vous êtes shérif et tuteur de votre nièce. Ils n'ont aucune raison de vous reprocher d'engager une nounou jusqu'au retour de Mme Bonnie.

Il s'agita sur son siège avec nervosité.

— Encore une fois, nous sommes tous deux célibataires.

— Mme Bonnie aussi.

Pete fronça les sourcils, agacé. Faisait-elle exprès de ne pas comprendre ?

— Aucune femme belle, *jeune* et célibataire n'a vécu sous mon toit auparavant.

Elle le dévisagea un moment avant de demander :

— Y a-t-il quelque chose à propos de votre réputation dont je doive m'inquiéter ?

Il tressaillit, vexé.

— Qu'est-ce qui vous fait penser une chose pareille ?

— Vos craintes concernant ma réputation et le qu'en-dira-t-on.

— Je vous assure que ma réputation et ma moralité sont irréprochables.

— Les miennes aussi. Et quant à l'éventualité qu'il pourrait se passer quelque chose entre nous, c'est tout à fait ridicule.

— Et pourquoi donc ?

— D'abord, vous n'êtes pas mon type d'homme. Ensuite, vous êtes plus âgé que les hommes avec qui je suis susceptible de sortir.

Mince ! Elle le remettait carrément à sa place en lui expliquant qu'elle n'était pas du tout attirée par lui ! Dépité, il répliqua du tac au tac :

— Vous m'en voyez ravi car vous n'êtes pas mon type de femme et vous êtes plus jeune que les femmes avec qui je sors habituellement.

— Parfait ! Nous voilà rassurés l'un et l'autre. Franchement, je me moque de ce que les gens peuvent dire ou penser à propos de mon installation chez vous. Mais si vous vous souciez à ce point de leur opinion, je vous suggère de trouver une autre nounou.

Myra pensait chacun des mots qu'elle venait de prononcer, même si elle comprenait qu'on puisse imaginer qu'elle pourrait s'éprendre du shérif. Car il était bel homme. Aujourd'hui, il avait troqué son uniforme de policier pour un jean et une chemise à carreaux. Quand elle l'avait vu tout à l'heure à travers le judas, grand, large d'épaules et bien bâti, elle avait dû prendre une profonde inspiration pour maîtriser son trouble. Il correspondait tout à fait à l'idée qu'elle se faisait du cow-boy rude et téméraire, expert dans l'art de dresser des chevaux sauvages.

Mais qu'il soit beau ou non, elle ne pouvait ni ne voulait être attirée par lui. Elle était capable d'apprécier le physique avantageux d'un homme sans pour autant perdre la tête. C'était encore plus vrai quand l'homme en question était plus âgé, et ce à cause de sa mauvaise expérience avec Rick.

Malgré tout, elle ne pouvait pas nier la douce euphorie qui s'était emparée d'elle quand Pete l'avait décrite comme étant jeune, belle et célibataire. Pensait-il vraiment qu'elle était belle ? Et pourquoi cette idée l'excitait-elle autant ? Allons, elle ferait mieux de se ressaisir.

Elle ne resterait à Denver que deux mois, puis retournerait à Charleston le temps de chasser Baron et de nommer Wallace à la tête de Hollister Enterprise, selon les volontés de son père. Après quoi, elle prendrait un mois de vacances à Paris. Elle les avait bien méritées.

— Je vois que je vous ai encore froissée.

Elle reporta son attention sur Pete et sentit son ventre se contracter. Pourquoi fallait-il que son air dépité le rende encore plus sexy ?

— Oui. Et je commence à me demander si cela vous amuse.

— Je vous assure que non. Je voulais simplement

vous mettre en garde. Vous êtes nouvelle ici, et je connais bien la mentalité des habitants.

— Si vous vous inquiétez à ce point du qu'en-dira-t-on…

Il se leva prestement, et elle ne put s'empêcher d'admirer la souplesse de son grand corps musclé.

— Je vous offre ce job si vous le voulez toujours.

Puis il lui proposa un salaire beaucoup plus élevé qu'elle ne s'y attendait. C'était une véritable aubaine. Cet argent lui permettrait de demeurer loin de Charleston jusqu'au jour dit.

— J'accepte votre offre, shérif. Devrai-je aussi m'occuper de l'entretien de la maison et de la cuisine ?

Il haussa un sourcil surpris.

— Vous savez cuisiner ?

Elle releva le menton d'un air de défi.

— Oui. Compte tenu de mon *jeune* âge, je ne cuisinerai pas aussi bien que Mme Bonnie, mais je pourrai vous surprendre agréablement.

— Vous n'êtes pas près de me faire oublier ma bévue concernant votre âge, n'est-ce pas ?

Elle ne put s'empêcher de sourire devant son air dépité.

— Vous êtes obnubilé par mon âge, mais vous vous rendrez vite compte que je saurai très bien prendre soin de Ciara.

— Tant mieux.

Visiblement soulagé, il lui sourit pour la première fois depuis qu'elle avait fait sa connaissance. Tout ce qu'elle aurait dû voir, c'était un sourire amical, mais quand ses lèvres charnues s'incurvèrent, illuminant son visage, elle ressentit un trouble étrange au creux de son ventre. Pourquoi fallait-il que son sourire lui fasse un tel effet ?

Déconcertée par cette réaction inattendue, elle décida de mettre fin à l'entretien et commença à rhabiller Ciara.

— Je me rendrai chez vous vendredi. Cela me permettra de prendre mes marques avant le départ de Mme Bonnie.

— Aurez-vous besoin d'aide pour transporter vos affaires ? demanda-t-il, balayant la pièce du regard.

Tandis qu'elle l'observait, ses hormones semblèrent grésiller dans son corps. Tout cela parce qu'il lui avait *souri* ?

— Non, merci. Je n'ai que mes vêtements à transporter. J'ai loué cette maison meublée à une amie d'université.

— Entendu.

Il tendit les bras pour prendre Ciara et sembla déçu quand elle se blottit contre Myra.

Il fit une nouvelle tentative.

— Allons, Ciara. Il faut qu'on parte avant qu'il neige.

Voyant que l'enfant restait sourde à sa demande, il ajouta :

— Nous mangerons des cookies en arrivant.

À l'évidence, il venait de prononcer le mot magique car elle lui tendit aussitôt les bras. Le shérif s'empara d'elle en éclatant de rire.

Myra eut un pincement au cœur. Baron avait deux petites filles, et il ne leur avait jamais témoigné autant d'amour. Cela ne l'avait pas empêché de menacer son épouse Cleo de réclamer leur garde exclusive si elle décidait de le quitter.

— Vous savez vous y prendre avec elle, shérif Higgins !

— Je fais de mon mieux. Et je vous en prie, appelez-moi Pete.

Elle acquiesça d'un signe de tête, comme envoûtée par le son de sa voix grave et chaude.

— Dans ce cas, appelez-moi Myra. Je vous raccompagne.

À cet instant, peu lui importait qu'elle le mette pour

ainsi dire à la porte. Elle ne comprenait pas ces sensations étranges qu'il suscitait en elle, et cela ajoutait à son trouble.

Au moment où elle leur ouvrait la porte, Ciara lui adressa un grand sourire, et elle sentit son cœur fondre de tendresse pour la fillette. À vrai dire, elle s'était prise d'affection pour elle la première fois où elle l'avait tenue dans ses bras. Elle refusait de penser à ce qui pourrait lui arriver si elle était confiée à une nounou peu fiable ou incompétente. Hélas, ce genre de situation pouvait se produire.

— Alors, à vendredi.

Myra croisa le regard de Pete.

— Oui. J'arriverai vers midi.

— Bien. Nous vous attendrons.

Encore une fois, sa voix grave et chaude la subjugua, lui donnant envie de fermer les yeux pour mieux s'en délecter. Après leur départ, elle s'adossa à la porte, les yeux clos, et exhala un long soupir tremblant.

— Je ne serai *pas* attirée par le shérif Peterson Higgins, intima-t-elle à voix haute à son cerveau, dans l'espoir que son corps veuille bien coopérer.

Au bout d'un moment elle rouvrit les yeux, apaisée et confiante en l'avenir.

Pete venait à peine de franchir le seuil de sa maison que Bonnie le bombardait de questions.

— Comment ton entrevue avec Myra s'est-elle passée ? Veut-elle encore de ce job ? T'es-tu fait à l'idée qu'elle s'installe ici ? L'as-tu engagée ?

Il posa son Stetson sur la patère et se tourna vers Bonnie qui s'empressa de lui prendre Ciara des bras.

— L'entrevue s'est bien passée, et oui, oui et oui à tes autres questions.

Bonnie sourit.

— Je savais que tout irait pour le mieux une fois que tu lui aurais parlé.

Pete n'était pas aussi optimiste que Bonnie car il trouvait Myra toujours aussi attirante. Mais l'important était qu'elle soit compétente pour s'occuper de Ciara. Pour le reste, il ferait en sorte que leur cohabitation se passe bien. Ce ne serait pas chose facile, et leur entrevue n'avait fait que le conforter dans cette idée. Malgré la présence de Ciara entre eux, il avait eu une conscience aiguë de chacun de ses gestes et de chacune des expressions qui avaient traversé son beau visage. Dans ces conditions, comment arriverait-il à maîtriser cette attirance alors qu'il côtoierait Myra dans l'intimité de la vie quotidienne ?

Au moins, ce qu'elle lui avait dit devrait l'aider, à savoir qu'il n'était pas son type d'homme et qu'il était trop âgé. Il ne devrait pas se sentir offusqué par sa remarque puisque c'était lui qui avait fait toute une histoire à propos de l'âge de Myra. Pourtant, il était forcé de l'admettre, son amour-propre en avait pris un coup. Mais il avait des nouvelles pour Myra : cette différence de douze ans entre eux ne voulait rien dire. Comme Bonnie le lui avait rappelé, son propre père avait dix ans de plus que sa mère ; de même, le vieux M. Arnold avait quinze ans de plus que son épouse, pourtant ils étaient mariés depuis près de soixante-dix ans.

Pourquoi diable remâchait-il cette histoire d'âge ? L'important était qu'il soit parvenu à un accord avec Myra. Pour le reste, il s'efforcerait de faire preuve du même détachement à son égard. Mais, hélas, ce serait plus facile à dire qu'à faire.

Le mieux serait qu'ils s'évitent le plus possible une fois qu'elle s'installerait chez lui. Il en venait à regretter que sa maison n'ait pas d'étage. Toutefois, sa chambre était à l'extrémité d'un long couloir, et Myra n'aurait aucune raison de s'aventurer jusque-là puisqu'il lui octroierait une chambre à l'opposé de la sienne et près de celle de Ciara.

Sauf qu'il passerait devant la chambre de Myra pour se rendre dans la sienne ou dans les autres pièces de la maison…

— Quand Myra s'installera-t-elle ici ?

— Vendredi. Tu auras ainsi le temps de préparer tes bagages et de prendre les dispositions que tu jugeras nécessaires en prévision de ta longue absence. Si tu as besoin de quoi que ce soit, n'hésite pas à me le dire.

— Je te remercie.

Bonnie contempla Ciara endormie dans ses bras.

— Je vais la coucher même si ce n'est pas l'heure de sa sieste. Qu'as-tu donc fait pour l'épuiser ainsi ?

— Rien. En fait, dès qu'elle a vu Myra Hollister, elle m'a complètement oublié.

Bonnie rit

— On dirait que tu es jaloux.

L'était-il ? Peut-être. Il n'était pas habitué à voir Ciara s'enticher à ce point d'une personne qu'elle côtoyait de temps à autre.

— Je n'ai aucune raison de l'être, Bonnie.

— Oh ! j'y pense, Zane est ici pour examiner les chevaux. Il passera te voir avant de partir.

— Entendu.

Zane était un des frères aînés de Derringer. Bien qu'il soit marié maintenant, il avait eu une solide réputation de coureur de jupons et d'expert en matière de femmes.

Pete ôta sa veste et se posta à la fenêtre. Une tempête de neige était annoncée pour cette nuit. Il avait hâte que Ciara grandisse et qu'il construise un bonhomme de neige avec elle, comme il l'avait fait avec Matt. Ils avaient eu la vie facile quand leurs parents étaient encore là, leur seul souci s'étant résumé à faire leur devoir avant d'aller se coucher.

Il distingua un mouvement dehors et reconnut Zane qui se dirigeait vers la maison. Zane, Derringer, leur cousin Jason et d'autres cousins Westmoreland du Montana et du Texas s'étaient associés pour créer un haras spécialisé dans la reproduction et l'entraînement de chevaux de course. Leur affaire était devenue très lucrative. Quelques années auparavant, un de leurs pur-sang, Prince charmant, avait été placé dans le Kentucky Derby. Depuis lors, les clients affluaient de partout, y compris du Moyen-Orient. Les Westmoreland avaient donc eu besoin de terrains supplémentaires pour faire pâturer leurs chevaux, et Pete leur avait loué une partie de son domaine.

Pete n'avait jamais consulté Zane au sujet des femmes, mais il envisageait de le faire à propos de Myra. Après tout, un avis d'expert pourrait lui être utile.

Myra promena son regard sur sa chambre. Bien qu'elle ait quatre jours pour faire ses bagages, elle ne voyait pas l'intérêt d'attendre plus longtemps. Comme elle l'avait dit à Pete, elle n'avait pas beaucoup d'affaires à emporter, et sa valise suffirait.

Pete.

Elle ne pouvait pas s'empêcher de repenser au moment exact où il lui avait demandé de l'appeler par son petit nom. Elle savait par Bonnie qu'il se prénommait Peterson, mais qu'on l'appelait Pete depuis qu'il était bébé.

Elle savait aussi qu'il avait été fiancé et que sa petite amie du lycée était morte quelques semaines avant leur mariage, désarçonnée par son cheval lors d'une parade locale.

Elle le plaignait sincèrement d'avoir perdu l'amour de

sa vie dans des conditions tragiques. L'histoire remontait à douze ans, et elle se demandait s'il entretenait aujourd'hui une relation sérieuse avec une autre femme.

Soudain, la sonnerie de son portable retentit. Reconnaissant le jingle, elle décrocha en souriant.

— Bonjour, Bella.

— Myra, comment vas-tu ?

— Bien. Et toi ?

— Je vais bien également. Mais une tempête de neige est annoncée pour cette nuit, et je voulais m'assurer que tu étais prête à l'affronter, déclara Bella.

— Oui. Je resterai au chaud et j'en profiterai pour travailler sur ma thèse.

— Où en es-tu ?

— Je l'aurai bientôt finie et j'espère la soutenir l'année prochaine.

— Formidable ! Je t'appelais aussi pour t'inviter au buffet campagnard des Westmoreland vendredi soir.

— Oh ! c'est gentil de penser encore à moi, mais je déménage ce vendredi.

— Tu déménages ?

— Oui. Le shérif Higgins m'a engagée comme nounou temporaire à plein temps durant l'absence de Mme Bonnie.

— J'en suis heureuse pour toi. Et Pete partira travailler l'esprit tranquille sachant que Ciara est entre d'excellentes mains. Ce sont mes filles qui vont être déçues de ne pas te voir vendredi.

Myra rit en songeant aux jumelles de Bella et Jason. Elle avait fait leur conquête ainsi que celle d'autres enfants Westmoreland grâce aux tours de magie qu'elle avait réalisés lors du buffet campagnard auquel elle avait été conviée quelques semaines auparavant.

— J'irai les voir dès que je serai installée et j'amènerai Ciara.

— Excellente idée. Elles seront ravies de vous voir toutes les deux.

— Alors, Pete, tu as l'air bien songeur.

Pete reporta son attention sur Zane Westmoreland, ses longues jambes étendues devant lui, un verre de bière à la main. Son épouse Channing attendait leur premier enfant, et pourtant, aux dires de Zane, c'était *lui* qui avait des fringales.

— J'ai besoin de ton avis éclairé sur quelque chose.

Zane haussa un sourcil surpris.

— De quoi s'agit-il ?

— Tu as peut-être appris que la sœur de Bonnie avait un cancer. Bonnie va la rejoindre au Texas pour l'aider et sera absente durant deux mois environ.

— Oui. Bonnie me l'a dit quand je suis arrivé. C'est une triste nouvelle.

— Son départ m'oblige à engager une nounou jusqu'à son retour. J'en ai trouvé une, Myra Hollister, mais je crains qu'il n'y ait un problème.

— Lequel ?

— C'est une très belle femme.

Zane hocha la tête.

— Je l'ai rencontrée quand Bella l'a invitée à un buffet campagnard. Et tu as raison, elle est belle. Elle est aussi célibataire, comme toi. Alors, où est le problème ?

— Elle a douze ans de moins que moi.

— Et ?

Pete but une gorgée de sa bière.

— Je veux que notre relation demeure strictement professionnelle pendant que Myra vivra sous mon toit.

— Pourquoi en serait-il autrement ? Ou plutôt, pourquoi votre relation *devrait-elle* rester strictement professionnelle si tu es attirée par Myra ?

Pete fronça les sourcils.

— Qui a dit que j'étais attiré par elle ?

Zane rit doucement avant de secouer la tête.

— Oh ! tu préfères être un de ces hommes, n'est-ce pas ?

— De quels hommes parles-tu ?

— De ceux qui sont dans le déni.

— Bon. J'admets être un peu attiré par elle.

— Un peu ? répéta Zane, un sourire moqueur aux lèvres.

— Et si je te disais que je ne l'intéresse pas ?

— Comment le sais-tu ?

Pete but une autre gorgée de bière.

— Je l'ai prévenue que des personnes pourraient trouver à redire qu'une femme jeune et célibataire vive sous mon toit. Elle m'a répondu que je n'avais pas à m'inquiéter car je n'étais pas son type d'homme et que j'étais plus âgé que les hommes avec qui elle sortait habituellement.

Zane ricana.

— Je doute qu'à vingt-quatre ans elle sache quel est son type d'homme. Peut-être est-il temps qu'elle sorte avec des hommes mûrs pour se rendre compte de ce qu'elle rate. Si j'étais toi, je considérerais cela comme un défi à relever et je lui prouverais qu'elle a tort sur les deux tableaux.

— Pourquoi ferais-je une chose pareille ?

Zane prit le temps de la réflexion avant de répondre :

— Veux-tu que je te dise quel est ton vrai problème, Pete ?

Dans un sens, Pete redoutait de répondre par l'affirmative car Zane était connu pour son franc-parler.

— Quel est-il ?

— Le déni. Il se trouve que tu désires cette femme.

Alors admets-le et cesse de combattre ton attirance pour elle.

Pete secoua la tête.

— Il faut que je la combatte, Zane.

— Pourquoi ?

— Parce que je ne me sens pas prêt.

Zane fronça les sourcils, perplexe.

— Pourtant, tu as déjà désiré des femmes et tu es sorti avec elles.

— Oui, mais c'était différent.

Il soutint le regard de Zane un long moment. Seul un ami de longue date comme lui pouvait comprendre la profondeur de son désarroi.

— Ellen voudrait que tu ailles de l'avant, Pete.

Si une autre personne lui avait dit cela, il aurait enfoncé un poing rageur dans le mur le plus proche.

— Tu n'en sais rien.

— Si, je le sais. Aurais-tu oublié qu'Ellen était une des meilleures amies de Megan ? Elle venait chez nous aussi souvent que toi. Elle était merveilleuse et pas du tout égoïste. En fait, je suis persuadé que le problème vient de toi.

Zane but une autre gorgée de bière avant d'ajouter :

— Apparemment, Myra Hollister est capable de t'aider à aller de l'avant et…

— Eh, attends une minute ! Les choses ne sont pas aussi sérieuses. Il s'agit d'une simple attirance et de rien d'autre.

Zane secoua la tête.

— C'est *plus* qu'une simple attirance, Pete. L'attirance et le désir sont deux choses distinctes. Un homme ne désire pas forcément toutes les femmes qui l'attirent.

Voyant que Pete ne disait rien, il ajouta :

— N'essaie pas de t'empêcher de la désirer, cela ne servirait à rien.

— Pourquoi ?

— Parce que tu ne peux pas te débarrasser de quelque chose que tu refuses d'admettre. Tu es attiré par elle ? Alors, admets-le. Tu la désires aussi ? Alors, admets-le également. Mais si tu préfères rester dans le déni, ne l'engage pas comme nounou, car plus tu la côtoieras plus tu la désireras.

— Trop tard. Je l'ai déjà engagée.

Il marqua une pause avant de préciser :

— Je ne veux pas de chaos dans ma vie, Zane.

Zane exhala un long soupir.

— Si jamais il y en a, il sera de ton fait. Désirer une femme est une attitude saine chez un homme, Pete. Et chercher à éliminer ce genre d'émotions ne fera qu'aggraver le problème. Si Myra Hollister reste ici et que tu essaies de lutter contre ton désir pour elle, tu finiras par craquer.

Pete fronça les sourcils, mécontent.

— Je suis policier. Je ne craque pas.

— Tu es un homme avant tout, et tu craqueras.

Zane se leva.

— Je vais te donner le conseil que je me suis donné quelques années auparavant.

— Lequel ?

— Cesse de combattre tes émotions. Tôt ou tard, tu seras obligé d'admettre qu'il y a une explication au fait que Myra Hollister est la seule femme capable de susciter en toi ce genre d'émotions.

- 3 -

Au volant de sa voiture, Myra s'arrêta devant l'entrée monumentale du Golden Glade Ranch et ressentit le même émerveillement que la première fois où elle était venue pour son entretien préliminaire. Car le ranch du shérif Higgins était magnifique.

D'après Mme Bonnie, il avait une superficie de plus de quatre-vingts hectares. Sur un côté de la maison, des rangées de poiriers s'étendaient à perte de vue ; curieusement, ces arbres fruitiers arrivaient à pousser malgré la rigueur du climat. De l'autre côté de la maison, des troupeaux de chevaux splendides s'ébattaient dans un immense enclos.

Avant de franchir l'entrée du ranch, elle se demanda pour la énième fois si elle avait pris la bonne décision en venant ici. Ce n'était plus seulement ses finances personnelles qui étaient en jeu mais sa tranquillité d'esprit. Elle regrettait que Wallace ne l'ait pas rappelée ; elle lui aurait fait part du revirement du shérif, de son recrutement en tant que nounou, et aussi de ses doutes.

Connaissant Wallace, il aurait sûrement trouvé amusant qu'elle rencontre enfin un homme qui l'intéresse…, même s'il *ne devrait pas* l'intéresser. Car le timing et la situation ne s'y prêtaient pas.

C'était dans ces moments-là que ses parents lui manquaient le plus. Elle se serait confiée à eux. Ils étaient de bon conseil et avaient à cœur son bonheur.

Ce serait ses premières fêtes de fin d'année sans eux. Et au lieu de les célébrer comme ses parents l'auraient voulu, elle devrait retourner à Charleston pour empêcher son frère de s'approprier l'entreprise familiale.

Elle redémarra et, tout en longeant la longue allée, elle songea à son nouveau job. Il ne durerait que deux mois. Pete serait absent de la maison la plupart du temps, et les rares fois où il y serait, ils se verraient peu.

Si elle en était tellement persuadée, pourquoi était-elle sur le point de faire une crise d'angoisse ?

Finalement, elle s'arrêta devant la maison et exhala un long soupir. Elle s'occuperait de Ciara puis rentrerait à Charleston. En attendant, elle ne parvenait pas se défaire du sentiment que ce serait les deux mois les plus longs de sa vie.

Pete était convaincu que les femmes avaient créé un langage à elles afin qu'il ne soit pas compris par les hommes. Il avait acquis cette conviction en côtoyant la gent féminine Westmoreland. À cet instant, il était conforté dans cette opinion en voyant la façon dont Bonnie et Myra communiquaient entre elles. Et quand Ciara serait plus grande, elle serait à son tour initiée à ce langage codé, il en était certain.

Comme convenu, Myra était arrivée à midi. Il était posté à la fenêtre au moment elle s'était garée devant la maison. Il ne le nierait pas : il l'attendait. Pour l'aider à sortir ses bagages du coffre. Du moins, c'était le prétexte dérisoire qu'il avait trouvé pour justifier sa présence. Sauf que Myra n'avait pas eu besoin de son aide car elle n'avait eu pour tout bagage qu'une grosse valise à roulettes. Qu'à cela ne tienne. Il était tout disposé à lui faire faire le tour du propriétaire, mais Bonnie s'était interposée et l'avait informé qu'elle s'occuperait de Myra et qu'il pouvait disposer.

Il s'était donc réfugié dans l'antre qu'il s'était aménagé au sous-sol, même si le local s'apparentait davantage à une salle de jeux pour enfants depuis l'arrivée de Ciara. Sa caisse à jouets, son parc et sa balancelle occupaient beaucoup d'espace. C'était Derringer qui lui avait conseillé la balancelle. Les soirs de retransmission de matchs de football, tout ce qu'il avait à faire, c'était de la pousser toutes les vingt minutes. Et grâce à Flipper, un ami de Bane Westmoreland, instructeur de plongée au sein de l'US Navy et véritable génie dans le domaine de la technologie, Pete disposait depuis peu d'une télécommande pour activer la balancelle de Ciara sans même bouger de son canapé. N'était-ce pas formidable ?

Mais aujourd'hui, Pete éprouvait le besoin de bouger, de monter à l'étage pour voir ce qu'il s'y passait. Il percevait des allées et venues au-dessus de sa tête et en déduisait que Bonnie faisait faire le tour du propriétaire à Myra. Mais puisque cette maison appartenait à Pete, n'était-ce pas plutôt à lui de s'en charger ?

Il jeta un coup d'œil à Ciara lovée dans la balancelle. On aurait dit qu'elle n'avait aucun souci au monde. C'était le cas. Et ce le serait aussi quand elle aurait vingt et un ans grâce au fonds spécial que lui et ses grands-parents avaient constitué avec l'argent provenant de la police d'assurance de Matt et Sherry.

Il n'empêche qu'elle avait l'air ensommeillé. Peut-être devrait-il l'emmener dans sa chambre pour qu'elle y fasse la sieste. Il secoua la tête, dépité. Comme s'il avait besoin d'un tel prétexte pour monter à l'étage et voir Myra !

Pour un peu, il penserait que Bonnie l'avait délibérément séparé de Myra. Avait-elle remarqué son attirance pour la jeune femme ? Avait-elle perçu l'intensité de son regard au moment où Myra sortait de sa voiture en jean moulant, bottes et pull-over gris foncé ? Elle était belle. Trop belle. S'il n'avait pas eu autant besoin d'une nounou, il serait revenu sur leur arrangement. Mais c'était trop tard. Dès ce soir, elle dormirait sous son toit, à quelques mètres de sa chambre.

Durant les deux prochains mois, il ferait tout son possible pour l'ignorer. Bien sûr, il se montrerait courtois chaque fois qu'il la croiserait, mais le reste du temps il ferait comme si elle n'existait pas. L'objectif de Myra serait de prendre soin de Ciara. Le sien serait de s'enfoncer la tête dans le sable en refusant d'admettre qu'il était attiré par elle.

Qu'il la désirait.

Bon. Il l'avait admis. Selon Zane, la première étape pour combattre son désir pour une femme était de l'admettre. Jusqu'à maintenant, Pete s'y était refusé. Mais l'évidence lui était apparue en voyant Myra sortir de sa voiture.

Comment pouvait-il désirer une femme à ce point ? Il aurait aimé mettre son désir sur le compte de quelque chose qu'il aurait mangé ou bu, ou sur un manque de sommeil. Mais c'eût été hypocrite et mensonger de sa part.

En entendant des pas dans l'escalier menant au sous-sol, il se redressa sur le canapé, les bras calés sur ses cuisses, le regard rivé sur l'immense écran de télévision. Il devait donner l'impression que le match de football avait capté toute son attention durant les quatre-vingt-dix minutes qui venaient de s'écouler.

Jetant un nouveau coup d'œil à Ciara, il s'aperçut qu'elle était éveillée et qu'elle le fixait de ses grands yeux marron. Bien sûr, ce n'était qu'une enfant, mais on aurait dit qu'elle savait ce qu'il avait eu en tête quelques instants auparavant, et il était tenté de lui dire : *C'est vrai, ton oncle désire ta nounou, mais elle est inaccessible et doit le rester. Rassure-toi, je me tiendrai à carreau.*

— Peterson ?

Il tiqua. Pourquoi Bonnie l'appelait-elle à nouveau par son prénom entier ? Pourtant, il n'avait rien fait. Et, à moins d'être médium, elle ne pouvait pas connaître les pensées coquines qui lui avaient traversé l'esprit.

Il se tourna vers les deux femmes, affichant l'air ennuyé de celui qui est dérangé.

— Oui ? dit-il en se levant.

Bonnie lui décocha le même regard que sa nièce tout à l'heure, l'air de dire : « Je t'ai à l'œil. »

— J'ai fait visiter la maison à Myra et je te laisse le soin de t'occuper du reste.

Le reste ? Quel reste ? Mais au lieu de poser ces questions, il se contenta de dire :

— Entendu.

— Entre-temps, je vais coucher Ciara, dit-elle, la sortant de la balancelle.

— Je ne veux surtout pas vous empêcher de regarder le match, intervint Myra.

Il la regarda et le regretta aussitôt. Debout au milieu de son antre, elle semblait à sa place ici. Or, cela n'avait aucun sens. Ce genre de capharnaüm était réservé aux hommes. Les femmes n'étaient pas censées s'y sentir à l'aise.

— Ça ne fait rien. Mon équipe a déjà une telle avance sur les Gators qu'ils ne pourront pas revenir au score.

Elle croisa les bras sur sa poitrine, les sourcils froncés.

— J'en déduis donc que vous soutenez les Buckeyes.

— En effet.

— Dommage. Je suis fan de l'équipe de Floride.

Il avait affaire à une femme qui aimait le foot ?

— Vu le score, je dirais plutôt : dommage pour vous.

— Nous verrons bien.

Bonnie rit.

— Allez donc régler vos comptes dehors. Et, Pete, profites-en pour faire visiter le ranch à Myra.

— Oui, m'dame.

Il suivit des yeux Bonnie qui remontait avec Ciara endormie dans ses bras. Puis il se tourna vers Myra.

— Après vous.

Il ne put s'empêcher d'admirer ses cuisses galbées et son derrière rebondi tandis qu'elle grimpait les marches. Exhalant un long soupir, il s'accorda une seconde pour se ressaisir avant de lui emboîter le pas.

— Tout ce terrain vous appartient ? demanda Myra, jetant un coup d'œil à Pete.

— Oui, quatre-vingts hectares. Mon arrière-grand-père a acheté ce domaine au début des années 1900. Lui, Raphel Westmoreland et Titus Newsome se sont établis ici en même temps.

Pete lui avait proposé une promenade à pied dans la zone autour de sa demeure, laquelle incluait une immense écurie et plusieurs maisons plus petites. Puis ils avaient sellé deux chevaux et se dirigeaient maintenant vers les confins du domaine. Pete lui avait expliqué qu'il louait la plus grande partie de ses terres pour mieux se consacrer à son métier.

— À quelle distance se trouve la propriété des Westmoreland ? demanda-t-elle quand ils eurent stoppé leurs montures près d'une crique.

Elle remarqua à nouveau ce sourire qui l'avait tellement troublée l'autre jour tant il soulignait son charme viril. Pete se tenait près d'elle, chevauchant un bronco impressionnant appelé Satin, à la robe chocolat lisse et soyeuse comme le tissu éponyme. Elle avait eu beau assurer à Pete qu'elle était bonne cavalière, il lui avait donné une jument docile appelée Tally. Elle avait tenté de ne pas fixer Pete durant leur promenade, mais elle avait quand même remarqué qu'il ressemblait plus à un cow-boy qu'à un shérif, campé fièrement sur sa selle avec son Stetson, ses bottes et sa veste en peau lainée.

— Distinguez-vous le toit d'une maison à travers les arbres ?

Elle se pencha en avant, les yeux plissés.

— Oui, je le vois.

— C'était la propriété des Newsome. Elle le demeure d'une certaine façon puisque Bane Westmoreland a épousé Crystal Newsome. Le domaine des Westmoreland commence là où finit celui des Newsome. Cependant, compte tenu de la configuration de ma propriété, mes pâturages du nord sont mitoyens avec ceux de Riley Westmoreland. Cette famille possède tellement de terrain par ici qu'on surnomme cette zone le Territoire Westmoreland. Pour ma part, je ne suis qu'un modeste voisin.

— Pourtant, j'ai entendu dire que vous étiez le meilleur ami de Derringer et Riley Westmoreland.

Il rit.

— C'est me faire beaucoup d'honneur.

— J'ai rencontré la plupart des Westmoreland, et ils ne tarissent pas d'éloges sur vous.

— J'en déduis que vous avez assisté à un de leurs buffets campagnards.

— Oui. J'ai passé un excellent moment en leur compagnie. Mais ils sont tellement nombreux que je m'y perds dans leur généalogie !

— Oui, c'est une immense famille. Je les connais tous car nous avons grandi ensemble.

Ils poursuivirent leur promenade jusqu'à un lac.

— Ce lac traverse les propriétés de cinq riverains. À l'origine, il s'appelait Magnolia Lake, mais l'arrière-grand-père de Derringer l'a débaptisé et renommé Gemma en hommage à la femme qu'il aimait. Depuis, il a gardé ce nom.

— Pourquoi les riverains l'ont-ils conservé ?

— Parce que Gemma avait un cœur d'or et était très appréciée dans la région.

— Eh bien, merci pour cette visite personnalisée.

Elle consulta sa montre. Ils étaient partis depuis près de deux heures.

— De rien. Comme vous resterez ici deux mois, il vaut mieux que vous soyez familière des lieux. Même quand je serai en service, vous pourrez toujours me joindre par téléphone. Ciara est ma nièce, et je veux prendre soin d'elle comme mon frère l'aurait voulu.

Myra hocha la tête tandis qu'ils prenaient le chemin du retour.

— Vous et votre frère étiez proches.

— Oui, très proches. Quand nos parents sont morts, nous nous sommes retrouvés bien seuls. J'avais quatre ans de plus que Matt et il me considérait un peu comme son héros. J'ai essayé de ne pas le décevoir.

— Vous avez été à la hauteur, j'en suis certaine.

Il garda le silence pendant un moment avant de reprendre la parole :

— J'ai cru comprendre que vous aviez un frère aîné.

Où avait-il eu cette information ? Elle n'en avait jamais parlé à personne à Denver. Puis elle se souvint qu'il était le shérif en chef de la ville. Malgré la recommandation de Bonnie, il avait dû vérifier ses antécédents. Elle ne pouvait pas le lui reprocher. Par chance, s'agissant d'une simple enquête de routine, il n'avait pas percé les sombres secrets de sa famille. En apparence, Baron faisait comme s'ils étaient proches alors qu'en réalité ils étaient à couteaux tirés. Tout le contraire de Pete et son frère.

— Oui, un demi-frère, dit-elle à la fin. Il est né d'un premier mariage de mon père. Sa première épouse lui en a voulu d'avoir demandé le divorce et a tenté de dresser leur fils contre lui.

Pourquoi lui racontait-elle cela ? Elle aurait pu mentir. Ne voulant plus penser à Baron, elle changea de sujet :

— Je crois savoir que les grands-parents de Ciara avaient du mal à s'occuper d'elle.

— Oui. Et maintenant que j'ai pris le relais je comprends leurs difficultés. Élever un enfant en bas âge n'est pas de tout repos, surtout pour un couple âgé. Ils étaient pleins de bonnes intentions, mais je suis soulagé qu'ils aient décidé de me confier la garde de Ciara.

Il laissa passer un temps avant d'ajouter :

— Moi non plus je n'étais pas le mieux placé pour m'occuper d'elle, mais grâce à mes amis et à Bonnie, je réussis à m'en sortir. J'avais beaucoup à apprendre, et j'apprends encore tous les jours. Ciara m'oblige à rester tout le temps vigilant. Vous vous rendrez vite compte qu'on ne s'ennuie jamais avec elle. Tous les jours elle découvre quelque chose de nouveau.

L'amour qu'il avait pour sa nièce transparaissait dans ses paroles, songea Myra, émue.

— Je ne veux pas que vous vous inquiétiez quand vous serez au bureau. Je m'occuperai bien de Ciara.

— C'est tout ce que je vous demande.

Cela ne lui posait aucun problème. Elle se plaisait à Denver et s'y sentait à l'abri des manœuvres sournoises de Baron.

Il s'était associé avec l'amant actuel de sa mère Charlene. Celui-ci avait convaincu Baron que s'il tenait Myra à distance, il serait en mesure de gérer la société à sa guise. Par chance, sa belle-sœur Cleo avait surpris la conversation entre les deux hommes et en avait aussitôt informé Myra. Elle savait aussi comment son frère comptait sur l'aide de Rick pour la neutraliser. Comme si elle allait laisser Rick entrer à nouveau dans sa vie !

C'était après ces révélations inquiétantes qu'elle avait décidé de partir en catimini et de ne revenir qu'à la date de son anniversaire pour récupérer l'héritage familial. Avec l'aide d'amis, elle avait fait croire qu'elle partait en Europe, et c'était là que Baron la faisait rechercher en ce moment. Elle avait aussi pris soin d'acheter un autre téléphone et de ne pas se servir de ses cartes de crédit.

— Ce soir, Ciara et moi dînerons chez les Westmoreland. Ils organisent leur buffet campagnard hebdomadaire, dit-il. Je vous aurai bien demandé de nous accompagner, mais vous serez sans doute très occupée à défaire vos bagages.

Elle jugea inutile de lui parler de l'invitation de Bella, qu'elle avait déclinée pour cette même raison. Par ailleurs, il n'avait pas l'air de tenir à sa compagnie.

— En effet. Il faut que je range mes affaires.

Un peu plus tard, quand ils pénétrèrent dans la maison, ils humèrent une bonne odeur de cuisine.

— Avez-vous oublié de dire à Bonnie que vous ne dîniez pas là ce soir ? demanda-t-elle.

Il ôta son Stetson et posa sur elle son regard d'une riche nuance marron foncé.

— Non, je l'ai prévenue, mais elle n'en fait qu'à sa tête. Malgré tout, cela tombe bien puisque vous dînez ici. S'il y a des restes, ils iront au congélateur.

Un cri de joie bruyant leur fit tourner la tête en direction de la cuisine. C'était Ciara perchée dans les bras de Bonnie qui les accueillait à sa façon.

— Par terre, Bohi, demanda Ciara, en se trémoussant.

Bonnie obtempéra, et la fillette s'empressa de courir vers eux. Comme si elle ne parvenait pas à décider lequel des deux avait sa préférence, elle agrippa une jambe de chaque. Mais ce fut à Pete qu'elle sourit.

— En l'air, pa-pa.

Riant à gorge déployée, il la hissa sur ses épaules.

Hier, Myra avait trouvé le sourire de Pete très séduisant, mais celui qui illuminait son visage à cet instant était si fascinant qu'elle en avait le souffle coupé. Détournant les yeux pour dissimuler son émoi, elle croisa le regard de Bonnie, laquelle les considérait tour à tour avec un vif intérêt.

Myra s'éclaircit la gorge.

— Puis-je vous être utile, madame Bonnie ?

— Non, merci. J'ai presque fini. Et maintenant que votre visite des lieux est terminée, vous allez pouvoir défaire vos bagages.

— Bonnie, intervint Pete, avant de congeler le plat que tu as préparé, mets-en une part de côté pour Myra.

— N'allez-vous pas dîner tous les deux chez les Westmoreland ? s'étonna Bonnie.

Myra fit un signe de dénégation.

— Non. J'ai besoin de prendre mes marques. Vous retournez chez vous demain soir, n'est-ce pas ?

— Non. Tout compte fait, je préfère rentrer ce soir.

— Ce soir ? Ce n'est pas ce qui était prévu ! se récria Pete.

— C'est vrai. Mais une de mes amies est malade, et j'ai promis de passer la voir. Par ailleurs, je suis persuadée que Myra s'en sortira très bien jusqu'à mon retour.

— Merci, madame Bonnie, dit-elle, reconnaissante.

Myra tourna la tête vers Pete au moment où il se tournait vers elle. Leurs regards se heurtèrent. Elle laissa échapper un halètement tandis qu'il prenait une profonde inspiration.

Ou bien l'avait-elle imaginé ?

Il détourna aussitôt le regard et s'adressa à Bonnie :

— Sais-tu qui a remporté le match ?

Bonnie eut un sourire malicieux.

— Derringer a appelé pour savoir si tu léchais tes blessures. J'en déduis donc que ton équipe a perdu.

— *Yes !* s'exclama Myra, ravie. Bravo les Gators !

Elle ne put s'empêcher de rire en voyant l'air déconfit de Pete.

— Seriez-vous mauvais perdant, shérif ?

— Ce n'est qu'une erreur de parcours. Au final, mon équipe sera la plus forte.

— Nous verrons bien.

— C'est tout vu.

Sur ce, il se dirigea vers le couloir menant aux chambres, Ciara toujours juchée sur ses épaules.

Pete déposa Ciara dans le parc qu'il avait installé dans sa propre chambre. Tous deux passaient beaucoup de temps ici ou au sous-sol chaque fois que Bonnie rentrait chez elle. Comme sa chambre était spacieuse, le parc ne prenait guère de place même s'il était suffisamment grand pour permettre à Ciara de s'ébattre à son aise.

Il ne put s'empêcher de sourire en se rappelant la réaction de Myra quand elle avait appris que son équipe avait gagné… et que la sienne avait perdu. La plupart des femmes ne s'intéressaient pas au football, et il se réjouissait à l'avance de regarder les matchs avec elle…

Il se figea, tétanisé. Bon sang, qu'est-ce qui lui prenait ? Il était hors de question qu'ils regardent les matchs ensemble, assis côte à côte sur le canapé en sirotant une bière ou du thé glacé. Il devait faire en sorte que leur relation demeure impersonnelle. Après tout, elle était son employée. Cette maison était son lieu de travail, et son job était de prendre soin de Ciara.

Cette pensée solidement ancrée dans sa tête, il contempla sa nièce, attendri. La laissant jouer avec ses cubes, il pénétra dans la salle de bains. Au début, il avait eu beaucoup de mal à s'habituer à la présence de Ciara. Il avait dû apprendre à lui donner son bain, l'habiller, la nourrir, jouer avec elle. Il lui chantait même des chansons pour l'aider à s'endormir ! Toutefois, la tâche la plus ardue demeurait le changement de couches. Il avait hâte qu'elle soit propre. Il savait que Bonnie lui apprenait à aller sur le pot, mais les choses n'avançaient pas assez vite à son gré. Il espérait que Myra poursuivrait l'apprentissage durant ces deux mois.

Myra.

Tout en pénétrant dans la cabine de douche, il se disait qu'elle avait fière allure sur un cheval. Elle avait dû prendre des cours d'équitation pour se tenir en selle avec autant de grâce. Tally, la jument qu'il lui avait choisie, l'avait appréciée. Même Satin, d'un naturel ombrageux, s'était laissé caresser par elle sans lui mordre les doigts. C'était tout dire !

Il était forcé de se l'avouer, il avait paniqué à un certain moment, quand elle avait accéléré l'allure, et l'image d'Ellen s'était aussitôt imposée à lui. Certes, c'était un facteur humain qui avait provoqué son accident, mais le souvenir de sa chute mortelle demeurait vivace dans son esprit.

Au sortir de la douche, il se sécha et enfila les vêtements qu'il avait préparés en vue du dîner chez les Westmoreland. Depuis des années, il avait une invitation ouverte pour assister à leurs buffets campagnards. Cependant, il n'y allait pas de façon régulière en raison de ses horaires de travail. Puis, quand les frères et les cousins avaient commencé à fréquenter des femmes, à tomber amoureux et à se marier, il avait préféré se tenir à l'écart de ces couples heureux. Il était content pour eux, mais leur bonheur lui rappelait cruellement tout ce qu'il avait perdu. Tout ce qu'il n'aurait jamais.

Les choses avaient changé depuis qu'il s'occupait de Ciara. Comme il voulait qu'elle fréquente d'autres enfants, il assistait aux buffets au moins une fois par mois. C'était l'occasion pour elle de jouer avec les autres bébés Westmoreland, de plus en plus nombreux au fil des ans. Ainsi, Derringer lui avait appris l'autre jour que lui et Lucia attendaient un autre bébé. De même, Riley et son épouse Alpha avaient annoncé un heureux événement ; ce serait leur premier enfant. Mais la surprise de taille était venue de Bailey, la sœur de Derringer et la cadette du clan. Elle vivait désormais en Alaska avec son mari Walker. Hier, elle avait appelé sa famille pour leur annoncer qu'elle attendait un bébé pour le printemps.

Pete n'en revenait pas que Bailey, une vraie terreur quand elle était enfant, se soit assagie et fonde bientôt une famille.

Il jeta un coup d'œil à Ciara. Elle jouait toujours avec ses cubes. Puis, comme si elle sentait sa présence, elle leva les yeux vers lui et lui sourit. Il lui rendit son sourire et lui fit un clin d'œil. Elle tenta de l'imiter, au lieu de quoi elle ferma les deux yeux et éclata de rire. Il ne put s'empêcher de rire à son tour.

Les débuts de leur cohabitation avaient été difficiles, mais maintenant sa nièce était devenue son rayon de soleil.

- 4 -

Myra ferma le tiroir de sa commode et balaya la pièce du regard. Elle avait enfin fini de ranger ses affaires. La chambre que Pete lui avait attribuée était plus grande que la suite qu'elle occupait dans sa maison de location. Et la grande baie vitrée offrait une vue magnifique sur les montagnes.

Une autre chose qu'elle appréciait à propos de cette pièce, outre sa proximité avec la chambre de Ciara, c'était l'immense lit à baldaquin qui lui rappelait celui de ses parents. Elle exhala un soupir de lassitude. Quand elle retournerait à Charleston, elle devrait aussi récupérer la maison de ses parents. Désormais, elle lui appartenait, mais bien sûr Baron se l'était appropriée.

À sa demande, son avocat avait envoyé une lettre recommandée à Baron l'informant qu'il devait libérer les lieux avant la fin de l'année et que tous les biens mentionnés dans l'inventaire devaient être restitués. Elle imaginait sans peine la réaction de son frère quand il avait reçu la mise en demeure. Mais ce n'était pas son problème.

Elle consulta sa montre. Cela faisait deux heures que Pete était parti chez les Westmoreland avec Ciara. C'était lui qui avait habillé sa nièce. Il avait frappé à sa porte pour l'informer qu'ils partaient. Elle avait déposé un baiser sur la joue de la fillette et précisé qu'elle serait là à leur retour.

— Êtes-vous sûre de ne pas vouloir venir ? avait-il demandé.

— Certaine. J'ai encore beaucoup de choses à faire.

À vrai dire, ce n'était pas le cas, mais elle n'avait aucune envie de se retrouver dans la même voiture que Pete Higgins. La chevauchée à ses côtés avait suffisamment mis ses nerfs à rude à épreuve !

— Alors, à tout à l'heure, avait-il répondu avant de partir.

Il n'avait pas mentionné l'heure de son retour, mais elle savait par expérience que les dîners chez les Westmoreland duraient longtemps, voire jusque tard dans la nuit si les hommes entamaient une partie de poker. Puis elle se souvint que Pete travaillait demain. Et comme il semblait très soucieux du bien-être de sa nièce, il s'arrangerait sans doute pour qu'elle ne se couche pas trop tard.

Quittant sa chambre, elle longea le couloir et s'arrêta devant un tableau d'affichage où étaient inscrits les numéros à composer en cas d'urgence. Des photos y étaient aussi punaisées. Notamment une photo de groupe. D'après Bonnie, elle avait été prise le soir où Pete s'était vu confier la garde de Ciara. Elle reconnaissait des membres de la famille Westmoreland qu'elle avait déjà rencontrés ; les autres étaient, semblait-il, des cousins d'Atlanta, du Montana, du Texas et même d'Alaska.

S'écartant du tableau, elle se dirigea vers le salon, heureuse de savoir que des personnes comme Pete et les Westmoreland avaient le sens de la famille. Hélas, ce n'était pas le cas de Baron, aveuglé par l'appât du gain.

Elle s'apprêtait à s'installer sur le canapé pour regarder la télévision quand la porte d'entrée s'ouvrit, livrant passage à Pete avec Ciara endormie dans ses bras.

Myra alla à leurs devants.

— Vous voilà de retour.

— Oui. Ciara est incapable de rester éveillée après 20 heures. Cela tombe bien puisque je dois me coucher tôt pour être au bureau à 6 heures.

Elle tendit les bras pour prendre Ciara, mais, à sa grande surprise il refusa.

— Les jours où je suis de repos, j'aime m'occuper d'elle. Disons que c'est notre moment oncle et nièce.

— Oh ! bien sûr. Appelez-moi en cas de besoin.

— Entendu, dit-il, empruntant le couloir menant aux chambres.

Il ne l'appela pas, et au bout d'un moment, elle crut qu'il s'était couché. Puis il réapparut dans le salon, la chemise sortie de son jean et pieds nus. Troublée, elle s'efforça de ne pas détailler sa haute silhouette virile.

— Ciara s'est réveillée d'humeur grognon au moment où je lui enfilais son pyjama, expliqua-t-il. J'ai dû la bercer et lui chanter une chanson pour l'endormir.

La vision de Pete se balançant dans le rocking-chair avec Ciara eut le don de l'attendrir.

— Que lui avez-vous chanté ? demanda-t-elle, curieuse.

Il rit.

— Il ne s'agit pas d'une berceuse à proprement parler, mais d'un air de Michael Jackson.

— Lequel ?

Quand il lui indiqua le titre, elle manifesta sa surprise.

— Vraiment ? Pourquoi avoir choisi celui-ci ?

Imaginait-elle des choses ou le regard de Pete était-il fixé sur sa bouche ? À moins qu'elle ne pense cela parce qu'*elle* fixait les lèvres de Pete ?

Il prit place dans le fauteuil relax en face du canapé.

— Matt était fan de Michael Jackson. Je me souviens lui avoir rendu visite alors que Ciara avait à peine un mois. J'étais fier de voir qu'il prenait à cœur son rôle de papa.

Il marqua une pause, visiblement ému.

— Tous les soirs avant de coucher Ciara, il la berçait en lui chantant cette chanson. Quand je lui ai demandé pourquoi il avait choisi celle-ci, il m'a répondu qu'à cause de son travail à l'armée il risquait de s'absenter plus ou moins longtemps en fonction des missions auxquelles il participait. Cette chanson était sa façon de dire à Ciara qu'elle ne serait jamais seule parce qu'une partie de lui serait toujours avec elle où qu'il se trouve.

Comme c'était émouvant, songea Myra, les larmes aux yeux, heureuse qu'il ait partagé ce souvenir avec elle.

Au bout d'un moment, il reprit la parole.

— Chaque fois que je chante cette chanson à Ciara, c'est comme si elle se souvenait que Matt la chantait pour elle. Elle se calme et s'endort paisiblement.

— C'est une expérience merveilleuse, Pete.

Il haussa un sourcil surpris.

— Vraiment ? Ne m'avez-vous pas dit l'autre jour que Ciara ne se souviendrait pas de ses parents ?

Elle perçut l'amertume dans sa voix.

— Si, mais je parlais uniquement de souvenirs visuels. En ce qui concerne les souvenirs auditifs, c'est différent. Les fœtus sont sensibles aux sons. C'est pourquoi les femmes enceintes parlent à leurs bébés à naître, écoutent de la musique, lisent à haute voix. Je suis désolée si je vous ai donné l'impression que Ciara n'aurait plus aucun souvenir de ses parents.

— Ça ne fait rien.

Il se leva, visiblement désireux de mettre un terme à la conversation.

— Demain, si je n'ai pas une journée trop chargée, je serai à la maison vers 17 heures.

Il était tellement grand qu'elle dut incliner la tête en arrière pour le regarder.

— Entendu, Pete. Ciara et moi vous attendrons.

Elle se rendit compte trop tard que sa phrase prêtait à confusion.

— Je voulais dire…

— J'avais compris. Bonne nuit, Myra.

— Bonne nuit, Pete.

Elle le regarda sortir du salon, retenant son souffle jusqu'à ce que la porte se referme derrière lui.

— Alors, me croyez-vous, shérif ?

Pete examina la vidéo pas très nette enregistrée au moyen d'un mini-caméscope. Du moins, elle avait le mérite de corroborer les dires de la vieille dame. En effet, depuis des mois, Mme Katherine ne cessait d'affirmer qu'un fantôme rôdait dans son arrière-cour et tentait de l'effrayer pour la faire partir de chez elle. Bien sûr, puisque les fantômes n'existaient pas, il en avait déduit que la dame de quatre-vingt-quatre ans se faisait des idées. Mais quand elle avait rappelé aujourd'hui en lui demandant de venir chez elle, il ne s'était pas attendu à ce qu'elle lui fournisse une preuve.

— Comment avez-vous eu cette vidéo ?

— C'est cet adolescent qui tond ma pelouse, le petit-fils d'Olson Thomas, qui a installé le caméscope.

Elle lui adressa un sourire entendu.

— Alors, qu'en dites-vous ?

Pete était perplexe. Car il ne croyait toujours pas aux fantômes malgré les images.

— Je vais faire analyser la vidéo par le laboratoire de la police. Entre-temps, je vais examiner les lieux.

— Bien sûr, shérif. Et comment va votre charmante nièce ?

Il sourit à la vieille dame qu'il connaissait depuis toujours.

— Ciara va bien, merci.

— Je crois savoir que Bonnie a dû partir de façon inopinée et que vous avez engagé une nounou temporaire.

— Oui, c'est exact.

— Avez-vous remarqué comme elle est belle ?

Pete sourit.

— Chaque fois que je la vois je remarque à quel point ma nièce est belle.

La vieille dame fronça les sourcils.

— Je ne parlais pas de votre nièce, shérif.

Il se retint de rire.

— Je ne vois pas qui pourrait être plus belle que ma nièce.

— Et cette femme qui est chez vous ?

— Oh ! vous parlez de la nounou temporaire qui vit chez moi pour s'occuper de Ciara ? demanda-t-il, éprouvant le besoin d'établir les faits.

— Oui.

— Vous la trouvez belle ?

— Oui.

Il haussa les épaules avec détachement.

— Je n'ai pas remarqué.

Trente minutes plus tard, il quittait la maison de Mme Katherine encore plus dérouté. De fait, en visionnant la vidéo, il avait cru à une farce préparée par des adolescents du voisinage – tout le monde savait que la vieille dame affirmait voir des fantômes. Mais après avoir examiné son arrière-cour, il n'était plus aussi sûr de son hypothèse car il n'avait relevé aucune empreinte de pas.

Arrêté à un feu de signalisation, il se rappela comment Mme Katherine avait tenté de le faire parler de Myra. Quand il avait prévenu Myra que leur cohabitation ferait jaser les gens, il avait placé Mme Katherine en tête de liste. Et il avait eu raison.

Alors qu'il arrivait en vue de son bureau, il songea à

Myra. Elle était installée chez lui depuis un peu plus de trois semaines, et jusqu'à présent tout se passait bien. À vrai dire, il avait mis au point une routine presque infaillible : le soir, en rentrant du travail il évitait Myra le plus possible, et à midi il ne venait plus déjeuner à la maison.

Myra lui préparait à dîner, et à sa grande surprise, elle cuisinait très bien et était adepte d'une cuisine saine. Ainsi, il mangeait davantage de légumes et de salades et moins de féculents. Elle lui servait aussi une infusion à la place de son habituel thé glacé et sucré. Il avait décidé de ne pas s'en plaindre et avait fini par s'y accoutumer. De fait, il sortait toujours de table l'estomac plein. Après le dîner, il emmenait sa nièce dans son antre. Myra devait croire que le sous-sol lui était interdit car elle ne s'y aventurait jamais. Puis, vers 19 heures, il remontait à l'étage et confiait Ciara à Myra afin qu'elle la prépare pour la nuit.

Plus tard, il les rejoignait dans la chambre de Ciara, s'installait dans le rocking-chair et chantonnait pour aider l'enfant à s'endormir. Après quoi, il se retirait dans sa chambre, se douchait et allait au lit. Le lendemain matin, il se levait aux aurores et partait travailler avant que Myra se lève, évitant ainsi de la croiser.

Malgré tout, cela l'ennuyait que Myra ne dîne jamais avec eux. Quand mangeait-elle ? Avant qu'il rentre du travail ? Quand lui et Ciara se retiraient au sous-sol ? Après qu'il était allé se coucher ? Cette question l'embarrassait d'autant plus que Bonnie partageait leurs repas.

Mais le principal problème que lui posait cette cohabitation, c'était les nuits où le sommeil le fuyait. Il demeurait allongé, les yeux rivés au plafond, guettant les mouvements de Myra au-delà de sa porte close. Il savait quand elle se levait pour aller voir Ciara ou prendre une boisson vers 3 heures.

Il se remémorait la façon dont elle était habillée ce soir-là, que ce soit une robe, une jupe et un chemisier, ou un legging et un pull-over. Tous les vêtements lui allaient à la perfection. Elle serait affublée d'un sac de pommes de terre qu'elle attirerait quand même son attention. Et puis, il y avait sa chevelure. Parfois, elle la relevait en chignon, d'autres fois elle la laissait cascader sur ses épaules. Mais quelle que soit sa coiffure, il brûlait d'envie de passer la main dans ses mèches lustrées.

Elle ne se maquillait pas quand elle était à la maison. D'ailleurs, elle n'en avait pas besoin car elle avait un grain de peau lisse et velouté. Et elle souriait toujours. L'attitude réservée de Pete ne semblait pas la perturber. Elle prenait soin de Ciara sans se préoccuper du reste.

Et surtout pas de lui.

Il se rendait compte qu'elle cherchait à l'éviter autant qu'il tentait de la fuir. Jusqu'ici, ils réussissaient bien à ce petit jeu de cache-cache, et il aurait dû s'en réjouir. Au lieu de quoi, il était forcé de combattre son désir pour elle chaque fois qu'il la voyait. Cela lui demandait beaucoup plus d'effort qu'il n'aurait cru.

Comme il était en congés la plupart des week-ends, ils étaient convenus que ce seraient aussi les jours de congé de Myra. Faute d'avoir sa propre maison, elle avait passé les deux premiers week-ends chez Leola Miller, une dame plus âgée avec qui elle avait sympathisé.

Le dimanche soir, il attendait que Myra soit de retour avant d'aller se coucher. Il avait beau se dire que c'était de la simple prévenance de sa part, il savait au fond de lui que c'était un sentiment plus profond, sinon comment expliquer l'émotion qui s'emparait de lui dès qu'il l'entendait pénétrer dans la maison. La première fois, elle avait été surprise de le voir et lui avait dit qu'il n'avait pas besoin de l'attendre. Il avait rétorqué qu'il le ferait quand même, puis sans autre explication, il avait quitté la pièce pour se rendre dans sa chambre. La deuxième fois, elle avait su à quoi s'en tenir et l'avait simplement remercié de se soucier de sa sécurité. Ses paroles de gratitude avaient brisé la glace entre eux, et avant d'aller se coucher il lui avait demandé des nouvelles de Mme Miller. La conversation avait duré moins de cinq minutes, mais c'était la plus longue qu'ils aient eue depuis que Myra s'était installée chez lui.

Les Westmoreland les avaient invités à dîner à l'occasion de Thanksgiving, mais elle avait décliné l'invitation, expliquant qu'elle avait des projets pour ce week-end.

Il était curieux de savoir où et avec qui elle partait, mais n'ayant aucun droit sur elle, il s'était abstenu de la questionner. Malgré tout, il ne pouvait pas s'empêcher d'imaginer des choses, comme la venue en ville de cet homme prénommé Wallace. Cette idée lui déplaisait, mais encore une fois, ce que faisait Myra ne le regardait pas.

Myra sourit en accueillant Bella Westmoreland. Après deux jours de neige pour Thanksgiving, le temps s'était un peu radouci et le soleil perçait à travers les nuages. Myra avait apprécié son séjour à Breckenridge le week-end dernier en compagnie de Rekka, une amie d'université qu'elle n'avait pas vue depuis une éternité.

Elle l'avait contactée quelques semaines auparavant en apprenant sa rupture avec son fiancé. Elle avait pris soin de payer ses dépenses en espèces, et son amie avait réglé la note d'hôtel. Dieu merci, Rekka commençait à reprendre sa vie en main, et Myra était fière d'elle.

— Entre, Bella. Je suis contente de te voir, lui dit-elle, s'effaçant pour la laisser passer. Je viens de coucher Ciara pour sa sieste. Va vite t'asseoir au coin du feu.

La seule chose qu'elle et Bella avaient en commun, en tant que natives du sud des États-Unis, c'était de devoir s'habituer à la rigueur du climat du Colorado. Du moins, Myra n'aurait pas à en souffrir trop longtemps puisqu'elle retournerait en Caroline du Sud le mois prochain.

— Merci, répondit Bella, ôtant son manteau et le tendant à Myra.

Myra connaissait l'histoire de Bella. Venue à Denver pour récupérer l'héritage de son grand-père, elle était finalement restée et avait rencontré Jason. Comme tous les hommes du clan Westmoreland, il faisait un excellent parti : bel homme, sérieux et prévenant.

Elle avait le sentiment que Pete ferait un bon parti, lui aussi. Il était beau, mais elle n'avait pas encore décidé s'il était sérieux et prévenant. Du moins, il témoignait de ces qualités avec sa nièce. En revanche, il ignorait Myra la plupart du temps. Mais n'essayait-elle pas de l'ignorer à son tour ?

— Veux-tu une tasse de thé ? proposa Myra.

— Volontiers.

Quelques instants plus tard, elle revint avec deux tasses de thé sur un plateau qu'elle avait trouvé dans un des placards.

— Merci, répondit Bella, prenant une tasse et sirotant une gorgée. Hum, il est délicieux.

— C'est gentil. Mais dis-moi, qu'est-ce qui te pousse à sortir par ce froid polaire ? demanda Myra, prenant une gorgée du breuvage réconfortant.

Bella se cala contre les coussins du canapé.

— Deux raisons. D'abord, je voulais voir comment tu allais puisque tu travailles ici en tant que nounou depuis plus de trois semaines.

Elle s'adossa à son tour contre les coussins. Elle appréciait Bella depuis le début. Il y avait chez elle une gentillesse innée qui faisait souvent défaut chez d'autres personnes, et Myra comprenait que Jason soit tombé amoureux d'elle.

— Jusqu'ici, tout va bien. J'ai calqué ma routine avec Ciara sur celle de Mme Bonnie. C'est une fillette tellement enjouée et facile à garder.

— Tant mieux. Je savais que tu t'en sortirais très bien. Mes filles sont ravies quand Pete amène Ciara lors de ses visites. Elle est adorable. Et je suis contente qu'il se montre aussi attentionné avec elle.

— Oh ! oui. Il l'adore.

Bella but une autre gorgée de thé avant de poursuivre :

— L'autre raison de ma venue, c'est pour te parler du bal caritatif organisé par la Fondation Westmoreland et qui aura lieu le mois prochain.

— Un bal caritatif ?

— Oui. La Fondation Westmoreland a été créée il y a des années pour aider diverses causes locales. Le bal est un de ses moyens d'action. Cette année, j'ai été choisie pour en être la présidente. Ce bal me tient à cœur car c'est la première réception à laquelle j'ai assisté à Denver et c'est là que j'ai rencontré Jason.

Myra était toujours émue de voir l'étincelle qui s'allumait dans les yeux de Bella chaque fois qu'elle parlait de son mari. C'était l'indice d'un amour absolu. Est-ce qu'un homme allumerait un jour une étincelle semblable dans ses yeux ? se demandait Myra. Elle en doutait. Par ailleurs, elle avait tellement de choses à faire avant la fin de l'année que la romance ne figurait pas au programme.

— Je serais ravie d'y assister mais je ne suis pas sûre d'être encore là. Quand ce bal a-t-il lieu ?

— Lors du réveillon du jour de l'an.

La déception s'empara de Myra.

— Je regrette, mais je serai partie à ce moment-là.

— Oh ! quel dommage que tu ne puisses pas

prolonger ton séjour ! J'aurais tant aimé te présenter d'autres membres de la famille. Ils viennent de partout pour cette occasion.

Hélas, Myra ne pouvait pas changer ses projets. Quand elle retournerait à Charleston, elle aurait vingt-cinq ans, et sa priorité serait d'évincer Baron et de confier la direction de la société familiale à Wallace.

— Je dois malheureusement m'occuper d'affaires urgentes à Charleston dès le lendemain de Noël. Mais si j'ai fini à temps, je ferai mon possible pour assister au bal.

Bella sourit, pleine d'espoir.

— J'en serais ravie. Rien de tel qu'un bal pour bien débuter l'année.

Myra acquiesça d'un signe de tête.

— Et maintenant, c'est à mon tour de te demander quelque chose.

— Bien sûr. De quoi s'agit-il ? demanda Bella en souriant.

— Je souhaite rester à Denver jusqu'à Noël et partir le lendemain. Or, Mme Bonnie reviendra la semaine avant Noël, et j'aurai besoin d'un endroit où loger pendant ce laps de temps. Aurais-tu de la place dans ton *bed and breakfast* ?

— Bien sûr, je te garderai une chambre. Mais pourquoi ne viendrais-tu pas loger chez nous ? Jason et moi serions ravis de t'accueillir.

— Non, merci. Une chambre dans ton *bed and breakfast* me conviendra très bien. Dis-moi combien cela me coûtera.

— Rien du tout. Il s'agit en réalité d'une annexe destinée à accueillir la famille, les amis ou les associés des Westmoreland quand ils nous rendent visite.

— Je tiens à payer quelque chose, insista Myra.

— C'est hors de question. Par ailleurs, je doute que

Pete te laisse partir sans être sûr que tu aies un endroit où aller. Cela ne lui ressemble pas.

Myra choisit de ne pas la détromper, mais elle ne se faisait pas d'illusion sur Pete. Pour lui, elle n'était qu'une employée rémunérée dont le contrat de travail s'achèverait avec le retour de Bonnie. Il n'avait aucune raison de se soucier de l'endroit où elle vivrait par la suite. Décidant de changer de sujet, elle s'enquit des jumelles.

— Les filles vont bien et sont très excitées par la nouvelle.

— Quelle nouvelle ?

Un sourire radieux illumina le visage de Bella.

— Jason et moi attendons un autre bébé, ou des bébés. Tout le monde pense que je suis folle de vouloir encore des jumeaux.

— Félicitations ! s'exclama Myra en donnant une chaleureuse accolade à Bella. Je suis si heureuse pour vous tous.

— Merci. Je m'étonne que Pete ne t'en ait pas parlé. Nous l'avons annoncé lors du buffet campagnard, vendredi soir.

Elle faillit dire qu'elle et Pete se parlaient à peine, sauf pour s'enquérir de Ciara, mais elle se ravisa.

— C'est une excellente nouvelle.

Bella sourit, aux anges.

— Merci. Oh ! j'allais oublier. Si je suis venue te voir c'est aussi pour t'informer que l'école d'art dramatique de Pam présente un festival sur le thème du Far West. Il y aura de nombreux jeux pour les enfants et même des activités pour les bébés. En fait, c'est un spectacle pour tous les âges, y compris les adultes. Pam a même convaincu sa sœur, actrice à Hollywood, de participer à ce festival. J'espère que tu viendras avec Ciara.

Myra savait que Pam, l'épouse de Dillon, avait été

actrice de cinéma et qu'elle dirigeait maintenant un cours d'art dramatique en ville. Elle savait aussi que Pam organisait des manifestations solidaires au profit de la collectivité. Le festival sur le thème du Far West devait en faire partie.

— Ça promet d'être amusant. Quand a-t-il lieu ?

— Vendredi soir prochain. Nous avons annulé notre buffet campagnard hebdomadaire afin que tous les Westmoreland soient disponibles pour donner un coup de main à Pam. Je suis sûre que Pete viendra nous prêter main-forte.

S'il l'avait prévu, il ne lui en avait pas parlé. Mais rien ne l'obligeait à la tenir au courant de son emploi du temps.

Bella consulta sa montre.

— Je regrette de partir aussi vite, mais j'ai encore deux autres personnes à voir. Merci pour le thé.

— Je t'en prie, répondit Myra en raccompagnant Bella à la porte. Et merci pour ta visite.

- 5 -

Quand Pete pénétra chez lui ce soir-là, Myra vint à sa rencontre avec Ciara marchant à côté d'elle, main dans la main. Dès que sa nièce l'aperçut, elle s'écria « Pa-pa » avant de s'élancer à sa rencontre aussi vite que ses petites jambes dodues le lui permettaient. Riant, il se baissa pour attraper et soulever dans ses bras son adorable bout de chou.

Il avait du mal à croire que l'irruption de Ciara dans sa vie et le chamboulement qu'elle y avait provoqué ne remontait qu'à six mois seulement. À vrai dire, il se souvenait à peine de ce qu'il faisait avant elle. En rentrant du travail, il descendait dans son antre. Bien sûr, il le faisait toujours, sauf que maintenant il avait de la compagnie. Et il mangeait des plats faits maison au lieu d'aller dîner seul chez McKays, un des restaurants les plus prisés de la ville.

Après avoir étreint sa nièce et respiré la senteur de pomme de son shampoing pour bébé, il reporta son attention sur Myra qui les contemplait d'un air attendri. Pourquoi ? Il accueillait toujours sa nièce avec effusion. Sauf que les autres fois elle allait au-devant de lui en portant Ciara. Il la lui prenait des bras et profitait de l'occasion pour humer la délicate fragrance de chèvrefeuille émanant de sa chevelure soyeuse.

— Bonsoir, Myra, dit-il.

— Bonsoir, Pete. Êtes-vous prêt pour le dîner ?

— Oui. Qu'avez-vous préparé aujourd'hui ?

Non que cela ait de l'importance. Après avoir sauté le déjeuner, il avait une faim de loup.

— Un pain de viande avec des haricots verts, une courge, du riz et des petits pains individuels.

Hum, il en avait l'eau à la bouche ! Mais pourquoi Myra restait-elle là à l'observer ? Perplexe, il s'avança vers elle et lui tendit Ciara, se penchant exprès pour respirer une bouffée de chèvrefeuille.

— Pouvez-vous tenir Ciara pendant que je fais un brin de toilette ?

— Bien sûr.

Il fit quelques pas, puis se ravisa et se tourna vers elle.

— Dorénavant, vous dînerez avec Ciara et moi.

— Pourquoi ? demanda-t-elle, surprise.

— Parce que je préfère qu'il en soit ainsi.

Sur quoi, il se dirigea vers sa chambre.

Il préférait qu'il en soit ainsi…

Myra le suivit des yeux, interdite. Et si elle n'avait pas envie de dîner avec lui ? Rien ne l'y obligeait.

Bien sûr, elle savait que Bonnie partageait leur repas du soir et profitait de l'occasion pour tenir Pete au courant des événements de la journée. Mais Myra l'en informait quand il rentrait du travail et qu'elle lui confiait Ciara. Ils avaient établi une routine. Pourquoi la changeait-il ?

Contemplant Ciara, elle dit doucement :

— Il y a des fois où je ne comprends pas ton oncle, trésor. S'il voulait que je dîne avec vous deux, pourquoi ne me l'a-t-il pas proposé le premier soir ?

N'attendant pas de réponse de Ciara, elle lui caressa la joue et se dirigea vers la cuisine. Après avoir installé la fillette dans sa chaise haute, elle rajouta un couvert tout en l'écoutant s'exercer à prononcer des mots qu'elle lui avait appris. Quel adorable bout de chou, songea Myra, attendrie.

Elle devina plus qu'elle n'entendit Pete pénétrer dans la cuisine. Jetant un coup d'œil par-dessus son épaule, elle vit qu'il avait pris une douche car ses cheveux drus luisaient d'humidité. Ciara délaissa aussitôt ses cubes et tapa des mains en s'écriant gaiement :

— Pa-pa de retour !

Il s'avança vers elle et lui tapota la joue en riant.

— Oui. Pa-pa de retour.

Myra détourna les yeux pour ne pas céder à l'émotion du moment. Car ce que venait de dire Pete était extraordinaire. Il admettait que son frère était parti et qu'il ne reviendrait pas. Cependant, Matt lui avait laissé ce cadeau merveilleux qu'était Ciara. Et Pete acceptait désormais qu'elle l'appelle papa. Il lui dirait la vérité quand elle serait plus grande.

Il prit place dans le coin repas, plus convivial que l'immense salle à manger, et elle fit de même après avoir déposé les différents plats sur la table ainsi qu'une petite assiette de nourriture devant Ciara. Selon Bonnie, elle était en mesure de se nourrir seule. Myra avait continué de lui montrer comment se servir de sa cuiller. Bien que le résultat final soit plutôt salissant, Ciara s'arrangeait pour mettre plus d'aliments dans sa bouche que par terre.

Avant que Pete se serve, Myra s'empressa d'intervenir :

— Une minute, Pete.

Puis elle s'adressa à l'enfant :

— Les grâces, Ciara.

Ciara ne la déçut pas. Elle inclina sa petite tête et récita les paroles que Myra lui avait apprises durant la semaine. Quand elle eut prononcé le « Amen » final, elle releva la tête, sourit gaiement et tapa dans ses mains.

— Je n'en reviens pas ! s'exclama Pete en riant. Quand lui avez-vous appris à dire les grâces ?

— Cette semaine, répondit-elle, fière de son élève. Ce soir, j'ai décidé de la mettre à l'épreuve. Elle a passé le test haut la main, n'est-ce pas ?

— Oh ! oui. Elle est merveilleuse. Je vous remercie de lui avoir enseigné ces rudiments.

— De rien.

Ils commencèrent à manger en silence, puis, au bout d'un petit moment, il s'adressa de nouveau à elle :

— Comment s'est passée votre journée, Myra ?

Elle s'efforça de fixer le contenu de son assiette et non le visage de Pete. La dernière chose dont elle avait besoin, c'était d'être fascinée par son regard d'une belle teinte chocolat ou excitée par sa bouche charnue au point de se troubler et de dire une sottise.

— Bien. Comme d'habitude.

Puis, se rendant compte qu'il ignorait sans doute en quoi consistait leur routine, elle précisa :

— Nous nous sommes levées vers 8 heures, et après le petit déjeuner nous avons étudié et…

— Qu'avez-vous étudié ?

Elle leva les yeux vers lui, et dès que leurs regards se croisèrent, elle sentit ses muscles se tendre et une onde de chaleur s'épanouir dans son ventre. C'était bel et bien du désir, elle le reconnaissait, même si elle n'était pas accoutumée à ce genre de réaction. Ce désir s'imposait à elle chaque fois qu'elle regardait Pete ou qu'elle pensait à lui la nuit, allongée dans son lit, tandis que le sommeil la fuyait.

Par chance, Pete était déjà parti quand elle se levait le matin. Elle avait ensuite toute la journée pour se ressaisir en restant occupée. Mais quand il rentrait le soir et qu'elle le regardait, son tourment recommençait.

Que le ciel lui vienne en aide ! Comment cet homme pouvait-il exercer sur elle un tel ascendant sensuel ?

— Myra ?

Elle sursauta, confuse, en se rendant compte qu'elle le regardait fixement. Il devait la prendre pour une nigaude !

— Qu'enseignez-vous à Ciara ?

Se ressaisissant, elle reporta son attention sur l'enfant. Ce soir, elle se débrouillait bien avec sa cuiller, songea-t-elle fièrement.

— Les différences entre les couleurs, les formes et la texture des objets. Je lui apprends aussi une chanson, mais elle n'est pas encore au point.

Pete partit d'un rire profond qui fit courir un frisson d'excitation le long de sa colonne vertébrale. Décidément, dîner en face de lui n'était pas une bonne idée.

— J'ai hâte de l'entendre, répondit-il en souriant.

Elle ne put s'empêcher de lui rendre son sourire.

— À propos, Bella est passée me voir aujourd'hui.

— Vraiment ?

— Oui. Elle m'a parlé du bal caritatif organisé par les Westmoreland. C'est elle qui préside la réception, cette année.

— Je suis au courant. Et j'ai dit à Jason qu'il avait intérêt à servir des boissons plus fortes que le thé, dit-il en riant.

Elle sourit, étonnée et ravie qu'il se montre aussi disert et de bonne humeur. C'était leur plus longue conversation depuis qu'il lui avait fait faire le tour de sa propriété.

— Vous savez, le thé n'est pas la seule boisson prisée par les gens du Sud.

— Vraiment ? demanda-t-il, malicieux, en désignant sa tasse de thé.

Elle rit et but une gorgée du breuvage.

— Bella m'a aussi informée qu'elle et Jason attendaient un autre bébé.

Un large sourire éclaira à nouveau le visage de Pete, et Myra sentit son cœur s'affoler. Comment un simple sourire pouvait-il l'affecter à ce point ?

— Oui, et j'en suis ravi pour eux. Je me souviens de la première fois que j'ai rencontré Bella. À l'époque, elle vivait dans le ranch de son grand-père. J'étais shérif adjoint, et elle avait contacté la police car quelqu'un avait jeté une grosse pierre par la fenêtre de son salon avec un mot lui intimant de quitter la ville.

— Avez-vous arrêté cette personne ?

— Oui. En fait, ils étaient deux.

Elle attendit, espérant qu'il lui donnerait le fin mot de l'histoire, mais comme il n'en faisait rien, elle décida de changer de sujet et lui parla du festival sur le thème du Far West. Il parut très intéressé.

— J'y assisterai si je ne suis pas de service ce soir-là. Mais vous devriez y emmener Ciara. Ça promet d'être amusant.

— En effet.

Bonnie l'avait prévenue que Pete était d'astreinte certaines nuits et qu'il récupérait le lendemain. Seigneur, comment ferait-elle s'il restait à la maison toute une journée ?

Elle en était là de ses réflexions quand elle surprit son regard attentif posé sur elle.

— Quelque chose ne va pas ?

— Non. Tout va bien, répondit-il, détournant les yeux et recommençant à manger.

Prenant une profonde inspiration, elle lui retourna la question qu'il lui avait posée au début :

— Et vous, comment s'est passée votre journée ?

Il avait peut-être eu tort de proposer à Myra de dîner avec lui et Ciara, songeait Pete. Il parvenait à peine à manger tant il était troublé par sa présence en face de lui. Pourtant, s'il l'avait invitée, c'était précisément pour l'avoir près de lui. Il en avait assez qu'elle s'éclipse à l'heure du dîner pendant qu'il se demandait où elle était et ce qu'elle faisait.

Bien que sa présence soit une pure torture, il était heureux de lever les yeux vers elle et de la contempler. Il la trouvait si belle et il aimait tellement le son mélodieux de sa voix. Il prenait aussi plaisir à bavarder avec elle. Cela lui rappela qu'elle lui avait posé une question.

— J'ai été très occupé. La matinée a commencé par un coup de fil de Katherine Lattimore, une ancienne enseignante de quatre-vingt-quatre ans. Elle prétend qu'elle a pris sa retraite anticipée à cause de trublions tels que Bailey et Bane Westmoreland.

Le rire cristallin de Myra lui fit l'effet d'une caresse.

— J'ai cru comprendre que ces deux cousins n'étaient pas des adolescents de tout repos.

— En effet. Derringer, Riley et moi étions constamment obligés de les couvrir pour leur éviter des punitions.

— Qu'est-il donc arrivé à Mme Lattimore ?

Il lui raconta cette histoire de fantôme et apprécia le vif intérêt qu'elle portait à son récit.

— Aussi incroyable que cela paraisse, elle a réussi à recueillir des images vidéo de ce fameux fantôme. Et maintenant, il me reste à découvrir de quoi il retourne.

— Comment comptez-vous vous y prendre ?

— Je ne sais pas trop, admit-il. Au fait, ce repas est délicieux.

Et il était sincère.

— Merci.

— Qui vous a appris à cuisiner ?

Elle haussa une paire d'épaules ravissantes.

— Quand j'étais étudiante à l'université, j'ai travaillé pendant un an dans un centre d'hébergement pour sans-abri en tant que bénévole. J'aidais à préparer les repas. Des chefs cuisiniers venaient de temps à autre et donnaient des cours de cuisine gratuits. C'était très instructif à tous points de vue.

Ses plats étaient à la fois savoureux et sains, songea-t-il en finissant le contenu de son assiette.

Finalement, il décida de lui poser la question qui le taraudait :

— Comment êtes-vous devenue fan des Gators ? Avez-vous étudié à l'université de Floride ?

Un sourire radieux illumina son visage, et il en fut tout émoustillé.

— Non, mais Wallace y a fait son cursus.

La main de Pete se crispa autour du verre qu'il tenait. Il se souvenait d'avoir vu ce nom sur la page Facebook de Myra.

— Wallace ?

— Oui, Wallace Blue. Il travaille dans la société de mon père. Quant à moi, j'ai fait mes études dans une petite université de Boston réservée aux filles. L'école n'avait pas d'équipe de football. Et quand j'ai voulu apprendre les règles de ce sport, Wallace s'est proposé de me les enseigner.

Je n'en doute pas ! songea Pete, se demandant d'où venait sa colère contre un homme qu'il ne connaissait pas.

— Vous vous fréquentez toujours ?

Une part de lui regrettait d'avoir posé cette question très personnelle, mais il ne pouvait plus revenir en arrière.

— Se fréquenter ? répéta-t-elle en riant. Wallace et moi ne sommes jamais sortis ensemble. Nous sommes amis. Je le considère comme un autre grand frère.

Curieusement, il en éprouva du soulagement.

— Et vous, Pete ? Pourquoi êtes-vous fan des

Buckeyes ? Est-ce parce que vous avez fait vos études dans l'Ohio ?

Cette question le prit de court, et il posa ses couverts. Puis, exhalant un profond soupir, il leva les yeux vers Myra.

— Oui, mais une année seulement. À la mort de mon père, j'ai dû poursuivre mes études ici. Toutefois, je retournais dans l'Ohio chaque fois que je le pouvais pour voir Ellen.

— Ellen ?

Il croisa le regard de Myra par-dessus la table.

— Oui, ma fiancée. Quand nous avons décroché notre diplôme de fin d'études secondaires, nous avons quitté Denver et nous sommes inscrits à l'université de l'Ohio.

Il attendit la question suivante. Celle que les gens qui ne connaissaient pas son histoire posaient en apprenant qu'il avait été fiancé.

Étonné qu'elle ne dise rien, il reporta son attention sur elle et s'aperçut qu'elle mangeait comme si de rien n'était.

— N'allez-vous pas me demander ce qui s'est passé ?

Il n'aurait su dire pourquoi il la pressait ainsi. Bonnie avait déjà dû lui raconter son histoire.

Elle leva les yeux vers lui.

— Non. À moins que vous n'ayez envie d'en parler.

Il appréciait sa discrétion. La plupart des gens n'avaient pas les mêmes scrupules.

— Ellen est morte deux semaines avant notre mariage. Elle était excellente cavalière et participait chaque année à la parade commémorant la mort de Martin Luther King. Cette année-là, quelqu'un a lancé un pétard sous les sabots de son cheval. L'animal a paniqué et l'a désarçonnée.

— Je suis sincèrement désolée, Pete.

— Merci.

Le silence régna dans la pièce, et Pete posa son regard sur Ciara. Il venait de partager une part de son passé avec Myra, mais Ciara représentait son avenir. Durant le reste de sa vie, il ferait en sorte qu'elle grandisse et soit heureuse.

Curieusement, c'était la première fois qu'il mentionnait le nom d'Ellen à quelqu'un sans ressentir une déchirure atroce dans sa poitrine et sans la nécessité de se raccrocher à leurs souvenirs heureux.

Qu'est-ce que cela signifiait ? Il avait besoin de solitude pour y réfléchir.

— Le repas était délicieux, Myra, dit-il, repoussant son assiette. Il faut que je vérifie certaines choses avec mon contremaître. Je risque d'en avoir pour un bon moment.

— Entendu.

Puis il quitta la cuisine et récupéra son Stetson et sa veste avant de sortir.

Myra suivit des yeux Pete et soupira en entendant la porte d'entrée se refermer. Elle compatissait à son chagrin et regrettait d'avoir ravivé ses blessures. Elle savait par Bonnie comment il avait perdu sa fiancée ; alors, pourquoi avait-elle voulu l'entendre de sa bouche ? Visiblement, après douze ans, il ne s'était toujours pas remis de la mort de sa fiancée.

Elle reporta son attention sur Ciara dont le visage était barbouillé. Du moins, elle n'avait pas mis de nourriture dans ses cheveux ni par terre. Et elle avait fini son assiette. Myra se leva de table. Il lui restait à faire la vaisselle et la toilette de l'enfant.

Elle n'avait pas le temps de s'appesantir sur les sentiments que l'histoire de Pete avait suscités en elle.

Deux heures plus tard, elle s'était acquittée de ses tâches, mais Pete n'était toujours pas rentré. Son pick-up était garé dehors ; il n'avait donc pas quitté la propriété, mais il avait peut-être eu envie d'une promenade à cheval après son entrevue avec le contremaître. Serrant Ciara contre elle, elle s'éloigna de la fenêtre. Il ne leur restait plus qu'à attendre son retour.

La nuit tombait. Il était temps pour Pete de faire faire demi-tour à Satin et de reprendre le chemin de la maison. Du moins, cette promenade lui avait éclairci les idées.

Il aimait Ellen depuis qu'il avait découvert ce qu'était l'amour. Ils avaient été très proches et avaient su ce qu'ils voulaient faire de leurs vies. Comme elle, il avait attendu avec impatience le jour de leur mariage car il symbolisait le début de ce qui serait les plus beaux jours de leurs existences.

Puis tous ses espoirs et ses rêves ainsi que son avenir avaient été anéantis à cause d'un pervers criminel. Il avait mis des années avant de cesser de se reprocher ce qui était arrivé, mais il y avait encore des fois où son esprit le torturait avec le petit jeu du : « Si seulement. »

Fermant les yeux, il s'efforça de se remémorer leurs derniers jours ensemble. Hélas, à mesure que le temps passait, ses souvenirs s'affadissaient, et cela le peinait. Puis il y avait eu ce rêve où Ellen lui était apparue, comme si elle cherchait à le libérer. Ce rêve l'avait déstabilisé, et il avait vainement tenté d'en comprendre la signification.

Jusqu'à sa première rencontre avec Myra.

Ce jour-là, il ne s'était pas attendu à ce qu'elle suscite en lui un tel flot d'émotions. Il n'aurait jamais cru trouver une autre femme aussi désirable qu'Ellen.

Et il n'aurait jamais cru rêver un jour de Myra tout en luttant pour garder Ellen dans son cœur. Un combat épuisant et inégal. Cela signifiait-il qu'il était temps pour lui d'aller de l'avant ?

Que lui avait dit Bonnie ? Qu'il se contentait d'exister au lieu de vivre ? Maintenant, il se rendait compte qu'elle avait raison. Il avait couché avec des femmes pour assouvir des besoins primaires et rien d'autre. Toutefois, lors de Thanksgiving, en voyant à quel point ses amis Westmoreland étaient heureux avec leurs épouses, il avait eu envie de renouer avec le bonheur auquel il avait renoncé après la mort d'Ellen. Et il savait désormais au fond de lui qu'elle aurait voulu le savoir heureux, même sans elle, car elle était la générosité incarnée.

Durant le dîner, lui et Myra avaient eu une vraie conversation. Il avait été content de parler avec elle, de l'écouter. De la contempler. De remarquer la façon dont elle le regardait, visiblement inconsciente de l'effet incandescent qu'elle produisait sur ses sens.

Il l'avait désirée depuis le début, mais il n'était pas son type d'homme, et elle le jugeait trop âgé de surcroît.

Peut-être devrait-il suivre le conseil de Zane et considérer les propos de Myra comme un défi à relever, surtout après avoir remarqué les regards furtifs qu'elle lui avait coulés. Il ne put s'empêcher de sourire en guidant Satin vers l'écurie.

Myra Hollister ne se doutait pas du tout que les choses allaient devenir très intéressantes entre eux.

Myra consulta la pendule en entendant Pete rentrer. Il s'était absenté pendant près de quatre heures. Elle avait préparé Ciara pour la nuit et l'avait bercée en lui chantant la chanson que Pete lui fredonnait les autres soirs.

Au lieu d'aller au lit à son tour, elle avait décidé de l'attendre pour s'excuser de l'avoir obligé à parler de sa fiancée. Désireuse de l'intercepter avant qu'il aille dans sa chambre, elle sortit sur le seuil de la cuisine.

— Pete ?

Il se retourna, visiblement surpris. Même s'il était encore tôt, les autres soirs, après avoir couché Ciara, elle s'enfuyait dans sa chambre et regardait la télévision jusqu'à ce que le sommeil la gagne.

— Oui ?

— Je voudrais m'excuser.

— Pourquoi ? Qu'avez-vous fait ?

Elle s'humecta nerveusement les lèvres.

— J'ai ravivé chez vous des souvenirs douloureux.

— Vous n'avez pas à vous excuser, Myra. Ciara s'est-elle endormie ?

— Oui.

Elle vit à son expression qu'il regrettait de ne pas avoir été là pour mettre sa nièce au lit.

— Vous n'avez pas mangé votre dessert, dit-elle.

— Vraiment ? Qu'aviez-vous préparé ?

— Une tourte aux pêches.

— Oh ! j'adore ça !

Elle le savait car Bonnie le lui avait dit.

— J'ai utilisé des pêches que Bonnie avaient congelées.

Il hocha la tête, un sourire aux lèvres.

— Tout compte fait, il n'est pas tard. Je vais me laisser tenter, lâcha-t-il, s'avançant vers elle.

Elle s'effaça pour le laisser passer. Mais au lieu d'entrer, il s'arrêta juste devant elle et riva son regard au sien.

— Je ne mords pas, vous savez, dit-il.

Elle n'en était pas aussi sûre. Elle avait une conscience aiguë de son charme viril et de son aura magnétique, lesquels affolaient son pouls et faisaient grésiller chacune de ses terminaisons nerveuses.

— Oui, je sais.

Pourtant, il continuait de la fixer, sans bouger d'un centimètre. Elle s'apprêtait à lui souhaiter une bonne nuit quand il dit :

— Venez manger de la tourte avec moi.

Elle le contempla, éberluée.

— Vraiment ?

Il lui décocha son fameux sourire qui avait le don de la faire chavirer.

— Oui, sinon je risque de finir le plat. Il faut que vous m'arrêtiez à temps.

Elle ne put se retenir de sourire.

— Vous aimez à ce point la tourte aux pêches ?

— Je le crains. Bonnie ne vous a pas prévenue ?

— Elle m'a dit que c'était votre dessert préféré.

— C'est plus que cela. C'est une des choses auxquelles je pourrais devenir accro si je n'y prêtais pas attention.

Avait-il conscience que ses propos l'émoustillaient au point qu'elle en venait à se demander quelles étaient ces autres choses auxquelles il pourrait devenir accro ? Elle en imaginait déjà certaines, plutôt coquines, et quand il reporta son regard sur sa bouche, elle sentit ses hormones s'emballer.

— Ce serait très grave, répliqua-t-elle, toute chavirée.

— En effet. Et j'espère que vous vous joindrez à moi pour m'éviter d'abuser des bonnes choses.

Elle s'humecta à nouveau les lèvres. L'ambiance devenait plutôt torride, et elle n'osait imaginer jusqu'où la température grimperait une fois qu'ils seraient attablés. Elle ferait mieux de lui dire que ses habitudes alimentaires ne la concernaient pas, mais ce serait un mensonge. Ne faisait-elle pas en sorte de lui concocter des repas sains et équilibrés ?

Non qu'il ait besoin d'être requinqué. Il était dans une forme éblouissante, elle n'en avait que trop conscience.

— Si c'est pour vous éviter une indigestion, alors j'accepte, dit-elle, le précédant dans la cuisine.

- 6 -

— Ça suffit, Peterson Higgins. Vous vous êtes servi trois fois, déclara Myra en riant et en déposant le plat sur le comptoir. Je pensais que vous plaisantiez quand vous disiez que vous pourriez manger toute la tourte.

Il lui fit face, un grand sourire aux lèvres.

— Vous n'auriez pas dû cuisiner aussi bien. C'était délicieux.

— Merci, mais vous ne m'amadouerez pas par la flatterie. Vous avez mangé votre aise.

Il croisa les bras sur son torse.

— Vous savez, je pourrais vous arrêter.

À son tour, elle croisa les bras sur sa poitrine et releva le menton, un sourire de défi étirant ses lèvres pulpeuses.

— Pour quel motif ?

Celui qui vint aussitôt à l'esprit de Pete fut sa beauté irrésistible. Mais il ne pouvait pas le lui dire au risque de gâcher la bonne ambiance qui régnait entre eux. Or, il appréciait cette conversation badine, et il avait envie de poursuivre sur le même ton.

Tout avait commencé quand ils s'étaient assis pour déguster la fameuse tourte. Il l'avait complimentée sur ses talents culinaires. Mise en confiance, elle lui avait parlé des week-ends qu'elle avait passés avec Mme Miller, en précisant que leur grand plaisir à toutes deux était de regarder des vieux films. Il essayait de se remémorer la dernière fois où il avait vu un film quand elle claqua des doigts devant son visage pour attirer son attention.

— Si vous devez vous creuser autant les méninges pour trouver un chef d'inculpation, c'est qu'il n'y en a pas.

— Oh ! détrompez-vous. J'en ai un. Que diriez-vous de : « soustraction d'un bien appartenant à autrui ? »

Elle leva les yeux au ciel.

— Vous pensez vraiment pouvoir maintenir ce chef d'inculpation ?

— Oh ! vous seriez surprise d'apprendre tout ce que je suis en mesure de faire, Myra.

Elle inclina la tête sur le côté, un sourire malicieux aux lèvres.

— Vraiment ? Alors, dites-le-moi, Pete.

Cette sommation lui fit l'effet d'un assaut généralisé sur ses sens. Prenant une profonde inspiration, il lui souleva le menton avec l'index. Elle cilla, visiblement troublée.

— Et si vous me demandiez plutôt : « Montrez-moi, Pete » ?

Il perçut son halètement de surprise et crut même entendre les battements précipités de son cœur. Comme elle sentait bon et comme elle était sexy en legging et pull-over ajusté !

— Je ne suis pas sûre de comprendre ce que vous voulez dire, balbutia-t-elle.

Il lui souleva un peu plus le menton pour mieux river son regard au sien et se repaître de ses lèvres exquises.

— Alors, laissez-moi vous montrer, Myra Hollister, dit-il, joignant ses lèvres aux siennes.

Dès l'instant où il glissa sa langue dans la bouche de Myra et qu'il la goûta, il sut qu'il était perdu. Il dut faire appel à toute sa volonté pour que ce baiser demeure langoureux alors qu'il brûlait d'envie de dévorer sa bouche avec voracité. Mais, ne voulant pas l'effaroucher, il se contenta de la savourer tout à loisir, heureux de lui communiquer l'élan de passion qui l'animait.

Il l'avait désirée dès qu'il avait posé les yeux sur elle et il avait combattu vaillamment son désir. Mais ce soir, il n'en était plus capable. Sa sacro-sainte maîtrise lui échappait. Et, à en juger par la façon dont Myra répondait à son baiser, elle aussi laissait libre cours à sa passion.

Elle gémit, et ce petit bruit tellement sexy attisa un peu plus la faim qu'il avait d'elle. Nouant ses bras autour de sa taille, il l'attira plus près, se délectant de l'exquise sensation de son corps contre le sien. C'était comme si elle se fondait en lui. Cela faisait une éternité qu'il n'avait pas ressenti une telle passion chez une femme. Avait-elle conscience de l'effet qu'elle produisait sur ses sens ? Se rendait-elle compte qu'elle le conduisait au bord du précipice ? De fait, il ne se lassait pas de la goûter et de la serrer contre lui. Il brûlait d'envie de l'absorber dans sa peau et dans chaque cellule de son corps tandis que leurs langues se mêlaient langoureusement.

Comprenant que s'il n'arrêtait pas de l'embrasser maintenant il la prendrait sur le comptoir, il mit fin en douceur à leur baiser. Mais pas avant d'avoir léché sensuellement ses lèvres pulpeuses.

— La tourte aux pêches n'est pas la seule chose à laquelle je risque de devenir accro, Myra, murmura-t-il à son oreille.

Puis, reculant d'un pas, il laissa retomber ses mains le long de son corps et contempla son beau visage. Oh ! oui, la passion lui allait à merveille.

— Ne préparez pas à dîner, demain. Je vous invite au restaurant avec Ciara.

— Oh.

Il prit une profonde inspiration pour s'imprégner encore de sa fragrance.

— Je vais m'assurer que Ciara va bien avant d'aller me coucher.

— Entendu. Bonne nuit, Pete.

— Bonne nuit, Myra.

Il sortit de la cuisine et, bien qu'il en meure d'envie, il ne se retourna pas.

Myra alla s'asseoir sur une chaise avant que ses jambes se dérobent sous elle. Elle avait déjà été embrassée auparavant, mais jamais de cette façon à la fois tendre, langoureuse et affriolante. Pete avait capturé sa bouche avec douceur, et elle avait accepté d'emblée la caresse de sa langue, comme si elle avait su que ses effets se propageraient dans son système sanguin et feraient naître en elle une profusion de sensations divines. Et quand il avait finalement détaché sa bouche de la sienne, elle avait failli protester tant elle se sentait frustrée.

Le cœur battant, elle perçut le son feutré d'une porte qu'on refermait et en déduisit qu'il quittait la chambre de sa nièce. Irait-il se coucher, comme il le lui avait dit, ou reviendrait-il dans la cuisine pour l'embrasser à nouveau ? Était-ce ce qu'elle voulait ? Elle retint son souffle dans l'attente de ce qu'il ferait, puis le relâcha en entendant sa porte s'ouvrir et se refermer. Il ne l'avait pas simplement embrassée ; il avait dévoré sa bouche avec gourmandise au point qu'elle en avait encore la tête qui tournait.

Se levant, elle mit le restant de la tourte aux pêches au réfrigérateur. Elle avait hâte de se réfugier dans sa chambre, porte close, au cas où Pete déciderait de revenir. Il lui avait dit qu'il ne mordait pas, mais il ne s'était pas privé de la lécher, de la suçoter et de l'émoustiller.

Leur baiser s'était prolongé encore et encore, comme si ni l'un ni l'autre n'avaient été prêts à y mettre un terme. Elle s'était entichée de sa saveur délectable. À l'évidence, il savait ce qu'il faisait, et elle s'était contentée de suivre son exemple tandis que sa bouche et sa langue cajolaient les siennes au point de lui tirer des gémissements de volupté.

Rien que d'y penser, elle sentait son cœur s'affoler et une onde de chaleur se lover au creux de son ventre. Ce soir, elle avait eu une révélation sensuelle grâce à un homme qu'elle jugeait trop âgé et trop différent des hommes avec qui elle sortait.

Elle ? Sortir ? C'était risible ! À quand remontait la dernière fois où elle était sortie avec un autre homme que Wallace ? Et, comme elle l'avait dit à Pete, Wallace était davantage un grand frère pour elle que ne l'était Baron.

Après avoir rangé la cuisine, elle se dirigea vers sa chambre. Une fois à l'intérieur, elle s'adossa à la porte close et toucha ses lèvres qui continuaient de la picoter délicieusement.

Elle devait chasser ce baiser délectable de son esprit et se convaincre qu'il ne se reproduirait pas. Mais c'était plus facile à dire qu'à faire. Restait à espérer qu'après une bonne nuit de sommeil, elle retrouverait tout son bon sens.

— Alors, Pete, es-tu satisfait de la nouvelle nounou de ta nièce ?

Pete leva les yeux de son écran d'ordinateur. Il visionnait à nouveau la vidéo que Mme Katherine lui avait remise. Bien qu'elle ne soit pas très nette, il distinguait malgré tout une silhouette qui semblait flotter dans l'arrière-cour de la vieille dame. Lui et ses hommes avaient convenu qu'il se passait quelque chose de louche mais sans arriver à déterminer quoi au juste.

Pete sourit à l'homme qui se tenait sur le seuil de son bureau. Lui et l'inspecteur Lewis Tomlin avaient grandi ensemble à Denver. Ils avaient intégré l'école de police en même temps, puis Lewis avait quitté Denver pour devenir agent du FBI durant deux années.

— Très satisfait, répondit-il, se renversant contre le dossier de son fauteuil, les mains derrière la nuque. Elle s'occupe très bien de Ciara et cuisine divinement.

Après cette entrée en matière, le sujet de la nounou aurait dû être clos, mais Pete devinait que Lewis ne comptait pas en rester là. Sa grand-mère était une amie de Mme Katherine, et il avait dû entendre des bruits à son sujet. Il ne tarda pas à en avoir la confirmation.

— Il paraît qu'elle est très belle.

Oui, elle l'était, songea Pete. Et sa saveur était exquise. Il avait dû faire appel à toute sa volonté pour reléguer ce baiser à l'arrière-plan de son esprit. Il s'était couché en y pensant, il en avait rêvé et s'était réveillé avec l'envie d'un autre baiser.

— C'est vrai, dit-il, ne voyant pas l'utilité de mentir.

— Heidi et moi aimerions la rencontrer.

Pete fronça les sourcils, perplexe.

— Pourquoi ?

— Elle travaille pour toi de façon temporaire, n'est-ce pas ?

— En effet.

— D'après ce qu'on m'a dit, elle a une grande expérience des enfants. Elle pourrait nous dépanner.

— Tu as besoin d'une nounou ?

Lewis rit.

— En fait, Heidi et moi envisageons de prendre quelques jours de vacances en amoureux et nous cherchons quelqu'un pour garder les enfants.

— Quand comptez-vous partir ?

— La deuxième semaine de janvier. Pour skier à Aspen.

— Malheureusement, elle ne sera plus là. Elle a prévu de retourner dans le Sud aux alentours de Noël.

— Dommage. Mais préviens-moi si elle change d'avis.

— Entendu.

Lewis pénétra dans son bureau, et Pete songea à leur conversation, notamment la partie concernant le départ de Myra. Pourquoi cette pensée le déprimait-elle autant ? Il secoua la tête, refusant de s'appesantir dessus et préférant songer au baiser délectable qu'ils avaient échangé hier.

Ce matin, il lui avait laissé un mot pour lui indiquer l'adresse de McKays. Elle avait bien mérité de faire une petite pause en cuisine. Il avait souvent invité Bonnie à dîner au restaurant avec Ciara. C'était une simple marque d'attention. Mais au fond de lui, il savait que c'était plus que cela. À vrai dire, il espérait faire comprendre à Myra qu'il était son type d'homme, et pas trop âgé pour sortir avec elle.

Et ensuite ?

Il se passa la main sur le visage. Il n'avait pas encore réfléchi aussi loin. À cet instant, la sonnerie de son portable retentit et il prit l'appel.

— Pete, c'est Bane. Crystal m'a dit que tu avais essayé de me joindre.

— Oui, merci de me rappeler. Il y a quelque temps, tu m'avais expliqué que Flipper avait conçu une caméra vidéo de haute technologie.

— C'est exact. Tu connais Flipper. Quand il n'est pas en service, il invente toute sorte de gadgets.

— Pourrait-il me la prêter pour m'aider à résoudre une affaire qui me préoccupe ?

— Ça tombe bien. Flipper et Swan ont l'intention

de venir nous voir avec leur bébé cette semaine. Je lui demanderai d'apporter sa fameuse caméra.

— Merci. Au fait, comment vont tes coéquipiers du corps des marines ?

Bane était si proche d'eux, notamment Viper, Coop, Mac et Flipper, qu'il les avait présentés à sa famille et à ses amis.

— Ils vont bien. L'autre jour, j'ai parlé à Mac. Il m'a dit que ses jumeaux grimpaient partout et attrapaient tout ce qu'ils pouvaient. Je lui ai conseillé d'arrêter de se plaindre. Il voulait des garçons, et maintenant il en a deux.

Oui, Mac avait désormais deux fils et quatre filles.

— Je suis content d'apprendre qu'il est un papa comblé. Je crois savoir que le ranch qu'il a acheté au Texas est superbe.

Il discuta avec Bane encore quelques minutes, puis avant de mettre fin à la communication il lui demanda des nouvelles de sa famille. Bane et Crystal étaient les heureux parents de triplés de trois ans : deux garçons, Adam et Ace, et une fille, Clarisse. Tout ce petit monde se portait bien.

Reportant son attention sur l'écran, Pete griffonna quelques notes, mais il peinait à se concentrer. Jamais auparavant il n'avait laissé une femme prendre le pas sur son travail. Il repousserait Myra à l'arrière-plan de son esprit. Ce ne serait pas facile, mais il le fallait.

— Bienvenue chez McKays.

Tenant Ciara dans ses bras, Myra sourit à la serveuse.

— Merci. J'ai rendez-vous avec le shérif Pete Higgins, dit-elle, balayant la salle du regard.

C'était la première fois qu'elle venait ici, mais elle

avait entendu dire que c'était un des restaurants les plus prisés de Denver.

— Il est déjà là et a demandé une chaise haute pour le bébé. Suivez-moi, je vous prie.

Myra traversa la salle et passa à côté de plusieurs couples attablés. Certains reconnaissaient Ciara et la saluaient par son prénom en souriant. Pete avait souvent dû venir ici avec sa nièce pour qu'elle soit aussi populaire. Quand elle bifurqua en direction d'une autre partie de la salle, elle aperçut Pete au même moment où il les vit. Dès que leurs regards se croisèrent, un brusque flot de chaleur envahit tout son être.

Il se leva en souriant, et elle ne put plus ignorer l'attirance profonde qu'elle éprouvait à son égard. En se réveillant ce matin, elle avait pris une bonne résolution : même si elle avait énormément apprécié leur baiser d'hier soir, il ne devait plus se reproduire. D'abord, elle était son employée et vivait sous son toit. Il était hors de question qu'elle ait une liaison avec son patron. Bon, à vrai dire, cela ne lui déplairait pas, mais sur le plan éthique, ce serait une faute. Ensuite, il était plus âgé qu'elle et pas du tout son type d'homme. Il n'empêche qu'il embrassait divinement. Et il se tenait là devant elle, véritable apollon au corps de rêve.

— Pa-pa !

Ciara tendit les bras vers lui, et il s'empara d'elle. Myra observa, attendrie, la façon dont l'enfant nouait les bras autour de son cou et l'embrassait sur la joue. À l'évidence, il lui avait manqué. C'était la première fois que Ciara voyait son oncle depuis le dîner d'hier. Et, à en juger par la façon dont Pete l'étreignait, l'enfant lui avait manqué aussi.

— Bonsoir, Pete.

— Bonsoir, Myra. J'espère que vous avez trouvé votre chemin facilement.

— Oui, grâce au raccourci que vous m'avez indiqué, dit-elle, s'installant dans l'alcôve. Si je m'étais fiée à mon GPS, je serais encore dans les embouteillages à l'heure qu'il est.

— Sans doute. Comment s'est passée votre journée ?

Elle avait beaucoup pensé à leur baiser et s'était presque convaincue qu'il n'y en aurait pas d'autre. Mais maintenant qu'elle était assise en face de lui, elle ne pouvait pas s'empêcher de fixer ses lèvres et de se remémorer la façon dont elles avaient cajolé les siennes hier soir.

— Bien, répondit-elle à la place. Ciara connaît désormais par cœur la chanson que j'ai commencé à lui apprendre au début de la semaine. Mais je vous déconseille de l'interroger à ce sujet tant que nous sommes au restaurant car elle chante à tue-tête et se prend au jeu.

Il rit tout en installant Ciara dans sa chaise haute.

— Entendu. J'attendrai que nous soyons à la maison.

Ses paroles la troublèrent. Il parlait comme s'ils formaient un couple et se référait à sa maison comme si c'était leur foyer. Elle s'efforça de chasser cette pensée de son esprit, mais le sourire ensorcelant de Pete ne l'y aidait guère.

À cet instant, la serveuse leur apporta la carte, et elle s'empressa de reporter son attention sur la liste des mets.

— Que me conseillez-vous ?

— Leur pain de viande est fameux, mais le vôtre est encore meilleur.

— Merci, c'est gentil.

— Mon compliment est sincère. Cela dit, mis à part le pain de viande, je vous conseille les côtelettes de porc. Pour Ciara, je commande habituellement les raviolis figurant au menu enfant. Elle les aime bien.

Quand la serveuse eut pris leurs commandes, Myra jeta un regard alentour et constata que la salle était pleine et que plusieurs clients les regardaient. Reportant son attention sur Pete, elle comprit que lui aussi l'avait remarqué.

— Si vous vous souvenez, je vous avais prévenue, dit-il.

En effet. Non qu'elle attache une grande importance à l'opinion d'autrui, mais il était le shérif de la ville, et célibataire de surcroît. Les gens étaient sans doute curieux de savoir ce qui se passait dans sa vie. Bien que Denver soit une grande ville, dans certains quartiers les habitants étaient proches les uns des autres, et il semblait que ce soit le cas dans celui-ci.

Par chance, l'arrivée de la serveuse avec leurs plats la dispensa de répondre.

Pete sourit à Ciara qui n'arrêtait pas de babiller. Dieu merci, elle ne s'était pas mise à chanter, mais elle essayait de lui parler de ses chaussures. Comme il ne comprenait pas ce qu'elle disait, Myra se chargeait de traduire, ce qui lui permettait de la contempler tout à loisir.

Il avait guetté impatiemment leur arrivée et se souvenait du moment exact où Myra était apparue dans son champ de vision avec Ciara. Il avait ressenti un élan de bonheur de les voir ensemble, et ce sentiment l'avait à la fois étonné et troublé. Il l'avait bien vite repoussé pour concentrer son attention sur Myra.

Elle portait une jupe longue fluide et des bottes en cuir. Son pull ajusté mettait ses formes en valeur et la rendait encore plus sexy. Mais c'était sa chevelure bouclée cascadant sur ses épaules, style coiffé-décoiffé, qui avait attisé la flamme du désir dans chacune de ses cellules. Il ne se sentait plus coupable de la désirer et acceptait qu'il en soit ainsi. Après tout, il n'était qu'un homme, et elle était tellement séduisante.

Chaque fois qu'elle souriait, il sentait son souffle se bloquer dans sa gorge. Il rêvait de l'emmener danser, un jour. Il la tiendrait dans ses bras et enfouirait son visage dans le creux de son cou pour mieux inhaler sa fragrance subtile et ô combien addictive.

Dire qu'il avait failli ne pas l'engager ! Elle était chez lui depuis des semaines et il appréciait de plus en plus la façon dont elle s'occupait de Ciara et de sa maison en l'absence de Bonnie. Il lui était aussi reconnaissant de lui avoir rappelé qu'il était un homme. Un homme qui s'était contenté d'exister au lieu de vivre, comme le lui avait reproché Bonnie.

Il n'avait pas prévu un pareil changement dans sa vie. Pendant des années il s'était cru satisfait de son mode d'existence. Mais chaque fois qu'il contemplait Myra et qu'il passait du temps avec elle, il prenait conscience de ces émotions nouvelles qu'elle suscitait en lui. Une part de lui estimait qu'il devrait les combattre. Au fond, pourquoi s'attacher à une femme qui sortirait de sa vie dans un mois ? Elle quitterait Denver, et leurs routes ne se croiseraient plus jamais. Ils n'avaient pas d'avenir ensemble, et il n'était pas sûr d'en vouloir un avec elle ou une autre femme. Tout ce qu'il voulait, c'était se concentrer sur le moment présent. Et à cet instant, il ressentait la présence de Myra dans chaque cellule de son corps.

Cela ne l'empêchait pas de remarquer la curiosité qu'ils suscitaient parmi les clients attablés. McKays était un endroit convivial où les habitants du quartier venaient manger et aussi se tenir au courant des derniers potins. Beaucoup de personnes ici présentes connaissaient Pete depuis toujours. Elles avaient connu ses parents et Matt, et l'avaient encouragé à poser sa candidature pour le poste de shérif. Elles avaient aussi connu Ellen et, comme Bonnie, lui avaient conseillé de refaire sa vie en lui expliquant que c'est ce qu'Ellen aurait souhaité. Par le passé, il avait éprouvé du ressentiment envers ces personnes qui se permettaient de parler au nom d'Ellen. Mais elles l'avaient bien connue et savaient qu'elle était tout sauf égoïste.

Il admettait maintenant que cette Ellen-là aurait voulu qu'il aille de l'avant et vive à nouveau.

— Bonsoir, shérif.

Pete s'arracha à ses pensées et se tourna vers le couple qui avait fait halte à leur table.

— Bonsoir, monsieur Karl, bonsoir, madame Inez.

Visiblement, ils attendaient qu'il les présente à Myra. En fait, il était quasi certain que c'était pour cette raison qu'ils s'étaient arrêtés à leur table.

— Je ne sais pas si vous connaissez Myra Hollister. Myra s'occupe de Ciara en l'absence de Bonnie.

Ils saluèrent Myra.

— M. et Mme Foster étaient des amis de mes grands-parents, expliqua-t-il à Myra.

— Oui. À l'époque, son grand-père était capitaine de notre équipe de football, et moi, capitaine de l'équipe de base-ball, précisa Karl.

— Et je parie que votre équipe de base-ball était très bonne, déclara Myra en souriant.

M. Karl se rengorgea.

— C'est vrai. Nous avons remporté des championnats nationaux dans les deux disciplines lors de notre dernière année d'études.

Le vieux couple s'éloigna, mais leur démarche semblait avoir ouvert une brèche, et d'autres personnes s'approchèrent de leur table pour être présentées à Myra.

— Je trouve les habitants de cette ville très amicaux. Malgré sa taille, Denver conserve une atmosphère de petite ville, remarqua Myra après le passage de ce que

Pete espérait être la dernière personne à interrompre leur repas.

— Certains quartiers seulement, répondit Pete. Les habitants du centre-ville et des nouveaux lotissements ne se connaissent pas et ne cherchent pas à se fréquenter.

Ils étaient sur le point de commander le dessert quand Pete perçut l'approche d'autres visiteurs. Levant la tête, il aperçut Derringer, Zane, Riley et Canyon avec leurs épouses respectives. Ils se saluèrent, mais les présentations furent inutiles puisque Myra avait fait la connaissance des Westmoreland lors d'un buffet campagnard quelques semaines auparavant.

Zane informa Pete que sa sœur Gemma et son mari Callum viendraient en ville pour Noël après avoir manqué Thanksgiving. Puis Riley ajouta que leurs cousins vivant en Alaska, les Outlaw, se joindraient aussi à eux pour Noël. Pete avait beau apprécier les Westmoreland, il fut soulagé de les voir s'éloigner. Il voulait avoir Myra pour lui seul, songea-t-il avant de repousser cette pensée incongrue.

— Vous serez de repos ce week-end, n'est-ce pas ?

La question de Myra le ramena à l'instant présent.

— Oui.

— J'en profiterai pour retourner à Breckenridge.

— Pour retrouver votre amie ? demanda-t-il d'un ton qu'il espérait désinvolte.

Hier soir, pendant qu'ils dégustaient la tourte aux pêches, elle lui avait raconté où elle était allée durant le week-end de Thanksgiving, éclaircissant ainsi un mystère qui l'avait taraudé.

— Non. Pour prendre un bon bol d'air pur.

Il la soupçonnait de s'absenter exprès tous les week-ends où il était de repos.

— Avez-vous une autre raison de partir ce week-end ?

— Bonnie m'a dit que quand vous étiez de repos,

elle retournait chez elle pour s'occuper de ses affaires. Je n'ai pas d'endroit spécifique où aller, mais je veux vous laisser profiter de Ciara.

C'était là une attention délicate mais inutile.

— Ciara et moi passerons du temps ensemble même si vous êtes là. Je vous en prie, ne partez pas à cause de nous.

— Vous êtes sûr ? Je ne voudrais pas m'imposer.

— Ce ne sera pas le cas.

En fait, il tenait à ce qu'elle passe le week-end avec lui et Ciara. Il se demanderait pourquoi plus tard. Pour le moment, il avait simplement envie d'apprécier sa compagnie, et il ne lui restait plus qu'un mois pour en profiter.

À cet instant, la serveuse leur apporta leurs desserts.

— Merci encore pour ce dîner, Pete, déclara Myra pendant qu'il déverrouillait la porte d'entrée de sa maison.

Il avait insisté pour que Ciara fasse le chemin du retour avec lui ; à cet effet, il avait installé un siège auto dans sa voiture de fonction.

— Ciara a-t-elle fait la sieste, aujourd'hui ? demanda-t-il.

— Oui. Pourquoi ?

Il rit.

— Parce qu'elle était en pleine forme, ce soir. Sur le chemin du retour, j'ai commis l'erreur de lui demander de me chanter la chanson que vous lui aviez apprise, et elle l'a serinée jusqu'à ce qu'on arrive.

Myra ne put s'empêcher de rire.

— Je vous avais prévenu. Mais elle commence à avoir sommeil.

De fait, l'enfant peinait à garder les yeux ouverts.

— Je vais la préparer pour la nuit, déclara Myra, la prenant des bras de Pete.

Leurs corps se frôlèrent, et le cœur de Myra manqua un battement.

Serrant Ciara contre elle, comme si la fillette pouvait servir de barrière entre elle et Pete, elle recula d'un pas.

— Je vous préviendrai dès qu'elle sera prête.

Puis, simulant un bâillement, elle ajouta :

— J'ai eu une longue journée. J'irai me coucher dès que vous prendrez le relais.

— Entendu.

Pourquoi se sentait-elle un peu déçue que Pete ne l'ait pas dissuadée d'aller au lit ? Qu'avait-elle espéré qu'il lui dise ? *Venez me retrouver dans la cuisine pour que je dévore à nouveau votre bouche ?* Peut-être regrettait-il ce baiser comme elle aimerait le regretter. Sauf qu'elle en était incapable.

— Quelque chose ne va pas, Myra ?

Elle se rendit compte trop tard qu'elle se tenait toujours là, les yeux rivés sur lui. Plus précisément sur sa bouche si sensuelle. Croisant son regard, elle y perçut une lueur intense qui lui donna presque envie de gémir. Heureusement qu'il n'avait pas accès à ses pensées !

— Non, tout va bien, s'empressa-t-elle de répondre avant de s'esquiver.

Elle venait de donner son bain à Ciara et finissait de lui enfiler son pyjama quand la porte de la chambre s'ouvrit. Elle réprima un halètement de surprise. C'était la première fois que Pete pénétrait dans la pièce pendant qu'elle y était. D'habitude, il attendait qu'elle ait fini. Mais ce soir, il se tenait sur le seuil, beaucoup trop beau pour la paix de son esprit.

— Vous arrivez juste à temps, déclara-t-elle, faisant de son mieux pour dissimuler son trouble.

— Parfait.

Il s'avança vers la table à langer et sourit à sa nièce. Myra avait tenté de lui natter les cheveux, mais la fillette ne s'était pas laissé faire, sans doute trop fatiguée par cette sortie au restaurant. Elle peinait à garder les yeux ouverts, mais en apercevant son oncle elle lui sourit et demanda :

— Je chante, pa-pa ?

Il secoua la tête en riant.

— Non, Ciara. C'est à mon tour de chanter.

Myra l'observa tandis qu'il s'installait avec Ciara dans le rocking-chair. Soudain il tourna la tête vers elle, et leurs regards s'accrochèrent. Troublée, elle laissa échapper un halètement et se demanda s'il l'avait remarqué.

Elle recula en direction de la porte.

— Je vous laisse tous les deux. Bonne nuit.

— Myra ?

— Oui ?

— S'il vous plaît, retrouvez-moi au sous-sol d'ici une demi-heure.

Elle se figea, comme hypnotisée par son regard.

— Y a-t-il quelque chose dont nous devons parler ?

— Non.

Elle s'humecta nerveusement les lèvres en sentant la chaleur de son regard irradier vers elle et l'envelopper tout entière. Son corps répondit aussitôt à ces caresses visuelles par un long frisson de volupté.

— Dans ce cas, pourquoi voulez-vous me voir ?

— Parce que j'ai très envie de vous embrasser à nouveau.

Du moins, il était honnête, et elle devait s'efforcer de l'être à son tour.

— Je ne pense pas que ce soit une bonne idée.

Voilà. C'était une réponse pleine de bon sens…, mais cela ne l'empêchait pas d'avoir très envie qu'il l'embrasse.

— Vous avez sans doute raison, mais mon esprit se

moque de savoir si c'est bien ou non. La seule chose qui lui importe, c'est le souvenir de votre délicieuse saveur.

Que répondre à cela ? Par chance, elle n'eut pas à le faire car Ciara, visiblement impatiente, attrapa le menton de son oncle et l'obligea à reporter son attention sur elle.

— Chante, pa-pa.

Il sourit à sa nièce, et Myra en profita pour s'éclipser.

- 7 -

Elle n'est pas là !

Pete s'efforça de minimiser sa déception. Avait-il vraiment cru qu'elle viendrait ? Il l'avait espéré. Il n'avait pas pu se méprendre à ce point sur l'alchimie qui avait crépité entre eux ce soir. Une alchimie que Myra avait ressentie aussi, il en était certain. Mais cela ne signifiait pas pour autant qu'elle accepterait d'y donner suite.

Il se passa une main sur le visage, submergé par la frustration. Ce n'était pas à elle qu'il en voulait mais à lui-même. Ils avaient simplement échangé un baiser et partagé un dîner, et il s'attendait à quoi de sa part ? Il avait réagi comme un homme ordinaire alors que la femme à qui il avait affaire sortait de l'ordinaire. Il s'en était rendu compte en observant la façon dont elle se comportait avec Ciara. Elle n'avait rien de commun avec les autres femmes qu'il avait fréquentées durant ces dernières années. Ces femmes et lui n'avaient eu qu'un objectif : leur plaisir mutuel.

Mais Myra n'était peut-être pas intéressée par une aventure.

Pete refusait d'envisager cette éventualité, surtout maintenant qu'il avait accepté le fait que l'attirance entre eux était beaucoup trop forte pour être ignorée. Il avait eu un mal fou à rester assis en face d'elle et à la regarder manger son dessert au chocolat avec gourmandise. Chaque fois qu'elle avait léché sa cuiller, il s'était senti durcir.

Un léger bruit lui fit tourner la tête vers l'escalier, et il retint son souffle en apercevant Myra qui l'observait.

Dieu merci, elle était venue.

Myra avait hésité jusqu'à la dernière minute.

Peterson Higgins était tellement différent des autres hommes. Il la déstabilisait. Il lui faisait penser à des choses entre un homme et une femme dont elle ne s'était jamais préoccupée auparavant. Compte tenu de son manque d'expérience, elle en venait à regretter de ne pas avoir étudié la sexologie au lieu de la psychologie des enfants ! Elle aurait su comment gérer cette situation.

Prenant une profonde inspiration, elle s'arrêta sur l'avant-dernière marche. Il dut percevoir sa présence car il tourna vivement la tête vers elle. À l'instant où leurs regards se croisèrent, elle sut qu'il faisait plus que la déstabiliser.

Auparavant, elle n'avait jamais éprouvé de sentiment d'infériorité face aux hommes. Elle savait leur tenir tête si nécessaire. Les occasions ne lui avaient pas manqué avec Baron et ses amis peu recommandables ; des hommes qui ne respectaient pas les femmes et considéraient qu'elles étaient sur terre uniquement pour leur bon plaisir.

Et pourtant, elle était là. Elle accédait à la demande de Pete tout en ayant conscience de commettre une erreur.

Elle s'était promis de ne pas renouveler leur baiser d'hier soir, aussi délectable fût-il. Mais chaque fois qu'elle contemplait la bouche de Pete, elle *brûlait d'envie* qu'il l'embrasse à nouveau.

Encore et encore.

La lueur ardente qui dansait dans ses yeux était

éloquente. Tout comme son érection pulsant contre la fermeture Éclair de son jean. Si elle avait un peu de bon sens, elle ferait demi-tour et s'enfuirait à toutes jambes. Mais elle n'en fit rien. Un phénomène incroyable se passait entre eux sans qu'ils aient échangé un seul mot. Ce phénomène était tellement intense qu'il la terrifiait et la grisait en même temps.

Elle n'en comprenait pas complètement la signification, mais elle ne pouvait plus nier son existence.

Son père lui avait toujours recommandé de ne pas se laisser dominer par la peur. Si elle avait un problème, elle devait le gérer d'une manière ou d'une autre. Voilà pourquoi elle était ici, pour élucider le phénomène qui se passait entre elle et le shérif Peterson Higgins.

— Tu es venue.

Le son de sa voix rauque brisa le silence, s'ingérant dans l'alchimie sexuelle puissante qui crépitait entre eux, mais sans en diminuer l'intensité. Bien au contraire.

— Oui.

Elle contempla la flamme soudaine qui s'alluma dans son regard. On aurait dit que sa réponse avait déclenché quelque chose en lui. Cette pensée ne fit qu'accroître sa nervosité. Incapable de supporter plus longtemps l'excitation sexuelle lovée au creux de son ventre, elle demanda :

— Et maintenant, que se passe-t-il ?

Il arbora ce sourire sensuel qui avait le don de la faire chavirer.

— D'abord, nous devons parler.

Quoi ? *Parler ?* Quelle idée de parler en un moment pareil ?

Myra l'observait, le cœur battant, tandis qu'il s'avançait vers elle d'une démarche féline. Elle se tenait toujours sur l'avant-dernière marche, et quand il la rejoignit, il lui tendit la main.

Deux options s'offraient à elle : refuser sa main et rebrousser chemin, ou la prendre et se laisser guider par lui.

Qu'avait-il à lui dire ?

Elle avait déjà sa petite idée.

Elle avait beau être innocente à propos de certaines choses, elle savait comment fonctionnait le cerveau d'un homme.

Sa décision prise, elle posa sa main dans celle de Pete.

Faisant appel à toute sa volonté pour maîtriser ses sens exacerbés, Pete conduisit Myra jusqu'au canapé.

Dès que leurs mains se touchèrent, il sentit son pouls s'affoler. Mais il était déterminé à avoir la fameuse *conversation* avec elle. Ce serait, dans l'ensemble, le même discours qu'il tenait à chaque femme depuis Ellen. Mais il devrait l'adapter à la personnalité de Myra car elle ne ressemblait pas aux autres femmes. Comment s'y prendrait-il ? Il n'en savait trop rien, mais il se fiait à son instinct.

Il prit place sur le canapé et la fit asseoir sur ses genoux. Elle haleta, prise de court. Parfait. Elle n'était pas au bout de ses surprises.

Alors que Pete la faisait pivoter de façon à ce qu'elle soit face à lui, elle s'humecta nerveusement les lèvres. Si seulement elle savait l'effet que ce geste anodin produisait sur lui, elle s'arrêterait aussitôt.

— De quoi veux-tu me parler, Pete ? Même si j'en ai une petite idée.

— Vraiment ? Et que vais-je te dire ?

— Tu vas m'expliquer que tu as très envie de coucher avec moi et que tu feras en sorte de me donner beaucoup de plaisir, mais que je ne dois surtout pas me faire de fausses idées car il s'agira d'une relation purement physique où l'amour sera exclu. Par ailleurs, tu ne veux pas t'engager dans une relation de longue durée car ton cœur est enchâssé dans un bloc de verre incassable.

Il ne dit rien car elle avait vu juste. D'autres hommes avaient déjà dû lui tenir ce même discours, et elle s'attendait donc à une mise en garde similaire de sa part.

Pourquoi se faisait-il soudain l'effet d'un parfait salaud ?

— C'est exact, n'est-ce pas, Pete ?

Il la contempla, comme hypnotisé par son regard velouté, par sa fragrance, par la quintessence de tout ce qu'elle était. Il exhala un soupir, sachant qu'il ne servait à rien de mentir, même si à cet instant il détestait admettre la vérité.

— Oui, j'aurais tenu un discours similaire.

Elle hocha la tête, et il perçut sa déception. S'attendait-elle à autre chose de sa part ? Maintenant qu'elle savait à quoi s'en tenir, accepterait-elle de poursuivre l'aventure ?

— Je ne suis pas adepte des rapports sexuels occasionnels et je vais devoir réfléchir à la question, Pete.

Une part de lui était soulagée qu'elle ne prenne pas de décision prématurée. Il voulait qu'elle soit sûre d'elle, car une fois qu'elle aurait donné son consentement, il envisageait de lui faire vivre une épopée intense et follement sensuelle.

— Je comprends. Tu as raison de ne pas te décider à la légère. En attendant, je veux te donner quelque chose qui t'aidera à réfléchir.

— Quoi ?

— Ceci.

Sans plus attendre, il captura sa bouche.

Myra gémit. La bouche de Pete dévorait la sienne, et elle peinait à lutter contre le désir qu'il attisait en elle.

Car il ne faisait pas dans la demi-mesure ! Son baiser était encore plus ardent que celui de la veille. Tous ses sens exacerbés, elle suivit son exemple et l'embrassa avec la même ferveur. Et quand il approfondit son baiser, elle gémit à nouveau tant les sensations qu'il faisait naître en elle étaient exquises.

Un instant plus tard, quand il détacha sa bouche de la sienne, elle ne put que murmurer son prénom :

— Pete.

En réponse, il lui mordilla la lèvre inférieure avant de lécher le contour de sa bouche.

— Redis mon prénom, murmura-t-il contre ses lèvres moites. Je veux l'entendre prononcer à nouveau par cette bouche si adorable.

— Oh ! Pete.

Au moment où elle s'exécutait, il glissa sa langue dans sa bouche, la revendiquant impérieusement. Elle était tentée de lui dire qu'elle avait déjà pris sa décision ; qu'elle avait envie d'aller plus loin, quitte à gérer les conséquences de ses actes plus tard.

Mais un scrupule la retint. Si elle lui disait cela maintenant sans prendre le temps de la réflexion, elle franchirait le point de non-retour.

Elle désirait Pete de tout son être. Pour elle, c'était une première car elle n'avait jamais vraiment éprouvé du désir pour un homme. Bien sûr, elle avait été curieuse des choses du sexe, mais pas au point de jeter toute prudence au vent.

Forte de cette pensée, elle fit appel à toute sa volonté pour se rebeller contre les exigences de son corps. Elle avait beau se sentir divinement bien dans les bras de Pete, il était hors de question qu'elle troque vingt-quatre années de self-control pour une nuit de passion qui ne signifierait rien pour lui.

Alors qu'elle mettait un terme à leur baiser, elle se

rendit compte qu'il avait glissé une main sous sa jupe et qu'il lui caressait l'intérieur de la cuisse.

Soudain, les souvenirs d'un scénario similaire avec Rick assaillirent son esprit et elle bondit des genoux de Pete, manquant tomber dans sa précipitation.

— Myra, ça va ? demanda-t-il, pris de court, en la rattrapant.

Non, ça n'allait pas. Elle avait besoin de reprendre ses esprits et de sortir d'ici. Tout de suite. Il dut remarquer qu'elle était bouleversée car il resserra sa prise autour d'elle.

— Myra ? Que se passe-t-il ? Tu vas bien ?

Percevant son inquiétude, elle hocha la tête.

— Oui. Tu peux me relâcher, Pete.

Il obtempéra, et elle recula d'un pas.

— Je n'aurais pas dû venir ici ce soir. C'était une erreur.

Puis, pivotant sur ses talons, elle se rua vers l'escalier.

- 8 -

Posté à la fenêtre de sa cuisine, Pete buvait son café en contemplant les terres du domaine familial qui s'étendaient à perte de vue. Il faisait cela chaque matin avant de quitter le ranch. Ciara hériterait de la part de Matt à sa majorité, et il était déterminé à faire fructifier le domaine pour le lui transmettre dans les meilleures conditions.

Tout en sirotant son café, il songea à ce qui s'était passé hier soir dans son antre. Il en était certain, Myra l'avait désiré autant qu'il l'avait désirée. Mais quand il l'avait caressée intimement, elle s'était enfuie. Elle avait eu beau prétendre qu'il n'y avait pas de problème, l'expression sur son visage démentait ses propos. Il était policier depuis suffisamment longtemps pour savoir quand quelqu'un avait un flash-back d'un événement déplaisant.

Avait-elle été victime de harcèlement sexuel ? Un homme avait-il essayé de la toucher au même endroit que lui ? Hier soir, après son départ précipité, il s'en était terriblement voulu d'avoir réveillé des mauvais souvenirs chez elle.

Son sentiment de culpabilité perdurait encore ce matin. Voilà pourquoi il se tenait dans la cuisine une heure plus tard que d'habitude. Il savait que Ciara se réveillait vers 8 heures et se doutait que Myra se lèverait plus tôt pour préparer le petit déjeuner. Il voulait la voir pour s'excuser d'avoir pris trop de libertés avec elle. Leur baiser avait été consensuel, et il aurait dû s'en tenir là. Il voulait aussi la rassurer pour qu'elle continue de travailler sous son toit en toute confiance. Il n'avait jamais abusé d'une femme, et ce n'était pas aujourd'hui qu'il commencerait.

— Tu n'es pas encore parti au travail ?

Il se retourna en entendant la voix de Myra et le regretta aussitôt. Car son corps fut parcouru par des frissons de désir qu'il eut le plus grand mal à ignorer. Une femme ne devrait jamais être aussi séduisante au saut du lit ! Myra portait un jean et un pull-over rose. Cette couleur la rendait encore plus féminine et séduisante. Puis il y avait la façon dont ses boucles brunes retombaient librement sur ses épaules. Elle ne portait pas de maquillage, mais cela ne l'empêchait d'être rayonnante de beauté.

Recouvrant le contrôle de ses émotions, il répondit :

— Non. J'attendais que tu sois levée.

Elle enroula ses bras autour d'elle, visiblement nerveuse.

— Pourquoi ?

Il résista à l'envie de s'avancer vers elle et de la prendre dans ses bras. Il ne savait pas trop comment réparer son erreur d'hier soir, mais il allait essayer.

— Je ne voulais pas partir sans m'être excusé de t'avoir mise mal à l'aise avec mes caresses déplacées.

Elle demeura silencieuse un moment, le regard rivé au sol. Puis elle releva la tête et le fixa droit dans les yeux.

— Tu ne m'as pas mise mal à l'aise, Pete. Au contraire, j'ai aimé tes caresses.

Un mélange de soulagement et de confusion le submergea.

— Dans ce cas, peux-tu m'expliquer pourquoi tu t'es enfuie aussi vite ?

Elle se mordilla la lèvre, comme si elle pesait sa réponse.

— Ce n'est pas important. Du moins, ça ne l'est plus.

Il la contempla, perplexe. Le flic en lui devinait qu'elle lui taisait certaines choses. Mais c'était son droit de les garder pour elle.

— Entendu, dit-il, passant à côté d'elle pour rincer sa tasse dans l'évier. As-tu décidé si tu emmènerais Ciara au festival Far West ?

— Oui, je l'y emmènerai.

— Bien. J'ai promis à Pam de l'aider après mon travail.

— Alors, nous nous verrons là-bas.

Il hocha la tête et se dirigea vers la porte. Puis se ravisant, il revint sur ses pas et fit ce qu'il brûlait d'envie de faire depuis qu'il l'avait vue ce matin. Il l'attira dans ses bras et attendit quelques secondes pour jauger sa réaction, puis voyant qu'elle ne le repoussait pas, il l'embrassa avec passion. Il avait besoin de ce baiser, de sa saveur exquise et euphorisante. Quand il libéra sa bouche, il contempla ses lèvres gonflées.

— Est-ce une façon de me dire que ta proposition d'une aventure avec moi est toujours valable ? demanda-t-elle, levant vers lui ses magnifiques yeux noisette.

Chaque fois qu'elle le regardait ainsi, il avait l'impression de se tenir en équilibre au bord d'une falaise dangereuse. Un faux mouvement suffirait à le faire tomber.

Il lui caressa le menton.

— C'est ma façon de te dire que je suis là si tu as besoin de moi.

Il se dirigea à nouveau vers la porte. Calant son Stetson sur son crâne, il se tourna vers elle.

— Oui, Myra. J'ai toujours envie d'une aventure avec toi.

Puis il ouvrit la porte et sortit dans la fraîcheur du matin.

Myra toucha ses lèvres qui la picotaient encore après le baiser aphrodisiaque de Pete. Quand elle entendit son pick-up s'éloigner, elle alla s'asseoir à la table de la cuisine. Cet homme était trop gentil pour son propre bien. Et beaucoup trop sexy.

Après l'avoir quitté hier soir, elle s'en était voulu de sa réaction intempestive car elle avait fait précisément ce qu'elle s'était interdit de faire, à savoir laisser Rick Stovers dominer ses pensées. Il n'en valait pas la peine.

Elle n'oublierait jamais comment, à vingt ans, elle avait attiré l'attention de cet homme, avocat prospère, de douze ans son aîné. À l'époque, elle était en dernière année universitaire et se trouvait chez elle pour les vacances. Ils s'étaient rencontrés à une réception et avaient aussitôt sympathisé. Il se conduisait en parfait gentleman, l'invitant au restaurant et lui donnant l'impression d'être spéciale à ses yeux.

Puis un soir, après un délicieux dîner, il lui avait tenu le fameux « discours ». Au début, elle avait cru qu'elle était prête. Encore vierge à vingt ans, elle avait eu envie de découvrir les plaisirs de la chair que certaines de ses amies vantaient tant. Mais son discours terre à terre, dénué de tout sentiment, lui avait déplu.

Il l'avait embrassée avant de glisser sa main sous sa jupe. Puis il avait commencé à se montrer brutal. Elle l'avait repoussé et lui avait dit qu'elle voulait partir. Il s'était énervé et lui avait répliqué qu'elle n'irait nulle part. Elle lui devait une compensation pour les quatre semaines qu'il avait gaspillées auprès d'elle et il envisageait de la prendre avec la bénédiction de son frère. Il avait même ajouté que c'était Baron qui lui avait suggéré de la séduire. Écœurée, elle s'était dirigée vers la porte, mais il avait tenté de la retenir. Elle avait alors mis en pratique ses cours d'autodéfense, et quand elle avait quitté les lieux, Rick gisait au sol, protégeant ses précieux attributs virils et braillant comme un bébé.

Elle était aussitôt allée trouver son frère. Il n'avait pas nié les allégations de Rick et avait même eu le culot de lui reprocher d'en faire toute une histoire. Il avait ajouté que Rick était un homme avec des besoins naturels et que si elle était incapable de les satisfaire, elle n'avait qu'à se tenir à l'écart de la gent masculine.

C'était après cet intermède calamiteux qu'elle avait décidé de fuir les hommes plus âgés.

Jusqu'à sa rencontre avec Pete.

Tout ce qu'elle avait ressenti avec Pete, c'était de la tendresse. Ses caresses étaient si différentes de celles de Rick. Tout comme sa façon de la regarder. Et après une bonne nuit de sommeil, même sa proposition d'une liaison purement physique ne la dérangeait plus. Il ne recherchait pas une relation de longue durée, et elle non plus. À l'évidence, il aimait toujours sa fiancée et resterait célibataire pour le restant de sa vie.

Bien qu'elle ne souhaite pas se marier et fonder une famille tout de suite, un jour viendrait où elle en aurait envie. Elle adorait les enfants. À vingt-quatre ans, elle avait le temps de rencontrer un homme ayant les mêmes aspirations qu'elle. En attendant, elle réfléchissait à la proposition de Pete.

Elle sourit en entendant Ciara se réveiller en chantant la comptine qu'elle lui avait apprise. Tandis qu'elle se dirigeait vers la chambre de Ciara, ses lèvres la picotaient toujours après le baiser de Pete, et si elle n'y prenait pas garde, c'était bientôt son cœur qui pourrait lui jouer des tours.

Pete se renversa contre le dossier de son fauteuil et contempla les deux hommes assis de l'autre côté de son bureau. Les commandos marines Bane Westmoreland et son coéquipier David « Flipper » Holloway avaient l'allure martiale même sans leurs uniformes.

— Je te remercie de me laisser utiliser ta fameuse caméra, Flipper. Grâce aux images de bonne qualité que je prendrai, j'espère enfin découvrir qui essaie d'effrayer Katherine Lattimore.

— As-tu une piste ? demanda Bane en sirotant son café.

— Aucune. À vrai dire, nous étions tous persuadés que les fantômes étaient un effet de son imagination jusqu'à ce qu'elle obtienne ces images vidéo. Quelqu'un a bel et bien rôdé dans son arrière-cour déguisé en fantôme. Mais quand je suis allé sur les lieux, je n'ai trouvé aucune empreinte de pas.

— Sais-tu pourquoi ? demanda Bane avec un grand sourire.

Pete fronça les sourcils, intrigué.

— Non. Pourquoi ?

— Parce que les fantômes n'ont pas de pieds.

Pete secoua la tête, dépité d'être tombé dans le panneau. Pourtant, ayant grandi avec les Westmoreland, il était habitué à leur sens de l'humour très particulier.

— Si tu comptes te recycler dans la comédie, tu as intérêt à peaufiner tes blagues à deux sous.

— Ignore-le, Pete, conseilla Flipper. Plus sérieusement, il doit y avoir une raison au manque d'empreinte, mis à part la blague de Bane. Pete, tu permets que je regarde les images qu'a recueillies la dame ?

— Bien sûr.

Il fallut à peine une minute à Pete pour charger la vidéo sur son ordinateur et encore moins de temps à Flipper pour aboutir à une conclusion :

— Ce n'est pas un vrai corps qui se déplace dans l'arrière-cour.

Bane se leva pour rejoindre les deux hommes.

— Flip a raison.

Les sourcils froncés, Pete examina l'image. Le corps en question lui paraissait bel et bien réel.

— Comment est-ce possible ?

— Il s'agit d'un faux fabriqué à partir d'une caméra de haute puissance, comme celles utilisées par les réalisateurs de films sur les plateaux de tournage, expliqua Flipper. Cette caméra est tellement perfectionnée qu'on peut programmer l'adresse de la dame et toute sorte d'images qu'on souhaite faire apparaître sur sa propriété par satellite.

Impressionné, Pete se passa une main sur le visage,

— Donc, cette image pourrait provenir de n'importe où.

— Oui, acquiesça Bane. Mais pour que le satellite localise la cible, il faut que quelqu'un ait posé un récepteur numérique dans l'arrière-cour de Mme Katherine. Il doit être si minuscule ou passe-partout qu'il est difficilement repérable.

— Mais je parie que vous deux le repéreriez.

Flipper se mit à rire.

— Évidemment. Nous ne sommes pas commandos marines pour rien.

C'était vrai. Et Pete leur était reconnaissant de protéger le pays.

— Qui se risquerait à faire une chose pareille ?

— Et pour quelle raison, ajouta Bane. Mme Katherine vit dans cette maison depuis des années.

— En fait, elle ne vit plus dans la maison que toi et Bailey aviez jadis taguée en orange, expliqua Pete.

Flipper jeta un regard surpris à Bane.

— Toi et Bailey avez vraiment fait une chose pareille ?

Bane esquissa un sourire espiègle.

— À l'époque, j'étais un gamin farceur. Qui plus est, elle était mon enseignante et voulait me faire passer dans la classe supérieure alors que je souhaitais redoubler pour être avec Bailey.

Pete éclata de rire.

— Maintenant, Flipper, tu comprends ce que la ville de Denver a enduré avec ces deux terreurs.

— Ça nous a servi de leçon, crois-moi, déclara Bane. Dillon nous a obligés à repeindre toute la façade de la maison et pas seulement le pan de mur que nous avions tagué. Mme Katherine a gagné au change. Sa maison était comme neuve. À propos, où habite-t-elle maintenant ?

— Dans la maison que son dernier mari lui a léguée.

— Je suis sûr que quelqu'un essaie de la faire partir de chez elle pour une raison, Pete, intervint Flipper. Et cette raison, quelle qu'elle soit, doit être primordiale car ces illusions d'optique coûtent très cher.

En fin d'après-midi, après s'être changé au bureau, Pete se gara dans le parking du cours d'art dramatique déjà comble. Il n'en fut pas surpris. La venue de Paige Novak, sœur de Pam et actrice de renom, attirait les amateurs d'autographes.

Il se fraya un chemin parmi la foule, de plus en plus nerveux à l'idée de voir Myra.

Parvenu sur le seuil, il s'effaça pour laisser sortir un groupe d'hommes souriant et ne tarissant pas d'éloges sur la beauté de Paige Novak. Certes, elle était belle, mais pas autant que Myra, selon lui. Myra possédait un charme fou et exerçait sur ses sens un pouvoir inégalé.

— Voulez-vous un soda, shérif ? Ce sera deux dollars.

Il sourit à la sœur cadette de Pam, étudiante à Harvard.

— Volontiers, Nadia, dit-il récupérant la monnaie dans la poche de son jean. Ainsi, Pam vous a enrôlée.

Nadia rit.

— Elle a enrôlé tout le monde. Même Jillian, revenue

pour l'occasion. Elle tient le stand de barbe à papa, habillée en cow-girl.

Quelques instants plus tard, en pénétrant dans le hall, il perçut un brouhaha de conversations provenant de l'auditorium. Il se dirigea résolument dans cette direction, saluant des personnes de connaissance tout en continuant d'avancer car il avait hâte d'apercevoir deux demoiselles de sa connaissance. L'une d'elle avait déjà gravé son nom sur son cœur, et il se pouvait que l'autre…

Il s'arrêta, bouleversé.

C'était la première fois depuis la disparition d'Ellen qu'il envisageait l'idée qu'une autre femme puisse devenir proche de lui et surtout, proche de son cœur. Seigneur, qu'est-ce que cela signifiait ?

— Êtes-vous contente d'habiter avec le shérif et de vous occuper de sa nièce ?

C'était la sixième fois qu'on posait cette question à Myra ! À la septième, elle hurlerait, songea-t-elle, dissimulant de son mieux son exaspération. Pete avait eu raison de la prévenir que les gens s'imagineraient des tas de choses à leur sujet. Mais, que leurs suppositions soient vraies ou non, elle et Pete étaient adultes et avaient le droit de faire ce qui leur plaisait.

— Je suis ravie de m'occuper de Ciara. C'est une enfant adorable, répondait-elle invariablement, refusant de faire allusion au shérif.

— Bonsoir, madame Coffer, bonsoir madame Finley. J'espère que vous ne m'en voudrez pas si je vous enlève Myra, intervint Lucia Westmoreland, apparemment sortie de nulle part et passant son bras sous celui de Myra.

— Oh ! bien sûr que non, répondirent en chœur ces dames.

Tout en guidant la poussette de Ciara à travers la foule, Myra adressa un sourire reconnaissant à Lucia.

— Comment as-tu su que j'avais besoin d'aide ? demanda-t-elle quand elles furent hors de portée d'oreille.

— Parce que ce sont les deux femmes les plus cancanières du quartier.

— Pete m'avait prévenue que si j'acceptais ce job de nounou et que j'emménageais chez lui il y aurait des ragots, mais je ne l'avais pas cru.

Lucia haussa un sourcil surpris.

— Pourquoi ?

— Parce que je pensais que les habitants de Denver avaient une plus grande ouverture d'esprit que ceux des petites villes.

— C'est vrai, mais comme partout, certaines personnes prennent un malin plaisir à propager des ragots. Par ailleurs, depuis des années, Elnora Finley est convaincue que Pete ferait un excellent deuxième mari pour sa fille Rose.

— Oh. Qu'est-il arrivé au premier mari ?

— Il est mort dans un accident de moto il y a quelques années. Selon Elnora, Rose et Pete seraient très bien assortis puisqu'ils ont perdu des personnes qu'ils aimaient.

Intéressant.

— Est-ce que Pete et Rose se sont fréquentés ?

Elle s'en voulait de poser cette question, mais elle avait besoin de savoir.

— Non, pas que je sache. À mon avis, Pete a dû faire comprendre à Rose et Elnora qu'il n'était pas intéressé. Pendant des années après la mort de sa fiancée, il n'a fréquenté aucune femme. Maintenant, il lui arrive de sortir, mais c'est rare.

Pourtant Myra envisageait de donner suite à sa proposition. Prenant une profonde inspiration, elle sut qu'il était temps de prendre une décision. Pete avait fait naître en elle des désirs qu'elle n'avait jamais ressentis auparavant. Refuser sa proposition signifierait nier une part d'elle-même, la plus intime. Et elle n'en avait aucune envie.

— Oh ! regardez qui arrive.

Myra suivit le regard de Lucia à travers la salle emplie de monde et aperçut Pete. Leurs regards s'accrochèrent, et un grand sourire s'épanouit sur son visage viril. À cet instant, elle sut qu'elle ne pourrait pas résister plus longtemps au charme de cet homme.

— Hum, j'envisage d'écrire un article sur la loi et l'ordre, et je me demandais si Pete accepterait de poser en uniforme pour la couverture de mon magazine. Il est tellement sexy qu'il ferait grimper les ventes en flèche, tu ne crois pas ?

Myra le savait, Lucia était rédactrice en chef de *Simply Irresistible*, un magazine féminin distribué dans tout le pays.

Le regard toujours rivé sur Pete, elle répondit :

— Oh ! si. J'en suis persuadée.

L'intensité du regard de Myra rivé au sien provoqua en lui un afflux d'énergie sexuelle. Jamais aucune femme n'avait autant monopolisé sa concentration, ses pensées et ses désirs. Y compris Ellen. À sa mort, il avait vingt-cinq ans, et maintenant qu'il en avait trente-sept, les émotions qu'il éprouvait étaient totalement différentes de celles qu'il avait ressenties étant plus jeune. De même, sa libido était plus exacerbée qu'à vingt-quatre ans.

Debout à côté de Lucia, Myra était splendide dans sa jupe longue fluide, son chemisier à carreaux et ses bottes en cuir de vachette. Sa chevelure cascadait autour de ses épaules sous son chapeau de cow-girl. À cet instant, il brûlait d'envie de fendre la foule et de l'embrasser éperdument sans se soucier des personnes présentes.

— J'espère que c'est la nounou de ta nièce que tu fixes ainsi et non ma femme, Pete.

Sans détacher son regard de celui de Myra, il répondit à la personne venue se poster à côté de lui :

— J'ai deux yeux et je peux les regarder toutes les deux en même temps.

Derringer Westmoreland se mit à rire.

— Farceur, va !

— C'est ton avis.

— En tout cas, il vaut mieux pour toi que tu plaisantes car si je pensais une seule seconde que c'est Lucia que tu reluques, je serai obligé de mettre fin à tes jours.

Ce fut seulement quand Myra reporta son attention sur une femme qui l'abordait que Pete se tourna vers Derringer.

— Ai-je besoin de te rappeler ce que tu risques en menaçant un policier ? demanda-t-il, buvant une gorgée de soda.

Il avait chaud et avait besoin d'une boisson, même si le contenu de sa canette n'était pas assez fort à son goût.

Derringer rit.

— Ce n'est pas ton insigne qui m'arrêtera. Par ailleurs, ce ne serait pas la première fois que nous nous battrions.

Pete sourit en se remémorant leur fameuse bagarre en cours primaire.

— Oh ! oui. Et quand nous sommes rentrés chez toi, ta mère nous a administré une bonne fessée.

— Parce que Zane nous avait dénoncés. Nous devrions aller le trouver et lui mettre une bonne raclée. Peu importe que les faits remontent à une trentaine d'années. Nous devrions même demander l'aide de Riley car lui aussi a été victime des cafardages de Zane.

Pete reporta son attention sur Myra, toujours occupée à bavarder.

— Une autre fois, suggéra-t-il. Il faut que j'arrache Myra des griffes d'Ida.

— Entendu. Mais je viens de penser à quelque chose.

— Quoi ?

— Qui va arracher Myra de tes griffes ?

Sans daigner répondre à Derringer, Pete fendit la foule en direction de Myra.

Tout en écoutant son interlocutrice, Myra avait conscience que Pete s'avançait dans sa direction. Sa chaleur la hélait et l'enveloppait telle une couverture moelleuse. Elle songea à la suggestion de Lucia de mettre Pete en couverture de son magazine. Elle l'imaginait habillé comme maintenant, en jean, chemise à carreaux, Stetson et bottes. Le genre cow-boy rugueux ne l'avait jamais attirée auparavant, mais maintenant, grâce à Pete, elle était sous le charme.

— Bonsoir, mesdames.

Avant que Myra ou que son interlocutrice lui répondent, Ciara lança un retentissant :

— Pa-pa !

Myra contempla, attendrie, le sourire qui s'épanouit sur le visage de Pete quand il se pencha pour récupérer sa nièce. Une fois dans ses bras, elle planta un gros baiser sur la joue de son oncle, manquant renverser son Stetson dans la foulée.

— Chapeau aussi, pa-pa, dit-elle, désignant le chapeau miniature de cow-girl qu'elle portait.

— Oui, je vois. Il est très joli.

— Jolie moi aussi.

Pete éclata de rire.

— Oui, tu es ravissante, ma chérie.

— Bonsoir, shérif, intervint Mme Ida. Je disais à Myra que si elle cherchait un autre job de nounou après le retour de Bonnie, je pourrais la recommander à une famille de ma connaissance.

Mme Ida lui avait-elle vraiment dit cela ? se demanda Myra. En vérité, elle avait perdu le fil de la conversation en voyant Pete s'avancer vers elle.

— Je vous remercie de vous soucier de moi, madame Ida, mais je retournerai à Charleston peu après le retour de Mme Bonnie.

— Oh ! comme c'est triste.

Avant que Myra puisse répondre, Pete intervint :

— Si vous n'y voyez pas d'inconvénient, madame Ida, je vais vous emprunter Myra.

Il lui prit le bras et l'entraîna.

— Oh ! bien sûr.

Myra garda le silence pendant qu'elle marchait à côté de Pete portant Ciara. Elle ne jugea pas utile de lui dire qu'il pouvait la remettre dans la poussette car il avait manifestement envie de la porter.

— J'ai jugé préférable de t'arracher à Ida. Elle est intarissable.

— Elle m'a paru charmante.

— Oui, mais très bavarde.

Ils ne dirent rien pendant un moment, heureux de laisser Ciara occuper le devant de la scène, juchée sur les épaules de Pete et désignant les objets qui attiraient son attention.

— Elle est en pleine forme ! remarqua Pete.

Myra rit.

— Elle ne va pas tarder à se fatiguer. Elle n'a pas fait la sieste, aujourd'hui.

— As-tu déjà dîné ?

— Oui. Nous sommes arrivées de bonne heure, et

Pam a invité les bénévoles à manger avant l'ouverture des portes.

— Tu as fait partie des bénévoles ?

— Oui. Ciara et moi avons proposé nos talents de maquilleuses.

Pete sourit, amusé.

— Laisse-moi deviner : tu t'es chargée du maquillage, et Ciara t'a regardé faire.

— Elle a été ma petite assistante. À propos, tu as une allure folle, vêtu ainsi.

Pete haussa un sourcil narquois. Il avait de beaux sourcils et des longs cils fournis.

— Ah oui ? De quoi ai-je l'air ?

— D'un dangereux cow-boy.

Sa remarque le fit rire.

— Un dangereux cow-boy ? Manifestement, tu n'as pas remarqué mon insigne de policier.

Tandis qu'ils continuaient à déambuler de stand en stand, Myra n'était pas seulement consciente de la prestance de l'homme qui marchait à ses côtés ; elle remarquait aussi les nombreux regards fixés sur eux…, comme chez McKays. Fin observateur, Pete devait sûrement s'en rendre compte.

— J'ai très envie de t'embrasser pour donner à tous ces gens un vrai motif de commérage, murmura-t-il à son oreille.

Interloquée, elle leva les yeux vers lui et perçut l'étincelle malicieuse dans son regard. Dieu merci, il plaisantait.

— Je te le déconseille, dit-elle, réprimant un sourire. Au fait, comment s'est passée ta journée ?

Ce changement de sujet s'imposait pour éviter que la perspective d'un nouveau baiser domine son esprit. Déjà que le souvenir de celui de la veille ne demandait qu'à remonter à la surface !

— Occupée mais fructueuse. Je pense avoir avancé dans l'affaire du fantôme de Mme Katherine.

— Vraiment ? De quelle façon ?

Tout en marchant, il lui raconta sa découverte.

— Il y a aussi autre chose qui m'a pris beaucoup de temps, dit-il, se penchant pour remettre Ciara dans sa poussette.

— Quoi donc ?

Elle était tellement fascinée par la largeur de son dos et la puissance de ses épaules que ses paumes la démangeaient de les caresser.

Il se redressa, et son regard s'attarda sur elle.

— J'ai beaucoup pensé à toi. À une chose en particulier. Veux-tu savoir laquelle ?

Elle aurait voulu avoir la force de dire non, mais elle se sentait impuissante sous le feu de son regard.

— Oui. Laquelle ?

— Comment ce serait de faire l'amour avec toi.

Prise de court, elle s'arrêta de marcher, incapable de maîtriser les frissons d'excitation qui la parcouraient de la tête aux pieds. Heureusement qu'ils se trouvaient dans une zone un peu retirée de l'auditorium ! Personne n'avait entendu ce qu'il venait de lui dire. Mais elle l'avait bel et bien entendu, et ses paroles glissaient sur son corps comme du liquide en fusion. Elle percevait aussi la chaleur et le désir irradiant du corps de Pete. Elle en était tellement troublée qu'elle peinait à respirer.

Elle savait ce que cela signifiait. Il était temps pour elle d'aborder avec confiance l'aspect intime de leur relation et de devenir la femme passionnée qu'elle pensait pouvoir être. Mais uniquement avec cet homme.

Jetant un regard alentour pour s'assurer que personne ne l'entendrait, elle se pencha vers lui et murmura :

— Alors, peut-être est-il temps que tu le découvres.

- 9 -

Pete roulait en direction de son ranch, suivant de près le véhicule de Myra, excité comme il ne l'avait jamais été par des visions de baisers et de joutes amoureuses. Il avait eu beaucoup de mal à demeurer au cours d'art dramatique et à remplir la mission que Pam lui avait confiée, à savoir distribuer de faux insignes de shérif aux gamins et leur expliquer l'importance du respect des lois. Une fois sa mission accomplie, il avait rejoint Myra et Ciara et les avait accompagnées jusqu'au parking.

Il doutait qu'elle ait une idée de l'impact que ses paroles avaient produit sur lui, mais elle le découvrirait bientôt. La libido d'un homme avait ses limites, et la sienne avait atteint son paroxysme. Malgré tout, il était déterminé à ne pas lui sauter dessus en arrivant au ranch. De toute façon, elle devait préparer Ciara pour la nuit et il devait lui chanter une chanson pour l'endormir. Après quoi, la nuit leur appartiendrait.

Il exhala un soupir de soulagement en franchissant la grande arche marquant l'entrée de son domaine. Ce trajet depuis le cours d'art dramatique lui avait paru interminable ! Le cœur battant la chamade, il ralentit en s'engageant dans la longue allée sinueuse menant à sa maison. Et quand Myra eut garé sa voiture, il se rangea à côté d'elle.

Mettant pied à terre, il s'approcha de la voiture de Myra et ouvrit la portière arrière pour détacher Ciara endormie de son siège auto. Puis, sans mot dire, il grimpa les marches du perron derrière Myra. Après avoir déverrouillé la porte d'entrée, elle s'écarta pour le laisser passer, et il porta Ciara jusqu'à sa chambre. Là, il la déposa sur la table à langer et se recula.

— Je serai dans la cuisine, murmura-t-il avant de s'éclipser.

Elles avaient peut-être dîné, mais lui n'avait rien avalé et était affamé. Par chance, Pam lui avait préparé une boîte alimentaire contenant des côtes de porc, des épis de maïs, des haricots blancs à la sauce tomate et une salade de chou.

Il venait de finir de manger quand la voix de Myra lui parvint de l'Interphone.

— Ciara est prête à aller au lit.

En arrivant dans la chambre de sa nièce, il la trouva debout dans son berceau et peinant à garder les yeux ouverts. Elle grandissait, et il serait bientôt temps de lui acheter un lit d'enfant. Mais il n'était pas prêt pour ce changement. Il aimerait tant qu'elle reste un bébé pour toujours. Un bébé qui l'attendrait tous les soirs pour qu'il lui chante une berceuse.

Refermant la porte derrière lui, il constata que Myra s'était éclipsée. Avait-elle des scrupules à passer la nuit avec lui ? Il espérait que non. Son excitation était à son comble, et il aurait du mal à supporter une fin de non-recevoir.

Prenant Ciara dans ses bras, il s'installa dans le rocking-chair et lui chanta leur chanson, heureux de passer ce moment privilégié avec elle. Il venait de l'allonger dans son berceau quand il remarqua un mot glissé sous la porte. Myra avait-elle changé d'avis ? En proie à la nervosité, il récupéra le bout de papier et le lut : *« Monsieur le policier, retrouvez-moi au sous-sol. Myra. »*

Myra examina la pièce. Elle devait faire vite pour créer une ambiance propice aux échanges amoureux. L'autre jour, en rangeant le garde-manger, elle avait trouvé une boîte de bougies achetées sans doute en prévision d'une éventuelle coupure de courant. Mais ce soir, elle les destinerait à un autre usage.

Elle avait récupéré une couverture de son lit et l'avait étendue devant la cheminée avec plusieurs coussins. Elle avait aussi apporté une bouteille de vin et deux verres.

Grâce aux lumières tamisées et aux notes de musique country qui s'égrenaient dans la pièce, ils demeureraient dans l'ambiance romantique du Far West et auraient leur propre nuit torride. Jamais auparavant elle n'avait cherché à séduire un homme. Et après son expérience désastreuse avec Rick, elle aurait dû éviter ce genre d'initiative, mais elle savait au fond d'elle-même que Pete était très différent de Rick. Bien sûr, tous deux étaient beaux et plus âgés qu'elle, mais Rick était un fat et un goujat.

Avec Rick, il s'était agi de conquête brutale, alors qu'avec Pete ce serait du plaisir partagé, elle en était sûre. Elle en voulait pour preuve son comportement de la veille : à aucun moment, il n'avait tenté de la forcer. Il lui avait fait une proposition et l'avait laissée libre de l'accepter ou non. Et ce soir, elle avait l'intention de le prendre au mot. Littéralement. Bien sûr, son manque d'expérience serait un handicap, mais elle était décidée à tenter l'expérience.

Car Pete Higgins faisait naître en elle des émotions et des désirs qu'elle ne se serait jamais crue capable de ressentir. Sa seule présence avait le don de l'exciter, c'était tout dire !

Elle jeta un coup d'œil à sa tenue. Elle avait troqué sa jupe longue et sa chemise à carreaux pour une autre tenue de cow-girl, plus sexy, qu'elle avait dénichée dans une boutique de Breckenridge. Bien qu'à l'époque elle n'ait pas su à quelle occasion elle la porterait, elle l'avait trouvée trop craquante pour laisser passer l'occasion.

Il s'agissait d'une minirobe noire bouffante, incrustée de diamants fantaisie avec une adorable boucle de ceinture en forme de fer à cheval, elle aussi sertie de pierreries. Elle était si courte qu'elle lui arrivait à peine à mi-cuisse, et le bustier échancré révélait une généreuse portion de son décolleté.

Sa tenue était tout bonnement scandaleuse ! Qu'importait, elle l'adorait. Elle avait hâte de voir la réaction de Pete quand il l'apercevrait. Se sentant un peu nerveuse, elle se concentra sur la chanson et ondula au rythme de la musique. Quelques mesures plus tard, elle s'arrêta en entendant une porte se fermer au-dessus de sa tête. Le cœur battant la chamade, elle regarda en direction de l'escalier.

Peu après, Pete apparut, les yeux rivés sur elle, tenant à la main le mot qu'elle lui avait écrit. Et brusquement, son courage et son audace la désertèrent. Pourtant, ce n'était pas le moment de flancher. Prenant une profonde inspiration, elle s'efforça de se ressaisir.

Glissant le papier dans la poche arrière de son jean, il s'avança vers elle et la balaya d'un long regard. À en juger par le lent sourire qui étira ses lèvres charnues, il appréciait ce qu'il voyait. Quand il croisa enfin son regard, elle fut frappée par la lueur torride luisant dans ses prunelles sombres et recula machinalement de quelques pas.

— Tu comptes aller quelque part ? demanda-t-il, s'arrêtant devant elle.

Pete était l'homme le plus sexy qu'elle ait jamais vu, et maintenant c'était elle qui dévorait des yeux sa haute silhouette musclée. Bien sûr, elle l'avait côtoyé au cours d'art dramatique, mais maintenant elle pouvait l'admirer tout à loisir. Il ne lui manquait que son Stetson pour incarner le parfait cow-boy alors qu'elle avait gardé le sien.

Elle s'humecta nerveusement les lèvres.

— Non. Je ne vais nulle part puisque tu es là.

Il rit – d'un rire de gorge tellement sensuel qu'elle sentit ses mamelons se durcir sous son bustier.

— Croyais-tu vraiment que je ne viendrais pas ?

À cet instant, elle était tellement troublée qu'elle était incapable d'aligner une pensée cohérente. Elle n'avait qu'une envie : promener ses mains partout sur lui, lécher le contour de ses lèvres et…

— Veux-tu danser, Myra ?

Sa question la prit de court, mais elle se reprit aussitôt. Puisque c'était elle qui l'avait invité à cette soirée intime, elle devait pleinement jouer le jeu. Il n'empêche qu'elle appréciait sa patience envers elle.

— Volontiers.

Il ouvrit les bras, et elle se lova dans son étreinte. Peu importait sur quel air ils se mouvaient. À cet instant, la seule chose qui comptait, c'était qu'il soit là et elle aussi. Leurs corps se pressaient l'un contre l'autre, et les bras de Pete l'enveloppaient dans leur chaleur tandis qu'ils évoluaient sur le rythme lent de la musique. Elle avait une conscience aiguë de chaque courbe de son corps et de son érection tout contre son ventre. C'était la preuve qu'il la désirait, et elle savait sans le moindre doute qu'elle aussi le désirait ardemment.

Elle leva les yeux vers lui, et la passion qu'elle perçut dans son regard faillit la faire chavirer. Puis il lui sourit, de ce sourire qui avait le don d'exacerber ses sens. Troublée, elle murmura :

— J'espère que ça ne te dérange pas que j'aie envahi ton antre.

— Non. Ce décor est très romantique et tu es très

belle. J'adore ta tenue. Elle est hyper sexy. Mais je suis content que tu ne l'aies pas mise pour le festival car j'aurais dû frapper tous les hommes qui t'auraient regardée de trop près.

À ces mots, elle sentit son pouls s'affoler.

— Tu veux dire que tu les aurais arrêtés, n'est-ce pas ?

— Non. Je les aurais d'abord frappés avant de les arrêter.

Sa remarque la fit sourire car elle dénotait chez lui un côté possessif qu'il n'avait pas l'habitude de manifester. Et quand il resserra sa prise autour d'elle, elle sentit une pulsation lancinante au creux de son ventre. Soudain, il s'arrêta de danser et la fixa intensément. Seules les notes de musique rompaient le silence de la pièce. L'atmosphère semblait se densifier tant elle était chargée d'énergie sexuelle.

Puis il se pencha vers elle et l'embrassa. Resserrant un peu plus son étreinte autour d'elle, il captura sa bouche avec une avidité qu'elle ressentit dans chaque cellule de son corps. Ils s'étaient déjà embrassés auparavant, peu souvent il est vrai, mais comment se faisait-il que chacun de leurs baisers mît tous ses sens en mode alerte ? Qu'ils l'excitent et lui fassent désirer des choses qu'elle n'aurait jamais osé imaginer ? Parcourue de délicieux frissons, elle ne put s'empêcher de gémir de plaisir.

Pete détacha à regret sa bouche de celle de Myra. Puis, la soulevant de terre, il la déposa délicatement sur la couverture étalée devant la cheminée. Il n'avait jamais connu de femme aussi réceptive, et il aimait chacun des petits bruits sexy qu'elle faisait.

De même, il ne se lassait pas de la toucher. Et il ne se rappelait pas avoir désiré une femme avec une telle intensité…, y compris Ellen.

Avec Ellen, il avait eu des désirs de jeune mâle cherchant ses marques. Aujourd'hui, il était un homme dans la maturité de l'âge, avec des appétits charnels d'un autre genre. Il ne voulait pas simplement satisfaire des besoins primaires. Il avait envie de ressentir toutes ces émotions auxquelles il avait renoncé il y avait si longtemps. Comme par miracle, il retrouvait goût à la vie et à ses plaisirs grâce à Myra. Il avait eu beau s'efforcer de l'ignorer, rien n'y avait fait. Elle n'était pas le genre de femme qu'un homme pouvait négliger.

Il s'allongea à ses côtés sur la couverture, fermement décidé à prendre son temps et à rendre ce moment aussi mémorable pour elle comme pour lui. Après cette nuit, elle ne se souviendrait plus de ses autres soupirants. Il n'aurait su expliquer pourquoi il y attachait autant d'importance, mais c'était ainsi.

Il l'embrassa à nouveau, et quand il libéra enfin sa bouche, il murmura :

— Si je fais quoi que ce soit qui te met mal à l'aise, n'hésite pas à me le dire. D'accord ?

Elle le contempla, les yeux brillants, et hocha lentement la tête. Il était important qu'elle se sente en confiance avec lui. En sa qualité de policier expérimenté, il savait qu'elle avait minimisé sa réaction de la veille au soir. Et il espérait qu'elle lui fournirait bientôt une explication. En attendant, il était décidé à remplacer les mauvaises expériences qu'elle avait pu avoir par une expérience inoubliable.

— Je suis trop habillée, murmura-t-elle, un sourire mutin aux lèvres.

Était-ce une façon de lui demander de la déshabiller ? Qu'à cela ne tienne. Il se ferait un plaisir de lui rendre ce service.

— Alors, laisse-moi arranger ça, dit-il, lui rendant son sourire.

Se redressant, il la fit asseoir en face de lui. Les reflets rougeoyants des flammes dansaient sur sa peau d'une belle teinte chocolat, cinglant un peu plus son désir. Elle était si belle, et sa minirobe était tellement sexy. Quand il l'avait aperçue depuis l'escalier, son érection avait presque doublé de taille. Myra n'avait rien d'une cow-girl ordinaire ; au contraire, elle semblait tout droit sortie d'un fantasme masculin.

— Commençons par là, dit-il, lui retirant son chapeau et effleurant ses boucles soyeuses au passage.

Puis il lui ôta ses bottes et ses chaussettes, admirant ses pieds fins et ses orteils peints en rouge vif. Il n'avait jamais prêté beaucoup d'attention aux pieds d'une femme, étant plutôt attiré par leurs jambes. Et ce soir, il était comblé, car le galbe des jambes de Myra était mis en valeur par la robe qu'elle portait.

— T'ai-je dit à quel point j'aime ta tenue de cow-girl ?

Elle rit – un son mélodieux et sexy.

— Oui, tu me l'as dit.

— Malgré tout, je vais devoir te l'enlever.

À l'aide de son index, elle suivit le pourtour de son col de chemise.

— Pourrai-je te déshabiller à mon tour ?

— Oui. Je n'en attendais pas moins de ta part.

Sa réponse parut lui plaire, et il ne résista pas à l'envie de l'embrasser tout en poursuivant son effeuillage érotique. Quand elle se retrouva en culotte et soutien-gorge, ses lèvres étaient gonflées à force d'avoir été savourées. Pourquoi lui faisaient-elles un pareil effet ? Il était bien en peine de le dire. Tout ce qu'il savait c'est qu'elles l'attiraient comme un aimant.

— Hum, j'adore ! murmura-t-il, suivant du bout des doigts le pourtour de son soutien-gorge et de sa culotte en dentelle noire assortis.

Il prenait garde de ne pas lui toucher l'intérieur de

la cuisse quand il se souvint de ce qu'elle lui avait dit ce matin.

Elle aimait qu'il la caresse à cet endroit.

— Et maintenant, je t'enlève le haut, dit-il, dégrafant son soutien-gorge et faisant glisser les bretelles le long de ses bras.

Sa respiration se bloqua quand il libéra ses seins de leur carcan. Ils étaient parfaits ! Une onde de chaleur se propagea dans ses veines et son érection s'intensifia. Ivre de désir, il se pencha et captura un mamelon entre ses lèvres.

Myra en était convaincue, Pete cherchait à la rendre folle de plaisir ! Quel homme sucerait les seins d'une femme de cette façon ? À force de succion et de pression, ses mamelons durcissaient dans la bouche de Pete et d'exquises sensations naissaient au creux de ses cuisses. Les yeux clos, elle enserra ses mains autour de la tête de Pete pour l'obliger à rester en place. Elle protesta quand il libéra son mamelon, mais il s'empara aussitôt de l'autre et le cajola de la même manière, lui tirant des gémissements de plaisir.

Quand il le libéra à son tour, il releva la tête et la fixa intensément tout en esquissant une caresse timide à l'intérieur de sa cuisse, comme pour jauger sa réaction. Devinant ses scrupules, elle crut bon de l'encourager :

— Comme je te l'ai dit, j'aime que tu me touches partout.

Un grand sourire éclaira son visage.

— Dans ce cas, occupons-nous de ceci, dit-il, insérant ses doigts sous la dentelle de sa culotte et lui soulevant les hanches le temps de faire glisser le tissu le long de ses jambes.

C'était la première fois qu'un homme la voyait nue,

et elle ne savait pas comment se comporter. Par chance, le désir intense qu'elle percevait dans le regard de Pete dissipa sa gêne et lui redonna confiance dans son pouvoir féminin.

— Et maintenant, c'est à mon tour de te déshabiller, murmura-t-elle, esquissant un sourire mutin.

Son regard rivé au sien, elle commença à défaire les boutons de sa chemise sans se soucier de leur nombre mais en se concentrant sur ce qu'elle découvrirait une fois qu'elle les aurait tous détachés. Elle remarqua alors qu'il se léchait les lèvres. Pourquoi ? Elle n'en avait aucune idée.

Elle faisait ce geste uniquement quand elle était nerveuse, mais lui n'avait aucune raison de l'être. Il avait l'expérience des choses de l'amour. Quand il se passa à nouveau la langue sur les lèvres, elle trouva ce geste follement érotique et sentit ses mamelons se durcir un peu plus.

Bien sûr, il remarqua aussitôt son émoi.

— Tu sais ce que ça signifie, n'est-ce pas ?

Elle n'était pas prête à lui avouer son manque d'expérience. Il le découvrirait bien assez tôt. Aussi préféra-t-elle mentir :

— Oui.

— Je voulais simplement m'en assurer.

Une fois le dernier bouton défait, elle fit glisser lentement sa chemise le long de ses épaules et de ses bras musclés, admirant son ventre plat et ses pectoraux ciselés. Puis, cédant à la tentation, elle promena ses mains sur son torse.

— Chérie, si tu savais l'effet que me font tes caresses, tu t'arrêterais.

Ses paroles prononcées d'une voix rauque et intense embrasèrent son sang dans ses veines et cinglèrent son désir.

— Et si j'avais envie de voir l'effet qu'elles te font ? demanda-t-elle, mutine, avec une audace dont elle ne se serait pas crue capable.

En guise de réponse, il captura sa bouche et l'embrassa avec une passion qui l'enivra. Puis, mettant fin à leur baiser, il l'aida à se redresser et demanda :

— Préfères-tu que j'enlève mon jean moi-même ?

Elle lui sourit.

— Je tiens à le faire, mais j'aurai peut-être besoin de ton aide.

— Entendu.

Ce serait la première fois qu'elle dévêtirait un homme, mais il y avait une première pour tout, pas vrai ?

Détacher sa grosse boucle de ceinture était facile. En revanche, abaisser la fermeture Éclair de son jean derrière laquelle se pressait son érection massive l'était beaucoup moins.

— J'ai besoin d'aide, admit-elle finalement.

— Pas de problème.

Non seulement il abaissa la fermeture Éclair mais il fit descendre son jean sur ses cuisses de façon à ce qu'elle n'ait plus qu'à le faire glisser le long de ses jambes. Désormais, il était nu, à l'exception d'un slip noir très sexy.

— Il ne reste plus que ce bout de tissu à ôter, remarqua-t-il avec un sourire malicieux.

Elle ne pouvait qu'imaginer ce qu'il adviendrait quand elle l'aurait enlevé. Le cœur battant la chamade, elle le fit glisser lentement le long de ses cuisses robustes pour découvrir ce qu'il recélait.

Grands dieux !

Elle le fixa intensément en ravalant sa salive, trop troublée pour parler. Puis elle l'entendit dire d'une voix rauque :

— À partir de maintenant, je prends le relais. Il est temps que je te donne du plaisir.

Une flambée de désir embrasa Pete à la vue du cœur de son intimité. Myra était splendide, et il brûlait d'envie de l'embrasser à cet endroit. Il avait *besoin* de la revendiquer. De la marquer de son empreinte. De la posséder. Il sentit son érection pulser douloureusement à l'idée de remplir ces trois impératifs.

Il la renversa délicatement sur la couverture et captura sa bouche avec une avidité qui faisait naître des frissons dans tout son corps.

Délaissant sa bouche, il égrena des baisers sur son visage et son cou avant de s'aventurer plus bas, vers son objectif.

— Oh ! Pete…

Il savait pourquoi elle balbutiait son prénom. C'était comme si sa langue était dotée d'une volonté autonome et qu'elle était déterminée à lécher Myra partout et à se délecter de sa saveur et de sa texture. Quand il s'approcha de son entrecuisse, elle s'agrippa à ses épaules comme pour l'empêcher d'aller plus loin. Il se souvint qu'elle devait l'avertir s'il faisait quoi que ce soit susceptible de la mettre mal à l'aise.

Détachant sa bouche de son ventre, il leva les yeux vers elle.

— Est-ce qu'un homme t'a déjà embrassée à cet endroit, Myra ?

Elle se passa nerveusement la langue sur les lèvres.

— Non.

Il hocha la tête. Puis, désireux de lui faire savoir que son manque d'expérience ne le dérangeait pas, il ajouta :

— Dans ce cas, je serais heureux de te faire découvrir cette pratique érotique ô combien agréable. Es-tu d'accord ?

— Oui.

Ainsi encouragé, il reprit ses caresses là où il s'était arrêté, sous son nombril, avant d'égrener un chapelet de baisers toujours plus bas.

La sentant se raidir, il leva à nouveau les yeux vers elle.

— Tout va bien ?

Elle esquissa un sourire timide.

— Oui, Pete. Tu n'as pas idée du plaisir que tu me donnes.

Il s'apprêtait à lui dire qu'elle n'avait encore qu'une vague idée de ce qui l'attendait, mais il jugea préférable de le lui laisser découvrir par elle-même. Il lui écarta doucement les cuisses et inclina la tête vers son intimité. Grisé par sa fragrance féminine, il l'entendit gémir son prénom au moment où il glissait sa langue en elle.

Ne voulant pas réveiller Ciara, Myra réprima un cri de plaisir. Et quand la langue de Pete entama son balai érotique au cœur de son intimité, elle se mordit la lèvre pour étouffer un autre cri de volupté et se trémoussa sur la couverture, tant et si bien qu'il dut lui agripper les cuisses pour la maintenir en place. Comment des caresses buccales pouvaient-elles avoir un effet aussi dévastateur sur ses sens ? Elle avait envie de lui dire d'arrêter, mais s'il obtempérait, elle en mourrait. Elle n'avait jamais rien ressenti de tel. Une myriade de sensations déferlait en elle, telle une vague scélérate.

Et quand sa langue s'enfonça plus profondément en elle et que ses caresses s'intensifièrent, elle ne put retenir un cri. Des ondes de volupté lui vrillèrent le corps, et elle comprit qu'elle venait d'avoir un orgasme. Son tout premier orgasme ! Elle ferma les yeux, ayant l'étrange sensation de vivre une expérience de sortie du corps, avec la langue de Pete toujours plongée en elle.

Soudain, un autre orgasme la balaya, encore plus intense que le précédent. Elle en ressentit la fulgurance dans chacun de ses os. Son corps se convulsa à plusieurs reprises sous la bouche de Pete, mais il continuait de la maintenir fermement, refusant de se retirer.

Quand elle cessa peu à peu de trembler, elle sentit que Pete s'écartait et elle ouvrit lentement les yeux. Il enfilait un préservatif. Puis il se positionna au-dessus d'elle.

— Maintenant, tu es prête pour moi, dit-il en s'immisçant entre ses cuisses.

Elle le savait, il était temps de lui dire qu'aucun homme ne l'avait pénétrée auparavant, mais quand, quelques secondes plus tard, Pete se figea et qu'il la fixa avec incrédulité, il était trop tard. Il s'en était rendu compte par lui-même.

Sans lui laisser le temps de l'interroger, elle noua ses bras autour de son cou et murmura contre sa bouche :

— Tout va bien.

Alors, il s'enfonça plus profondément en elle avant de faire une nouvelle pause, comme pour lui permettre de s'accoutumer à la pression de son érection.

Puis il commença à aller et venir en elle, lentement d'abord, puis avec plus de vigueur. Bientôt, il accéléra le rythme de ses poussées, et elle se raccrocha à ses épaules, savourant la délicieuse friction provoquée par ses va-et-vient après la douleur initiale. On aurait dit qu'il la chevauchait avec la même aisance que Satin, en mouvements amples et cadencés.

Soudain, son corps fut parcouru par des picotements de plaisir de plus en plus intenses. Mais cette fois, elle n'était pas seule à éprouver ces transports de volupté. Pete rejeta la tête en arrière et poussa un grognement guttural, le corps secoué par les spasmes de la jouissance. L'enserrant dans ses bras, elle se laissa porter par la vague orgasmique, exultant d'être en parfaite symbiose avec lui.

Quand les derniers tremblements de leurs corps se furent apaisés, il se retira d'elle. Puis, entrelaçant leurs jambes, il l'attira dans ses bras en lui caressant le dos. La dernière chose dont elle se souvint avant de s'abandonner au sommeil fut ses paroles prononcées dans un murmure.

— Chérie, tu as été merveilleuse.

Pete arrêta l'alarme de son réveil avant qu'elle se déclenche de peur de réveiller Myra endormie près de lui dans le plus simple appareil. Ils avaient passé la nuit à faire l'amour. Au début, il avait eu des scrupules à poursuivre leurs ébats après avoir compris que c'était sa toute première fois, mais elle avait refusé d'en rester là et avait délibérément réveillé la bête lubrique qui sommeillait en lui.

Il n'en revenait pas qu'à vingt-quatre ans elle n'ait jamais partagé le lit d'un homme jusqu'à la nuit dernière. Jusqu'à lui. Il avait eu l'honneur de lui faire découvrir les plaisirs de la chair, et elle n'avait eu de cesse de lui répéter qu'elle y avait pris goût.

Après leur premier ébat, il l'avait portée à l'étage, et ils s'étaient prélassés dans la grande baignoire remplie d'eau chaude savonneuse. Puis il l'avait séchée et emmenée dans son lit. À sa demande, il était redescendu dans son antre pour éteindre les bougies et récupérer la bouteille de vin et les verres. Ils avaient siroté le breuvage au lit, puis ils avaient refait l'amour avant de s'endormir.

C'était elle qui l'avait réveillé à 2 heures du matin en lui disant que c'était à son tour de lui prodiguer des caresses intimes. Il avait refusé parce que la sensation de sa bouche sur lui l'aurait tué de plaisir, et il n'était pas prêt à mourir. À la fin, ils avaient refait l'amour. Et maintenant, elle dormait paisiblement, sans doute aussi comblée et repue que lui.

Il aurait adoré passer la journée au lit avec elle, mais il avait du travail à faire, et elle devait s'occuper de Ciara. Malgré tout, ils auraient la nuit pour eux. Il avait hâte d'être à ce soir. Le temps où ils s'ignoraient était bel et bien révolu.

Pete se força à se rappeler que ce qu'ils partageaient était de courte durée. Myra quitterait Denver dans quelques semaines. Il le savait et l'acceptait. La seule chose qu'ils avaient, c'était le présent, et il comptait profiter au maximum du temps qui leur était imparti. Il n'empêche que Myra Hollister représentait tout ce qu'il recherchait chez une femme.

Tout ce dont il avait besoin.

— Bonjour, monsieur le policier.

Il se tourna vers elle en souriant.

— Bonjour, chérie. Je suis désolé de t'avoir réveillée.

— Ce n'est pas le cas. Je suis encore trop excitée par nos ébats de la nuit dernière pour dormir plus longtemps.

— J'aurais plutôt cru qu'ils t'auraient épuisée.

Elle rit.

— Ce n'est pas le cas. Et toi ? Vu ton grand âge, comment te sens-tu ?

Il rit de bon cœur.

— En pleine forme. Si je ne me trompe pas, tu as apprécié les exploits du vieil homme que je suis, pas vrai ?

— Oh ! oui ! La nuit dernière a été une révélation.

Myra était sincère en parlant de révélation, et elle voulait que Pete le sache. Cela n'empêcherait pas leur relation de prendre fin au retour de Bonnie. Face à cette pensée importune, elle s'efforça de se montrer raisonnable. La vie de Pete était ici et la sienne ailleurs.

Elle avait envisagé de retourner à Denver pour assister au bal de charité organisé par les Westmoreland lors du réveillon du nouvel an, mais maintenant elle doutait que ce soit une bonne idée. Elle devrait plutôt profiter du moment présent, et quand sonnerait l'heure du départ, elle s'en irait sans un regard en arrière. Sans retour possible.

Entre-temps…

— Pete ?

— Oui, chérie ?

Avait-il conscience de l'émotion que ce terme d'affection suscitait en elle ? Elle en doutait.

— Sais-tu ce qui me ferait plaisir ?

À en juger par son œil qui frisait, il en avait une petite idée.

— Non. De quoi s'agit-il ?

— J'aimerais qu'avant de partir travailler, tu me laisses de quoi méditer toute la journée jusqu'à ton retour.

Le large sourire qui s'épanouit sur son visage accéléra les battements de son cœur.

— Tes désirs sont des ordres.

Puis il l'attira dans ses bras.

- 10 -

— J'ai bien avancé dans l'affaire du soi-disant fantôme rôdant chez Mme Katherine, Pete, déclara l'inspecteur Lewis Tomlin.

Se calant contre le dossier de sa chaise, il poursuivit :

— Karl Knight, qui purge actuellement une peine de prison pour vol à main armée, a avoué avoir enterré son butin dans le hangar situé dans l'arrière-cour de Mme Katherine pendant qu'il se cachait des Fédéraux. Selon moi, il a partagé cette information avec un codétenu qui l'a relayée à un complice de l'extérieur, lequel a tenté de pousser Mme Katherine à vendre sa maison en l'effrayant avec cette histoire de fantôme.

Pete hocha la tête.

— As-tu demandé à Mme Katherine si quelqu'un avait cherché à lui racheter sa maison, cette année ?

— Oui. Un homme s'est présenté chez elle à deux reprises, et elle lui a répondu qu'elle ne voulait pas vendre. Elle le décrit comme un homme charmant qui lui a laissé sa carte de visite au cas où elle changerait d'avis.

— Connaissant Mme Katherine, je parie qu'elle l'a gardée.

— En effet. D'après mes recherches, le nom de cet homme est lié à un fonds fiduciaire. Avec un peu de chance, d'ici une semaine, j'aurai trouvé le détenteur de ce fonds.

Pete se pencha en avant.

— Très bien. Mais s'agissant d'argent provenant du braquage d'une banque, nous devrons prévenir le FBI.

Après le départ de Lewis, Pete se renversa contre le dossier de son fauteuil. Quand les gens comprendraient-ils que le crime ne payait pas ? Il savait que Lewis remuerait ciel et terre pour résoudre cette affaire. Mais si le détenteur du fonds n'en restait pas là ? S'il s'en prenait d'une autre façon à Mme Katherine ?

Inquiet pour la sécurité de la vieille dame, il téléphona à son assistante administrative :

— Monica, trouvez-moi les adjoints Anderson et Sims et dites-leur que je veux les voir.

— Entendu, shérif.

Il leur donnerait l'ordre de patrouiller plus souvent aux abords de la maison de Mme Katherine, notamment la nuit. Se levant, il alla se poster à la fenêtre. Il ne se lassait pas de la vue des montagnes. Elles avaient un effet apaisant sur lui.

Il jeta un coup d'œil à sa montre et soupira. Il n'était pas encore l'heure du déjeuner. Décidément, le temps s'écoulait avec une lenteur exaspérante ! D'habitude, il ne consultait pas sa montre toutes les cinq minutes car il aimait son travail, mais désormais il y avait deux femmes spéciales qui l'attendaient, à savoir Ciara Higgins et Myra Hollister.

Il avait du mal à croire que cela faisait presque deux semaines que lui et Myra avaient fait l'amour pour la première fois. Les choses avaient bien changé depuis. Désormais, ils partageaient le même lit la nuit et débutaient leurs journées en faisant l'amour. Elle se joignait aussi à lui pour le petit déjeuner et lui concoctait des plats équilibrés, comme des pancakes à base de farine de blé complet, du bacon et des saucisses de dinde. Sa cuisine lui plaisait de plus en plus, et il se sentait en meilleure forme physique.

Son moment préféré, c'était le soir quand, après avoir couché Ciara, il partageait le dessert avec Myra en lui racontant sa journée. Il était heureux de rentrer chez lui en sachant qu'elle l'attendait et qu'il pouvait lui confier ses soucis. Puis ils descendaient dans son antre pour regarder un film ou un match de football. Et quand ils se retiraient pour la nuit, ils dormaient ensemble et se réveillaient au petit matin dans les bras l'un de l'autre.

Ils discutaient de divers sujets, mais le seul qu'ils n'abordaient jamais, c'était le prochain départ de Myra. Il savait par Jason qu'elle avait demandé à Bella de lui réserver une chambre dans leur *bed and breakfast* en prévision du retour de Bonnie. Il avait l'intention de dire à Myra que ce ne serait pas nécessaire. Sa maison comportait suffisamment de chambres disponibles.

En vérité, il n'était pas prêt à la laisser partir et ne le serait sans doute jamais. Mais il devait se rendre à l'évidence, *elle partirait.* Il ne lui restait donc plus qu'une seule chose à faire : profiter de chaque instant en sa compagnie.

Il fut soudain tiré de ses réflexions par la sonnerie de son téléphone.

— Bonjour, Pete. C'est Pam.

Il se rassit à son bureau en souriant.

— Bonjour, Pam. Que puis-je faire pour toi ?

— Ce sera bientôt l'anniversaire de Dillon, et il ne souhaite pas qu'on marque le coup puisque la plupart des Westmoreland seront présents à l'occasion du bal de charité. Mais je tiens à lui préparer un menu spécial lors du buffet de vendredi. J'aimerais que tu y assistes et que tu amènes Ciara et Myra. J'ai beaucoup apprécié l'aide de Myra lors du festival Far West.

— Je viendrai avec Ciara et ferai part de ton invitation à Myra.

— Entendu. Merci.

Il espérait que Myra accepterait l'invitation. Ce serait un autre moment privilégié pour eux deux.

— Alors, Myra, comment se passe ton job de nounou ? demanda Wallace.

Après avoir couché Ciara pour sa sieste, Myra avait décidé d'appeler Wallace. Depuis la cuisine, elle apercevait le sapin de Noël trônant dans le salon. Elle se remémora en souriant le jour où ils l'avaient installé. Comme c'était le premier Noël de Ciara avec Pete et que Pete n'avait jamais dressé de sapin pour lui, ils avaient dû acheter aussi tous les ornements. Ils l'avaient décoré avec l'aide de Ciara. Myra n'oublierait jamais la joie qui avait illuminé la frimousse de la fillette quand Pete avait allumé les guirlandes électriques la première fois. Encore maintenant, chaque fois qu'ils éclairaient l'arbre, Ciara s'asseyait devant, fascinée par les lumières clignotantes.

— Myra ?

Mince ! Elle en avait oublié Wallace.

— Bien. Ciara est adorable.

— Et l'oncle de Ciara ?

Elle se demanda pourquoi Wallace s'intéressait à Pete. Elle ne savait pas qui était au courant du changement de leur relation. Ils sortaient rarement, ayant désormais une bonne raison de demeurer à la maison. Et elle n'avait fait aucune confidence à Wallace.

— Pourquoi me parles-tu de lui ?

— Si je me souviens bien, au début il ne voulait pas t'engager car il te trouvait trop jeune.

Elle ne put s'empêcher de sourire. Tellement de choses avaient changé depuis !

— En effet. Mais quand j'ai commencé à travailler et qu'il a vu que j'étais compétente, il a changé d'avis.

— Je savais que tu finirais par trouver grâce à ses yeux.

Wallace ne se doutait pas à quel point la réciproque était vraie.

Car elle était tombée amoureuse de Pete.

Elle aurait préféré qu'il en soit autrement, mais elle vivait avec cette évidence tous les jours – quand elle attendait son retour avec impatience, quand il la retrouvait dans la cuisine, quand il l'attirait dans ses bras pour l'embrasser…

— Il ne te reste plus longtemps, maintenant.

La remarque de Wallace la ramena à l'instant présent.

— Plus longtemps pour quoi ?

— Pour travailler pour cet homme. La nounou de sa nièce ne doit-elle pas revenir dans deux semaines ?

Si. Bonnie serait de retour, et Pete n'aurait plus besoin de Myra. Elle et Pete ne parlaient jamais de son départ car il était prévu de longue date. Elle devait retourner à Charleston pour prendre la direction de la société familiale et en confier les rênes à Wallace. Et ensuite ?

Pete ne lui avait jamais laissé entendre qu'il aimerait la revoir après son départ. Il ignorait sans doute qu'elle avait l'intention de rester à Denver jusqu'au lendemain de Noël. S'il l'apprenait, l'inviterait-il à passer Noël avec lui et Ciara ?

Dans quel imbroglio s'était-elle fourrée ? Elle était tombée amoureuse de Pete tout en sachant que leur relation serait de courte durée et que le cœur de Pete appartenait toujours à sa fiancée décédée.

— Myra ?

Elle s'était encore égarée dans ses pensées.

— En effet. Elle sera de retour dans deux semaines.

Désireuse de changer de sujet, elle demanda :

— Comment ça se passe au bureau ?

— Jusqu'ici tout va bien. Mais j'ai l'impression que Baron et ses amis manigancent un mauvais coup. Ils n'arrêtent pas de faire des messes basses.

— Ils préparent sans doute un plan pour m'empêcher de rentrer en possession de la société. J'ai parlé à Lloyd l'autre jour, et il m'a assuré que les dispositions testamentaires de papa étaient inattaquables. Tout ce que j'aurai à faire, c'est me présenter devant le conseil d'administration.

Lloyd Kirkland était l'avocat de la société depuis des années et un des plus proches amis de son père. Il avait été outré par la façon dont Baron avait manipulé les actionnaires pour qu'ils le nomment responsable à la place de Wallace.

— Selon Irene, Baron est toujours persuadé que tu es à l'étranger et il a engagé quelqu'un pour te rechercher.

Irene était une des chefs de service et, à l'instar de Lloyd, travaillait dans la société depuis plusieurs années.

— Laisse-les faire. J'ai brouillé mes pistes. Ils me verront le moment venu.

Après avoir raccroché, elle décida de faire un petit somme pendant que Ciara dormait. Elle et Pete faisaient l'amour le soir et le matin au réveil. Elle n'était pas habituée à une routine aussi sportive !

Elle sourit en se remémorant tout ce qu'ils avaient fait ensemble depuis leur premier ébat. Une fois remis de sa surprise après la découverte de son inexpérience, Pete avait apparemment entrepris de faire son éducation sexuelle. Elle ne comptait plus les positions qu'ils avaient essayées ni les pièces où ils avaient fait l'amour. Malgré tout, Myra avait une préférence pour la couverture devant la cheminée.

Elle sortait de la cuisine quand la porte d'entrée s'ouvrit, laissant apparaître Pete.

— Pete ! J'ignorais que tu venais déjeuner. Si j'avais su…

— Je ne suis pas venu déjeuner, dit-il, déposant son Stetson sur la patère.

— Oh ?

— Je suis venu pour toi.

Ses paroles et la façon dont il les prononça lui procurèrent un trouble délicieux. Elle le contempla, comme hypnotisée, tandis qu'il s'avançait vers elle de sa démarche virile.

Quand il s'arrêta devant elle et qu'il posa ses mains sur ses hanches, une onde de désir la parcourut tout entière.

— Alors ? Qu'en dis-tu, Myra ?

Trop émue pour parler, elle se dressa sur la pointe des pieds et pressa sa bouche contre la sienne. Sous la férule de Pete, elle se perfectionnait dans l'art d'embrasser. Ainsi, elle prit son temps pour effleurer ses lèvres pleines et sensuelles avant de lécher délicatement leur pourtour bien dessiné et, plus bas, la courbe de sa mâchoire volontaire.

Voyant que la respiration de Pete s'accélérait, signe d'émoi, elle se concentra à nouveau sur ses lèvres, les titillant, les mordillant, les léchant, les suçant, et prenant un malin plaisir à défier son sacro-saint self-control. Quand les mains de Pete se crispèrent autour de sa taille, elle aspira avidement sa lèvre inférieure.

Manifestement, ce fut le coup de grâce pour Pete car il plaqua sa bouche sur la sienne et plongea ses mains dans sa chevelure, comme pour maintenir son visage tout près du sien et mieux piller ses lèvres.

Puis, mettant fin à son baiser passionné, il la souleva de terre et se dirigea à grandes enjambées vers sa chambre.

- 11 -

— Alors, quand vas-tu te décider à lui parler ?

Pete haussa un sourcil surpris à l'adresse de Derringer. Ils regardaient Dillon couper son gâteau d'anniversaire pendant que les femmes lui présentaient les assiettes.

— Parler à qui et de quoi ?

Derringer leva les yeux au ciel.

— Vas-tu dire à Myra Hollister ce que tu ressens pour elle ?

Pete croisa les bras sur son torse.

— Et que suis-je censé ressentir pour elle ?

— Si tu me poses cette question, c'est que tu es encore plus obtus que je ne croyais ! Tu es amoureux d'elle, c'est évident.

— Vraiment ? demanda Pete avant de siroter son punch.

— Oui. Et j'espère que tu lui parleras avant qu'elle parte.

S'abstenant de répondre, Pete dirigea son regard de l'autre côté de la salle où se tenait Myra. Elle portait Ciara dans ses bras et discutait en souriant avec Bella, Lucia et Crystal. Elle était à sa place auprès des femmes de ses meilleurs amis, songea-t-il. Et Derringer avait raison.

Il était tombé amoureux d'elle tout en sachant que c'était une erreur.

Ils n'avaient aucun avenir ensemble. Elle avait une

vie en Caroline du Sud, même s'il n'avait aucune idée de ce qu'elle comptait faire là-bas. C'était un sujet qu'il évitait d'aborder car la perspective de son départ le mettait mal à l'aise. Toutefois, il ne leur restait plus beaucoup de temps à passer ensemble, et il devait y penser, qu'il le veuille ou non.

Qu'avait-il à lui offrir ? Il s'efforça d'ignorer la petite voix qui lui disait : *Tu as ton amour à lui offrir.*

— Eh bien ?

Manifestement, Derringer ne comptait pas en rester là.

— Vas-tu l'empêcher de partir ?

— Pas sans un mandat d'arrêt, plaisanta Pete, tâchant d'apporter un peu de légèreté dans leur conversation.

— Cesse de tergiverser, Pete. Vas-tu oui ou non lui dire que tu l'aimes, pour l'empêcher de partir ?

— Non. C'est vrai, je désire Myra, mais mon devoir envers ma nièce passe avant tout.

— Dans ce cas, tu commets une erreur monumentale.

Tout en participant à la conversation avec les trois femmes présentes à ses côtés, Myra avait une conscience aiguë du regard de Pete rivé sur elle. Elle était tentée de le regarder à son tour, mais elle s'abstint de peur qu'il ne lise dans son âme et découvre qu'elle l'aimait.

— Ainsi, Myra, ton anniversaire tombe le même jour que celui de Pete.

La remarque de Megan Westmoreland la prit de court. Elle n'avait eu aucune raison de demander à Pete la date de son anniversaire.

— Je l'ignorais.

— Pete est bel et bien un bébé de Noël, intervint Lucia en souriant. Je m'en souviens parce que ses parents venaient chaque année dans la quincaillerie de mon père au moment des fêtes. M. Higgins était habile de ses mains et tenait à confectionner un objet spécial pour son fils afin qu'il ne se sente pas floué à cause de la coïncidence des deux dates.

Tout en sirotant une gorgée de son punch, Myra se souvint avec émotion que ses parents faisaient la même chose avec elle. Ce serait son premier anniversaire et son premier Noël sans eux.

— Si j'étais restée ici, je lui aurais confectionné un gâteau, mais je dois partir le lendemain de Noël.

— Tu tiens toujours à partir ? demanda Bella, surprise.

— Oui.

Myra remarqua l'air perplexe de ses interlocutrices.

— Pourquoi cette question ?

— Nous pensions… Nous espérions qu'il se passait quelque chose entre toi et Pete, déclara Megan, hésitante.

Myra savait qu'il était inutile de leur mentir. Étant amoureuses de leurs maris, elles étaient capables de reconnaître cette même émotion chez une autre femme.

— C'est vrai. Il se passe quelque chose entre nous, mais ce n'est pas ce que vous croyez, dit-elle doucement, sachant que ces trois femmes sauraient lire entre les lignes.

— Je pense que tu te trompes, intervint gentiment Megan. Je connais Pete depuis toujours. Bien sûr, la mort d'Ellen l'a beaucoup marqué et il s'est replié sur lui-même. Mais ces dernières semaines, j'ai vu comme il reprenait goût à la vie. Il avait commencé à ouvrir son cœur à l'arrivée de Ciara, et maintenant il est redevenu le Pete que nous avons toujours connu. Je suis sûre que tu sous-estimes ses sentiments pour toi, Myra.

Myra ne cessa de repenser aux paroles de Megan tout au long du trajet de retour. Elles étaient comme une graine plantée dans son cœur, ne demandant qu'à germer et à fructifier. Avait-elle sous-estimé les sentiments de Pete à son égard ? Pouvait-il vraiment y avoir autre chose que le sexe entre eux ?

Que se passerait-il si c'était le cas ? Elle adorerait retourner auprès de Pete et Ciara – à condition qu'il l'aime sincèrement, comme le pensaient ces dames Westmoreland. Mais auparavant, elle devait retourner à Charleston pour prendre possession de la société familiale. La transition pourrait se faire sans heurt si Baron ne compliquait pas les choses. Mais elle en doutait. Selon Wallace, Baron avait croisé une ancienne amie de l'université, qui lui avait dit avoir aperçu Myra à Breckenridge, Colorado, lors du week-end de Thanksgiving. Cela signifiait que Baron redirigerait ses recherches dans la région. Wallace lui avait recommandé d'informer Pete de ce qui se tramait, mais elle avait refusé, ne voulant pas le mêler à ses histoires de famille.

— Je te trouve bien silencieuse, Myra. Quelque chose ne va pas ?

Elle sursauta en se rendant compte qu'ils étaient arrivés au ranch de Pete. Se forçant à sourire, elle se tourna vers lui :

— Je pensais à Mme Bonnie. Elle revient la semaine prochaine.

— Ce n'est pas une raison pour partir de chez moi. Selon Derringer, tu envisagerais de t'installer dans le *bed and breakfast* de Bella la semaine précédant Noël avant de retourner à Denver.

— En effet.

Il ne pensait quand même pas qu'elle pouvait rester sous son toit et poursuivre leur relation avec Bonnie dans la maison !

— Nous sommes adultes, dit-il, comme s'il lisait dans ses pensées. Nous n'avons pas à nous cacher.

— N'était-ce pas toi qui hésitais à m'engager par

crainte d'éventuels ragots ? demanda-t-elle, les sourcils froncés.

— Et n'était-ce pas toi qui te moquais du qu'en-dira-t-on ?

Elle leva les yeux au ciel, exaspérée.

— Nous ne parlons pas des gens en général mais de Bonnie.

— Je sais. Mais tu n'as aucune raison de t'inquiéter à son sujet. Elle m'a appelé aujourd'hui pour me demander si elle pouvait demeurer une semaine de plus auprès de sa sœur. Je pense qu'elle a des scrupules à la laisser seule pendant les fêtes. Je lui ai dit que je verrai avec toi. Acceptes-tu de rester une autre semaine avec moi, Myra ?

Elle se sentit transportée de joie à l'idée de passer encore du temps avec Pete et Ciara. Bien sûr, ce report rendrait son départ encore plus douloureux, mais elle gérerait les conséquences plus tard.

Prenant une profonde inspiration, elle sourit à Pete.

— Oui, j'accepte avec plaisir.

En se réveillant le lendemain matin, Pete jeta un coup d'œil à sa montre. Bien que ce soit samedi, il se levait à la même heure qu'en semaine car c'était son tour de s'occuper de Ciara. Myra avait toujours droit à son congé du week-end, et, même si elle semblait heureuse de le passer au ranch, il ne voulait pas empiéter sur son temps libre au cas où elle aurait prévu quelque chose.

Mais ce week-end, il voulait la décharger de ses obligations pour une tout autre raison.

Il contempla l'espace vide à côté de lui dans le lit, n'en revenant pas que Myra se soit levée sans le réveiller.

Il ne lui en avait pas encore parlé, mais il avait demandé à Charity Maples de garder Ciara ce soir car il avait l'intention d'inviter Myra à dîner chez Barnacles puis de l'emmener au cinéma.

Il rit tout bas. Il n'était pas aussi lent que le pensait Derringer. Certes, le moment était mal choisi pour avouer ses sentiments à Myra. Il se pouvait qu'elle ne les partage pas. Mais puisqu'elle devait impérativement retourner à Charleston, il *pouvait* au moins lui fournir une raison de revenir. Car désormais, il ne pensait plus être obligé de choisir entre le devoir et le désir. Il se sentait prêt à concilier les deux.

Se levant, il passa dans la salle de bains attenante pour faire sa toilette. Une fois prêt, il se dirigea vers la cuisine d'où lui parvenaient les voix de Myra et de Ciara. Elles chantaient… Du moins, elles s'y essayaient.

Il ne put s'empêcher de sourire. Myra avait fait de sa maison un foyer, et il ne savait pas comment lui et Ciara supporteraient son départ. L'inévitable était repoussé d'une semaine du fait de l'absence prolongée de Bonnie, mais que se passerait-il ensuite ?

Du moins, Myra fêterait Noël avec eux.

Pénétrant dans la cuisine, il lança un joyeux « Bonjour ! »

Deux paires d'yeux se posèrent sur lui. Il donnerait n'importe quoi pour que les deux femmes de sa vie aient toujours cette lueur radieuse dans le regard chaque fois qu'elles le verraient.

— Pa-pa ! s'exclama Ciara en lui tendant les bras.

Il la souleva de sa chaise haute non sans avoir déposé auparavant un long baiser sur les lèvres de Myra.

— Je ne t'ai pas entendue te lever, ce matin.

Elle lui adressa un sourire malicieux.

— Peut-être l'un de nous avait-il une bonne raison d'être épuisé, n'est-ce pas monsieur le policier ?

Il se pencha pour murmurer à son oreille :

— Je dois sans doute m'estimer heureux que tu ne me traites pas de vieil homme.

Elle rejeta la tête en arrière en riant.

— Je suis forcée d'admettre que tu es très dynamique pour ton âge.

Il rit à son tour et profita de ce moment de grâce pour lui dévoiler ses projets.

— À propos, j'ai engagé une baby-sitter pour garder Ciara ce soir.

Myra le fixa, stupéfaite.

— Une baby-sitter ? Pourquoi ?

Il le savait, il devait se montrer prudent dans sa réponse.

— Parce que je souhaite t'exprimer ma gratitude pour tout ce que tu as fait pour Ciara et moi en l'absence de Bonnie.

— Tu n'as pas à me remercier, Pete. Par ailleurs, tu sais bien que Ciara n'accepte pas d'être gardée par n'importe qui.

Il observa Myra dont le visage s'était rembruni. Sa proposition l'avait-elle froissée ?

— Encore une fois, je tiens à t'exprimer ma gratitude. Concernant la baby-sitter, j'ai engagé Charity, la fille d'un de mes adjoints. Elle a dix-sept ans et a déjà gardé Ciara à plusieurs reprises. C'est une adolescente digne de confiance, et Ciara l'aime bien. Tu n'as donc pas à t'inquiéter à ce sujet.

Myra s'en voulait de paraître ingrate. Cette invitation à dîner était une attention touchante de la part de Pete. Et ce n'était pas parce qu'elle était amoureuse de lui qu'elle devait s'attendre à ce que la réciproque soit vraie.

— Après dîner nous pourrions aller au cinéma.

Elle le fixa, incrédule. Le restaurant et le cinéma ? Ne se rendait-il pas compte que cela ressemblait fort à un rendez-vous galant ?

C'était sans doute la dernière chose qu'il avait à

l'esprit. Pourtant, cette invitation semblait lui tenir à cœur. Mais il comprendrait vite son erreur quand ils croiseraient des personnes qui les connaissaient et qui remarqueraient qu'ils sortaient sans Ciara. Comme elle partait la semaine prochaine, elle ne serait pas en butte aux commérages, mais il les subirait de plein fouet pour avoir envoyé le mauvais message en essayant de lui témoigner sa gratitude.

Elle brûlait d'envie de lui dire que ce qu'elle attendait de lui c'était son amour et non sa reconnaissance, mais ce serait peine perdue. Elle devait rentrer en possession de la société familiale, et le cœur de Pete était déjà pris.

— N'as-tu pas envie d'aller dîner avec moi ?

Bien sûr que si. Elle appréciait qu'il lui témoigne sa gratitude. Et elle ferait en sorte de mettre ses sentiments de côté.

Après tout, il lui avait expliqué dès le début qu'il s'agirait uniquement de sexe entre eux. Et elle avait accepté sa proposition en connaissance de cause.

— Si, j'en serai très heureuse, Pete, répondit-elle.

Et de la même façon qu'il voulait lui témoigner sa gratitude, elle lui manifesterait la sienne à sa manière.

Ce soir-là, ils ne rentrèrent pas trop tard. Avant de partir au volant de sa propre voiture, Charity leur assura que Ciara s'était montrée adorable.

— Je l'aime bien, déclara Myra à propos de Charity quand Pete l'eut rejointe dans la chambre de Ciara.

Debout à côté du lit de la fillette, ils la regardèrent dormir. Pete savait que Ciara avait capturé le cœur de Myra comme elle avait capturé le sien. Même si Myra ne tenait pas à le revoir après son départ, elle serait peut-être tentée de revenir à Denver pour prendre des nouvelles de Ciara.

— Monsieur le policier a-t-il envie de se joindre à moi pour une tasse de café ?

Il lui rendit son sourire.

— Volontiers, Miss Cow-girl.

Ils longèrent le couloir en se tenant la main, comme ils l'avaient fait au cinéma. Le dîner avait été excellent et le film divertissant. Ils avaient croisé plusieurs personnes qu'il connaissait, et elles n'avaient pas eu l'air étonné de le voir en compagnie de la nounou de sa nièce. En fait, il la leur avait présentée comme étant une amie.

Il s'assit à table pendant qu'elle préparait le café. Il aimait la regarder évoluer dans sa cuisine, admirant son léger déhanchement si sensuel et le lustre de sa chevelure. Quand elle se tourna vers lui, elle surprit son regard posé sur elle et sourit.

— J'ai passé une excellente soirée, Pete, et je t'en remercie.

— Je t'en prie.

Il lui aurait bien suggéré de recommencer, mais il hésitait à aborder le sujet de son prochain départ dans deux semaines.

Elle posa les deux tasses de café sur la table et s'assit en face de lui.

Finalement, il se décida à demander :

— Es-tu impatiente de retourner à Charleston ?

Elle tarda à répondre. Cela voulait-il dire que lui et Ciara lui manqueraient ? Une chose était sûre, elle leur manquerait énormément.

— Oui, j'ai hâte de rentrer chez moi.

Il sirota son café en silence, se demandant comment il arriverait à la laisser partir le moment venu.

— Tu quitteras Denver avant les grands frimas.

— Oh ! le froid ne me manquera pas.

— Et moi, est-ce que je te manquerai ?

Elle soutint son regard un long moment.

— Oui. Tu vas beaucoup me manquer, Pete.

Un flux d'énergie passionnée grésilla entre eux, et ils posèrent leurs tasses en même temps. Lequel des deux se leva en premier ? Pete n'aurait su le dire. D'ailleurs, quelle importance ? Ce qui comptait, c'était que Myra soit dans ses bras et qu'il l'embrasse comme si sa vie en dépendait. Pour lui faire savoir qu'elle aussi lui manquerait. Qu'il regretterait leurs baisers, leurs ébats, leurs discussions. Oh ! oui, elle lui manquerait encore plus qu'il ne l'imaginait.

Leurs langues se mêlèrent avec un désespoir, une faim et une urgence qu'il n'avait jamais éprouvés auparavant. Sans doute parce qu'ils entamaient une course contre le temps. Bientôt, ils se diraient adieu. Mais pour l'instant, ils succombaient à une passion débridée.

Il la souleva de terre avec l'intention de se rendre dans sa chambre, mais l'urgence de son désir était telle qu'il se contenterait de la salle à manger.

— J'ai besoin de toi maintenant, chérie.

Après l'avoir reposée à terre, il ôta ses vêtements en un tournemain tandis qu'elle l'imitait. Ce serait la première fois qu'il se déshabillerait dans sa salle à manger, mais qu'importait ? Il s'apprêtait à y faire bien pis.

Il l'attira à nouveau dans ses bras et l'embrassa avec une ferveur qu'il ressentait dans chaque parcelle de son corps, notamment dans son érection pulsant contre le ventre de Myra. Il mit fin à leur baiser, brûlant d'envie de la caresser partout et de la savourer à son aise. Il avait besoin de sentir la peau soyeuse de ses seins sous ses paumes et de titiller ses mamelons jusqu'à ce qu'ils durcissent.

Puis, désireux de s'assurer qu'elle était prête pour lui, il glissa une main entre les cuisses de Myra. Elle gémit quand il caressa son intimité et qu'il introduisit un doigt en elle. Oh ! oui, elle était prête à l'accueillir.

La soulevant de terre, il la déposa délicatement sur la table de la salle à manger et enroula ses longues jambes autour de son cou. Puis, se positionnant entre ses cuisses écartées, il la pénétra d'un vigoureux coup de reins et plongea en elle aussi profondément qu'il le put. Exhalant un grognement de pur plaisir, il lui agrippa les hanches et commença à aller et venir en elle. Jamais encore, il n'avait éprouvé pareille voracité charnelle. On aurait dit qu'il était devenu insatiable. Mais elle seule était capable d'assouvir sa boulimie érotique.

Cette position avait l'avantage de lui permettre de voir les émotions qui se peignaient sur le visage de Myra à chacun de ses assauts. Il aimait les observer et savoir qu'il en était la cause. Comme si elle avait besoin de voir à son tour les émotions qui le submergeaient, elle banda ses muscles autour de son sexe, le précipitant au bord du précipice.

Soudain, dans un éclair de lucidité, il s'aperçut qu'il avait omis d'enfiler un préservatif. Myra dut comprendre son inquiétude car elle murmura :

— Je suis sous contraceptif et je ne présente aucun risque.

— Moi non plus je ne présente aucun risque, dit-il, reprenant ses assauts avec une ardeur renouvelée.

Quand il sentit qu'elle commençait à frissonner, il se pencha pour capturer sa bouche tandis que l'orgasme les balayait dans une même déferlante.

Si, contrairement à ses principes, il avait fait l'amour sans protection avec Myra, c'est parce qu'il l'aimait de tout son être et qu'il voulait se livrer entièrement à elle, corps et âme. Il donna encore quelques coups de reins avant de s'affaler sur elle et d'enfouir son visage entre ses seins splendides et délectables.

À cet instant, il comprit que la chose la plus difficile qu'il aurait à faire serait de laisser partir Myra le jour dit.

- 12 -

Laissant tomber son stylo sur son bureau, Pete se renversa contre le dossier de son fauteuil, les mains nouées sur sa nuque. Ce matin, il avait un mal fou à se concentrer sur son travail car il pensait sans cesse à Myra.

Une semaine s'était écoulée depuis qu'il l'avait invitée au restaurant et au cinéma, et qu'il lui avait fait l'amour sur la table de la salle à manger. Il ne put s'empêcher de sourire en y songeant. Heureusement que sa table était solide !

Il s'efforça de ne pas s'appesantir sur la vitesse à laquelle le temps passait. Déjà Noël la semaine prochaine ! Il était tombé profondément amoureux de Myra. Il ne le lui avait pas dit, mais il faisait en sorte de le lui témoigner chaque fois qu'ils faisaient l'amour. À deux ou trois reprises, dans les transes de la passion, les mots avaient failli lui échapper, mais il les avait ravalés de justesse.

Bien qu'elle ne lui ait jamais fait part de ses sentiments à son égard, chaque fois qu'ils faisaient l'amour, il lui semblait percevoir son émotion. Il avait envie de croire qu'une femme comme Myra ne pouvait pas se donner à lui sans aucune retenue si elle n'éprouvait rien pour lui. Mais peut-être prenait-il ses désirs pour des réalités.

Il aurait la réponse bientôt car il avait l'intention de lui ouvrir son cœur dès ce soir. Il se sentait désormais incapable de l'embrasser, de l'étreindre ou de lui faire l'amour sans lui dire à quel point il l'aimait. Elle devait encore penser qu'il ne s'agissait que de sexe entre eux, mais il lui expliquerait que c'était beaucoup plus qu'une simple attirance physique. Puis il la persuaderait que si elle lui donnait une chance, elle finirait par l'aimer aussi.

Du moins, il priait pour qu'il en soit ainsi.

Un coup frappé à sa porte l'arracha à ses pensées.

Lewis pénétra dans le bureau, visiblement content de lui, et il avait toutes les raisons de l'être, songea Pete. Huit jours plus tôt, Lewis avait remonté la piste du fameux fonds fiduciaire jusqu'à une société basée à New York. S'en étaient suivies diverses arrestations. Hier, des agents du FBI avaient passé au crible l'arrière-cour de Mme Katherine grâce à un équipement ultra-perfectionné et avaient découvert le butin des braqueurs. La nouvelle avait fait la une des médias nationaux. En compensation des heures supplémentaires que Lewis avaient effectuées pour résoudre l'affaire, Pete lui avait accordé un congé spécial. Dès demain, il emmènerait sa famille chez ses beaux-parents à Boulder.

— C'est ton premier jour de vacances, et tu ne peux pas t'empêcher de revenir au bureau !

Lewis prit place en face de Pete.

— J'ai deux ou trois choses à terminer avant de partir. Comment vas-tu te débrouiller sans moi ?

Pete rit de bon cœur.

— Je m'arrangerai.

À cet instant, la sonnerie de l'Interphone retentit sur le bureau de Pete.

— Oui, Renee ?

— Mme Katherine est en ligne et souhaite vous parler. Elle dit que c'est important.

Pete jeta un coup d'œil perplexe à Lewis.

— Entendu. Passez-la-moi.

Puis il mit le haut-parleur pour permettre à Lewis d'entendre car il s'était occupé de son affaire.

— Madame Katherine, ne me dites pas que vous voyez encore des fantômes ! plaisanta Pete.

— Bien sûr que non, Peterson. Mais il se passe quelque chose de bizarre.

— Racontez-moi, dit-il, reprenant son sérieux.

— J'ai rencontré Lucille et Alma aujourd'hui. Nous tricotons des chapeaux de fête pour les bébés à l'hôpital. Elles m'ont raconté qu'un homme bien habillé faisait le tour du quartier en posant des questions.

Pete fronça les sourcils. Les maisons de Lucille et Alma étaient distantes d'environ huit kilomètres de celle de Mme Katherine.

— Quel genre de questions ?

— Elles concernent la nounou de votre nièce.

Pete se redressa, alarmé.

— Myra Hollister ?

— Oui. L'homme connaissait son nom et avait même une photo d'elle. Il a expliqué qu'il la cherchait mais sans fournir de motif. Bien sûr, Lucille et Alma ne lui ont rien dit. Elles m'en ont parlé, et je leur ai dit que je vous préviendrais afin que vous avertissiez Mme Hollister. L'homme ne semblait pas dangereux, mais de nos jours, on ne sait jamais. À votre avis, pourrait-il s'agir d'un ex-mari ?

— Non, répondit Pete. Myra n'a jamais été mariée.

Il était bien placé pour le savoir.

— Je vous remercie de m'avoir prévenu. J'en informerai Myra. Si cet homme revient, demandez à Mme Alma et à Mme Lucille de m'appeler. A-t-il précisé comment on pouvait le joindre ?

— Non. C'est aussi pour cette raison qu'elles l'ont trouvé bizarre.

Pete était de leur avis.

— J'apprécie votre coopération. Au revoir, madame Katherine.

Puis il raccrocha ;

— Qui peut bien rechercher la nounou de ta nièce ? demanda Lewis.

Pete se leva, préoccupé par ce qu'il venait d'apprendre.

— Je l'ignore, mais j'ai l'intention de le découvrir. En attendant, passe de bonnes vacances.

Lewis se leva à son tour.

— Y a-t-il quelque chose que je puisse faire ? Je peux retarder mon départ si…

— Il n'en est pas question, assura Pete. J'avais l'intention de déjeuner à la maison. J'en profiterai pour interroger Myra.

Vingt minutes plus tard, Pete s'engageait dans l'allée menant à son ranch. Au cours du trajet, toutes sortes de scénarios lui avaient traversé l'esprit. Il pouvait s'agir d'un agent d'assurances puisque ses parents étaient décédés quelques mois auparavant. Mais pourquoi se promènerait-il avec la photo de Myra ? Pete pensait aussi à un huissier de justice ou à un chasseur de primes, mais cela n'avait pas de sens. Elle le lui aurait dit si elle avait des ennuis, pas vrai ?

Il y avait une autre possibilité : qu'elle soit victime d'un harceleur sexuel…, comme Ellen. Cette idée lui fit froid dans le dos. Myra avait dit à Bonnie qu'elle était venue à Denver après la mort de ses parents parce qu'elle avait besoin de se changer les idées. Et s'il y avait une autre raison à son éloignement ? Ses mains se crispèrent sur le volant. C'était plus fort que lui, il n'arrivait pas à ôter cette idée de son esprit. Si ça se trouvait, il y avait une explication raisonnable à tout cela. En attendant, l'ignorance le rendait fou.

Il s'apprêtait à héler Myra depuis l'entrée, mais il se retint, ne voulant pas réveiller Ciara au cas où elle ferait la sieste. Il pénétra dans la cuisine ; elle était vide, mais un plat mijotait dans le four. Il empruntait le couloir menant aux chambres au moment où Myra sortait de celle de Ciara.

En l'apercevant, elle sursauta et porta les mains à sa poitrine.

— Pete ! Tu m'as fait une peur bleue ! Tu ne m'avais pas dit que tu venais déjeuner.

Il s'efforça de maîtriser le flot d'émotions qui l'assaillait.

— Sais-tu pourquoi un homme rôde en ville à ta recherche, Myra ?

Détournant le regard, Myra prit une profonde inspiration. Elle aurait dû savoir que Baron ne renoncerait pas à la trouver. Surtout après la mise en garde de Wallace.

— Myra ? Je t'ai posé une question.

Elle releva vivement la tête et croisa le regard de Pete. Elle n'appréciait pas son ton comminatoire. Il paraissait en colère. Pourtant, il n'avait aucune raison de l'être. Ce n'était pas lui qui avait affaire à un frère malveillant.

— Oui, je sais pourquoi il est ici. Maintenant, excuse-moi, mais il faut que je prépare le déjeuner.

Elle passa à côté de lui en direction de la cuisine.

— Une minute ! s'exclama-t-il, lui agrippant le poignet.

Elle se libéra d'un coup sec.

— Pete, qu'est-ce qui te prend ? Baisse d'un ton, sinon tu vas réveiller Ciara. Je viens de la coucher pour sa sieste.

Elle reprit le chemin de la cuisine, et il lui emboîta le pas.

Myra ne comprenait toujours pas pourquoi il s'énervait ainsi. C'était elle qui avait toutes les raisons d'être en colère. Son plan pour faire croire à Baron qu'elle se trouvait à l'étranger était tombé à l'eau depuis qu'une de ses anciennes amies l'avait aperçue à Breckenridge. Qu'à cela ne tienne. Désormais, elle ne se cacherait plus comme une criminelle.

Pénétrant dans la cuisine, elle vérifia la cuisson du poulet dans le four, consciente de la présence de Pete derrière elle. Quand elle se retourna, elle l'aperçut au milieu de la pièce, les sourcils froncés et les bras croisés.

— Tu me dois une explication, Myra.

Une part d'elle savait qu'elle la lui devait. Après tout, elle vivait sous son toit et s'occupait de sa nièce. Si quelqu'un rôdait en ville à sa recherche, il devait savoir pourquoi.

— En effet, Pete, et je te la donnerai. Mais tu n'as aucune raison d'être furieux après moi. Ciara et toi n'avez jamais été en danger.

Il se rembrunit un peu plus.

— En danger ? Dans quoi diable es-tu impliquée ?

— Je ne suis impliquée dans aucune affaire, répliqua-t-elle, ulcérée. Et je n'apprécie pas tes accusations. Finalement, je ne vois pas l'intérêt d'avoir cette conversation. Ce n'est pas comme si j'étais obligée de te rendre des comptes. Je m'en vais bientôt, et tout ce que nous avons partagé, c'est une relation qui ne mène nulle part.

Il accusa le coup, visiblement vexé. Puis, se redressant de toute sa hauteur, il la toisa avec colère.

— Tu penses vraiment que c'est tout ce que nous avons partagé ?

Sa question la prit de court, et elle releva le menton, défiant Pete du regard.

— Que suis-je censée penser d'autre, Pete ?

Il se raidit, les traits crispés. Mais elle n'en poursuivit pas moins son argumentation :

— Je me souviens très bien de ta proposition. Alors, oui, tout ce que nous avons partagé, c'est une relation ne menant nulle part, et cela me convient. Sinon, je n'aurais jamais accepté de coucher avec toi.

Et elle ne regrettait aucun des moments qu'ils avaient passés ensemble.

Il s'avança vers elle, furieux.

— N'essaie pas de changer de sujet, Myra. Je veux savoir pourquoi cet homme te recherche.

Elle leva les yeux au ciel, exaspérée.

— Changer de sujet ? C'est toi qui as voulu que je précise ma pensée à propos de notre *relation*. Comme si tu ne le savais pas déjà.

— Réponds à ma question, Myra, dit-il, visiblement à bout de patience.

D'une certaine façon, elle se sentait humiliée de devoir lui expliquer comment son frère se comportait avec elle, surtout sachant que Pete et son frère avaient été très proches l'un de l'autre. Il avait eu du chagrin à la mort de Matt et maintenant il élevait sa nièce comme si c'était sa propre fille. Il adorait Ciara alors que le frère de Myra la détestait et cherchait à la déposséder de son héritage.

— Myra !

Son injonction la fit sursauter.

— Cesse de crier !

— Je ne crie pas, répliqua-t-il, baissant malgré tout la voix. Et maintenant, réponds à ma question.

S'éloignant du fourneau, elle alla s'asseoir à la table, bouleversée à l'idée que Baron l'ait pistée jusqu'ici. Elle leva les yeux vers Pete. Il se tenait toujours au même endroit. Toujours aussi furieux. Prenant une profonde inspiration, elle reprit la parole :

— Cet homme est mandaté par quelqu'un pour me retrouver. Si je suis venue à Denver, c'est pour me cacher après lui avoir fait croire que j'étais à l'étranger. Mais il a retrouvé ma trace.

— Il ? gronda Pete. Tu étais victime de harcèlement sexuel ? De la part de qui ?

Sans lui laisser le temps de répondre, il poursuivit :

— Certains hommes sont obsédés par la femme qu'ils ont ciblée. Ils sont prêts à tout pour qu'elle cède à leurs avances, et si elle les éconduit ils lui feront du mal, car ces ordures ont le cerveau dérangé.

Du harcèlement sexuel ? Peut-être pensait-il à cela car il était policier et qu'il avait traité des cas semblables. Il fallait qu'elle le détrompe.

— Je ne suis pas victime d'un harceleur, Pete. Baron voulait à tout prix retrouver ma trace pour m'empêcher de retourner à Charleston et lui mettre des bâtons dans les roues. C'est lui qui a envoyé cet homme à ma recherche.

— Baron ? Qui diable est Baron ? Un ex-petit ami ? Un type qui ne comprend pas ce que *non* veut dire ?

Où allait-il chercher tout cela ? se demanda-t-elle, interloquée. Elle percevait toujours de la colère dans sa voix, mais maintenant elle semblait plutôt dirigée contre l'homme qui la pistait. Malgré tout, elle hésitait à s'expliquer davantage.

Pourquoi voulait-il connaître l'identité de la personne impliquée ? Elle connaissait la réponse. S'il insistait autant ce n'était pas parce qu'il tenait à elle mais parce qu'il était le shérif de Denver. C'était son métier d'être au courant de tout ce qui se passait dans sa juridiction.

Myra soutint son regard luisant de colère.

— Baron Hollister est mon frère.

Pete n'était pas certain d'avoir bien entendu. Avait-elle dit son *frère* ?

Comme si elle devinait sa confusion, elle précisa :

— Oui. Mon frère. Je t'ai expliqué que nous avions le même père mais des mères différentes. Sa mère,

Charlene, était la première épouse de mon père. Ils sont restés mariés quatre ans avant de divorcer quand Baron avait deux ans.

Interloqué, Pete alla s'asseoir en face d'elle.

— Tu veux dire que ton frère t'empêche de retourner chez toi ?

— Oui et non. Il ne m'a jamais menacée de vive voix mais m'a fait transmettre des mises en garde par l'entremise d'amis à lui. Je sais à quel point Baron, soutenu par sa mère, peut se montrer impitoyable et j'ai préféré ne prendre aucun risque. De toute façon, j'éprouvais le besoin de m'éloigner de Charleston pour faire le deuil de mes parents. Je ne lui ai pas dit où j'allais de peur qu'il ne me fasse surveiller. Mon départ incognito a bouleversé ses plans, c'est pourquoi il a envoyé quelqu'un à ma recherche.

L'idée qu'elle se sache en danger et qu'elle ne lui ait rien dit le mettait hors de lui.

— Tu ferais mieux de tout me raconter depuis le début.

Pete écouta Myra avec attention. Plus elle avançait dans son récit, plus sa colère grandissait. Selon lui, Baron était un fou dangereux. Et Myra l'avait laissé faire au lieu de porter plainte contre lui. Elle aurait dû en parler à quelqu'un. Elle aurait dû se confier à lui. Elle vivait sous son toit, dormait dans son lit, et pourtant elle ne l'avait pas jugé suffisamment digne de confiance pour lui expliquer ce qu'elle subissait de la part de son frère. De la même façon qu'Ellen n'avait pas cru bon de lui parler des menaces de son harceleur. Elle s'était confiée à sa meilleure amie mais pas à lui.

Il se remémora ce jour maudit où, douze ans auparavant, le shérif Harper lui avait expliqué dans cette même cuisine que la mort d'Ellen n'était pas accidentelle mais la conséquence d'un acte délibéré et malveillant. L'homme avait été arrêté et avait fini par avouer les faits quand il avait su qu'une caméra de vidéosurveillance l'avait filmé dans la boutique de Paul Markam en train d'acheter des pétards.

Soudain, ces souvenirs lui devinrent tellement insoutenables qu'ils l'empêchaient de respirer. Il fallait qu'il sorte d'ici. Sans mot dire, il se leva d'un bond, traversa la cuisine et sortit par la porte de derrière.

Son esprit était rempli des souvenirs de la mort d'Ellen et du récit de Myra. Toutes ces choses dont Myra, comme Ellen, s'était *abstenue* de lui parler.

Une fois à l'écurie, il sella Satin et partit au galop, sans direction particulière en tête. Il avait besoin de s'éloigner de la maison et de réfléchir.

Dans sa vie, il était tombé amoureux de deux femmes, et ni l'une ni l'autre ne lui avaient fait suffisamment confiance pour lui parler de leurs difficultés alors qu'il aurait pu les aider. Il ne les aurait jamais laissées affronter seules le danger. Il aurait veillé sur elles. Il aurait été là pour elles.

Il atteignit bientôt les limites de sa propriété bordée à cet endroit par le lac Gemma. De son poste d'observation, il apercevait les chevaux sauvages qui s'ébattaient en liberté sur les terres des Westmoreland. Mettant pied à terre, il s'assit sur un tronc d'arbre pour admirer les chevaux et le lac. Le calme de l'eau contrastait avec l'énergie indomptable des chevaux. Un peu comme l'énergie qui crépitait en lui à cet instant. Débridée et ingérable.

Il avait dû accepter le fait que la vie était parfois imprévisible. Incontrôlable. C'était une des raisons pour lesquelles il était entré dans la police. Pour combattre les voyous et les criminels. Pour faire régner l'ordre. Et après la mort d'Ellen, il avait été plus déterminé que jamais à poursuivre dans cette voie.

Maintenant, douze ans plus tard, il était à nouveau

tombé amoureux. Quand Myra était entrée dans sa vie, il ne s'était pas senti prêt à l'accueillir et avait combattu ses sentiments pour elle. Mais le destin avait, semblait-il, décrété qu'elle devait faire partie de sa vie, pour le meilleur ou pour le pire.

Depuis quelques semaines, il avait accepté le fait qu'il l'aimait, mais pouvait-il accepter qu'elle lui ait dissimulé sciemment le danger qui planait sur elle ?

Oui, il pouvait l'accepter puisqu'il l'aimait avec ses qualités et ses imperfections. Mais plus encore, il avait besoin de lui dire que ses sentiments pour elle allaient bien au-delà de la simple attirance physique ; qu'il était là pour l'aider à mener ses batailles, quelles qu'elles soient ; qu'elle n'était pas seule et qu'elle ne le serait jamais puisque lui et Ciara seraient toujours présents pour elle.

Oui, il était grand temps qu'il lui dise tout cela.

— Je suis curieux de savoir ce que tu fabriques ici, le regard perdu dans le vague, Pete.

La voix de Riley résonnant dans son dos le prit de court.

— Rien de spécial. Et toi, pourquoi n'es-tu pas à ton bureau ?

Bien que fervent adepte des activités extérieures, Riley occupait un poste de responsabilité chez Blue Ridge Management Company, une société détenue par la famille Westmoreland.

Riley se mit à rire.

— Aujourd'hui, j'ai décidé de faire l'école buissonnière. Tout le monde a besoin de se détendre de temps à autre.

Avant que Pete puisse répondre, la sonnerie de son portable retentit. C'était un appel de Lewis.

— Excuse-moi un instant, dit-il à Riley avant de décrocher.

— Que se passe-t-il, Lewis ? Dois-je te rappeler que tu es en congé ?

— C'est mon instinct d'ancien agent du FBI qui m'a empêché de partir avant d'avoir éclairci le mystère de l'homme qui recherche la nounou de ta nièce. J'ai donc décidé d'enquêter, et devine ce que j'ai découvert.

Pete écouta avec stupeur le récit que lui fit Lewis.

— J'arrive tout de suite.

Puis il se tourna vers Riley.

— Il faut que je retourne en ville immédiatement. Comme je suis plus près de chez toi que de chez moi, peux-tu me conduire au poste en voiture ? Je demanderai à un de mes hommes de me ramener.

— Bien sûr.

Pete grimpa en selle et, comme au bon vieux temps, lui et Riley galopèrent à bride abattue à travers les immenses prairies. Quelques minutes plus tard, ils s'engouffraient dans la voiture de Riley et prenaient la direction de la ville.

— Eh, nous avons troqué nos montures contre un pur-sang bien plus puissant, plaisanta Riley en pilotant sa voiture de course à deux places le long de l'autoroute inter-États.

Puis, voyant que Pete ne se déridait pas, il déclara :

— J'espère que l'affaire qui t'occupe n'est pas trop grave.

— Je la réglerai pour le mieux.

— Je n'en doute pas. Au fait, tu ne m'as toujours pas dit ce que tu faisais, assis sur ce tronc.

Pete décida de se montrer honnête avec celui qui était un de ses meilleurs amis depuis l'enfance.

— Je pensais aux femmes et à leurs secrets.

Sa remarque fit rire Riley.

— Elles en ont toutes. Alpha ne manque jamais de me le rappeler.

Alpha était l'épouse de Riley. Celle qui avait transformé le coureur de jupons en époux modèle.

Pete jeta un coup d'œil à Riley.

— Mais quand ce sont leurs vies qui sont menacées…

— Sais-tu ce que je pense, Pete ?

Il n'avait aucune envie d'entendre Riley Westmoreland lui faire la leçon, surtout après ce que venait de lui apprendre Lewis. Pourtant, il s'entendit demander :

— Non. Quoi ?

— Il est temps que tu cesses de culpabiliser à cause de la mort d'Ellen. Oui, tu aurais peut-être pu empêcher ce drame si elle t'avait expliqué que ce type la harcelait, mais les choses auraient aussi pu prendre une autre tournure, et à mon avis, Ellen le savait et a tenté de l'éviter.

— Quelle autre tournure ? demanda Pete, surpris.

— Tu venais d'être accepté à l'école de police et tu commençais ta formation. Si Ellen t'avait parlé de ce type, impulsif comme tu l'étais à l'époque, tu serais allé lui casser la figure. Bien sûr, tu nous aurais tout raconté à Derringer et à moi, et nous l'aurions rossé à notre tour. Et nous nous serions retrouvés tous les trois dans le pétrin.

— Oui, mais au moins, Ellen serait toujours en vie.

— Nous n'en serons jamais certains, Pete. Il aurait très bien pu chercher à se venger de vous deux. Si tu te rappelles, la police a aussi trouvé un carton d'explosifs chez lui. Selon le shérif Harper, il avait l'intention de faire sauter l'église le jour de votre mariage.

Pete en avait toujours été convaincu, d'autant que la police avait aussi découvert un bout de papier avec l'adresse de l'église dans l'appartement du meurtrier d'Ellen. Mais s'il avait admis avoir lancé le pétard qui avait désarçonné le cheval d'Ellen, l'homme avait nié avoir planifié quoi que ce soit avec les explosifs.

— Je t'ai observé avec Myra, Pete. Ne crois-tu pas qu'il est temps d'admettre que tu l'aimes ?

— Tu as un train de retard, Riley. Je l'ai déjà admis.

— Mais le lui as-tu dit ?

— Non.

Riley fronça les sourcils, perplexe.

— Bon sang, Pete, qu'est-ce que tu attends pour lui déclarer ta flamme ?

Pete ne répondit pas. Il avait prévu de le faire ce soir, et il savait désormais que son projet était toujours d'actualité.

Postée à la fenêtre de la cuisine, Myra guettait le retour de Pete. Il était parti depuis un bon moment. Où était-il allé ? Son pick-up était garé dehors ; cela signifiait qu'il n'était pas retourné travailler. Il avait dû seller Satin et partir Dieu sait où, mais l'obscurité commençait à tomber.

Ciara s'était réveillée de sa sieste et Myra avait joué avec elle tout en guettant le moindre bruit extérieur. Peut-être avait-il été rebuté par son récit au point de s'éloigner d'elle. Elle devait lui faire entendre raison : cette histoire ne le concernait pas. C'était son problème, et elle affronterait Baron une fois qu'elle aurait pris possession de la société familiale. Pas avant.

Elle fit dîner Ciara puis joua encore un peu avec elle avant de lui donner son bain. Pete n'était toujours pas rentré. Elle avait beau savoir qu'il était capable de prendre soin de lui, elle se faisait quand même du souci. Car elle l'aimait envers et contre tout.

— Pa-pa ?

Elle contempla Ciara, debout dans son berceau. La fillette savait que c'était le moment où son oncle venait lui chanter une berceuse pour l'aider à s'endormir.

Finalement, le sommeil eut raison d'elle, et Myra la borda tendrement.

Elle était allongée dans son propre lit quand elle entendit Pete rentrer. Il passa devant sa chambre pour se diriger vers la sienne. Puis elle l'entendit ressortir, revenir sur ses pas et frapper à sa porte.

Se redressant, elle alluma la veilleuse sur la table de nuit avant de l'inviter à entrer.

Il ouvrit la porte et se tint sur le seuil, plus beau que jamais.

— Pourquoi n'es-tu pas dans mon lit ?

Dans son lit ?

Ne se rendait-il pas compte que la situation n'était plus la même ? Pourquoi se comportait-il comme si rien n'avait changé entre eux ? Avant qu'elle comprenne ce qu'il faisait, il pénétra dans la pièce et souleva Myra dans ses bras.

— Qu'est-ce qui te prend, Pete ?

— Je t'emmène dans ma chambre, là où est ta place.

Elle le contempla, interdite.

— Mais tu ne veux plus de moi !

— Où as-tu été pêcher une idée pareille ?

Puis il se dirigea résolument vers sa chambre et referma la porte avec le pied avant de la déposer au milieu du lit.

— Il faut qu'on parle, ajouta-t-il.

— C'est ce que nous faisions quand tu es parti sans crier gare !

Il s'assit au bord du lit et se passa une main sur le visage.

— Je sais et je te prie de m'en excuser.

— Tu as été rebuté par mes sordides histoires de famille, et je le comprends.

Il lui prit la main.

— Ton récit ne m'a pas rebuté. Dans le cadre de mes fonctions, j'ai vu et entendu des choses bien pires.

— Alors, pourquoi es-tu parti comme si tu avais le diable à tes trousses ?

Il prit une profonde inspiration.

— Parce que ton histoire m'a fait penser à Ellen et à la façon dont elle est morte. J'ai eu l'horrible sentiment de vous avoir fait faux bond à toutes les deux.

— Ellen ? Ta fiancée ?

— Oui.

— Je ne comprends pas. Pourquoi te sentirais-tu coupable ? La mort de ta fiancée était accidentelle.

— Non. C'était un acte malveillant commis par un homme dont Ellen repoussait les avances agressives depuis des semaines.

Il lui raconta alors ce qui était arrivé à sa fiancée.

— Oh ! non ! s'exclama Myra, bouleversée, en lui pressant la main. Je suis tellement désolée, Pete.

— Ce que j'ai eu le plus de mal à accepter c'est qu'elle ne m'ait jamais parlé de cet homme. J'ignorais que sa vie était menacée ; qu'elle était prise pour cible par un détraqué. J'ai longtemps pensé que c'était de ma faute si elle avait gardé ses ennuis pour elle. Mais aujourd'hui, je crois comprendre la raison de son silence : elle ne voulait pas que j'intervienne pour m'éviter des ennuis. Malgré tout, je ne peux pas m'empêcher de me dire qu'étant son fiancé, j'ai failli à mon devoir de la protéger.

Très ému, il marqua une pause avant de reprendre :

— As-tu idée de ce que j'ai pu ressentir en écoutant ton récit ? En apprenant que tu te terrais à Denver et que tu faisais profil bas pour échapper à ton frère ?

— Ce n'est pas la même chose, Pete.

Il avait aimé Ellen, mais il ne l'aimait pas. Il se sentait sans doute responsable d'elle puisqu'elle vivait sous son toit et s'occupait de sa nièce, mais la comparaison s'arrêtait là. Par ailleurs, l'appât du gain ne pousserait jamais Baron à une telle extrémité. Il cherchait à l'effrayer pour la neutraliser et l'obliger à rester éloignée de Charleston, mais il ne lui porterait jamais atteinte physiquement.

— En quoi est-ce différent, Myra ?

Il voulait qu'elle lui mette les points sur les *i* ? Soit. Elle allait s'y employer.

— D'abord, Ellen était ta fiancée, la femme que tu aimais. Ensuite, elle a été assassinée. Baron a beau être malveillant, il n'est pas violent. Si je me suis cachée ici, c'est pour être à l'abri de son animosité jusqu'à ce que je prenne les rênes de la société familiale. Et s'il me recherche, c'est uniquement pour savoir où je suis et garder un œil sur moi.

— Non, Myra. Les choses sont beaucoup plus graves que tu ne crois.

Elle le contempla, incrédule.

— Que veux-tu dire ?

— Un de mes inspecteurs a arrêté l'homme qui te recherchait. Lors de son interrogatoire, il nous a révélé le projet que ton frère avait élaboré te concernant.

— Un projet ? Quel projet ?

— Apparemment, un des comparses de Baron l'a convaincu qu'il pouvait entrer en possession de la société au-delà de ton vingt-cinquième anniversaire si tu renonçais en sa faveur à tous tes droits sur la société.

— Je n'aurais jamais fait une chose pareille !

— Il avait l'intention de t'y obliger.

— Comment ? En me faisant chanter avec une vidéo compromettante que Rick était censé tourner ? Comme si j'allais laisser Rick m'approcher à nouveau ! Cleo, la femme de Baron, l'a surpris en train d'échafauder ce projet avec ses amis et m'a tout raconté. C'est à ce moment que j'ai décidé de quitter Charleston.

Pete la contempla, interloqué.

— Qui est Rick ?

Elle soupira profondément.

— Ma seule erreur. Un homme plus âgé que moi et très expérimenté. Je pensais que je pourrais tomber amoureuse de lui. Mais il s'est montré brutal, et ça m'a déplu. Quand j'ai voulu partir, il m'a dit que s'il avait gaspillé son temps avec moi c'était parce que mon frère l'avait encouragé à me séduire.

Le visage de Pete se rembrunit.

— C'est pour cette raison que tu fuis les hommes d'âge mûr ?

— Oui. Tous les amis de Baron sont des trentenaires aussi méprisables les uns que les autres. C'est pour cela que j'ai pris peur le premier soir au sous-sol quand tu as glissé ta main sous ma jupe. Ce geste m'a rappelé Rick.

Elle marqua une pause avant de demander :

— Comment Baron était-il censé me faire signer cette renonciation à mes droits sur la société en sa faveur ?

Pete laissa passer un temps avant de répondre :

— En te kidnappant et en t'emmenant sur une île privée des Caraïbes appartenant à un ami de sa mère. Tes geôliers t'auraient droguée juste assez pour que tu rédiges une lettre de renonciation. Ils t'auraient même obligée à préciser que tu étais heureuse là où tu te trouvais et que tu ne voulais plus jamais retourner aux États-Unis.

Myra écarquilla les yeux, interloquée.

— C'est une plaisanterie, n'est-ce pas ?

— Hélas, non. L'homme que nous avons arrêté, un ami de ton frère, n'a aucune envie de croupir en prison et nous a fourni suffisamment d'éléments pour que nous fassions appel au FBI au motif de tentative d'enlèvement et de séquestration sur ta personne. Pour l'heure, les agents fédéraux ont authentifié la plupart de ses allégations, y compris l'échange d'argent et de textos ainsi que la localisation de l'île.

Elle secoua la tête, se refusant à croire à une telle monstruosité.

— Mais c'est ridicule !

— La cupidité pousse certaines personnes à faire des choses abominables, Myra.

Elle sentit les larmes perler à ses paupières en songeant que Baron l'avait détestée au point de manigancer cet horrible stratagème.

— Jamais je n'aurais cru mon frère capable d'une telle ignominie. Comment ai-je pu me tromper sur lui à ce point ?

Une larme qu'elle ne put retenir roula sur sa joue.

Pete l'essuya délicatement à l'aide de son pouce.

— Tu t'es aussi trompée sur quelque chose que tu m'as dit.

Elle était tellement bouleversée qu'elle n'était pas sûre de pouvoir supporter une autre révélation.

— À quel propos ?

— Quand tu m'as dit qu'il y avait une grande différence entre toi et Ellen parce que je l'aimais. Mais je t'aime aussi, Myra.

Elle ouvrit de grands yeux, stupéfaite.

— Comment ?

— Je t'aime, Myra, et si j'avais su que tu étais en danger, j'aurais fait tout mon possible pour te protéger. Mais maintenant que je suis au courant de tes problèmes, je vais m'y employer par tous les moyens. Ton frère ne s'en tirera pas impunément.

Elle le contempla, le cœur battant à tout rompre.

— Tu m'aimes ?

— Oui. De tout mon cœur. Je crois que je suis tombé à moitié amoureux de toi la première fois que je t'ai vue, ce fameux jour, dans ma cuisine. Puis je suis complètement tombé sous ton charme en t'observant avec Ciara et en remarquant comme tu t'occupais bien d'elle. Et de moi aussi.

— Oh ! Pete, je suis si heureuse ! Car moi aussi je t'aime de tout mon cœur.

Il l'attira dans ses bras et l'embrassa ardemment. Quand il détacha enfin sa bouche de la sienne, il étreignit Myra avec une telle passion qu'elle sentait battre son cœur contre sa poitrine.

— Je n'imaginais pas ma vie sans toi, mais j'hésitais à t'avouer mes sentiments de peur qu'ils ne soient pas réciproques. Malgré tout, j'avais décidé de te faire une déclaration d'amour en règle ce soir. Sauf qu'entre-temps, j'ai appris que cet homme te recherchait en ville.

Visiblement ému, il fit une pause avant de poursuivre :

— J'ai envie de passer ma vie avec toi, Ciara et les enfants que le ciel voudra bien nous accorder. Veux-tu m'épouser, Myra ?

Une explosion de bonheur la parcourut tout entière.

— Oui, Pete ! Je le veux !

Il l'attira à nouveau dans ses bras, et à cet instant elle sut ce que c'était d'aimer quelqu'un et d'être aimée en retour. Quand il s'écarta un peu pour la regarder, elle lui sourit.

— Je t'aime tellement, Pete.

— Moi aussi, je t'aime à la folie.

Puis il l'embrassa avec une passion renouvelée.

Épilogue

— Tu es splendide, Myra !

Elle sourit à l'homme de sa vie tandis qu'ils dansaient au bal de charité des Westmoreland.

Hier soir, dans cette même salle, elle et Pete avaient échangé leurs vœux et étaient devenus mari et femme. Le moment était bien choisi puisque la plupart des amis de Pete étaient arrivés en ville pour assister au bal. Bonnie était rentrée, elle aussi. C'était Wallace qui avait conduit Myra à l'autel. Lui et Pete avaient tout de suite sympathisé. Elle et Pete s'envoleraient demain pour Honolulu où ils passeraient leur lune de miel d'une semaine, ne voulant pas rester éloignés plus longtemps de Ciara.

— Merci, dit-elle. Et tu n'es pas mal non plus.

Il sourit du compliment.

— Es-tu heureuse ?

— Oh ! oui. J'ai tout pour être heureuse maintenant que la société familiale est entre de bonnes mains.

Le cas de Baron s'avérait plus grave qu'elle n'aurait cru. Apparemment, le FBI avait déjà Baron, Charlene et leurs acolytes dans leur ligne de mire. L'ami de Baron, celui chargé d'enlever Myra à Denver, avait passé un accord de réduction de peine avec les juges. Sa confession et les preuves qu'il avait fournies avaient permis les arrestations de Baron, Charlene et plusieurs de leurs amis. Le FBI avait découvert leurs nombreux projets d'extorsion de fonds. Il avait aussi découvert que l'île où devait être transférée Myra était en fait une plaque tournante du trafic d'êtres humains.

Pete l'avait accompagnée à Charleston où elle avait revendiqué le contrôle total de la société familiale avant d'en confier la direction à Wallace, selon les vœux de son père. Le matin de Noël, ils avaient eu l'immense joie de fêter leur anniversaire ensemble. Bonnie leur avait préparé un énorme gâteau au chocolat. Puis le soir, ils étaient allés dîner chez Dillon et Pam en compagnie du clan Westmoreland.

— Quelle femme superbe ! s'exclama-t-elle, regardant par-dessus l'épaule de Pete.

— De qui parles-tu ?

— De la compagne de Garth Outlaw.

Il rit.

— Regan n'est pas vraiment sa compagne. Ils se connaissent depuis des années. Elle a succédé à son père en tant que pilote quand il a pris sa retraite. À propos, je te trouve aussi superbe qu'elle.

Elle le contempla en souriant.

— Merci, chéri.

Puis elle reporta son attention sur le couple. Comme eux, Regan et Garth évoluaient sur la piste de danse.

Pete avait beau dire, elle décelait une romance naissante entre eux, même si eux-mêmes n'en avaient pas encore conscience. Elle reporta son attention sur son mari et, à cet instant, elle sut qu'il incarnait sa joie et son bonheur.

Elle avait aimé être la nounou de sa nièce, et maintenant elle se réjouissait d'être pour toujours l'épouse du shérif.

DANI WADE

L'héritière amoureuse

Traduction française de
AURE BOUCHARD

PASSIONS

HARLEQUIN

Titre original :
ENTANGLED WITH THE HEIRESS

- 1 -

Remontant le couloir du musée à pas de velours, Trinity Hyatt tentait d'échapper en douce au tumulte du gala qui battait son plein dans l'aile ouest. Ce n'était pas son genre de se soustraire à ses responsabilités, mais elle avait besoin d'une pause, loin de tous ces regards curieux et ces questions indiscrètes. Juste un moment rien qu'à elle pour respirer…

Et puis, comment oublier les gros titres qui lui avaient sauté aux yeux en allumant son ordinateur ce matin ?

Le mariage suspect menace l'emploi local

Encore ce maudit blogueur…

Sa mère avait beau lui avoir inculqué la compassion, l'empathie et la capacité à mépriser les rumeurs, Trinity ne pouvait s'empêcher d'éprouver une vive colère. En espérant que sa mère, là où elle se trouvait, lui pardonnerait cet écart, au vu des circonstances.

Ce chroniqueur anonyme n'avait-il pas compris à quel point de simples mots pouvaient blesser ? Sans parler de la façon dont la photographie qui illustrait l'article faisait revivre à Trinity ce moment près de la tombe de Michael, sous les yeux de la moitié du pays, en la condamnant sans procès. Son bourreau en ligne n'avait-il pas vu la peine sur son visage ? S'imaginait-il que ses larmes étaient feintes ?

Les chuchotements désobligeants et autres regards curieux dont elle avait été la cible durant le gala de charité de ce soir découlaient sans doute du post d'aujourd'hui.

Les chassant de son esprit, elle s'efforça de se concentrer sur ses quelques instants de solitude provisoire, dans son musée préféré de La Nouvelle-Orléans.

De nombreux souvenirs des couloirs familiers du Musée ASTRA lui revenaient à l'esprit malgré le stress qui l'oppressait, lui apportant un apaisement bienvenu. Elle se revoyait tenir la main de sa mère tout en arpentant calmement les galeries, sans se soucier de ceux qui leur criaient dessus ou leur ordonnaient de quitter les lieux parce qu'elles n'étaient pas à leur place, étant trop pauvres. L'entrée du musée était déjà gratuite tous les samedis. Combien de fois avait-elle traversé la ville en bus, avec sa mère, pour passer quelques heures loin de son père violent, à admirer les peintures et les sculptures, leur beauté captivante, même si elles n'y connaissaient rien à l'art ?

Plus tard, Michael avait arpenté ces salles avec elle, lui racontant la vie des artistes et le trajet de certaines de ces œuvres qui avaient atterri dans le sud des États-Unis.

Aujourd'hui, ni sa mère ni Michael n'étaient plus de ce monde, pour sa plus grande peine. Mais elle n'avait guère le loisir de se morfondre, car Michael lui avait laissé une tâche très importante dont elle devait s'acquitter. Et elle lui ferait honneur. Ainsi, elle allait retourner au gala de charité la tête haute, et y représenterait son meilleur ami et tout ce qu'il avait accompli au prix d'un dur labeur.

En attendant, l'espace d'un instant, elle avait besoin de paix et de calme pour se ressourcer.

Un sentiment de culpabilité l'envahit alors qu'elle

repensait à son mari – bien qu'il lui soit encore difficile de le considérer comme tel. Plus âgé qu'elle, Michael Hyatt était devenu son ami et son mentor il y a bien longtemps. Et puis ils s'étaient mariés. À peine une semaine après la cérémonie, un tragique accident d'hélicoptère avait emporté Michael. Aujourd'hui, six semaines plus tard, elle avait encore du mal à accepter sa disparition.

Un deuil douloureux, qui l'écrasait jour et nuit.

Devant le tableau d'une paysanne serrant dans ses bras son fils en bas âge, elle se perdit dans les teintes sombres. Son regard s'embua à mesure que ses pensées dérivaient.

Elle ferma les yeux, ignorant la larme qui roula sur sa joue.

— Elle a l'air heureuse… En paix, n'est-ce pas ? Malgré ce que l'on devine être des circonstances de vie difficiles.

Surprise d'entendre un écho à ses propres pensées, Trinity se retourna brusquement. Elle n'avait entendu personne arriver. L'homme qui se tenait à présent à côté d'elle l'avait prise de court.

Ses cheveux bruns étaient éclaircis par quelques mèches argentées sur ses tempes, et contrastaient avec le vert grisé de son regard. Son port altier s'intégrait parfaitement à l'environnement élégant du musée, mais il ne dégageait aucun snobisme. Grand, élancé, il donna soudain à Trinity l'impression d'être toute petite. Son smoking ajusté laissait deviner une carrure athlétique.

Il l'observa sans un mot, et son regard s'attarda sur sa joue. Soudain embarrassée, elle essuya ses larmes d'un revers de main aussi négligemment que possible.

Il ne fit aucun commentaire.

Très vite elle se sentit happée par son regard profond.

Un long moment embarrassant s'écoula avant qu'elle reprenne son souffle, en faisant un petit signe de tête.

— En effet, c'est ce que j'ai toujours pensé, dit-elle. L'artiste a joué sur les contrastes. Couleurs sombres du décor et luminosité du visage de son personnage principal.

Il haussa un sourcil surpris.

Son sang se figea. Et si cet homme était un journaliste ?

Comme elle avait été élevée dans une famille pauvre, la plupart des journalistes ne s'attendaient pas à ce qu'elle s'exprime avec un accent distingué, encore moins pour dire des choses intelligentes. Après tout, il fallait qu'elle colle à l'image de pauvre fille cupide venue des bas-fonds pour rafler toute la fortune des Hyatt en héritage ; image que la famille de Michael s'appliquait à entretenir.

Cette version-là faisait vendre plus d'articles, plus de photos pour lesquelles elle était traquée. Car ces gens refusaient de chercher la vérité, refusaient de se demander qui elle était vraiment, quelles étaient les épreuves qu'elle avait traversées, et à quoi elle avait survécu.

Mais l'expression surprise de l'homme s'évanouit si vite qu'elle se demanda si elle n'était pas tout simplement en train de devenir paranoïaque. Elle baissa les yeux et lissa sa robe bleu saphir, l'une des rares que Michael lui avait personnellement choisie. Pour une fois, elle ne se sentait pas vulnérable sous un regard insistant ; au contraire, une petite onde de chaleur inattendue la traversa.

— Vous avez fui le tumulte du gala ? s'enquit l'inconnu.

Bien qu'il s'agisse là d'une banalité, elle fut troublée de constater à quel point ses paroles se faisaient l'écho de ses propres pensées.

— Ces soirées ont tendance à devenir un peu étouffantes parfois, répondit-elle en s'efforçant de se ressaisir.

— Je suis d'accord. À bien des égards.

Seigneur ! Ce sourire la déstabilisait au plus haut point. Jamais elle n'avait ressenti un tel trouble auparavant… Or le moment était mal choisi. À son grand soulagement, l'homme regarda alors du côté des douze œuvres spécialement choisies et présentées dans la rotonde en exposition permanente.

— Cet endroit n'est pas seulement paisible, il est unique, dit-il d'une voix profonde qui la fit frissonner.

— Vous n'étiez jamais venu ici avant ?

D'une certaine façon, elle en voulait à cet homme et aux sensations qu'il semblait avoir fait naître en elle, car il avait interrompu sa pause dans cet endroit cher à son cœur. D'un autre côté, elle était incapable de modérer la fascination qu'il suscitait en elle, de manière aussi inattendue que malvenue.

Elle était veuve depuis six semaines à peine ! Mais qu'est-ce qui n'allait pas chez elle, ce soir ?

— Non, c'est la première fois. Ma première fois à La Nouvelle-Orléans, en fait, précisa-t-il en lui tendant la main. Je suis Rhett Butler. Ravi de faire votre connaissance.

— *Butler* ? Sérieusement ?

— Non ! répondit-il en riant. En fait je m'appelle Rhett Brannon. Mais quand je viens dans le Sud…

— Le parallèle avec le héros d'*Autant en emporte le vent* est tentant, je comprends. Je me disais que vos parents avaient un drôle de sens de l'humour…

Même si, avec son allure ténébreuse et son charisme fascinant il aurait pu postuler pour le rôle de Rhett Butler.

Il avait de l'humour, il était charmant, mais d'instinct, elle préféra jouer la prudence. Cette main tendue lui fit penser à celle d'un serpent dangereux. Or elle ne pouvait se permettre le moindre faux pas dans le jeu que Michael l'avait suppliée de jouer. Ni se montrer impolie.

Tendant la main à son tour, elle se présenta.

— Moi, c'est Trinity. Trinity… Hyatt.

Elle peinait encore à s'habituer à son nom marital, mais elle devait maintenant se présenter comme l'épouse, enfin la *veuve*, de Michael. Il comptait tellement sur elle… Son œuvre caritative comptait sur elle. Elle devait accomplir son devoir.

— Trinity ? répéta Rhett Brannon, surpris.

Était-il simplement un bon acteur ? Ou n'avait-il vraiment jamais entendu parler d'elle ?

— Voilà aussi un prénom peu banal, fit-il remarquer.

— Ma mère était très croyante, expliqua-t-elle avec un léger sourire. Sans doute voulait-elle que je n'oublie jamais le Père, le Fils et le Saint-Esprit.

— Et vous alors, dans tout ça ?

La question la surprit assez pour qu'elle y réponde avec franchise :

— Certains jours sont plus faciles que d'autres.

Le sourire triste qui illumina un instant le visage de son interlocuteur l'intrigua plus qu'il n'aurait dû.

— Je suis d'accord avec vous, murmura-t-il.

Un silence s'installa entre eux, accentuant en elle le sentiment inconfortable de cette présence masculine… un peu trop envoûtante à son goût.

Elle accepta toutefois de faire le tour de la rotonde avec lui. Au moins, elle n'aurait pas à soutenir directement son regard captivant. Mais ce silence la gênait.

— Et qu'est-ce qui vous amène dans notre ville ? demanda-t-elle.

— Les affaires. Et des gens avec qui je vais travailler m'ont invité ici ce soir.

— C'est généreux de leur part.

Son grognement aurait pu être une confirmation, mais elle pressentit un brin de scepticisme.

— Êtes-vous venue avec votre mari ?

Surprise, elle leva les yeux et constata qu'il avait le regard rivé sur son alliance, dont les émeraudes et les diamants scintillaient dans la lumière.

— Non. Je suis veuve.

Cela faisait toujours bizarre de le dire à voix haute. Tout comme elle réalisait encore à peine que Michael et elle s'étaient mariés. Pour elle, il s'agissait essentiellement d'un accord d'affaires, avec des avantages non négligeables, compte tenu de la fortune dont elle allait hériter. Mais surtout, c'était une faveur accordée à l'homme qui avait été son meilleur ami, même si ce qu'il attendait d'elle en retour constituait le défi le plus difficile qu'elle n'aurait jamais à relever.

Un défi qu'elle allait devoir relever seule, maintenant que Michael n'était plus là…

Rhett inclina la tête sur le côté d'un air interrogateur.

— Mon… *mari*, Michael Hyatt, est décédé récemment dans un accident, précisa-t-elle.

Rhett hocha lentement la tête.

— Oui, j'en ai entendu parler. Accident d'hélicoptère, n'est-ce pas ? C'est affreux.

Bien sûr, qu'il en avait entendu parler. Michael n'avait pas seulement été un ami de toute une vie et le propriétaire de l'organisation caritative que Trinity gérait pour lui : il avait aussi été un homme d'affaires aux nombreux succès, brassant des millions de dollars. La question, à présent, était de savoir ce que ce Rhett Brannon savait d'autre à son sujet.

Comme s'il avait senti sa méfiance, Rhett se redressa et la regarda droit dans les yeux.

— Veuillez accepter mes sincères condoléances, Trinity.

Elle fut surprise à la fois par son regard et par ses paroles.

— Merci.

— C'est normal, murmura-t-il avec un sourire furtif et tout à fait charmant.

Pendant un moment, elle se sentit déstabilisée. Elle ne souhaitait ni être la veuve de Michael, ni cette femme horrible dont on parlait tant à La Nouvelle-Orléans en ce moment. Elle aspirait simplement à être une femme qui pouvait répondre à ce sourire sans se soucier du reste du monde.

Or ce n'était pas le cas.

— Je ferais bien d'y aller, dit-elle soudain, craignant que l'on ne finisse par remarquer son absence, dans la foule des invités triés sur le volet.

Quelqu'un avait déjà sûrement remarqué qu'elle manquait à l'appel. Surtout Richard et Patricia Hyatt, la tante et l'oncle de Michael, qui passaient leur temps à épier le moindre de ses faits et gestes.

Sans parler de la presse !

Un sentiment de découragement la submergea lorsqu'elle repensa au post et aux photos qu'elle avait découverts aujourd'hui sur le blog *NOLA Secrets & Scandals*… C'était Jenny, sa secrétaire, qui le lui avait signalé. Ces allusions à une veuve cupide qui menaçait les emplois d'innombrables familles lui donnaient une idée des informations que l'auteur avait recherchées. Comme si elle n'avait pas déjà assez de soucis !

Les gens ne comprenaient donc pas qu'elle partageait les interrogations et les craintes sur la façon dont le décès de Michael et le procès intenté contre sa succession par Richard et Patricia Hyatt affecteraient les salariés du groupe Hyatt, qui employait cinquante mille personnes dans le monde entier ?

Elle retrouvait parfois un peu de sérénité en se rappelant qu'elle exécutait les volontés de Michael, mais elle se demandait quand même pourquoi il avait décidé de placer cet empire mondial et le sort de tous ses employés entre les mains d'une directrice de programme de bienfaisance comme elle. N'avait-il pas surestimé ses capacités ? Pourtant, malgré ses nombreuses réticences, elle ne montrait jamais ses inquiétudes en public. Trop de gens n'attendaient qu'une chose : s'en servir contre elle.

Bien que cette question la hante nuit après nuit, elle était déterminée à faire de son mieux, pour le bien de tout le monde. Y compris de Michael.

Mais à cet instant, ses soucis n'étaient rien comparés aux papillons qui voletaient dans son ventre et à cette chaleur inconnue dans son cœur que l'homme qui se tenait à ses côtés avait provoqués en elle…

— Il faut vraiment que j'y retourne, dit-elle.

— Mais nous faisions tout juste connaissance…

Elle accéléra le pas, accrochant son escarpin dans sa robe dans sa tentative maladroite de fuir. Elle trébucha et manqua de tomber.

L'instant d'après, elle se retrouva plongée dans un parfum masculin musqué et dans la chaleur d'un corps ferme et musclé. Elle se figea, mais son instinct savait exactement ce qu'il désirait, soudain. Elle inspira profondément, s'enivrant allègrement de cette fragrance d'eau de Cologne.

Et puis, aussitôt, elle fut envahie par la culpabilité.

Repoussant les bras de Rhett, elle se libéra. Il ne la lâcha toutefois que lorsqu'elle eut retrouvé son équilibre.

— Je vous en prie, murmura-t-elle, en proie à un trouble grandissant.

Ce n'était vraiment pas le moment de se laisser aller à un quelconque jeu de séduction, encore moins avec un homme dont elle ne savait rien.

Insensible à ses protestations, Rhett haussa simplement un sourcil.

— J'ai supposé, d'après notre conversation, que vous n'appréciez guère la foule, fit-il remarquer.

— Oui. Et ?

— Et, si je ne vous avais pas retenue, en trébuchant votre main aurait atterri juste là, expliqua-t-il en désignant le cadre de l'un des portraits. Et vous auriez déclenché l'alarme et fait accourir tout un tas de gens…

Et causé un scandale sans précédent à être surprise dans les bras d'un homme, six semaines après le décès de son mari… Oh ! Seigneur ! Ses joues s'embrasèrent à cette seule idée. Quel cauchemar !

— Merci, dit-elle dans un souffle, incapable de soutenir le regard gris-vert de Rhett.

Mais il n'en resta pas là. De ses doigts fermes, il lui releva le menton. L'instant d'après, elle sentit son pouce effleurer sa lèvre inférieure. Une décharge électrique la traversa. Il baissa les yeux vers elle et murmura :

— Tout le plaisir était pour moi.

L'instant d'après, il avait disparu.

— Je vois que vous avez fait la connaissance de notre petite croqueuse de diamants.

La voix de Richard Hyatt avait le don de glacer le sang de Rhett. S'efforçant de ne pas grimacer, il se retourna. Richard le regardait, souriant d'un air mauvais, son visage pâle et gonflé trahissant des années d'excès. Sa femme se tenait à ses côtés, et son allure ne pouvait être plus opposée à la sienne. Patricia Hyatt était aussi filiforme qu'un crayon, et son visage demeurait fermé en toutes circonstances.

Curieusement, Rhett imaginait difficilement la jeune femme frêle et vulnérable qu'il avait croisée dans la rotonde se marier pour intégrer une famille comprenant de telles personnes. Mais les apparences pouvaient être trompeuses, il le savait mieux que quiconque. Lui-même avait été victime de trahison et de malhonnêteté, dans sa vie personnelle. D'ailleurs, sa capacité à déceler derrière les artifices d'un joli visage les pires intentions avait fait de lui un expert dans son travail.

Trinity apparaissait comme une jeune ingénue, avec ses grands yeux bruns dans lesquels il avait perçu une réelle émotion alors qu'elle se croyait seule. Il y avait une pureté dans sa beauté qui le troublait, le conduisant même à baisser sa garde en envisageant la possibilité qu'elle avait épousé le neveu de Richard et Patricia Hyatt par amour, et non par appât du gain. Il y avait aussi quelque chose en elle qui éveillait chez lui des sensations qui n'avaient rien à voir avec le travail qu'on lui avait confié…

N'en étant qu'au début de son enquête, il devait toutefois se montrer prudent. Trinity Hyatt était-elle sincère ou simplement une bonne comédienne ? Avait-elle profité de Michael Hyatt et raflé la mise prématurément lors de la soudaine disparition de son mari ? En se faufilant d'abord dans son lit, puis dans son testament ? D'après ce qu'on lui avait rapporté, cette innocence séduisante n'était qu'une façade. Et il était de sa responsabilité d'en fournir la preuve.

Pourtant, quelque chose dans ce scénario ne collait pas.

Il cernait d'ordinaire assez rapidement les personnes dès l'instant où il les rencontrait. Mais avec Trinity, les signaux lui paraissaient contradictoires. Ce qu'il se garderait bien de mentionner à son nouveau client.

— Croyez-vous qu'il soit raisonnable de me parler ce soir, monsieur Hyatt ? demanda-t-il avant de s'accorder une minuscule gorgée de son verre de whisky.

D'ordinaire, il ne buvait pas en service, mais il devait

jouer son rôle. Et se fondre dans la foule et jouer un rôle, c'était une chose pour laquelle il était extrêmement doué. Il regarda autour de lui, notant que Trinity n'était pas encore revenue se mêler aux invités. Mais si c'était le cas, il tenait à ce que sa rencontre avec les Hyatt ait l'air aussi décontractée que possible.

— On peut quand même discuter, rétorqua Richard, en balayant du regard la foule autour d'eux d'un air suspect. Au pire, nous dirons qu'il s'agit ce soir de notre première rencontre.

À ces mots, il lui tendit sa main dodue. Rhett étouffa un soupir avant de la lui serrer. Travailler avec des amateurs qui croyaient tout savoir était ce qu'il aimait le moins dans son métier.

— Bien sûr, répondit-il à voix basse. Enchanté, monsieur Hyatt ! Justement, j'ai eu le plaisir de rencontrer Trinity Hyatt il y a quelques instants.

— Ne l'appelez pas par ce nom ! intervint Patricia d'un ton cinglant. Je ne reconnaîtrai pas le *prétendu* mariage de cette femme avec mon neveu ! Jamais !

C'était son droit, songea Rhett. Mais pour l'heure, rien n'indiquait que la justice lui donnerait raison. Cela, ce serait le travail des avocats.

— Quoi qu'il en soit, notre rencontre a été très satisfaisante, poursuivit-il. Je ne vois pas quoi que ce soit qui nous empêcherait d'avancer.

Richard et Patricia lui offrirent un sourire satisfait.

Bien que l'avidité évidente des Hyatt pour les biens de leur neveu décédé ait pu heurter Rhett, il ne pouvait nier que les faits étaient troublants. Trinity Romero était devenue Trinity Hyatt une semaine à peine avant la mort de son mari dans un accident d'hélicoptère, la propulsant de simple administratrice dans l'une des œuvres de bienfaisance de son mari à veuve richissime. Un état de fait que sa famille par alliance contestait déjà devant les tribunaux. Elle avait une copie manuscrite du nouveau testament de Michael, mais le document original se trouvait avec son mari dans l'hélicoptère dans lequel il avait trouvé la mort, alors même qu'il se rendait au cabinet de son avocat pour le déposer.

Pratique, non ?

— Je savais que vous seriez l'homme de la situation ! s'exclama Richard. Notre avocat savait exactement à qui s'adresser. Il ne faudra pas une semaine à un homme comme vous pour faire de cette vipère de la chair à pâté !

— Peut-être moins, murmura sa femme en couvant Rhett d'un regard des plus audacieux qu'il ignora.

— Vous allez rapidement lui arracher la vérité. C'est pour ça qu'on vous paye, renchérit Richard.

— Souvenez-vous, je ne peux garantir aucun délai, monsieur Hyatt, précisa Rhett.

Pour toute réponse, Richard lui donna une franche tape sur l'épaule, ce qui le mit terriblement mal à l'aise.

— Vous avez toute ma confiance, monsieur Brannon. Et il semble que d'autres commencent à embrasser la cause.

En bon détective, Rhett savait déjà à quoi Richard faisait allusion, mais il demanda cependant :

— C'est-à-dire ?

— Apparemment, un blogueur de La Nouvelle-Orléans, friand de ragots, a commencé à fouiner dans les secrets de Trinity. Cela devrait faire avancer notre cause, précisa-t-il avec un rire gras. Notre avocat vous enverra un lien avant la réunion de demain.

Encore une fois, Rhett ne révéla pas qu'il était au courant des rumeurs. Car il ne laissait rien au hasard. Il avait vu l'alerte dès que le post avait été mis en ligne. *NOLA Secrets & Scandals* était extrêmement populaire dans la ville et gagnait du terrain dans tout le Sud. En moins de trois mois, la page Instagram reliée au blog avait engrangé plus de cent mille adeptes ! Elle avait pris de l'ampleur non seulement auprès des fans de blogs people, mais aussi au sein des classes supérieures qui adoraient connaître et répandre les rumeurs secrètes que le blogueur révélait.

Pour la première fois, Rhett regretta de ne pas avoir envoyé son partenaire, Chris, au lieu d'accepter lui-même cette mission. Mais son collègue était occupé par une affaire impliquant un gigolo qui tentait d'escroquer une femme âgée et de lui subtiliser sa fortune, et sa mission était délicate : il devait à son tour séduire la vieille dame afin que ses enfants puissent finalement recevoir leur héritage légitime.

À première vue, les activités de leur entreprise n'étaient guère reluisantes, mais il fallait voir l'envers du décor. Et puis, malgré les situations parfois scabreuses, Chris et lui gardaient une certaine éthique. Il y avait des lignes que Rhett n'avait jamais voulu franchir. Après tout, il avait eu assez de trahisons dans sa vie pour se mettre délibérément dans une situation qui ne pouvait que mal se terminer.

Chris n'étant pas libre pour l'affaire Hyatt, Rhett avait donc dû s'en charger. Il serait tout à fait capable d'assumer sa mission. De plus, la beauté de Trinity atténuait considérablement la grossière attitude de sa belle-famille. Mais il y avait depuis peu une ombre au tableau : la seule idée de manipuler Trinity pour trouver les informations dont il avait besoin pour remplir sa mission auprès des Hyatt le mettait très mal à l'aise. Car il y avait certaines choses chez la jeune femme qui le touchaient et qui, il le sentait, allaient compromettre sa mission.

Tandis que ses nouveaux clients s'éloignaient de lui avec un signe de la main décontracté et un clin d'œil peu discret, il s'autorisa une nouvelle gorgée de whisky, et son regard tomba par hasard sur l'endroit où se tenait Trinity. Il avait senti sa présence dès l'instant où elle était revenue dans la grande salle de bal du musée. Son cerveau avait enregistré tous les regards plus ou moins discrets qu'elle avait lancés dans sa direction, tandis qu'il discutait avec les Hyatt. Il espérait qu'elle avait bien vu qu'il avait rencontré sa belle-famille, et qu'il ne l'appréciait guère.

Il croisa délibérément son regard, puis leva son verre dans sa direction, se délectant de la grande surprise qu'il lut sur son visage. Peu importait ce que les Hyatt pouvaient dire d'elle, ce que la société pouvait murmurer dans le dos de cette femme. Peu importait même ce qu'il pensait lui-même. Apprendre à connaître cette femme s'annonçait comme une vraie partie de plaisir.

- 2 -

Trinity s'efforça de ne pas se laisser impressionner par le nombre de personnes assises autour de la table en vue de la réunion d'urgence du conseil d'administration de Hyatt Heights, Inc. Cela ressemblait plus à une négociation d'accords de paix internationale qu'à une réunion d'affaires.

Il y avait les avocats, le visage impassible, qui ouvraient leur ordinateur. Et aussi les hommes d'affaires, certains au visage familier et bienveillant, d'autres moins… Et puis il y avait Richard et sa femme, Patricia, qui ne lui avaient jamais accordé le moindre signe de sympathie depuis qu'ils la connaissaient – et cela faisait des années.

Richard et Patricia n'avaient jamais témoigné la moindre affection à Michael non plus, bien qu'il soit leur seul neveu. Au lieu de cela, ils avaient passé leur temps à lui faire remarquer que Hyatt Heights perdait de l'argent, et que la Maison de Jardin plombait les comptes. Le foyer pour femmes et enfants maltraités était devenu la passion de Michael après la mort de ses parents dans un accident de voiture, quand il avait vingt-cinq ans.

C'est à ce moment-là que l'amitié improbable entre Michael et elle s'était nouée, et, depuis l'accident, son cœur se serrait chaque fois qu'elle y repensait…

Ils avaient tous les deux dû affronter une épreuve au même moment. Elle en tant que victime de violence qui avait trouvé refuge avec sa mère à la Maison de Jardin. Michael, avec la mort de ses parents. Malgré cela, il les avait accueillies, sa mère et elle, et leur avait donné de l'espoir et un avenir. De là était née une amitié qui avait façonné toute la vie de Trinity.

Elle chassa ses pensées pour revenir au moment présent.

Malgré le réconfort que les souvenirs de son meilleur ami lui apportaient, elle savait qu'elle devait garder la tête froide. On ne convoquait pas un conseil d'administration extraordinaire pour de vaines raisons, n'est-ce pas ?

Ces maudits posts de blog… Sans doute n'étaient-ils pas étrangers à la réunion d'aujourd'hui.

— Ça va, Trinity ? demanda Bill LeBlanc, assis à sa droite.

Elle lui adressa un petit sourire, soulagée d'avoir à son côté la seule autre personne qui avait connu Michael aussi bien qu'elle. Avocat du Sud à l'ancienne, vêtu de son sempiternel gilet et de son nœud papillon, Bill paraissait dans son élément, dans cette salle de conférences aux fenêtres voûtées et aux boiseries anciennes de Hyatt House, le manoir privé où Michael avait établi son entreprise et sa fondation caritative. Le seul regret de Bill était qu'en tant qu'avocat de Michael, il n'avait pas été en mesure de finaliser le testament avant sa mort. Mais il faisait tout son possible pour aider Trinity à honorer les volontés de feu son client et ami.

— Je ne me sens pas préparée du tout, lui confia-t-elle à voix basse.

Pourtant, certaines personnes ici présentes ne manqueraient pas de guetter la moindre de ses faiblesses, tels les requins qui sentent l'odeur du sang dans l'eau.

Ce dont elle avait besoin, c'était d'une stratégie. Il

était essentiel que le conseil d'administration de Hyatt Heights la perçoive comme une dirigeante forte. Si elle héritait du poste de Michael, elle deviendrait P-DG de la société et actionnaire majoritaire, mais elle aurait tout de même besoin du conseil d'administration pour prendre certaines initiatives et décisions soumises aux votes des autres actionnaires.

Une injonction avait créé un poste d'administrateur du conseil par intérim pour remplacer Michael durant l'action en justice, tandis que Trinity occupait toujours les autres fonctions de Michael, les chargeant des tâches que l'administrateur provisoire voudrait bien lui confier. Richard et elle étaient donc des postulants le temps que le procès soit instruit. Si elle n'apportait pas la preuve de ses compétences, elle pourrait perdre le poste de P-DG ; ses actions lui resteraient quand même acquises par héritage.

Ce qui rendrait l'exécution des volontés de Michael encore plus difficile.

Les deux réunions du conseil auxquelles elle avait assisté depuis le décès de Michael avaient consisté en des débats et des présentations de bilans que Bill lui avait montrés avant la réunion, et qu'elle avait pu donc consulter.

Mais aujourd'hui, il n'y avait eu aucun préavis.

Elle savait d'instinct que sa principale tâche consisterait en l'occurrence à sauver la face, sans révéler à quel point elle se sentait perdue. Elle avait beau se savoir intelligente, sa propulsion du jour au lendemain à la tête d'un groupe d'entreprises valorisées à un milliard de dollars au cours des deux derniers mois n'avait rien d'une sinécure !

De plus, son sommeil de la nuit dernière avait été interrompu à plusieurs reprises par le souvenir de ce regard gris-vert pénétrant qui l'avait laissée dans un état de fébrilité qu'elle n'avait jamais connu auparavant… Autant dire qu'elle n'avait pas besoin d'ajouter de la confusion à la confusion.

— Tout va bien se passer, lui assura Bill au moment de l'ouverture de la réunion.

Richard Hyatt s'assit avec sa femme et son avocat à l'opposé à Trinity et Bill, ce qui aurait dû suffire à la placer hors de leur champ de vision. Pourtant, elle éprouva un certain malaise en remarquant les regards que le couple lançait dans sa direction. Que manigançaient-ils encore ?

Elle se demanda avec angoisse quelles pressions Richard avait pu exercer sur l'administrateur provisoire, pour parvenir à réunir tout le monde pour cette nouvelle réunion. Il se comportait comme s'il avait déjà gagné le procès concernant l'héritage de Michael, et qu'il était déjà promu au poste de P-DG, alors qu'il n'était que simple membre du conseil.

— Cette réunion a été convoquée d'urgence, à ma demande auprès de la présidence, afin de traiter des informations portées à ma connaissance ce matin, déclara Richard en se levant comme pour affirmer sa supériorité sur les autres participants. Combien d'entre vous ont déjà lu *ceci* ?

À ces mots, il cliqua sur un bouton de la télécommande qu'il tenait. Le grand écran derrière lui s'alluma, et une photo de Trinity s'afficha. La légende disait :

La veuve suspecte se bat pour le contrôle de Hyatt Heights

Trinity manqua de s'étouffer.

Richard se tourna vers elle avec un sourire satisfait et poursuivit :

— J'ai expliqué au conseil que vous n'étiez pas douée pour les affaires, Trinity, mais ils ne m'ont pas écouté.

Ses paroles se perdirent dans la cacophonie qui suivit. Chaque membre du conseil y allait de son commentaire, pianotant sur le clavier de leur ordinateur.

Richard souriait. Il avait fait passer son message, et se montrait très satisfait de lui.

Trinity joignit ses deux mains tremblantes et s'efforça de garder son calme.

Le titre et la photo ouvrant le billet de blog n'étaient qu'un début… Il y avait d'autres clichés. On la voyait lors des funérailles, puis lors du gala de charité de la veille et, enfin, on présentait une copie de son certificat de mariage. Hermétique à l'agitation autour d'elle, elle lut les brèves légendes et les commentaires.

Il y avait de vagues insinuations quant à sa supposée incompétence, simplement parce qu'elle n'avait jamais fait partie des classes supérieures de La Nouvelle-Orléans et qu'elle gagnait sa vie en gérant une œuvre de charité. Certains détails précis de son mariage de courte durée avec Michael étaient relatés, de même qu'un lien vers la documentation sur la contestation judiciaire déposée par Richard et Patricia, le tout sous le hashtag #NOLASecrets. Évidemment, certains dans les commentaires l'avaient déjà surnommée « la Veuve noire ».

— Où avez-vous trouvé ça ?

La voix aiguë de Bill la tira de sa stupeur. N'était-il pas au courant des rumeurs qui circulaient sur les médias sociaux ?

— Ce nouveau blogueur qui fait fureur en ce moment, répondit Patricia en roulant des yeux d'un air outrancier. Tout citoyen qui se respecte suit désormais son blog, lui-même scruté de près par les autres médias sociaux.

Un autre membre du conseil d'administration intervint d'une voix paniquée :

— Ce n'est qu'une question de temps avant que tout cela arrive sur d'autres sites d'information. *NOLA Secrets & Scandals* va vraiment faire des vagues.

— C'est déjà fait, intervint Richard d'un ton calme. Nos actions ont déjà commencé à baisser.

Il y avait une lueur de satisfaction inquiétante dans son regard, nota Trinity qui n'en menait pas large.

À ce stade, tout le monde avait sorti son téléphone, et ceux qui possédaient un ordinateur portable martyrisaient déjà leur clavier dans un brouhaha infernal. Les murmures s'intensifièrent à mesure que les membres du conseil vérifiaient par eux-mêmes les allégations de Richard.

Levant les yeux de son propre téléphone, Bill s'exclama :

— Nous n'avons aucune preuve que cette baisse soit liée à ce torchon ! La cotation est à peine inférieure à celle d'hier.

— Croyez-moi, notre cote va s'effondrer, et en un rien de temps. Je veux dire, regardez cet autre post, précisa Richard en cliquant sur un lien dans la barre latérale.

Le titre disait :

Menaces sur l'emploi local pour cause de mariage suspect

Puis la ligne suivante :

Et tout est de sa faute à elle !

Trinity cligna lentement des yeux.

— Vous ne savez même pas qui a écrit ça, dit-elle en désespoir de cause.

— Les gens s'en fichent, ma petite ! répliqua Richard. Les actionnaires se contentent de lire les nouvelles, et se débarrassent de leurs actions. La cotation chute. Les gens perdent leur emploi.

— Ce n'est pas une *nouvelle*, déclara Bill. Ce sont des *rumeurs*. Une fois que la vérité sera révélée au tribunal…

— Quand ? l'interrompit Richard. Dans un an ? Deux ans ? Combien de dégâts auront été causés entre-temps ?

Le cœur de Trinity se mit à battre plus fort.

L'avocat de Richard et Patricia profita de cette ouverture pour intervenir :

— N'oublions pas que si les actions chutent, vous pourriez tous perdre votre siège au conseil.

Larry Pelegrine, l'un des rares qui avaient eu la gentillesse de répondre aux questions de Trinity au cours des six dernières semaines, prit alors la parole :

— À présent, nous ne pouvons pas permettre que tout cela dégénère. Non parce que cela risquerait d'affecter chacun d'entre nous à titre individuel, mais à cause des milliers d'employés des sociétés Hyatt. Ces gens ont des familles à soutenir. Ces familles ont besoin de se nourrir, de régler leur mutuelle…

— On a compris, l'interrompit Patricia d'une voix sournoise. Nous devons aider les gens… et nous aider nous-mêmes.

Comment les autres membres du conseil d'administration ne voyaient-ils pas à quel point Richard et Patricia Hyatt s'efforçaient de défendre leurs intérêts propres, sans se soucier des conséquences de leurs actions sur les autres ? se demanda Trinity. N'était-il pas évident que leur égoïsme était exactement à l'opposé de la vision qu'avait Michael de ses entreprises et de sa fondation caritative ?

Larry se pencha en avant et reprit :

— Même si je déteste dire cela, la réalité est que si la cotation de l'entreprise baisse, les gens perdront leur emploi. Et cette cotation dépend en partie de la façon dont le monde extérieur perçoit l'entreprise, quelle que soit la réalité.

Les autres membres du conseil acquiescèrent d'un signe de tête, et les murmures reprirent.

Bill jeta un regard de compassion à Trinity. Elle lui offrit un pâle sourire et frotta ses mains moites contre ses cuisses. Avec Bill, et même Larry, elle avait travaillé dur pour apporter la preuve de ses compétences auprès du reste du conseil au cours des six dernières semaines. Après tout, elle dirigeait seule la Maison de Jardin pour Michael depuis l'âge de vingt-trois ans. Ce n'était pas une mince responsabilité, même si cela pesait peu par rapport à l'ensemble des activités de Hyatt Heights.

Or, là, elle sentait toute l'indulgence et le soutien dont elle avait pu bénéficier les premières semaines s'évanouir inéluctablement. Une fois la justice passée, le gagnant du procès détiendrait la plus grande partie de l'entreprise et en serait très probablement le P-DG, ce qui lui donnerait plus d'influence au sein du conseil. Elle avait besoin que les gens croient en elle pour pouvoir accomplir ce que Michael attendait d'elle. Richard possédait son propre siège, mais pas de pouvoir réel s'il n'héritait pas des biens de Michael.

Une voix s'éleva par-dessus les autres.

— Nous devons faire quelque chose !

Trinity fut alors bombardée de questions et d'observations de toutes parts. Elle reprit lentement son souffle, s'efforçant de réfléchir au milieu de ce chaos.

— Je pense que *ceci* aidera tout le monde à comprendre ce que j'essaie de vous dire, reprit Richard.

Il cliqua sur la télécommande, et un dossier s'afficha.

Au début, quand Trinity regarda le document, les chiffres et les colonnes se mélangèrent sous ses yeux, puis elle commença à trier les données. Du coin de l'œil, elle vit Bill faire la même chose.

Les projections négatives quant à l'impact de cette mauvaise presse sur leurs employés et les revenus du groupe l'interpellèrent avec force.

Elle avait beau se dire que ce n'était pas sa faute, que ce qui avait commencé comme une simple faveur accordée à son meilleur ami était devenu hors de contrôle avec sa mort prématurée, elle ne se sentait pas moins responsable de ce qui pouvait arriver à des innocents pour autant.

Comme si cela ne suffisait pas, Patricia enfonça le clou.

— Cela fera cinq mille employés, chargés de famille, à La Nouvelle-Orléans qui vont se retrouver sans travail, dit-elle.

Dans une ville où le chômage était endémique. Trinity en était consciente.

— Vous n'en savez rien, rétorqua Bill en retrouvant toute sa verve.

Patricia l'ignora et, penchée vers l'avant, les mains posées à plat sur la table, elle regarda Trinity droit dans les yeux.

— Cela veut dire qu'ils vont se tourner vers toutes les œuvres de charité possibles, dit-elle. Vous les connaissez bien, Trinity, ceux qui fréquentent la Maison de Jardin, ajouta-t-elle avec sarcasme.

Malgré la violence de l'attaque, Trinity parvint à rester impassible. Pas question d'offrir à ses adversaires des arguments qu'ils utiliseraient contre elle.

S'efforçant de garder une voix ferme, elle rétorqua :

— La dernière chose que je souhaite, c'est de priver des familles de leurs revenus.

— C'est ce qui arrivera pourtant tant que vous prendrez ce conseil d'administration en otage avec votre procès, rétorqua Patricia.

— Ce n'est pas moi qui ai décidé d'aller en justice, répliqua Trinity, abasourdie par cette déclaration.

— Ce n'est pas sous cet angle que la presse voit les choses, intervint Richard en désignant l'écran derrière lui.

Larry se leva, sa stature imposante attirant l'attention.

— Restons concentrés, voulez-vous, dit-il. Nous devons réagir avant que la situation prenne de l'ampleur. Il s'agit ici d'influencer l'opinion publique de manière à rassurer nos investisseurs et à stabiliser le cours des actions. Et je crois que j'ai une idée.

Le regard qu'il adressa à Trinity était presque contrit.

— Avant même ce problème de mauvaise presse, j'ai cherché un consultant en affaires pour vous aider, Trinity, expliqua-t-il. À présent, je comprends qu'en l'embauchant, nous pourrions rassurer les investisseurs qui s'inquiètent que notre société soit dirigée par quelqu'un dont ce n'est pas le métier initial.

Bill marmonna quelque chose, mais Trinity posa une main sur son bras pour l'empêcher d'intervenir. Tout le monde la trouvait inexpérimentée et elle l'était, dans une certaine mesure. Bien sûr elle avait passé des années à parler de certains aspects de ses affaires avec Michael, et elle en avait appris des choses très précieuses, mais elle n'était pas à la tête de l'entreprise…

— Cela semble être une proposition intéressante, déclara-t-elle, au lieu de rejeter catégoriquement la proposition.

— Il se trouve que ce consultant est ici, dit Larry. Il était en ville, et je lui ai proposé de vous rencontrer.

Surprise, elle se dit qu'au moins, elle gagnait du temps.

— Il est ici ? demanda Richard avec jubilation. Faites-le donc entrer !

Trinity réprima difficilement une grimace. Génial… Un autre homme d'affaires pour régler le problème de son inexpérience. Même si elle remportait le procès contre les gens qui tentaient de lui soutirer son héritage, elle resterait sous le tutorat d'un consultant…

Il y eut un étrange silence quand Larry quitta la pièce, et Trinity sentit monter en elle une sensation tout à fait désagréable. Le bon sens voulait que si ce consultant pouvait lui être utile, ce serait une bonne chose pour beaucoup de gens. Mais il risquait aussi de n'être simplement qu'un intermédiaire de plus, susceptible de la critiquer après avoir analysé chacun de ses gestes.

La porte se rouvrit et Larry revint avec un autre homme.

Trinity plongea aussitôt dans le regard gris-vert qu'elle ne s'était pas attendue à revoir de sitôt…

Oh non, pourquoi le sol ne s'ouvrait-il pas sous ses pieds pour l'engloutir tout entière ?

Rhett décela la surprise dans les yeux de Trinity alors qu'il pénétrait dans la salle de réunion, mais il n'éprouva pas ce frisson qu'il ressentait habituellement quand il se lançait pour de bon dans l'arène.

Bien des murmures accompagnèrent son apparition dans la pièce, mais il n'arrivait toujours pas à détacher son regard de Trinity. Son élégance détonnait au milieu de ces hommes gras et rougeauds en costume qui transpiraient le pouvoir. Aujourd'hui, elle avait remonté sa chevelure noire et épaisse en un chignon qui dégageait ses fines pommettes. Il n'eut qu'une envie : le détacher pour voir tomber sa toison soyeuse sur ses épaules, comme hier au musée…

Aujourd'hui, elle semblait plus réservée ; il sentait la muraille qu'elle avait érigée entre elle et ceux qu'elle percevait sûrement comme des adversaires et à qui elle offrait ce regard calme et neutre d'un sphinx. Où avait-elle appris à faire ça ? Était-ce une aptitude naturelle chez elle ? Réagissait-elle toujours ainsi face aux hommes qui l'entouraient ?

Ou l'avait-il juste surprise dans un moment d'égarement, hier soir, alors qu'elle était seule avec ses pensées, peu préparée à se défendre contre ses ennemis ?

Tout cela l'intriguait. Ce n'était pas seulement de la curiosité qui l'aiderait à accomplir sa mission. Non, il éprouvait un désir profond de résoudre le mystère que représentait cette femme. Se contenterait-il de démasquer cette supposée menteuse ? Ou le fait de trouver des preuves de sa cupidité lui laisserait-il un arrière-goût amer, pour une fois ?

Car il n'était pas seulement doué dans son métier : il était exceptionnel. Toutefois, pour ce qui était de cette affaire, il n'avait pour l'instant rien trouvé laissant entendre que les soupçons de son client étaient fondés. Et peut-être que ces investigations le mèneraient vers des découvertes beaucoup plus intéressantes… et non professionnelles.

Tandis que Larry le présentait au conseil, Trinity cligna des yeux, lentement, puis se tourna vers l'homme assis à côté d'elle, Bill LeBlanc, son avocat – il connaissait son dossier par cœur. Le fait qu'elle ait rompu le contact visuel avec lui déclencha une bouffée d'adrénaline.

— Et en quoi la présence d'un consultant influencerait-elle l'opinion publique ? demanda Bill. Cela ressemble juste à un coup de com, ce qui n'a rien de rassurant.

— M. Brannon a fait ses preuves et inspirera confiance à nos investisseurs, répondit Larry. Nous indiquerons aux médias et à nos actionnaires que nous répondons aux préoccupations de nos employés en nous assurant que l'entreprise est entre les meilleures mains possible.

Une fois de plus, les protestations se multiplièrent dans la salle. Rhett avait l'impression de se trouver face à des écoliers indisciplinés plutôt que des hommes d'affaires ! Seule Trinity restait tranquillement assise au milieu du chaos.

Il ne fallut pas longtemps pour que Rhett atteigne ses limites. Il donna un coup de poing ferme sur la table devant lui. Le brouhaha cessa d'un coup, et il eut toute l'attention des membres autour de la table.

— Voulez-vous tirer le meilleur parti de cette situation ou préférez-vous perdre les fruits de votre collaboration de longue date avec Michael Hyatt ? demanda-t-il avec fermeté.

Tout le monde demeura figé alors qu'il regardait tour à tour chacune des personnes présentes. Même le bourdonnement du climatiseur semblait s'être mis en sourdine. Puis son attention se focalisa sur Trinity.

Elle avait les yeux rivés sur lui, ignorant tout le monde. L'espace d'un instant, il faillit même en perdre ses moyens.

Surpris de la voir réagir ainsi, il se ressaisit aussitôt, puis se lança sans trop d'effort dans le baratin qu'il avait préparé pour convaincre le conseil de son utilité face à leur dilemme actuel. Il déroula son pseudo-parcours de consultant d'affaires. Une brève discussion s'ensuivit, alors que Trinity conservait cette expression de sphinx impassible sur son visage. Il savait qu'elle croyait, comme les autres, à son histoire, mais elle ne montra que très peu de réaction à son discours. Jusqu'à la fin.

Quand il eut terminé de parler, elle se leva. Ce geste n'avait rien d'une tentative d'intimidation, comme il avait vu les autres hommes le faire plus tôt au cours de la réunion grâce à la petite caméra dissimulée que Richard portait sur lui. Non. Au lieu de cela, elle irradiait la sérénité, captant l'attention de tous ceux qui se trouvaient autour de la table.

Rhett ne comprenait pas ce qu'était ce magnétisme, mais il était déterminé à le découvrir.

Tous les yeux étaient rivés sur elle lorsqu'elle déclara d'une voix ferme et sans hésitation :

— Soyez le bienvenu, monsieur Brannon. Nous apprécions votre volonté d'affronter à nos côtés cette situation inhabituelle.

Il entendit aussitôt un cri étouffé de Patricia, mais il ne la regarda pas, trop fasciné par cette nouvelle facette inattendue de Trinity, cette autorité qui semblait lui être naturelle. La femme qu'il avait rencontrée hier soir lui avait paru hésitante. Timide, même. Or à cet instant précis, elle se révélait être un leader-né.

Pour la première fois, il se demanda pourquoi les Hyatt voyaient en Trinity une menace et non une alliée. À leur place, il serait beaucoup plus inquiet, car son intuition lui disait que Trinity Hyatt pourrait se révéler être une adversaire redoutable.

— Messieurs, assez de débats pour aujourd'hui, reprit-elle d'un ton catégorique. L'embauche de M. Brannon comme consultant est, je crois, une solution acceptable pour tous.

À ces mots, elle se tourna vers l'administrateur par intérim, qui hocha la tête.

— La séance est levée. Vous pouvez disposer, conclut-il.

Tout le monde se leva et se dirigea vers la porte. Personne ne s'attarda. Pas étonnant, songea Rhett. Trinity avait conclu la discussion avec une force de persuasion qu'il n'aurait pas soupçonnée auparavant !

La caméra dissimulée de Richard ne l'avait pas montrée très bavarde durant la réunion, mais cela ne signifiait pas pour autant qu'elle n'avait pas pesé dans les discussions. Elle s'était comme fondue dans le décor, s'imprégnant de chaque parole exprimée. Mais une fois qu'elle avait pris sa décision, elle avait clos les débats avec maestria, pour ainsi dire.

Impressionnant.

Entre chuchotements et éclats de voix, l'assemblée, emmenée par Richard et sa femme, sortit par la porte tenue par le majordome, sans qui Rhett se serait perdu dans ce vaste manoir.

La demeure possédait une beauté sombre et une opulence qui se retrouvaient dans chaque fenêtre en arc gothique, chaque porte en bois finement sculptée et dans la multitude d'objets d'art et de livres qui ornait chaque recoin de la bâtisse. D'architecture typique du sud des États-Unis, elle reflétait l'histoire riche et le brassage de la ville avec ses couleurs vives et ses matières nobles.

Tout y était magnifique, mais étouffant, selon lui. Trinity pensait-elle la même chose ou, au contraire, était-elle ravie de devenir enfin maîtresse des lieux ?

Et, plus important, lui accorderait-elle sa confiance pour l'aider à s'acquitter des tâches dont elle avait hérité, alors même qu'en réalité il était chargé de recueillir les preuves nécessaires pour la faire tomber ? Bien qu'il ne s'agisse là que d'une mission professionnelle, il sentit son rythme cardiaque s'accélérer à l'idée de travailler en si étroite collaboration avec elle…

Il se reprit rapidement. Il devrait procéder avec prudence. Il avait besoin de se rapprocher d'elle, certes, mais seulement dans le cadre de sa mission.

Pourtant, inciter Trinity à se détourner un peu du droit chemin pourrait bien servir son but…

Elle échangeait quelques mots avec son avocat lorsqu'il passa devant elle et continua à discuter sans faire attention à lui. L'avocat, en revanche, le fusilla du regard.

Quoi qu'il en soit, il savait que Trinity s'attendait

à ce qu'il reste. Elle voulait sûrement de lui quelques explications.

Lorsque son regard se posa sur elle, il saisit très furtivement un instant de faiblesse sur son visage crispé. Mais elle se ressaisit très vite.

Dès que le dernier membre du conseil d'administration eut quitté la pièce, elle hocha la tête en direction du majordome qui referma la lourde porte en bois sculpté.

Rhett était seul avec elle, à présent.

— Dites-moi exactement à quel jeu vous jouez, monsieur Brannon, dit-elle, plongeant son regard impénétrable dans le sien.

- 3 -

En voyant les yeux de Rhett s'écarquiller de surprise, Trinity se dit que cela valait bien les scènes avec effets spéciaux des films dont elle était une spectatrice assidue, à présent qu'elle était une adulte. Sa mère avait eu beau l'élever dans l'idée que le cinéma était un péché, elle s'était émancipée de telles croyances. À ses yeux, il n'existait rien de meilleur que de rêver devant un bon film… À part, peut-être, surprendre Rhett en sortant de la catégorie tout établie dans laquelle il l'avait manifestement rangée.

D'autant qu'elle avait le sentiment que cet homme ne se retrouvait pas souvent à court de mots. Aujourd'hui, elle le trouvait encore plus imposant qu'hier soir. Il avait débarqué sans la moindre hésitation dans cette salle de réunion peuplée d'hommes d'affaires puissants, avait repris les rênes de la réunion comme un dirigeant-né, avec un naturel déconcertant. Aussi charmant que la veille, avec ses airs de gravure de mode, il n'avait cependant pas rejoué devant le conseil le petit jeu de séduction qu'il lui avait servi à elle. Aujourd'hui, il s'était adressé à toute la salle. Hier soir, il avait fait son numéro rien que pour elle.

Enfin, c'était l'impression qu'elle avait eue.

À quoi jouait-il vraiment ? Elle avait besoin de réponses.

Et elle attendait des excuses.

— Vous saviez très bien qui j'étais, hier soir, dit-elle.

— Trinity…

Sa voix grave avait retrouvé le ton intimiste de la veille, sauf qu'ils se trouvaient maintenant dans une salle de conférences, loin du tête-à-tête apparemment fortuit d'hier. Pourtant, elle dut quand même réprimer un frisson.

Cette fois, c'était à son tour d'être prise au dépourvu. L'élégance ténébreuse de cet homme, sa personnalité dominante… À quoi bon poser des questions ? Il serait plus facile de s'asseoir et de le contempler, de laisser son charisme sensuel la distraire de la vérité qui devait se cacher derrière ce sourire enjôleur. Ce serait un tel soulagement d'oublier les soupçons et la méfiance que la situation semblait exiger…

— Vous avez raison, admit-il sans plus de résistance. Je vous ai reconnue.

C'était logique. La nouvelle de la mort de Michael et de son héritage avait fait la une de la presse, ces derniers temps.

— Et malgré cela, vous n'avez pas jugé utile de me dire qui vous étiez *vraiment* ?

Une chose qu'elle avait apprise dans la vie, c'était que si l'on cherchait des réponses, il fallait commencer par poser les bonnes questions.

— Eh bien, non, c'est vrai, avoua-t-il.

Il baissa les yeux, et elle prit soudain conscience qu'avec ses bras croisés et sa moue, elle devait paraître sur la défensive. Elle s'efforça de se détendre, ce qui lui valut un nouveau regard qui se prolongea juste assez longtemps pour lui donner la chair de poule.

— Mais ? insista-t-elle.

— Mais je ne savais pas si ce projet vous avait déjà été soumis. En plus, on ne m'a confirmé la nature de ma mission que ce matin. Je ne suis arrivé en avion qu'hier soir.

Encore une fois, c'était logique. Si on ne lui avait pas précisé pourquoi on le faisait venir…

Mais alors, pourquoi ses soupçons persistaient-ils ?

D'autant que le léger sourire qui égaya ses lèvres, presque comme s'il était amusé par toutes ces questions, ne fit qu'attiser son désir de rester sur la défensive. Elle éprouva soudain le besoin de construire une muraille de protection autour d'elle, de sorte qu'il ne puisse ni découvrir ni soupçonner qui était la vraie Trinity Hyatt.

Car il ne s'agissait là que d'une relation professionnelle. Elle devait garder cela à l'esprit.

— Pourquoi viendriez-vous jusqu'ici pour une simple mission de consulting, monsieur Brannon ?

— C'est mon métier. Apprendre aux gens à gérer leur entreprise plus efficacement, ou simplement à établir un audit en vue de proposer de nouveaux processus. Les personnes qui héritent d'entreprises comme la vôtre ont parfois plus besoin de ces services que la plupart des autres.

— On dit souvent que ceux qui ne sont pas assez doués pour pratiquer deviennent enseignants…

Cette remarque pouvait paraître grossière, mais elle avait envie de le pousser dans ses retranchements. Juste un peu.

— Pas quand on est aussi doué que moi, rétorqua-t-il.

Il avait répondu avec un visage parfaitement impassible. Alors pourquoi avait-elle l'impression qu'il faisait allusion à quelque chose qui n'avait rien à voir avec son métier ?

Déterminée à le faire parler de lui, pour éviter de parler d'elle, elle demanda :

— Vous arrive-t-il de mentir aux gens pour des raisons professionnelles ? Les gens que vous êtes censé épauler ?

Il se redressa un peu, tout en gardant un air impassible.

— Je ne vous ai pas *menti*. Je ne vous ai juste pas *tout dit*, car rien n'avait encore été confirmé.

Un signal d'alarme résonna soudain dans la tête de Trinity. La logique qu'il revendiquait était dangereuse. L'alarme s'intensifia alors qu'il se penchait pour appuyer ses mains sur la table, un large sourire aux lèvres.

Pourquoi son cœur s'accélérait-il, comme tout à l'heure ? Ils ne faisaient que *parler*. Elle savait que le majordome, Frederick, se trouvait devant la porte, dans le couloir – il ne la laisserait jamais sans surveillance avec un inconnu. Elle ne courait aucun danger ici. Pourtant… Cette réaction, c'était… de la crainte ?

— En plus, je ne voulais pas gâcher l'ambiance avec un sujet aussi ennuyeux que le travail, précisa-t-il.

— Si seulement j'avais su…

— Vous ne m'auriez jamais parlé d'art, de beauté ou d'émotions, compléta-t-il en se penchant un peu plus près. Nous n'aurions pas eu cette agréable discussion. Je n'avais tout simplement pas envie de casser l'ambiance.

Ce qui sous-entendait qu'il avait, lui aussi, ressenti cette espèce d'attirance entre eux quand ils s'étaient retrouvés seuls dans la rotonde…

Elle avait bien fait de s'éclipser rapidement. Indépendamment du fait que son mari n'était mort que depuis six semaines et qu'être vue en compagnie d'un homme aurait donné à la presse une raison de plus de la lyncher, elle était tout à fait consciente qu'elle aurait pu parler librement de certaines choses à Rhett. Or elle n'avait pas assez d'expérience pour gérer un homme comme lui.

Il avait le charisme de ceux qui savaient exactement

ce qu'ils voulaient et comment l'obtenir. Elle était complètement naïve à côté de lui. Serait-elle capable de travailler avec lui pour stabiliser la situation de l'entreprise, sans se laisser déstabiliser par sa forte personnalité ?

Allons ! C'était à elle de donner le ton, de fixer les limites. À elle d'établir les règles, aussi strictes que possible.

— Combien va me coûter cette mission de consulting ? s'enquit-elle.

Il fronça les sourcils, comme s'il désapprouvait ce retour à un sujet professionnel. Pour toute réponse, il désigna les papiers qui jonchaient encore la table de réunion.

— Est-ce vraiment important ?

Même si elle détestait l'admettre, il avait raison. Elle n'était pas en position de pouvoir négocier. Car les emplois de plus de cinq mille personnes étaient en jeu.

Quand Trinity et lui quittèrent la salle du conseil, Rhett vit Richard s'approcher d'eux. Il l'avait pressenti rien qu'à la façon dont Trinity s'était soudain crispée. Se préparait-elle à se défendre… ou plutôt à passer à l'offensive ?

Il éprouva un vif soulagement en voyant Bill arriver. Trinity n'allait pas se retrouver seule face à Richard. Mais pourquoi s'inquiétait-il autant pour elle ? En fait, plus elle était mal à l'aise, plus elle était susceptible de commettre une erreur. Ce qui était tout à son avantage…

Son téléphone se mit à vibrer. Il consulta son écran avant de s'excuser.

— Allô, ici Rhett, déclara-t-il après s'être éloigné.

Cette réplique était sa façon de faire comprendre à son associé, Chris, qu'il ne pouvait pas parler librement car quelqu'un était susceptible de l'entendre.

Une fois à bonne distance, il se retourna et regarda Trinity. Elle soutint un instant son regard.

Mais la voix de Chris le tira de ses pensées.

— Alors, il paraît que tu veux que je reprenne ta mission ? demanda Chris. Est-ce qu'une femme t'a déjà tapé dans l'œil ?

— En vingt-quatre heures ?

— Eh bien, quoi, ça pourrait arriver, non ?

— Dans quelle vie ?

— Stefan était vraiment inquiet. Il m'a dit que tu avais l'air bizarre au téléphone. Je me suis dit que la tentation avait dû frapper fort et vite.

— J'y suis imperméable, assura Rhett.

Du moins, il l'espérait... Car cette mission allait sortir des sentiers battus, il en avait bien peur.

— Sérieusement, Rhett, reprit Chris d'un ton redevenu sérieux. C'est quoi ton souci ?

Rhett garda le silence un moment, sans savoir jusqu'où il pouvait détailler ses craintes. En plus du trio à proximité de lui, plusieurs membres du conseil s'attardaient encore dans le vestibule près de l'immense baie vitrée en forme d'arche.

— Rien que je ne sache gérer, répondit-il. Hier soir, c'était... bizarre, mais tout est revenu à la normale.

— C'est rapide !

Certes, les intuitions étranges qu'il avait eues au sujet de Trinity étaient toujours là, mais il refusait d'y céder.

— J'ai la situation en main.

— Tu en es sûr ? insista Chris.

— Oui. Je n'ai aucun doute quant au succès de ma mission ici. C'est juste une question de persévérance.

— Fais attention de ne pas trop y prendre goût...

Bien que cet avertissement soit logique, Rhett le ressentit de façon beaucoup plus intense que d'habitude.

— Je sais bien que l'on ne mélange jamais travail et histoires personnelles, rétorqua-t-il.

— On a tous besoin d'une piqûre de rappel de temps en temps, mon vieux. On exerce un métier cynique. Parfois, on est juste des hommes avant d'être des pros…

Rhett n'eut pas le cœur de protester. Cela n'aurait pour effet que de mettre Chris sur la défensive.

Apparemment, son silence sonna comme un aveu de culpabilité, car Chris poursuivit son sermon :

— Si on n'avait pas été confrontés à tout ça, la vie serait différente. Toi et moi, on serait tous les deux différents. Mais la vérité nous a trop souvent éclaté à la figure. N'oublie jamais ton père et Veronica… Ou Mickey et Tracy… Ou même Lily et…

— Oncle Joe, compléta Rhett. Je sais.

Ils avaient déjà eu cette discussion à plusieurs reprises. Chris et lui avaient des familles criblées d'histoires de trahisons. Tous les couples mentionnés par Chris en étaient un exemple. Voilà comme leur vocation était née.

— N'oublie pas Anastasia, ajouta Chris.

Rhett ne l'oubliait pas ! L'évocation de son ancienne fiancée ne pouvait que renforcer sa détermination. Il savait à quel point le désir pouvait être dangereux… Il lui suffisait de poser les yeux sur l'incroyable silhouette de Trinity, de dos. Elle n'était peut-être pas très grande, mais ses courbes étaient généreuses, si féminines…

— Message reçu, affirma-t-il avant de couper la communication.

Il pouvait maintenant passer à l'étape suivante de son plan : s'insinuer dans la vie de Trinity et gagner sa confiance.

Il s'approcha du petit groupe juste à temps pour entendre Richard déclarer :

— Au moins, vous êtes raisonnable, Trinity. Cela

ne servirait à rien que vous gâchiez tout avant que l'on ne reprenne le pouvoir.

— *Si* vous reprenez le pouvoir, précisa Bill.

— Ce n'est qu'une question de temps, rétorqua Richard.

Trinity ne fit aucun commentaire, même si son regard s'était attardé assez longtemps sur Richard pour que ce dernier s'agite un peu plus.

Elle était… impressionnante, songea Rhett.

— Petit souci d'ordre professionnel, dit-il en agitant son téléphone pour se justifier de s'être absenté.

— On peut faire quelque chose pour vous aider ? demanda Bill avec la politesse d'un avocat en service.

— Oui. Pouvez-vous me conseiller un endroit où séjourner ? Ma secrétaire m'a dit que l'hôtel n'a pas pu prolonger ma réservation à cause d'un congrès, ou je ne sais quoi.

Bill fronça les sourcils, mais Richard se hâta de répondre :

— Vous n'avez pas besoin d'hôtel.

Fasciné, Rhett vit Trinity montrer ses premiers signes d'agacement en pinçant les lèvres. Refusait-elle de protester contre ce qu'elle pressentait arriver ? Que ressentirait-elle si elle découvrait que Richard et lui-même avaient tout arrangé à l'avance ?

— Vous pouvez séjourner ici, assura Richard avec enthousiasme. Hyatt House dispose de nombreuses chambres d'amis. N'est-ce pas, Trinity ?

— Bien sûr. Il y a beaucoup de place ici, répondit-elle d'une voix trop maîtrisée pour être sincère.

— Et cela vous permettra d'économiser quelques dollars, monsieur Brannon, ajouta Richard.

— Je suis cependant un peu préoccupée par la façon dont les gens pourraient percevoir le fait que

M. Brannon dorme sous mon toit, dans la mesure où je suis veuve depuis peu.

— Vous n'avez plus de réputation à protéger, de toute façon, lui fit remarquer Richard d'un ton moqueur.

Cet homme n'avait donc aucun tact ?

Une fois de plus, le visage de Trinity demeura parfaitement impassible malgré l'insulte.

— Richard ! s'exclama Bill, outré.

Rhett ignora Richard et Bill et se concentra entièrement sur Trinity. Il prit sa main fragile dans la sienne et la leva vers ses lèvres pour un authentique baisemain. Cela lui donna l'occasion de voir se fissurer encore son expression très maîtrisée, ses yeux s'arrondir à mesure que ses lèvres effleuraient sa peau.

— Ne vous inquiétez pas, Trinity, assura-t-il. Je connais les raisons de ma mission ici, et mon expertise est à votre entière disposition.

À ces mots, elle parut aussi confuse que méfiante. Ne laissant pas transparaître sa satisfaction alors qu'elle semblait s'interroger sur le double sens de ses paroles, il poursuivit :

— Vous avez ma parole : mon comportement restera strictement professionnel. Les blogueurs avides de ragots vont me trouver complètement ennuyeux.

Sauf que, pour une fois, il n'était pas certain d'être capable de tenir sa promesse.

- 4 -

Pourquoi diable est-ce que le seul fait de marcher dans le couloir aux côtés de Rhett rendait Trinity si mal à l'aise ?

Oh ! elle ne craignait rien. Seulement elle sentait son regard sur elle, la passant ouvertement au crible. Elle connaissait à peine cet homme ! Le mieux était de garder ses distances, surtout dans la mesure où ils travailleraient ensemble dès aujourd'hui. Elle n'avait pas le choix.

Quant à vivre sous le même toit…

Elle savait pertinemment qu'il n'y avait qu'une seule chambre prête à accueillir des hôtes en ce moment à Hyatt House, et celle-ci se situait… pile en face de sa chambre !

Dommage, pour ce qui était de garder ses distances.

La voix de Rhett la tira de ses pensées fébriles.

— Je vous remercie de m'héberger ici à l'improviste.

Pourquoi diable se montrait-il aussi avenant et courtois avec elle ? Il ne collaborait tout de même pas avec l'ennemi. Cette pensée la fit s'arrêter net, et elle se tourna vers lui.

— Richard était-il au courant de votre venue *avant moi* ? demanda-t-elle.

Il parut surpris mais se ressaisit très vite. Il observa

un long silence, mais elle refusa de se laisser impressionner. À présent qu'elle avait lancé le sujet, il n'y avait plus de raison de reculer.

— Je vous ai vu parler avec lui au gala hier soir, précisa-t-elle.

— On m'a présenté à lui hier soir, mais c'est Larry qui m'a contacté en premier. Écoutez, je sais que cette situation est très inhabituelle. Vous voulez vous former en gestion des entreprises. Laissez-moi vous y aider, et n'hésitez pas à montrer que vous vous formez. Pour le bien de tous.

Ses paroles étaient pertinentes. Pourtant, elle devait rester sur ses gardes. Cet homme était trop avenant, trop accommodant, trop… attirant.

— Que pouvez-vous m'enseigner, au juste ? s'enquit-elle. Et pouvez-vous me former assez vite pour que la presse s'en fasse le relais ?

— Pour l'heure, je suis à votre disposition. Évaluons simplement vos compétences actuelles, vos besoins, et nous avancerons à partir de là. Je dois en apprendre plus sur vous.

— Pourquoi ?

— J'ai besoin de savoir comment vous apprenez, de cibler ce que vous avez besoin d'apprendre, et ce qui vous mettra sur la voie rapide du succès.

— Ça m'a l'air…

Elle réalisa soudain qu'elle se frottait la tempe. Décidément, ce tête-à-tête avec cet homme la troublait au plus haut point.

— … Judicieux ? compléta-t-il. Faites-moi confiance. Ce processus ne mènera qu'à de bonnes choses.

Cela, elle n'en était pas si sûre.

Elle avança encore un peu dans le couloir avant de s'arrêter devant une porte ouverte.

— Voici votre chambre.

Rhett s'approcha et jeta un coup d'œil à l'intérieur de la pièce avant de se tourner vers elle.

Mais cela lui offrit quelques secondes pour contempler la façon dont sa veste de costume épousait ses larges épaules, ses boucles légères et brunes… Il semblait sûr de lui, malgré les circonstances. Bien malgré elle, elle devait admettre qu'il la troublait.

Ce devait être la fatigue, après toutes ces semaines d'agitation et de stress. Elle était épuisée, voilà tout.

Lorsqu'il se retourna vers elle, elle lui offrit cependant son plus agréable sourire d'hôtesse.

— Vos bagages vous seront portés dès leur arrivée au manoir, dit-elle. Le déjeuner sera servi sur le patio dans une heure.

— Vous n'avez pas à me nourrir, en plus, fit-il remarquer avec un sourire enjôleur.

— Ma mère ferait une crise si je n'offrais pas le couvert à un invité. Excusez-moi, Rhett. C'était déplacé de ma part.

— Non. Je comprends tout à fait.

Bien malgré elle, elle se détendit sous son regard compréhensif.

— Je tiens quand même à m'excuser, reprit-elle. Ma seule excuse, c'est que je suis exténuée. Normalement, je fais tout pour qu'un invité se sente le bienvenu. Joignez-vous à moi pour le déjeuner.

— Cela a dû être une période très stressante pour vous.

Son ton feutré incitait à la confidence, et pendant un instant, elle fut tentée de se confier à lui. Pourquoi disait-il toujours les mots qu'il fallait ? La prudence lui souffla cependant de garder son fragile self-control. Les confidences, ce serait pour plus tard. Peut-être.

— Faites-nous savoir si vous avez besoin de quoi que ce soit pour vous installer, dit-elle en reculant lentement.

— Merci, Trinity.

La façon dont il prononça son nom la fit se précipiter vers sa propre chambre. Il avait délibérément cherché son regard, et semblait lire en elle comme à livre ouvert.

Elle se rendit dans la salle de bains et, d'une main tremblante, ouvrit les robinets et laissa couler l'eau fraîche sur ses poignets. Fermant les yeux, elle refusa de se regarder dans le miroir.

Qu'est-ce que Rhett avait vu quand il l'avait regardée ? Une croqueuse de diamants ? Une veuve vulnérable sur le point de ruiner l'héritage de son défunt mari ? Une femme prétendant être plus compétente qu'elle ne l'était vraiment ?

Et puis, il y avait la question la plus dangereuse : que voulait-elle qu'il voie en elle ?

Et cette question-là, elle refusait d'y réfléchir.

Il vaudrait peut-être mieux qu'elle s'allonge un peu avant d'affronter Rhett à nouveau. Un peu de repos lui permettrait d'atténuer ses sautes d'humeur, de prendre un peu de recul sur les événements. En temps normal, elle était très rationnelle et très prudente. Elle avait simplement besoin de quelques minutes pour digérer tout ce qui s'était passé au cours de ces dernières vingt-quatre heures.

Poussant un soupir las, elle ôta les épingles de ses cheveux, dénouant son chignon. Puis elle déboutonna sa veste de tailleur. En revenant dans la chambre, elle sortit son chemisier de sa jupe.

— Trinity, je…

Consternée, elle vit Rhett dans l'embrasure de la porte entrouverte, qui la regardait. Elle avait beau être habillée, elle eut l'impression de se retrouver entièrement nue, soumise à son regard d'homme.

— Qu'est-ce que vous faites ici ? demanda-t-elle

sèchement en tirant des deux côtés de sa veste dans une vaine tentative de se sentir plus en sécurité.

Le regard de Rhett suivit son geste, puis s'attarda sur ses cheveux lâchés. Il s'éclaircit la gorge avant de déclarer :

— J'avais une question et je vous ai vue entrer ici. La porte était ouverte…

Il semblait obnubilé par ses cheveux, mais finit par jeter un regard circulaire dans la chambre. Elle savait ce qu'il y verrait. Michael l'avait laissée décorer cette pièce à son goût, de sorte que cette chambre ressemblait plus à une bibliothèque à l'ancienne, avec un lit ancien assorti aux étagères qui ornaient la moitié des murs. Il y avait un bureau, la literie et des rideaux aux tons mauves très féminins. Cette chambre l'avait rendue incroyablement heureuse quand Michael la lui avait offerte.

À présent, elle avait l'impression que l'on venait de violer son intimité… Rhett accédait à quelque chose qu'elle ne voulait pas qu'il voie. Mais il avait été trop rapide pour elle.

Enfin, son regard gris-vert croisa le sien, et elle rougit, comme si elle se sentait… coupable, même si elle ne voyait pas de quoi elle pouvait culpabiliser.

— C'est votre chambre ? demanda Rhett.

À ces mots, elle sut qu'il avait deviné une partie de son secret. Il ne lui restait qu'à prier pour qu'il ne devine pas le reste…

Il y avait tant de questions que Rhett aurait voulu poser à Trinity. Tant de choses qu'il voulait savoir sur elle. Certaines relevaient du travail et pouvaient attendre. Mais d'autres, non. Il savait qu'il n'avait aucune véritable raison de plonger dans sa vie intime, sauf si cela était susceptible de l'aider à étoffer le dossier de son client. En tout cas, sa curiosité était piquée. Et pas qu'un peu !

Il entretint une conversation aussi inoffensive que possible durant son déjeuner en tête à tête avec Trinity, au calme, refusant de stresser davantage la jeune femme. Son langage corporel crispé et ses regards méfiants lorsqu'elle était arrivée à table lui avaient indiqué que leur entrevue dans sa chambre l'avait bouleversée. Elle n'avait vraisemblablement pas souhaité qu'il découvre son espace intime.

À moins qu'elle ne joue la comédie ?

Elle remercia très poliment la jeune femme qui leur avait servi le repas, et replaça ses couverts dans son assiette pour signifier qu'ils pouvaient être débarrassés. Des signes évidents de savoir-vivre. Était-ce son mari qui l'avait initiée aux bonnes manières ? Les avait-elle apprises elle-même pour gagner sa place dans le grand monde, le moment venu ?

Pourquoi n'avait-il pas envie d'envisager cette dernière hypothèse ?

— Nous pouvons travailler dans mon bureau, proposa-t-elle en lui faisant signe de la suivre.

Il lui emboîta le pas jusqu'à l'aile de l'immense manoir qui abritait les bureaux de l'entreprise. Trinity avait-elle pris le bureau de son mari ? En tout cas, elle ne semblait pas avoir partagé la chambre conjugale avec lui.

La chambre dans laquelle elle dormait était trop habitée pour qu'elle n'y ait emménagé que depuis six semaines. Et surtout trop féminine. Ce n'était pas non plus la chambre d'une veuve qui s'efforçait de s'éloigner des souvenirs de son défunt mari. Il s'agissait d'une chambre entièrement conçue pour elle. Ce qui l'intriguait. Il devait comprendre exactement ce que cela signifiait.

Trinity le conduisit dans une pièce aux hauts plafonds

et nombreuses étagères. Là, un bureau massif accueillait plusieurs écrans d'ordinateur, éteints pour l'instant.

Trinity avança jusqu'à une porte latérale, puis s'arrêta devant un bureau occupé par une jeune femme au sourire aussi affable que professionnel.

— Des urgences, Jenny ? demanda Trinity.

La jeune femme lui offrit un sourire gêné.

— Eh bien, je…

— À part *ça*, l'interrompit Trinity en agitant son téléphone pour indiquer qu'elle avait déjà vu les messages.

— Je suis navrée, murmura Jenny.

Rhett observa la scène avec intérêt. Les Hyatt présentaient Trinity comme une croqueuse de diamants. Or le personnel de maison semblait lui être dévoué, voire amical. Cette jeune femme aussi. La connaissaient-ils mieux ? Ou étaient-ils sous son emprise ?

— Jenny, voici Rhett Brannon. Il va me former à la gestion des affaires pour quelque temps. Jenny s'occupe du secrétariat.

Rhett sourit tandis que la secrétaire hochait la tête poliment dans sa direction.

— Jenny, je vous remercie de lui aménager un bureau de l'autre côté du couloir, ajouta Trinity.

— Ce n'est pas nécessaire, protesta-t-il.

Trinity se tourna vers lui, le regard impassible.

— Je tiens à ce que vous soyez à l'aise ici. Vous aurez besoin de votre propre espace.

Cherchait-elle à l'amadouer ? Ou s'agissait-il d'une véritable hospitalité façon Louisiane ?

Il la remercia en souriant puis la suivit dans la pièce d'en face.

— Mon bureau, dit-elle.

Ce bureau était une version plus petite et plus féminine de celui qu'ils venaient de quitter. Il avait un côté plus *old-school*. Si Michael semblait être l'incarnation même de l'homme d'affaires moderne qui effectuait l'intégralité de son travail via ordinateur, on ne pouvait pas en dire autant de celui-ci. Trinity disposait apparemment d'un écran et d'un clavier, mais pour le côté technologie coûteuse, cela s'arrêtait là. En revanche, le mur qui faisait face à son bureau était couvert de nombreux tableaux blancs, chacun semblant consacré à un aspect précis des affaires de Michael, et qu'elle semblait suivre de près.

Personnel. Revenus. Dépenses. Contrats. Résultats boursiers de la semaine.

— Waouh ! s'exclama-t-il en se retournant vers elle.

Il vit ses joues s'empourprer, puis elle baissa les yeux. Il remarqua alors quelques photos encadrées d'elle au bras de Michael.

— Il y a un fauteuil près de la table là-bas si vous voulez vous mettre à l'aise, dit-elle à voix basse.

Balayant la pièce du regard, il aperçut le fauteuil et traversa la pièce pour le récupérer.

— Vous recevez peu de visiteurs ? demanda-t-il en essayant d'alléger l'ambiance.

— Seulement Michael et Jenny.

Une table contre une fenêtre donnant sur les jardins luxuriants de Hyatt House, aux massifs fleuris dans la chaleur humide de juillet, était jonchée de piles de papiers et de classeurs. Il remarqua surtout des feuilles de calculs et des graphiques annotés d'une écriture fine et appliquée. Trinity conservait précieusement ces documents qu'elle devait connaître sur le bout des doigts. Pour le bien de l'entreprise ? Ou dans le but de sauvegarder ses propres intérêts ?

Voire… les deux ?

Encore une fois, Rhett sentit l'embarras l'envahir en s'asseyant face à Trinity. D'habitude, il cernait sa cible dans les heures qui suivaient leur rencontre. Au plus tard en vingt-quatre heures. Or ses doutes et interrogations sur Trinity étaient inhabituels. Il n'appréciait guère les devinettes. Il avait besoin de réponses. Et sans tarder.

Il était possible qu'elle essaie de brouiller les pistes, lui soufflait son intuition d'enquêteur. Pourtant une partie de lui, celle qui se sentait attirée par cette femme, lui conseillait de garder l'esprit ouvert. Il aimait à penser qu'il en était capable.

Ce conflit intérieur le poussa à se relever, pour s'approcher des tableaux blancs.

— Qu'est-ce qui vous a poussée à utiliser cette méthode ? demanda-t-il.

Le fait de pouvoir accéder à toutes ces données au grand jour n'était que prometteur pour son enquête.

— Michael et moi aimions travailler ainsi, répondit-elle. J'ai toujours eu une mémoire visuelle, et écrire les détails m'aide à les retenir. D'où ces tableaux blancs. Michael, lui, était plus à l'aise avec les tableurs et les bases de données.

— Alors il vous connaissait bien ?

— Comme vous pouvez le constater sur ces portraits, nous nous connaissions depuis longtemps. Il m'a beaucoup appris au fil des ans, au sujet de ses affaires, de l'art, des gens. Même si peu de gens sont enclins à reconnaître ces années où nous avons travaillé ensemble.

— Que faisiez-vous avant de vous marier ? demanda-t-il, même s'il connaissait déjà la réponse.

— La même chose que maintenant, rétorqua Trinity avec un sourire aussi furtif que troublant. Je gérais l'œuvre de charité de Michael, la Maison de Jardin. C'est un foyer pour femmes et enfants maltraités.

— Ça a l'air gratifiant, comme activité.

— Ça l'est, assura-t-elle avec un sourire d'une infinie douceur. Parfois, c'est difficile mais cela reste gratifiant. Michael était convaincu de l'importance de ce foyer et tenait à ce que son œuvre perdure. Contrairement à sa tante et son oncle.

Pour l'instant, Rhett choisit de ne pas rebondir là-dessus. Mais sa curiosité était définitivement piquée.

— Michael et moi avons passé beaucoup de temps ensemble, reprit-elle. Il avait tendance à réfléchir à voix haute aux problèmes qu'il avait à résoudre quotidiennement. Quand nous étions ensemble, il parlait des tenants et aboutissants de son travail, de stratégie commerciale autant que d'art, de cinéma et de voyages.

— À vous entendre, c'était ennuyeux pour vous.

— Rien avec Michael n'était jamais ennuyeux.

La lueur triste qui traversa son visage émut Rhett.

— Michael n'était pas juste mon mari, c'était mon meilleur ami.

Mais faisaient-ils chambre commune ? Leur mariage avait-il été consommé ? Il devait en avoir le cœur net. Mentait-elle quant aux intentions qu'avait eues son mari en l'épousant ? Après tout, à part le sexe, pourquoi Michael aurait-il épousé une femme beaucoup plus jeune que lui, et bien loin de son milieu social ?

Rhett savait mieux que quiconque à quel point les gens riches et les célébrités pouvaient avoir des mœurs étranges. Et puis, certains couples faisaient chambre à part pour une multitude de raisons, ce qui ne signifiait pas nécessairement qu'ils n'avaient aucune intimité.

Mais en quoi le fait d'éclaircir ce point aurait-il une incidence sur le procès ? S'il parvenait à ce que Trinity lui confie la véritable nature de sa relation avec son mari… Après tout, n'était-il pas payé pour cela ?

D'abord, il devait gagner sa confiance.

— Je me doute que certaines personnes ont dû vous dire que j'ai grandi à la Maison de Jardin, reprit-elle d'une voix très calme. C'est la vérité.

Au moins, elle ne lui dissimulait pas ses racines.

Et cette partie de l'histoire l'intriguait plus qu'il ne le souhaitait.

— Ma mère et moi avons emménagé là quand j'avais dix ans, car… Enfin, cela n'a pas d'importance. En tout cas, Michael a été très bienveillant avec nous. Quand nous y sommes arrivées, il venait de perdre ses parents. Il était perdu et consacrait l'essentiel de son temps au foyer pendant cette période très sombre de sa vie.

— Alors ce foyer comptait beaucoup pour lui ?

— Énormément. Bien plus que les gens ne l'imaginent. Enfin, je ne veux pas avoir l'air critique ou…

— Trinity, murmura-t-il en cherchant son regard. Quoi que ce soit, dites-le-moi.

Il avait besoin de savoir. Et le fait de voir Trinity soutenir ainsi son regard accentuait ce besoin de la plus étrange des façons.

— La tante et l'oncle de Michael… Il y a une chose que vous ne comprenez pas, Rhett. Une chose que personne ne semble comprendre. Ce procès n'a rien à voir avec l'entreprise.

Cette fois, il allait apprendre quelque chose.

— Comment ça ?

— Oh ! à long terme, Richard et Patricia ne cracheraient pas sur les revenus que les entreprises du groupe pourraient leur procurer, mais ce n'est pas pour cela qu'ils veulent s'approprier l'héritage.

À ces mots, elle regarda du côté de la porte menant aux autres bureaux. Rhett se tourna et découvrit un superbe tableau représentant une vaste villa. Sur trois étages, avec une étonnante façade en brique très ancienne, une tourelle au troisième étage, et un balcon surplombant la porte d'entrée. Imposante, la bâtisse paraissait incroyablement bien conservée malgré son cachet ancien. La petite plaque sur le cadre lui confirma qu'il s'agissait bien de la Maison de Jardin.

— Celui qui prendra le contrôle de l'héritage de Michael ne gagnera pas seulement la tête du conseil d'administration de Hyatt Heights, dit-elle. Il prendra aussi le contrôle total du foyer.

— Il n'y a pas de gouvernance collective pour la Maison de Jardin ? demanda-t-il, de plus en plus fébrile.

— Aucun contre-pouvoir, ce qui signifie que Richard et sa femme pourraient faire de la Maison de Jardin ce qu'ils veulent, confirma-t-elle sans quitter le tableau du regard. Il n'y aurait personne pour les en empêcher.

— Les empêcher de quoi au juste ?

— De ce dont ils ont toujours rêvé : vendre la Maison de Jardin au plus offrant.

- 5 -

Trinity s'arrêta devant la porte de la salle à manger et prit une profonde inspiration. Un bruit de couverts qui s'entrechoquaient lui indiqua que Rhett était déjà à table. L'impatience qu'elle éprouva à l'idée de le revoir lui confirma qu'elle ferait bien de garder ses distances avec lui.

Elle n'était pourtant pas du genre à se laisser facilement séduire. Cela dit, la compassion et la surprise qu'il avait manifestées quand elle lui avait parlé de sa belle-famille, hier, expliquaient sans doute qu'il avait piqué sa curiosité.

Elle avait rencontré peu de gens compatissants au cours de sa vie, encore moins depuis qu'elle avait épousé Michael. Et depuis sa mort, elle avait réservé ses commentaires au sujet des Hyatt à ses discussions privées avec son avocat, de sorte qu'elle n'était pas certaine de comprendre ce qui l'avait poussée hier à se confier à Rhett. Certains jours, elle se sentait si seule face à la tâche que Michael lui avait confiée... Manifestement, Rhett lui avait prêté une oreille attentive et compatissante.

Pourtant, la dernière chose dont elle avait besoin, c'était de s'éprendre d'un homme. Sa vie était déjà assez compliquée comme ça, et elle avait de trop nombreuses obligations pour laisser les sentiments la faire dévier de son but.

Elle se reprit et franchit la porte en s'efforçant de sourire.

— Bonjour ! lança-t-elle.

Elle avait toujours adoré l'atmosphère de cette pièce, l'une de ses préférées du manoir. Une porte-fenêtre était ouverte sur la fraîcheur du matin, le soleil voilé et le parfum des fleurs du jardin luxuriant. On entendait le bourdonnement d'une abeille qui butinait le bougainvillier près de la porte.

Le souffle court, elle se tourna vers le buffet le long du mur d'en face. En temps normal, le cuisinier, qui travaillait avec Michael depuis son adolescence, aurait préparé un petit déjeuner simple pour elle. Mais la présence d'un invité exigeait un menu plus élaboré, fidèle à la tradition du Sud, avec biscuits, gruau, sauce, bacon, saucisses et omelettes. Ce matin, le buffet était alléchant. C'était un peu exagéré pour seulement deux personnes, mais le cuisinier avait l'habitude de préparer de larges quantités pour les visiteurs de Hyatt House, qui étaient nombreux quand Michael était encore en vie.

— Bonjour, Trinity. Avez-vous eu l'occasion de jeter un coup d'œil au résumé sur le *cash-flow* dont on parlait hier ?

La tournure professionnelle de la question aida Trinity à se détendre un peu.

— Oui. Et j'ai commencé à travailler sur un mémo de stratégie pour Bill et vous, même si… Enfin, je pense que nous devrions faire plus pour aider les employés, plutôt que de nous concentrer uniquement sur la création de profits.

— Veiller sur le personnel en vous assurant que votre entreprise est stable et rentable garantit à la fois emplois et revenus à tous, répliqua Rhett.

— Mais l'entreprise ne serait rien sans ses employés. Ne devrions-nous pas les rassurer en leur affirmant que nous nous soucions de leur bien-être ?

— Je comprends votre inquiétude, Trinity, mais c'est idéaliste. Pour l'heure, nous devons nous assurer que l'entreprise est aussi forte qu'elle puisse l'être.

— En fait, Michael tenait beaucoup à ce que l'accent soit mis sur les employés.

La seule perspective de ne pas être à la hauteur des espérances que Michael avait placées en elle lui coupait l'appétit. Elle garnit malgré tout son assiette d'une petite portion d'œufs brouillés et d'un biscuit.

— Son oncle et lui étaient souvent en désaccord au sujet des avantages sociaux et la politique du personnel, précisa-t-elle.

— Votre mari était quelqu'un de bien, on dirait.

Pourquoi la voix de Rhett s'était-elle soudain durcie ?

— Vous ne me croyez pas ? demanda-t-elle. Michael savait être dur en affaires quand c'était nécessaire.

— Et maintenant, cela va être nécessaire, rétorqua-t-il, d'une voix adoucie. Je ne dis pas qu'il faut profiter ni même abuser des employés. Je dis juste que l'accent doit être mis sur la situation *dans son ensemble*. Pour l'instant. Les gens qui ont trop de cœur survivent rarement longtemps dans les grandes entreprises. Le monde des affaires a horreur du vide, souvenez-vous-en. Soyez dure en affaires.

Il avait raison. Ne pouvant se permettre d'échouer, elle devait suivre ses conseils. L'enjeu était trop important.

— Ma propre expérience au sein d'un organisme comme la Maison de Jardin est moins axée sur l'aspect lucratif et plus axée sur les gens, j'en suis consciente, mais c'est quand même difficile de se défaire d'une certaine façon de penser du jour au lendemain.

Comme il ne répondait pas, elle chercha son regard

et le trouva en train de la contempler avec un peu plus d'intensité qu'auparavant. Il grignotait machinalement, visiblement perdu dans ses pensées. Elle s'efforça de garder son calme en se servant une tasse de chicorée.

— Je comprends, finit-il par déclarer. Vous avez fait du bon travail, j'en suis sûr. Vos compétences vous seront encore utiles, mais l'objectif sera différent.

Ses paroles la perturbèrent alors qu'elle s'asseyait et posait son assiette sur la table. Saura-t-elle être dure en affaires ? Elle se mordit la lèvre mais ne put se retenir de poser la question qui lui brûlait les lèvres.

— Tout est toujours une question de résultats, pour vous ?

À ses mots, elle vit quelque chose se fissurer sur son visage. C'était comme si son assurance se lézardait, que ce soit par surprise, irritation ou autre chose. Mais presque aussitôt, elle se rendit compte qu'elle venait peut-être de découvrir la vraie personnalité de Rhett, celle qu'il ne donnait que rarement, voire jamais, à voir. Ses yeux s'arrondirent, et elle y vit un mélange de surprise et de tristesse qui l'intrigua autant qu'il l'émut. Elle l'observait avec attention, poussée par un besoin viscéral de réponses, quand son téléphone sonna.

Ils sursautèrent tous les deux. Il lui fallut un moment pour détourner son regard de celui de Rhett et se concentrer sur la sonnerie. Le nom de Bill s'afficha sur l'écran.

Elle accepta l'appel mais dut se racler la gorge avant d'articuler péniblement :

— Allô ?

Elle ne saisit que quelques bribes de ce qu'il disait.

— Vous êtes désolé pour quoi ?

— Il y a eu un nouveau post, répéta Bill. Tu ferais bien d'y jeter un coup d'œil… Je suis navré, Trinity.

Elle répondit à peine, puis coupa la communication,

en se hâtant d'accéder au site depuis son téléphone. L'estomac noué, elle éprouva une sensation de terreur. Pourquoi cette personne la harcelait-elle ainsi ?

En effet, un nouveau post lui était entièrement consacré. Ce blogueur n'y allait pas avec le dos de la cuillère. Il y avait déjà des dizaines de commentaires. Mais ce fut la photo qui la pétrifia, lui coupant littéralement le souffle.

Le post publiait deux clichés côte à côte. Celui de gauche était une photo de photo. Quelqu'un avait manifestement mis la main sur un vieux cliché, un portrait qu'elle avait encadré, ici, au manoir. Elle à dix ans, avec un sourire gauche et des vêtements rapiécés. Michael, vingt-cinq ans, se tenait à ses côtés, élégant, en chemise et cravate. Ils étaient devant la Maison de Jardin, affichant sans complexe leur amitié.

La deuxième photo la montrait aujourd'hui, vêtue de la splendide robe bleu saphir qu'elle avait portée au gala du musée parce que Michael l'avait choisie pour elle. Le parallèle était éloquent. Autrefois, elle était pauvre. Désormais, elle était riche. Grâce à un mariage et un deuil qui semblaient être tombés à point nommé.

Et puis il y avait cette légende, haineuse :

> Tout était-il planifié à l'avance ? On imagine qu'elle a obtenu ce pour quoi elle a travaillé toutes ces années.

Elle sentit sa gorge se nouer.

Elle se souvenait du jour où la première photo avait été prise. Du bonheur qu'elle avait ressenti à avoir Michael à ses côtés, ce jeune homme riche au grand cœur qui la considérait comme une sœur, malgré leur différence d'âge et de milieu.

Quoi de plus sournois que d'utiliser un tel cliché contre elle dans ce post accusateur…

Évidemment que les gens étaient friands de ce genre de raccourci. C'était tellement facile. Cela dit, les seuls à avoir exprimé leurs accusations à voix haute étaient Patricia et Richard. Mais le fait de constater que toute sa vie était désormais jetée en pâture au public…

Le souffle court, elle sentit soudain une main chaude sur sa nuque… Et la tension naissante s'évanouit aussitôt.

Oh ! comme elle avait envie de plonger dans cette chaleur, de se cacher dans un cocon où personne ne pourrait la trouver… Elle se reprit vivement. Il s'agissait de Rhett. Elle ne pouvait lui faire confiance. D'après ce qu'elle venait de voir à l'écran, des objets personnels avaient été dérobés dans cette maison même : elle ne devait plus faire confiance à personne.

Elle s'éloigna donc subtilement de la main de Rhett.

Mais quand elle leva les yeux vers lui, elle vit qu'il regardait l'écran de son téléphone.

— Vous vous y êtes prise dès le plus jeune âge, apparemment, dit-il.

Rhett sentit Trinity se raidir.

En temps normal, il ne se serait jamais montré aussi grossier, mais il avait de plus en plus besoin d'avoir une idée précise des intentions de Trinity. Bonnes ou mauvaises, il fallait qu'il les connaisse.

Il avait seulement voulu se montrer désinvolte, faire un peu d'humour, mais la tristesse de Trinity le plongea dans l'embarras, un sentiment auquel qu'il n'était pas habitué. Il lui fallut quelques secondes avant de comprendre que ce qu'il éprouvait soudain, c'était du regret.

— Mais où se sont-ils procuré de telles photos ? demanda-t-il d'un ton incrédule, se surprenant lui-même de sa détermination à désamorcer la bombe qu'il venait lui-même de lancer.

Il n'aurait pas dû dire cela. Or cela avait été plus fort que lui.

— Les gens ne voient que ce qu'ils ont envie de voir, poursuivit-il.

Combien de fois avait-il répété ces paroles à son associé ? C'était sa façon d'expliquer pourquoi certaines personnes pouvaient en abuser d'autres, en se tirant toujours d'affaire.

Il ne put s'empêcher de presser doucement l'épaule de la jeune femme avant de s'éloigner légèrement d'elle.

Mais il gardait encore la sensation de sa peau chaude et soyeuse sur sa main…

Il se concentra sur ce qu'il venait de dire, cherchant un moyen de se rattraper. Pour tenter de gagner sa confiance ? Ou parce que la vulnérabilité de Trinity ne le laissait pas indifférent ?

Elle finit par détourner ses yeux doux et chargés de peine de lui. Ce n'est qu'alors qu'il put se concentrer une fois de plus sur les photos toujours affichées sur son téléphone.

Sur le premier cliché, Trinity semblait si innocente que cela lui fit presque mal. Elle était si jeune… Elle semblait être parfaitement consciente que l'amitié de Michael n'était pas banale pour quelqu'un dans sa situation. Michael avait-il profité de sa confiance et de leur amitié, avant leur mariage ? Ce qui était sûr, c'était que Trinity et lui se connaissaient depuis des années.

Alors pourquoi l'avait-il brusquement épousée ?

Sur la photo, il respirait la confiance et l'aisance, et à voir son air complice aux côtés de Trinity, Rhett éprouvait soudain une sorte de… jalousie. Pourquoi, alors qu'il avait quinze ans de plus que Trinity, Michael avait-il ressenti le besoin de se lier d'amitié avec l'une des enfants dont il avait la charge ?

C'est alors que Rhett nota un détail. Il se pencha,

pour mieux voir. Le cliché était granuleux, puisqu'il s'agissait d'une photo de photo, mais il crut deviner une cicatrice qui serpentait le long des tempes de Trinity…

Du bout du doigt, il effleura sa joue sur la photo.

— Qu'est-ce que c'est ? demanda-t-il à voix basse.

Elle frissonna, et il comprit qu'il était allé trop loin. Or il n'était plus question de reculer.

Comme il ne bougeait pas, elle finit par répondre :

— Des gens ont inventé mon histoire en fonction de leurs propres besoins. Je suppose que c'est plus intéressant pour eux que la vérité, bien plus ennuyeuse.

— Je doute qu'il y ait quoi que ce soit d'ennuyeux chez vous.

Ces mots étaient censés l'amadouer, mais il se rendit compte qu'il les pensait sincèrement.

Cette cicatrice le fascinait. Rouge et large, elle était en partie dissimulée par ses cheveux sur la photo. Un coup d'œil rapide sur sa tempe lisse d'aujourd'hui lui confirma qu'il n'en subsistait aucune trace. La blessure était-elle moins grave qu'il n'y paraissait sur la photo ?

Comme pour fuir son regard, Trinity se tourna pour contempler le jardin par la baie vitrée.

— Vous n'avez pas répondu à ma question, Trinity.

La jeune femme se leva d'un bond.

— C'était un accident, dit-elle d'une voix brisée.

Elle traversa la pièce d'un pas rapide avant d'aller appuyer ses paumes contre le bois lisse du buffet. Elle voulait s'éloigner de lui, sans toutefois quitter la pièce. Pourquoi ?

Il se rapprocha d'elle plus qu'elle ne l'aurait sans doute souhaité.

— Quel genre d'accident ? s'enquit-il.

— Pourquoi devrais-je vous raconter ça ? s'écria-t-elle brusquement. Pour que vous puissiez vous servir de cette histoire contre moi ? Comme tout le monde ?

La colère soudaine qui s'empara d'elle le surprit… et l'intrigua d'autant plus.

Il voulut réfuter ses paroles, vexé qu'elle le soupçonne d'une telle chose. Mais en vérité, il touchait enfin au cœur de sa mission…

— Trinity, pourquoi pensez-vous que je vous veux du mal ?

— Je ne sais pas, je…

Elle secoua la tête, visiblement ébranlée.

— Vous ne comprendriez pas, murmura-t-elle.

— Je pourrais vous surprendre…

Il fit un pas de plus vers elle, et prit son menton entre ses mains. Quand il leva son visage vers le sien, il eut terriblement envie de l'embrasser, mais il se retint. À peine.

— Raconte-moi, Trinity…

Son soudain tutoiement ne sembla pas la perturber, ni même la gêner.

— Pourquoi donc ? demanda-t-elle.

— Parce que j'ai besoin de savoir.

Il se rendit compte, en disant cela, qu'il n'avait jamais été aussi honnête au cours d'une mission. Pour la première fois depuis longtemps, il ne se contrôlait pas.

Elle secoua légèrement la tête.

— Je ne crois pas que tu comprendrais. La plupart des gens ne comprennent pas, dit-elle d'une voix étranglée.

Il nota qu'elle aussi l'avait tutoyé, ce qu'il prit pour une marque de confiance. C'est ce qu'il voulait, mais une petite voix lui soufflait que sa mission en serait plus difficile…

— Personne ne comprend ce que c'est que de vivre sous une surveillance aussi hostile, dit-elle sèchement. Partout où je me tourne, quelqu'un attend pour déformer la vérité à sa guise. Je vis dans ce bocal depuis des semaines. As-tu seulement une idée de ce que c'est, de ne plus pouvoir faire confiance à *personne* ?

Il sentit son cœur se serrer. Cette scène lui en rappelait une autre, à une autre époque. Un moment de vérité qui lui avait enseigné la leçon qui avait bouleversé son destin pour toujours. Qui l'avait endurci. Et brisé.

— Oh oui, je comprends, murmura-t-il.

Bien que son instinct lui crie de se taire, il ajouta :

— Je sais ce que c'est que d'être scruté en permanence. Les femmes ne sont pas les seules soumises à ce traitement.

— Que s'est-il passé ?

Sa voix douce lui parut lointaine face aux souvenirs qui lui revenaient en masse.

— J'ai accordé ma confiance à la mauvaise personne, répondit-il d'une voix sourde. J'ai cru que j'étais amoureux, pour m'apercevoir en réalité qu'elle n'en voulait qu'à mon argent.

- 6 -

La colère de Trinity s'évanouit aussitôt, laissant la place à un curieux mélange de compréhension et de compassion pour cet homme qui se tenait tout près d'elle. Irrésistiblement attirée par la chaleur de son corps, elle eut soudain envie qu'il la prenne dans ses bras, qu'il la protège des regards indiscrets du monde.

Or elle avait appris il y a bien longtemps à se débrouiller seule. La protection des bonnes fées, c'était uniquement dans les contes de fées. Même Michael n'avait pas été capable de la lui offrir.

Rhett la fixa soudain d'un air surpris, comme s'il regrettait la confidence qu'il venait de lui faire. Elle le comprenait. Ce ne devait pas être facile, pour un homme comme lui, de révéler combien il s'était laissé berner.

— Je suis désolée, Rhett, murmura-t-elle.

Il recula d'un pas.

— Pas moi.

— Comment ça ?

— Cette… histoire m'a beaucoup appris, affirma-t-il tranquillement malgré un sourire crispé. C'est ce qui m'a mené où je suis aujourd'hui. Je n'ai aucune raison de le regretter.

Elle faillit lui demander de lui en dire plus, mais elle s'en abstint. Il n'était pas prudent de s'aventurer sur un terrain amical avec cet homme engagé par Richard pour la surveiller – et lui mettre des bâtons dans les roues.

Comme s'il avait lu dans ses pensées, Rhett murmura :

— Mais assez de mon histoire sordide. Alors, qu'est-ce qui t'est arrivé ? Une chute de vélo ? Un accident de sport ?

Elle aurait préféré ce genre d'événement, facile à expliquer. Elle n'avait jamais parlé de l'incident à qui que ce soit. Heureusement, la cicatrice avait disparu depuis longtemps sous son épaisse frange, éloignant ces questions auxquelles elle avait été confrontée en début d'adolescence.

Elle n'en avait jamais parlé, pas même à Michael. Qui ne lui avait jamais posé de questions. Les détails, il les avait appris de sa mère, effondrée, quand Trinity était hospitalisée suite à la brutalité de son père.

— Accident de voiture ?

Le visage de Rhett s'était assombri, laissant paraître une inquiétude à laquelle elle ne s'était pas attendue.

— Trinity, dis-moi que c'était un accident de voiture et pas…

— Nous n'avions pas de voiture.

Il blêmit, et cela la troubla un peu plus.

C'est ainsi qu'elle se mit à raconter l'histoire qu'elle n'avait jamais racontée à personne.

— Maman et moi, nous avons rencontré Michael à l'hôpital. Il y était pour voir son père, qui était mourant, et il a croisé ma mère en train de pleurer dans le hall des urgences.

Elle se tourna vers la fenêtre et, après avoir contemplé le jardin un instant, s'efforça de relater le reste de l'histoire aussi simplement que possible.

— Mon père m'avait bousculée violemment contre la cheminée, m'ouvrant le front. Maman ne savait pas quoi faire. Même s'il s'était déjà montré violent auparavant, ça, c'était la pire chose qu'il m'avait jamais faite.

Elle déglutit péniblement. Pourquoi, après toutes ces années, ce souvenir lui nouait-il encore la gorge ? Ce n'était pas comme si elle tenait encore à son père. Elle l'avait rayé de sa vie, cette nuit-là.

— Maman m'avait emmenée à l'hôpital. Nous étions sans le sou. Toutes nos affaires étaient chez nous. Nous n'avions que nos vêtements sur le dos. On savait que l'on ne pourrait plus rentrer à la maison sans risquer nos vies. Et Michael… Michael s'est occupé de tout.

Il avait payé sa facture d'hôpital sans poser plus de questions, puis les avait conduites à la Maison de Jardin dès qu'elle avait pu quitter l'hôpital. Il avait envoyé deux hommes chez elles pour récupérer quelques affaires. Il s'était occupé de tout en personne, au lieu de simplement leur signer un chèque. Et cela avait eu un impact aussi grand sur lui que sur la petite fille terrorisée qu'elle était.

— Quel âge avais-tu ? demanda Rhett.

Sa voix calme la tira de sa rêverie.

— J'avais dix ans. Michael en avait vingt-cinq.

À partir de là, il s'était intéressé personnellement à elle. Jamais sous un angle sentimental. Malgré leurs différences d'âge, d'éducation et de statut social, ils avaient fini par devenir inséparables. Il l'avait aidée dans ses études jusqu'à ce qu'elle décroche son diplôme, et elle avait officiellement commencé à travailler pour lui durant ses études. De façon informelle, cela faisait des années qu'avec sa mère elle participait à la gestion de l'association.

La blessure qui avait tout déclenché était maintenant invisible, tout comme son histoire…

Elle ressentit soudain un pincement au cœur. Rhett aurait-il une mauvaise image d'elle, à présent qu'il connaissait son parcours ? Tant de personnes l'avaient méprisée au fil des ans, simplement parce qu'elle avait vécu de la charité presque toute sa vie. Comme sa mère. Mais elles n'avaient jamais cessé de donner en retour, tant à la Maison de Jardin qu'aux autres femmes et enfants qui étaient passés par l'association au fil du temps. Michael leur avait pratiquement sauvé la vie, et elles l'avaient remboursé comme elles avaient pu.

Jusqu'à accepter ce mariage…

Trinity se sentit soulagée soudain. Peu importait la réaction de Rhett, elle savait qu'elle avait fait les bons choix dans sa vie.

— La Maison de Jardin est une aubaine pour les femmes comme ma mère et moi, reprit-elle d'une voix ferme en se retournant vers Rhett. Son œuvre doit se poursuivre. Ces vies valent plus qu'une opération immobilière, aussi juteuse soit-elle.

Rhett hocha la tête sans un mot, et le silence s'installa, accentuant l'impression de tête-à-tête.

S'attendant à être jugée, elle croisa son regard et y vit une telle intensité que toutes les barrières qu'elle avait pu ériger entre eux s'effondrèrent.

— Tu as tout à fait raison, dit-il enfin.

Ces mots n'avaient rien d'une compassion banale. Ils étaient aussi simples que sincères.

— Cela te dirait de la visiter ? suggéra-t-elle.

Bien sûr il travaillait plutôt pour ses adversaires, mais elle pouvait toujours essayer de le faire virer de bord ? Pour lui permettre de constater tout le bien qu'offrait la Maison de Jardin aux femmes et enfants qui y séjournaient.

Cela dit, sa proposition était aussi personnelle. Pour la première fois, elle avait envie de partager cette partie de sa vie que les gens ignoraient.

Il la dévisagea un instant en silence, et elle se

demanda soudain si elle n'avait pas pris un risque, en lui proposant cela.

— Pourquoi pas, répondit-il sans pour autant que cela la soulage vraiment.

— Tu te ramollis, mon vieux !

Rhett se moqua des paroles de son associé tout en ignorant le sentiment de culpabilité qu'elles déclenchèrent en lui.

— Je pense juste que c'est important, rétorqua-t-il.

— Que tes clients disent la vérité ou non, ça n'a aucune importance.

— Depuis quand ?

— Ma façon de le dire est peut-être maladroite. Oui, nous voulons faire ce qu'il faut, mais à quand remonte la dernière fois qu'un client s'est trompé ?

Jamais. Mais pas question de l'admettre, car cela fragiliserait sa position.

— Je pense qu'il y a plus en jeu qu'un simple héritage, dit-il.

À première vue, l'organisme de bienfaisance ne valait rien, ramené à la valeur globale de la succession de Michael. Pourquoi les Hyatt l'auraient-ils démantelé ? Trinity disait-elle vrai ? Ils cherchaient juste à faire de l'argent facile ?

D'ailleurs, l'association fondée par Michael aidait de nombreux bénéficiaires. Comment oublier l'histoire de Trinity ? Richard et Patricia comptaient-ils vraiment mettre un terme à une telle aventure ?

— Et si ces gens cherchaient à mettre la main sur cet ensemble immobilier juste pour le vendre rapidement ? reprit-il.

— Alors c'est leur droit. Mais si ça t'inquiète, il te

faudra plus de preuves que la parole de la femme sur laquelle tu es censé enquêter.

Chris avait raison, songea Rhett en se passant une main sur le visage. Serait-il en train de perdre la tête ? Il s'efforçait de se convaincre qu'il s'agissait de protéger un foyer pour femmes et enfants victimes de violence, mais alors pourquoi continuait-il à voir les doux yeux bruns de Trinity qui le suppliaient de regarder plus profondément ?

— Je te demande juste de fouiller un peu de ton côté, grommela-t-il.

— D'accord. Même si je pense que c'est dingue.

Rhett conclut rapidement son appel avec Chris, mais continua de faire les cent pas.

Il avait besoin d'en savoir plus sur la Maison de Jardin et sur la tante et l'oncle de Michael. Interroger Trinity était une option, mais ses réponses seraient-elles fiables ? Il était enclin à lui faire confiance, mais il serait plus prudent de laisser Chris enquêter. Lui, il devait rester objectif, quoi qu'il arrive.

Il s'arrêta soudain de marcher, sachant ce qu'il avait à faire. Ce n'était pas comme s'il n'avait jamais cherché des indices dans une maison au beau milieu de la nuit…

Ce n'était là qu'une mission parmi tant d'autres.

Bon sang ! Ça devrait être beaucoup plus facile, puisque Trinity et lui étaient seuls dans cette partie de la demeure…

Ayant pris sa décision, il ne perdit pas un instant et gagna discrètement l'étage inférieur.

Il passa la porte du petit bureau qu'on lui avait attribué, s'éclairant à la seule lampe de poche de son téléphone. La porte des autres bureaux se trouvait de l'autre côté du couloir. La poignée tourna facilement sous sa paume.

Trinity n'était pas assez méfiante… Ou alors, elle n'avait rien à cacher.

Il n'eut pas autant de chance une fois à l'intérieur. Sans allumer les lumières, il chercha les grands classeurs le long d'un mur du bureau de Michael. Tous étaient fermés à clé. L'ordinateur était protégé par un mot de passe. L'armoire au-dessus du bureau était aussi verrouillée. Il se tourna vers le bureau de la secrétaire. Peut-être devrait-il y jeter un œil ?

Il agissait avec un grand calme, mais son esprit s'agitait, passant en revue les options qui s'offraient à lui.

Il ne savait même pas ce qu'il cherchait ! Sa seule certitude, c'était qu'il avait besoin de précisions, de détails. Des faits, et non des conjectures. Ou du moins, des indices sur l'état d'esprit de Michael Hyatt. Qui d'autre que lui connaîtrait mieux sa famille et tous ses secrets ?

Il resta un moment immobile, à réfléchir…

Soudain, le rai de lumière de son téléphone éclaira une bordure saillante sous le bureau, qu'il n'avait pas remarquée auparavant. Il se pencha et vit que le bureau avait un tiroir suspendu. Il avait l'intuition qu'il ne serait pas verrouillé. Et en effet, le tiroir s'ouvrit sans bruit.

Il renfermait plusieurs dossiers, et il comprit rapidement pourquoi ce tiroir était resté ouvert. Il contenait tous les dossiers personnels de Michael. « Assurance maladie » – le dossier médical était étonnamment volumineux —, « Factures du quotidien », « Documents originaux ».

Et c'est alors qu'il l'aperçut en dernier : « Investigations sur antécédents ».

Après un coup d'œil rapide à la première page, il comprit qu'il s'agissait là de comptabilité. Aux conclusions plutôt mauvaises. Le nom de Richard apparaissait une fois ou deux. Rhett devrait examiner le rapport de plus près. D'autant que le dossier qui lui était accolé lui parut tout aussi intrigant. « Maison de Jardin ».

La chemise était mince, ce qui signifiait sans doute qu'elle contenait d'inoffensifs actes officiels et autres documents d'assurance. Il les emprunterait bien tous les deux pour quelques heures…

S'étant soigneusement assuré que le tiroir était bien refermé, il se dirigeait vers la porte quand la lumière du couloir s'alluma brusquement.

Quelqu'un arrivait.

Son cœur s'accéléra. Il se précipita vers le bureau et remit vivement les dossiers à leur place. Puis il se rua vers la porte, saisit la poignée en même temps que la personne à l'extérieur, réfléchissant déjà à un alibi.

Et il se retrouva en contact avec des courbes arrondies à tous les bons endroits…

Instantanément, son corps se mit en état d'alerte. Le contact avec cette femme faisait monter en lui de l'adrénaline pure. Jamais il n'avait vécu cela auparavant. Il était incapable de lutter. Il n'en avait pas le désir, d'ailleurs. Il ne pouvait que profiter de la situation.

— Trinity ! s'exclama-t-il.

Aveuglé par la lumière du couloir, il la vit se raidir, surprise et apeurée, puis se détendre quand elle le reconnut, alors que son corps se fondait contre le sien. Émerveillé par cette sensation, il l'enlaça tout en s'emparant de ses lèvres.

Trinity n'offrit aucune résistance, au contraire…

Alors il se colla à elle, en proie à un violent désir d'imprimer son corps sur le sien. Ses courbes semblaient avoir été conçues pour s'emboîter à lui. En cet instant volé, Trinity n'était plus l'élégante *lady* qui s'efforçait de sauver les apparences le jour, mais une femme de chair et d'os qui se révélait en pleine nuit. Une femme qui avait envie de lui, à en croire la façon dont elle l'étreignait…

Ivre de désir, il explora allègrement ses lèvres, insistant du bout de la langue jusqu'à ce qu'elle s'ouvre à lui.

Il savait qu'il n'aurait pas dû l'embrasser. Mais pour l'instant, rien ne lui paraissait plus impérieux. Rien ne le ferait renoncer. Pas même la logique, ni le bon sens.

Elle enfonça ses doigts dans ses bras, se collant à lui. Il laissa sa main glisser le long de la courbe de ses reins pour l'étreindre un peu plus fort, et gémit de plaisir. Au point qu'il dut s'éloigner pour reprendre son souffle.

— Trinity, murmura-t-il d'une voix rauque. J'ai tellement envie de toi…

En un instant, la jeune femme se figea, les mains qui s'étaient jusque-là agrippées à lui le repoussèrent brusquement, et elle se libéra.

— Je suis désolée, dit-elle dans un souffle en reculant d'un pas, puis d'un autre. Je suis désolée. Je ne peux pas faire ça…

Puis elle tourna les talons et disparut.

- 7 -

Le lendemain matin, Trinity s'arrêta en haut de l'escalier, l'estomac noué. De toute façon, elle n'avait pas le choix : son entrevue avec Rhett ce matin n'était pas facultative. C'était une obligation et surtout, une nécessité.

Elle tenait absolument à lui montrer la Maison de Jardin. Si elle pouvait le convaincre de la valeur humaine de cet organisme de bienfaisance, elle s'en ferait un allié. Et en ce moment, elle avait grandement besoin d'un allié !

Toutefois, après ce qui s'était passé hier soir, ils allaient devoir avoir une petite conversation… particulièrement gênante.

Après son humiliant retour dans sa chambre, hier soir, elle avait été assaillie de questions. Elle avait été tellement surprise par sa rencontre fortuite avec Rhett dans le noir, puis par son baiser, qu'elle ne lui avait même pas demandé ce qu'il faisait dans le bureau de Michael. N'était-ce pourtant pas la première chose à laquelle elle aurait dû penser ? Inutile de préciser qu'elle avait très mal dormi.

Et ce matin, le seul souvenir du baiser de Rhett suffisait à la faire frémir… Allons ! Ce n'était pas le moment de perdre son sang-froid. Elle s'efforça de descendre les marches aussi calmement que possible. Même si Rhett était la dernière personne qu'elle avait envie de voir.

C'est alors qu'il apparut et s'arrêta au bas de l'escalier.

Elle s'agrippa à la rampe, le cœur battant un peu plus vite soudain. Ce ne serait pas une bonne idée de tomber juste parce que cet homme la troublait.

Il avait l'air sombre ce matin. Pas étonnant ! Elle tenta de détendre l'atmosphère avec un léger sourire, mais ce fut un échec. Elle ne savait pas comment s'y prendre ; elle n'avait pas l'habitude des lendemains matin. Et il ne lui donnait aucun indice quant à la façon de procéder.

Heureusement, son chauffeur, Roberto, franchit la porte d'entrée juste au moment où elle arriva en bas de l'escalier. Une diversion inespérée !

— Tout est prêt, madame, annonça-t-il.

Elle se détendit. Pour le moment, du moins.

— Merci, Roberto, répondit-elle en jetant un coup d'œil rapide en direction de Rhett. Nous y allons ?

Sans même attendre son assentiment, elle traversa le vestibule avec une confiance qu'elle était loin de ressentir… Et entendit bientôt ses pas derrière elle.

Roberto leur tint la portière le temps qu'ils s'installent à l'arrière de la Bentley, et elle se prépara à passer les trente minutes suivantes à côté de l'homme qu'elle avait embrassé hier soir.

Pourquoi son cerveau ne cessait-il de lui rappeler ce détail ? Combien il avait été excitant de sentir ses bras autour d'elle… Combien son parfum sexy l'avait enivrée… À quel point son corps s'était embrasé à son contact…

Après une grande inspiration, Rhett murmura :

— Trinity, je suis désolé pour…

— Que faisais-tu dans le bureau de Michael, hier soir ?

C'était le seul moyen qu'elle avait trouvé de lui couper l'herbe sous le pied.

— Je te prie de m'excuser, Trinity. J'aurais dû t'expliquer hier soir, mais ensuite nous…

Il ne pourrait donc pas s'empêcher d'en parler ?

Sentant ses joues s'empourprer, elle se retourna pour regarder par la vitre.

— Je n'avais pas allumé les lumières quand je suis descendu hier soir car je ne voulais déranger personne, expliqua-t-il. Je me dirigeais à la lueur de ma lampe du téléphone, et j'ai pris un mauvais virage. La porte n'était pas verrouillée, et j'ai…

— Je vais devoir en parler à Jenny, l'interrompit-elle de sa voix la plus crispée.

Elle n'aimait pas parler ainsi, mais elle avait besoin de mettre une barrière entre Rhett et elle.

— Je venais de me rendre compte que je m'étais trompé de pièce et j'allais repartir quand je t'ai… euh, croisée, murmura-t-il.

Soudain, elle sentit sa main se poser légèrement sur son bras. Bien qu'elle ait préféré continuer à éviter son regard, ce contact l'obligea à se retourner pour lui faire face. Pourtant, elle fut incapable de le regarder dans les yeux et fixa le tissu gris de son polo.

— Je suis vraiment désolé pour hier soir, reprit-il. Ce n'était pas du tout prévu, mais…

Du coin de l'œil, elle vit sa main passer à travers les mèches argentées qui se détachaient de ses cheveux noirs. Elle ne put s'empêcher de la suivre du regard. Pourquoi fallait-il qu'il soit aussi beau ? Et intelligent ? Et serviable ?

Son cœur se mit à battre fort au souvenir de ses lèvres qui couraient sur les siennes… Si fermes. Si imposantes. Rien n'avait été plus délicieux que d'y succomber.

Mais elle n'était pas en état de réfléchir correctement,

en ce moment. Michael était le seul homme à qui elle avait accordé sa confiance. Et en matière de romance, elle était loin d'être une experte.

Non, il était plus raisonnable de se concentrer sur le chaos qui régnait en ce moment dans sa vie, plutôt que d'en provoquer d'autres.

— Mais ce que l'on a partagé hier soir…

— S'il te plaît, non, le coupa-t-elle dans un murmure.

Elle se refusait à entendre ces paroles qui risquaient de faire resurgir en elle de trop agréables souvenirs…

— Même si je n'étais pas veuve depuis à peine six semaines, je ne peux tout simplement pas me lancer dans une relation maintenant. C'est juste trop pour moi, bredouilla-t-elle en s'efforçant de ne pas lui révéler la vérité qui ne manquerait pas de lui faire réviser son jugement à son sujet.

Elle attendit qu'il lui offre un alibi, voire qu'il lui fasse part de son désaccord. Au lieu de cela, il la dévisagea dans un silence énigmatique avant de déclarer :

— Je comprends.

Il ne semblait pas la juger, mais elle ne put s'empêcher de remarquer qu'il reculait d'un pas. Mon Dieu ! Quand était-elle devenue aussi hypocrite ? Elle refusait toute complication sentimentale dans sa vie, mais son ego n'aurait pas détesté voir Rhett insister un peu plus au sujet de leur baiser d'hier…

Elle se retourna vers la vitre, espérant dissimuler sa confusion.

Par chance, ils arrivaient juste sur le domaine de la Maison de Jardin. Le terrain n'était pas immense. Au fil des années, toutes les propriétés de Garden District s'étaient rétrécies à mesure que la ville empiétait sur elles. Mais la Maison de Jardin… C'était une autre histoire.

Dès que la voiture s'arrêta devant le porche, elle sortit, sans attendre que Roberto vienne lui ouvrir la portière. Elle s'arrêta dans l'allée, prenant un moment pour respirer le parfum des jacinthes et des roses. Elle contempla un instant la façade du manoir. Chaque fois qu'elle venait ici, cette façade de pierre l'accueillait, comme pour lui dire « Bienvenue chez toi. » Et pourtant, elle l'observait toujours avec un regard neuf, peu importait combien d'années elle avait vécu ici.

— Quel âge a cette demeure ? demanda Rhett qui venait de la rejoindre.

— Elle a été construite dans les années 1870, je crois. James Hyatt a fait venir de gros navires à La Nouvelle-Orléans avec les paquebots de luxe qu'il exploitait dans le monde entier. Son rêve le plus cher était d'avoir une grande famille, mais chacun de ses descendants semble n'avoir eu qu'un seul et unique fils.

— Elle est magnifique ! s'exclama Rhett en admirant les briquettes d'ornement et le parc paysager.

— L'intérieur est encore plus époustouflant, tu verras. Quand James a construit cette maison pour sa première épouse, il n'a lésiné sur aucune dépense. L'idée était de bâtir un héritage durable. Le fait que sa première épouse n'ait jamais eu d'enfants a été le plus grand chagrin de sa vie, à en croire son journal. On ne peut qu'espérer que ce que Michael et ses parents ont fait de la demeure l'aurait rendu heureux.

— J'en suis certain.

— Sa seconde épouse a pu donner naissance à un fils, le seul enfant de cette génération.

Alors qu'elle se dirigeait vers la porte d'entrée, Rhett la retint par le bras. Surprise, elle se retourna vers lui, incapable de chasser le trouble dans lequel la plongeait ce contact. Si elle avait espéré que sa réaction à leur baiser de la veille n'avait été qu'un détail passager, elle s'était menti à elle-même.

Rhett dut ressentir la même chose, car il la lâcha

aussitôt, s'excusant d'un geste. Mais il ne put s'empêcher de regarder sa bouche. Avait-il envie de l'embrasser autant qu'elle en avait envie ? Même si elle lui avait dit non.

— Trinity, je veux juste que tu saches… Je vois ce que tu veux dire.

— Comment ça ?

Il désigna d'un geste la maison et son terrain magnifiquement entretenu.

— À propos de cette propriété, expliqua-t-il. Je ne connais pas toute l'histoire, mais je constate à quel point elle peut avoir de la valeur pour quelqu'un qui voudrait s'en débarrasser.

En véritable homme d'affaires, il examinait la demeure et ses annexes sous tous les angles, mais elle espéra qu'il réussirait à y voir un peu plus qu'une simple valeur foncière et des dollars. Accepterait-il d'évaluer aussi la valeur des gens pour qui la Maison de Jardin était un refuge ? S'il y parvenait, alors elle compterait peut-être un véritable allié…

Rhett avait beau être épaté par l'aspect extérieur de la Maison de Jardin, l'intérieur se révéla tout aussi somptueux. Le fait que les Hyatt aient choisi d'établir ce refuge pour femmes et enfants battus, sur leur domaine familial d'origine, était révélateur des valeurs qui leur tenaient à cœur.

Ces gens ne faisaient pas les choses à moitié.

— Rhett Brannon, voici Madison, dit Trinity. C'est elle qui me remplace à la direction de la Maison de Jardin.

Avec une crinière auburn flamboyante, sa peau pâle et ses taches de rousseur, Madison paraissait forte malgré sa petite taille. Elle était vêtue d'un simple jean et d'un T-shirt.

Rhett observa Trinity qui souriait à la jeune femme. Mais… Était-ce de la tristesse qu'il lisait sur son visage ?

Avait-elle vraiment trouvé sa vocation dans la gestion de la Maison de Jardin ? Ou considérait-elle cela comme une simple occasion de donner aux autres ce qui lui avait été donné à elle ?

Malgré le portrait odieux que Richard et Patricia lui avaient dépeint de Trinity, il penchait pour cette dernière explication. Ses motivations semblaient pures.

Il s'aperçut que les deux femmes le regardaient d'un air interrogateur. Il avait dû rater quelque chose.

— Euh, excusez-moi, vous disiez ?

— Tu veux faire le tour ? proposa Trinity.

— Oh ! bien sûr.

Il aperçut trois femmes qui les regardaient depuis la porte d'une autre pièce au bout du couloir, et qui s'éclipsèrent dès que Madison les conduisit dans leur direction. Ils pénétrèrent alors dans une bibliothèque monumentale, mais Rhett eut du mal à se concentrer sur l'incroyable collection de livres. Les trois femmes le toisaient maintenant avec méfiance depuis la cheminée, leur expression variant du défi à l'angoisse. Il se sentit mal à l'aise lorsqu'il se rendit compte qu'il s'agissait sûrement de femmes battues, et hocha la tête avec autant de respect possible, en silence, gardant ses distances afin de ne pas éveiller le moindre sentiment de crainte chez elles.

Trinity et Madison le conduisirent à travers les couloirs et les pièces qu'il trouva fort conviviales. Il y avait des boiseries sombres et cirées un peu partout, des cheminées pour les rares nuits hivernales dans le bayou, des coins et recoins dans lesquels il imaginait de jeunes femmes comme Trinity en train de se pelotonner avec un bon livre. Et il y avait assez de grincements et chuintements pour provoquer une ou deux histoires de fantômes tout à fait réalistes.

— Voici l'étage que les parents de Michael avaient

aménagé en suites, expliqua Madison en arrivant au troisième étage. On y héberge des femmes avec enfants, contrairement aux femmes célibataires et aux adolescentes à qui on réserve les chambres individuelles du deuxième étage.

Soudain, une porte s'ouvrit et un petit bonhomme en noir se précipita vers Trinity. Rhett tendit machinalement la main pour la stabiliser, mais elle s'était plutôt bien préparée à l'assaut du bambin. Mais ce fut le doux sourire qui illumina son visage qui l'enchanta.

Elle s'agenouilla à côté du petit garçon déguisé.

— Barrett ! s'écria une femme. Reviens ici !

Le petit garçon se tortilla d'un air mutin.

— Pas Barrett, maman ! marmonna-t-il derrière son masque. Moi, c'est Batman !

Rhett se pinça les lèvres pour ne pas rire, remarquant que Trinity et Madison faisaient la même chose.

La mère de Batman ne parut pas aussi amusée.

— Non, tu es Barrett. Et tu aurais pu blesser Mlle Trinity avec tes âneries !

— Ce n'est pas grave, assura Trinity en souriant au jeune effronté. Tu voulais me montrer ton costume ?

— Je suis Batman !

— Je vois. Et tu es un très beau Batman.

— Je suis un super-héros !

— Est-ce que les super-héros aiment les cookies ? demanda Madison en attirant toute l'attention du bambin. Parce que je crois que Roberto vient de décharger des cookies que Mlle Marie n'a peut-être pas encore rangés.

Barrett se précipita vers l'escalier, suivi de sa mère.

— Ce gosse ! s'exclama-t-elle en passant devant Madison et Trinity qui pouffèrent de rire.

— Cette pauvre Sofia ne s'ennuie pas avec un numéro pareil ! fit remarquer Trinity.

— À qui le dis-tu !

— Je dois vérifier que Sofia s'est bien inscrite à ses cours de radiologie, dit Trinity. Madison, pourquoi ne montres-tu pas à Rhett la grande surprise en bas ?

Rhett la regarda s'éloigner, puis suivit Madison. Les commentaires amicaux de Trinity sur la Maison de Jardin lui manquèrent soudain. Madison fit de son mieux pour maintenir les leçons d'histoire jusqu'à ce qu'ils arrivent à un ensemble de portes en verre ornées.

— Voici le solarium ! annonça Madison en le laissant passer.

Écarquillant les yeux, Rhett découvrit l'immense serre à deux étages. Des ventilateurs faisaient circuler l'air chaud.

— Mme Hyatt, la grand-mère de Michael Hyatt, l'a ajoutée à la maison d'origine, et elle s'en est occupée elle-même, expliqua Madison. Elle avait la main verte.

— Cela se voit encore dans la conception des jardins du Hyatt House.

— Elle tenait aussi à avoir un espace extérieur que les enfants pourraient apprécier, quelle que soit la météo. Une température constante est maintenue, et grâce à un choix judicieux de matériaux, nous n'avons pas perdu une seule vitre malgré les nombreux ouragans qui se sont succédé au fil des années !

Incroyable ! La structure de briques et de verre abritait de nombreux érables japonais, des rosiers grimpants de couleur rose, crème et rouge, ainsi qu'une sorte d'arbre à fleurs roses que Rhett ne connaissait pas.

Il parvint à détourner son attention du cadre fascinant qui l'entourait pour s'intéresser à la femme qui l'accompagnait. Se rappelant qu'il avait besoin de toutes les informations possibles pour sa mission, il demanda :

— Depuis combien de temps travaillez-vous ici ?

Elle paraissait un peu plus jeune que Trinity, peut-être

vingt-cinq ans, avec les mêmes ombres hantées dans les yeux et la même détermination dans son attitude.

— J'ai commencé à donner de petits coups de main il y a quelques années, répondit-elle. C'est ici, ma famille. Mais je n'ai commencé à être salariée que l'année dernière, après la mort de mon père. J'ai appris les ficelles avec Trinity et sa mère. J'avais l'impression d'avoir beaucoup à offrir après tout ce que l'on m'avait offert. Et Trinity avait vraiment besoin d'aide après la mort de sa mère.

— Comment est-elle décédée ?

— Une crise cardiaque. Nous avons tous perdu un soutien précieux ce jour-là, murmura-t-elle en contemplant le solarium. J'espère juste que l'on ne perdra pas tout ça, maintenant que M. Hyatt n'est plus là pour nous protéger…

— Pensez-vous qu'une vente soit envisagée ?

Après avoir visité les lieux, il comprenait que la Maison de Jardin puisse attiser les appétits immobiliers.

Madison laissa échapper un petit rire triste.

— Eh bien, depuis six ans, la famille de Michael n'a jamais mis les pieds ici, dit-elle après s'être raclé la gorge. J'ai bien peur que ce soit la fin d'une époque, mais grâce à Trinity, on a au moins un plan d'urgence.

Voilà quelque chose dont Trinity ne lui avait pas parlé.

— C'est-à-dire ?

Madison esquissa un rapide sourire.

— Je ne suis pas étonnée que Trinity ne vous ait rien dit. Elle a tendance à garder ce genre de choses pour elle, ce n'est pas son style de se vanter.

En jetant un coup d'œil par-dessus son épaule pour s'assurer qu'ils étaient seuls, elle reprit :

— Juste après la mort de M. Hyatt, nous avons eu une réunion. Trinity m'a promue et m'a annoncé qu'elle démissionnait de son poste de directrice. En réalité, elle fait toujours autant de travail, sauf qu'elle n'est plus payée pour cela.

— Comment ça ?

— Le salaire qu'elle percevait sert maintenant à acheter des vêtements et stocker de la nourriture pour les familles qui vivent actuellement ici. Elle crée des fonds d'éducation pour les femmes et les enfants que nous aidons, même ceux qui ont déménagé, expliqua Madison le regard soudain embué. Si les Hyatt gagnent leur procès, elle veut que tout le monde soit prêt à affronter les conséquences d'une vente.

Rhett sentit à son tour ses yeux s'embuer. La preuve était donc là, juste devant lui. Qui voulait-il croire ?

— C'est épatant, bredouilla-t-il plus à lui-même qu'à l'attention de Madison.

— Non, c'est Trinity, répondit Madison, affichant cette fois un large sourire.

- 8 -

— Madison m'a expliqué que tu continues de financer une partie de la formation des femmes, même si elles ont quitté le foyer, dit Rhett.

Trinity leva les yeux de son assiette de salade, qu'elle picorait distraitement, et comprit qu'elle n'avait jusque-là pas vraiment suivi la conversation. Ses visites à la Maison de Jardin se révélaient tout aussi bouleversantes ces jours-ci, car toutes les incertitudes quant à l'avenir du foyer et de ses locataires et employés reposaient à présent sur ses épaules, et cette responsabilité était épuisante. Elle n'aurait pas spontanément eu l'idée d'aller déjeuner dans son café préféré du quartier français, mais il lui avait semblé courtois d'inviter Rhett, après cette visite guidée.

— Je suis désolée. Je n'ai pas eu le temps de finir de te présenter l'ensemble de nos actions. Mais c'est vrai, certaines femmes se voient allouer des bourses d'études ou de formation, même après leur séjour parmi nous. Cela dépend de leurs besoins et de notre capacité à les satisfaire.

— Comment pouvez-vous être sûrs que l'on n'abuse pas de votre générosité ? s'enquit Rhett.

Elle le dévisagea, surprise, mais il soutint son regard.

— Tu sais que c'est ce qui se passe avec de nombreuses associations caritatives, précisa-t-il.

— En effet, et je ne peux pas te certifier que cela ne nous est jamais arrivé. Je ne suis ni naïve ni crédule. Michael avait mis en place des garde-fous. Par exemple, les paiements sont versés directement au centre de formation, et des critères de réussite doivent être respectés, qu'il s'agisse d'une école professionnelle ou d'un diplôme académique. Je ne dis pas qu'une œuvre de charité peut tout faire, mais elle a la capacité de faire la différence. Je détesterais que la Maison de Jardin mette la clé sous la porte à cause de la malhonnêteté de certains, conclut-elle, en détachant bien ses mots.

— Tu ne crois pas que Richard et Patricia vous suggéreraient juste de transférer le foyer dans un autre lieu ?

— Oh ! J'en suis certaine, car cela leur donnerait l'impression de faire une bonne action, répondit-elle en posant sa serviette d'un geste fébrile. Mais combien de temps cela durerait-il, une fois toutes les caméras éteintes ? Et puis offriraient-ils le même niveau de prestations que nous le faisons actuellement ? Même s'ils ne vident pas les comptes immédiatement, je suis convaincue qu'ils siphonneront peu à peu tous les fonds pour l'éducation, puis ceux pour les vêtements et la nourriture jusqu'à ce qu'il ne reste plus rien… Alors ils mettront le manque d'argent sur le compte d'une mauvaise gestion, et la Maison de Jardin fermera ses portes.

Il but une bonne gorgée de son Sazerac au cognac, cocktail qui avait fait la réputation de ce café. Puis il contempla le rebord de son verre en cristal fin avant de dire :

— Je suppose que tu es persuadée que rien de bon ne sortira de ce procès. Sinon tu n'aurais pas renoncé à ton salaire.

— Je suppose que c'est Madison qui te l'a dit ? murmura-t-elle d'un air agacé.

— En effet. Je suis sûr qu'elle m'a confié beaucoup de choses que tu préférerais garder secrètes, poursuivit-il en se penchant vers elle jusqu'à lui faire baisser les yeux. Ce n'est pas la meilleure façon d'agir, tu sais.

— Je ne laisserai pas ces femmes sur le bord de la route, déclara-t-elle d'un ton ferme. En plus, je n'ai pas encore baissé les bras. On se fait peut-être tout ce souci pour rien. Si le tribunal statue en ma faveur, je serai alors bien plus respectée qu'aujourd'hui.

Mais elle n'était pas assez folle pour s'imaginer que gagner contre les Hyatt serait facile. Elle savait bien qu'ils étaient déterminés à lui mettre des bâtons dans les roues. De plus, elle était presque sûre que ce blogueur travaillait pour eux. Pourtant, elle était persuadée qu'elle n'était pas en train de livrer une bataille perdue d'avance. Elle croyait au plan élaboré par Michael.

— Nous avons bâti une grande famille solidaire, reprit-elle. Tu sais, ces femmes continuent de se soutenir, de célébrer chaque journée ensemble, de se transmettre des offres d'emploi. Elles s'échangent de la nourriture et des vêtements pour leurs enfants.

Elle se tut alors que la serveuse venait leur remettre l'addition, luttant pour contenir son émotion. Plus que tout, elle détestait paraître vulnérable. Quand elle était petite, cela l'avait presque tuée. Maintenant, sa force de caractère pourrait faire la différence entre le fait que la Maison de Jardin demeure un foyer d'accueil ou devienne un simple produit de spéculation immobilière.

— Je refuse d'abandonner tout ça, conclut-elle.

Même si cela signifiait qu'elle devait renoncer à la part qui lui revenait.

Toute sa vie, elle n'avait voulu servir que les femmes dans le besoin autour d'elle. Tout comme sa mère et elle avaient désespérément eu besoin de soutien quand Michael les avait rencontrées à l'hôpital. Mais si la survie de Maison de Jardin la contraignait à prendre le poste de directrice de Hyatt Heights, Inc, alors elle le ferait.

Rhett garda le silence alors qu'ils quittaient le restaurant et remontaient lentement le trottoir. Ce petit café était l'un de ses préférés, niché dans le prolongement d'un hôtel dans le quartier français où l'on pouvait flâner et profiter des bâtiments historiques. Ici, elle pouvait réfléchir tranquillement en se promenant. Ils descendirent la rue un moment, puis elle envoya un SMS à Roberto pour lui dire où les retrouver. À l'ombre des immeubles, l'air était plus frais. La chaleur estivale de La Nouvelle-Orléans n'avait rien de clément.

— Je pense que ce que tu fais est incroyablement risqué, déclara Rhett.

Son ton sérieux la déçut. Parfois, elle trouvait épuisant de se sentir incomprise. Oui, ce qu'elle faisait était risqué. Mais ces femmes en valaient la peine.

Rhett la fit pivoter vers lui, lui soulevant le menton pour chercher son regard.

— Si tu perds ton héritage, qu'est-ce que tu vas faire ? Ce salaire était ta seule source de revenus stables.

Elle ouvrit la bouche pour protester, bien qu'elle ne soit pas certaine d'avoir les mots justes, mais il posa un doigt sur ses lèvres.

— Toutefois, je trouve que ce que tu fais est très, très courageux.

— Je sais ce que c'est que d'être dans le besoin, murmura-t-elle d'une voix étranglée.

— Ce qui veut juste dire que tu sais mieux que quiconque ce que tu sacrifies.

Son regard gris se perdit dans le sien, lui donnant envie de fuir, de faire n'importe quoi susceptible de soulager la tension qui s'était accumulée en elle. Aucun homme ne l'avait jamais regardée comme cela, avec ce mélange d'admiration et de… désir ? C'était tellement nouveau, pour elle, tellement agréable…

Mais comment fuir alors qu'il prenait son visage entre les paumes de ses mains, lui donnant l'impression d'être tout aussi fragile que précieuse. L'instant d'après, sa bouche vint couvrir la sienne…

Elle lui rendit son baiser et ils partagèrent un long, un langoureux baiser. Une version sobre de celui de la nuit précédente.

Elle n'était pas sûre de pouvoir résister longtemps.

Rhett ignora le vibreur de son téléphone dans sa poche alors qu'il accueillait les membres du conseil d'administration de Hyatt Heights, le lendemain. En ce samedi après-midi, ce grand raout dans le manoir d'un des cadres dirigeants semblait être une version sudiste de la présentation officielle de sa mission, en remplacement de la conférence de presse à laquelle il avait refusé d'assister.

Immergé dans les traditions de La Nouvelle-Orléans, il entendait des notes de jazz derrière les portes-fenêtres ouvertes sur l'autre côté de la grande salle. L'odeur épicée des plats servis sous les grandes tentes installées sur la pelouse lui rappelait qu'il n'avait pas encore mangé. Le ragoût d'écrevisses n'était pas son plat favori, mais il comptait bien déguster une belle portion de *gombo*, à un moment donné. Il était devenu accro à ce plat et aux *po'boys*, depuis son arrivée ici.

Hyatt Heights avait dû engager le meilleur chef de la ville. On ne lésinait manifestement pas sur les dépenses, surtout quand il s'agissait de convaincre les employés que tout allait parfaitement bien.

En tout cas, il avait l'impression que tous ces gens

allaient vouloir lui serrer la main, ce qui risquait de le tenir trop souvent éloigné du buffet pour pouvoir apprécier le travail du chef.

Bill lui avait expliqué qu'avec Larry ils tenaient à un environnement décontracté pour qu'il puisse rassurer les membres du conseil d'administration et les cadres dirigeants. Toutes les conversations visaient à être rapportées aux employés en vue de les rassurer autant que possible, sachant que la question de l'héritage de Michael ne serait pas réglée avant un certain temps. Et au-delà des employés, Bill et Larry espéraient bien que ces propos rassurants seraient transmis au public dès aujourd'hui.

Après avoir salué quelques groupes d'invités, Rhett se mit à l'écart pour consulter son téléphone tout en balayant la pièce du regard, à la recherche de Trinity. Ils avaient été séparés rapidement après leur arrivée, et à chaque fois qu'ils étaient séparés, il se sentait anxieux.

Puis il vit un SMS en attente.

Tu avais raison. Les Hyatt sont lourdement endettés. Détails à suivre via courriel sécurisé.

Et voilà. Chris avait fait les recherches qu'il lui avait demandées. Il s'en voulait un peu d'avoir sollicité son associé pour enquêter sur ses clients, mais pour la première fois depuis qu'il exerçait cette profession, la personne qu'il devait prendre en défaut pourrait bien être innocente…

Quand il leva les yeux de son téléphone, il aperçut les Hyatt qui fonçaient sur lui. Il prit une profonde inspiration et se prépara à leur faire face.

— Trouvons un endroit pour parler, murmura Richard dès qu'il se trouva à son niveau.

— Vous êtes sûr ? demanda Rhett en souriant poliment à tous les invités qui regardaient de leur côté.

Richard n'eut pas besoin de répondre. Son épouse s'en chargea pour lui.

— Puisque c'est nous qui vous payons, je ne pense pas que ce soit à vous de poser les questions.

Rhett se contenta de la dévisager. Elle pouvait bien penser que c'était elle qui menait la danse, il n'avait pas encore dit son dernier mot.

Richard les entraîna vers un bureau voisin et ferma la porte dès qu'ils furent tous les trois à l'intérieur.

— Vu que vous ne semblez pas disposé à nous fournir un rapport écrit, je pense que vous devriez nous tenir informés en personne, déclara Patricia d'un ton autoritaire.

De véritables amateurs, songea-t-il, amusé.

— Je vous ai expliqué que vous n'obtiendriez probablement pas de mises à jour régulières en raison de la nature délicate de cette enquête, dit-il. Le faire de cette façon, en face à face, augmente le risque d'échec.

Patricia échangea un regard avec son mari.

— Je ne pense pas que l'on en ait pour notre argent, rétorqua-t-elle.

Pas question de laisser passer une telle opportunité !

— Puisque ce n'est pas vous qui payez mon salaire, je crois que si, madame Hyatt.

— Je vous demande pardon, monsieur Brannon ?

— Vous ne pensiez pas que je m'en rendrais compte, n'est-ce pas ? répondit-il, prêt à ne rien laisser passer. Outre mes honoraires initiaux, Hyatt Heights me verse un salaire de consultant en affaires. N'est-ce pas… *pratique* ?

— Vous avez signé un contrat avec nous, répliqua Richard.

— C'est exact. Mais ce contrat était distinct de celui que j'ai signé pour la mission de consulting. J'ai renoncé à une partie de vos honoraires par générosité. Vous tenez vraiment à payer votre part ?

Le couple échangea quelques mots à voix basse mais ne lui répondit pas.

Il retint un sourire.

— À présent, je poursuis mon enquête, soyez-en certains, reprit-il. Car je tiens à ce que l'héritage de Michael revienne à qui de droit.

— Eh bien, son héritier de droit n'est pas cette femme qui l'a épousé pour son argent, une semaine à peine avant sa mort ! s'exclama Patricia. Elle a probablement contribué à le tuer.

Rhett ne se donna pas la peine de commenter de telles allégations. Les enquêteurs avaient facilement conclu que le crash de l'hélicoptère n'était qu'un tragique accident. Le pilote expérimenté travaillait pour Michael depuis des années et avait lui aussi perdu la vie. Cela n'avait rien d'un acte criminel.

— Je saurai tôt ou tard si elle l'a épousé pour son argent, mais j'ai aussi quelques questions à vous poser à tous les deux.

Valait-il mieux y aller franchement ou adopter une approche plus subtile ?

Or Patricia et Richard ne semblaient pas du genre subtil.

— Pourquoi nous interroger, nous ? demanda Patricia d'un air indigné.

— Parce qu'il est important pour moi de bien comprendre ce qui se passe dans chaque camp. J'ai visité la Maison de Jardin hier. Il s'agit là d'une très belle propriété, de très haut standing.

À ces mots, le couple échangea un nouveau regard complice.

— Je vois que vous avez entendu les rumeurs selon

lesquelles cette maison attise les convoitises immobilières, dit Richard.

— C'est normal, renchérit son épouse. Mais cela n'a jamais été notre intention.

Rhett n'en crut pas un mot.

— N'avez-vous jamais encouragé Michael à vendre cette propriété pour déménager le foyer pour femmes sur une propriété plus modeste ? s'enquit-il d'un ton léger.

— À plusieurs reprises, avoua Patricia en balayant la question d'un revers négligé de la main. Mais c'était avant sa mort. Cela n'a rien à voir avec notre combat pour être reconnus héritiers légitimes de notre neveu.

— D'ailleurs, le conglomérat Hyatt vaut beaucoup plus que la Maison de Jardin, assura Richard d'un ton un peu trop détaché pour être sincère.

— Mais les entreprises du groupe ne seraient pas aussi faciles à vendre si vous aviez besoin de liquidités.

— Ce n'est pas un problème, répliqua Patricia.

— Selon le fisc, si…

À ces mots, elle tressaillit.

— Ce n'est pas *sur nous* que vous devez enquêter ! s'exclama-t-elle.

— Je me dois de poser toutes les questions nécessaires, madame Hyatt. Comme je le dis souvent, si l'on n'a rien fait de mal, on n'a rien à cacher.

— Ne nous comparez pas à cette… cette Trinity ! répliqua Patricia, outrée. Nous ne sommes pas des criminels !

Richard, lui, gardait son sang-froid.

— Il a raison, chérie. Et nous n'avons absolument rien à cacher, dit-il avant de hocher la tête en direction de Rhett. Il est vrai que nos finances sont délicates, ces temps-ci, et ce n'est un secret pour personne que Michael a fait estimer la Maison de Jardin à de nombreuses reprises au fil des années. Ses parents aussi.

Sachez que nous voulons simplement ce qu'il y a de mieux pour le groupe Hyatt. C'est le plus important pour l'instant.

Le téléphone de Patricia sonna brièvement. Sans doute l'arrivée d'un message. Elle le consulta et tendit le téléphone à son mari avec un sourire triomphant.

— Eh bien, si vous comptiez ternir un peu plus l'image publique de Trinity, vous vous débrouillez plutôt bien, monsieur Brannon ! dit-elle.

Le visage surpris de Richard n'augurait rien de bon.

— En effet, cher monsieur. Vous êtes plutôt doué, dans votre travail.

Puis il tourna l'écran pour que Rhett puisse voir la photo affichée : Trinity et lui, en train de s'embrasser.

- 9 -

Trinity ne remarqua pas le premier ricanement, qui s'était vite mêlé au bruit de fond des conversations. Puis elle entendit un éclat de rire. Puis un autre, bientôt suivi de murmures de plus en plus insistants qui finirent par la mettre à cran. Elle s'était habituée à cela depuis ses sorties en public après la mort de Michael, mais rien ne l'avait préparée à être scrutée de si près.

Cela n'avait peut-être rien à voir avec elle, après tout.

Mais un coup d'œil rapide autour d'elle lui révéla les nombreux regards qui se posaient sur elle. C'était donc bien *elle*, le sujet de ces ricanements. Oh non… Quelles horreurs l'abominable blogueur avait-il encore postées ?

Avant qu'elle ait le temps de sortir son téléphone de sa poche, Bill apparut à ses côtés.

— Trinity ! Comment as-tu pu faire une chose pareille ?

— Faire quoi ?

Il brandit l'écran de son téléphone et elle crut s'évanouir. Inutile de lire les commentaires. Il était facile d'en imaginer la teneur. Sur la photo, elle enlaçait Rhett sur le trottoir, en pleine rue. Seules deux personnes au monde savaient que ce baiser avait été furtif et, dans son esprit au moins, innocent. Et si ce moment lui avait paru merveilleux, il n'avait toutefois pas été inspiré par le désir – même si, au final, c'était exactement ce qu'il avait déclenché en elle.

Elle avait simplement eu l'impression que ce baiser était une façon pour Rhett de lui exprimer son admiration, une chose qu'on ne lui avait pas accordée depuis longtemps. Personne d'autre ne connaissait le contexte, ni la conversation qui avait précédé ce moment furtif volé au temps.

Bill lui saisit le bras et lui fit traverser la demeure jusqu'aux pièces proches de l'entrée. Ils étaient à mi-chemin quand Larry les rejoignit. Il secoua son téléphone sous leur nez.

— Bill, ce n'est pas l'impression que j'ai voulu donner…, murmura-t-elle.

À cet instant, elle n'avait qu'une envie : que le sol se dérobe sous ses pieds et l'engloutisse. N'ayant jamais eu de véritable vie sentimentale, elle n'avait pas l'habitude de confier ses états d'âme, et encore moins devant des inconnus. Toute sa vie, elle avait souhaité vivre dans l'ombre. Or, depuis la mort de Michael, elle se retrouvait en permanence sous les feux de la rampe.

Elle n'était pas certaine de pouvoir supporter cela bien longtemps. À son grand désarroi, elle découvrait que sa loyauté envers Michael avait peut-être atteint ses limites.

Les deux hommes l'escortèrent, lui donnant l'impression d'être une criminelle conduite au pilori. Son cœur battait la chamade, l'odeur épicée qui flottait dans les couloirs lui donna la nausée, elle était submergée par ses émotions. Comment en était-elle arrivée là ? Comment Michael avait-il pu lui laisser un tel fardeau ?

Elle baissa la tête, espérant dissimuler ses larmes. Accélérant le pas, elle n'avait qu'une envie : trouver un endroit tranquille où elle pourrait enfin s'effondrer.

Une silhouette apparut brusquement devant elle.

Avant même de pouvoir lever les yeux, elle sut que c'était Rhett. C'était… son odeur. Elle reconnut alors sa main qui se posa sur son épaule, et elle voulut aussitôt se blottir dans ses bras et oublier le reste du monde.

— Notre situation n'est-elle pas assez compliquée en ce moment pour avoir droit à ce genre de feuilleton ? demanda Larry, visiblement furieux. Qu'est-ce qui vous a pris, à tous les deux ?

Trinity ferma les yeux quelques secondes. Était-il possible d'éprouver un plus grand embarras ?

— Pardon ? demanda Rhett.

— Le but de cette soirée est d'apaiser les craintes de nos actionnaires et les inquiétudes de nos employés, grommela Larry en agitant son téléphone. Cette photo ne transpire pas la détermination à veiller sur la stabilité de notre entreprise !

— Allons discuter au calme, suggéra Bill en conduisant Trinity dans une petite alcôve près de la porte d'entrée.

À cet instant précis, elle voulait seulement s'enfuir et en finir avec ce moment de pure honte, mais elle suivit les trois hommes.

— Tu nous as embarrassés, Trinity ! s'exclama Larry.

Rhett s'arrêta pour lui faire face.

— Ne lui parlez pas sur ce ton, rétorqua-t-il sèchement. C'est injustifié.

Ils se figèrent tous. Trinity pouvait à peine respirer tellement les émotions lui enserraient la poitrine. Jusqu'à présent, seulement deux personnes l'avaient défendue au cours de sa vie. La première était sa mère ; toujours avec discrétion, avec des gestes plutôt qu'avec ses paroles. Et Michael, qui l'avait toujours défendue en la soutenant sans rien attendre en retour.

Et voici que Rhett prenait sa défense ouvertement…

— Écoutez, reprit-il. Ce baiser n'était qu'un simple

remerciement. Rien à voir avec la sensualité suggérée par cette photo.

À ces mots, il jeta un coup d'œil du côté des invités massés dans la grande salle de réception. Ici et là, certains les regardaient, mais personne n'avait cherché à les suivre.

— Et même si cela avait été le cas, nous sommes des adultes, poursuivit-il. Ce qui s'est passé hier à cet endroit aurait dû rester entre nous deux. Pas être divulgué au monde entier.

— Pas quand on est veuve depuis six semaines et que l'on doit se battre pour sauver son héritage, fit remarquer Larry.

Rhett et lui se toisèrent longuement.

— Cela n'améliorera pas l'image de Trinity, intervint Bill d'une voix adoucie.

— Ce n'est pas l'opinion publique qui influence les juges, répliqua Rhett.

— Nous sommes dans le Sud, dit Bill. Bien sûr que les juges sont sensibles à l'opinion du public.

— Pour l'instant, nous avons juste besoin de faire sortir Trinity d'ici, conclut Rhett.

— Ce qui va à l'encontre de l'objectif initial de cette petite soirée, marmonna Larry, qui semblait effondré.

Trinity croisa le regard de Rhett.

— Ça ira, affirma-t-elle, même si elle savait qu'il lui faudrait des heures avant de pouvoir retrouver la sécurité et la solitude de sa suite à Hyatt House.

Rhett l'interrogea du regard. Pouvait-il voir au-delà du masque toute l'humiliation et la souffrance qu'elle éprouvait ? Elle espérait que non.

Il hocha la tête et enroula son bras autour de ses épaules.

— Dans ce cas, nous allons tous y retourner, décréta-t-il.

Il l'emmena à l'écart, sans la lâcher, puis ils s'arrêtèrent en haut des marches menant à la salle de réception. Là, il l'attira un peu plus près de lui.

Elle leva les yeux vers lui, sans savoir ce qu'il prévoyait. Elle frissonna à son contact, malgré les nombreux regards tournés dans leur direction.

— Qu'est-ce que je dois faire ? demanda-t-elle, en enviant le calme dont il ne semblait jamais se départir.

Il lui sourit, et son regard complice lui coupa le souffle. La sensation de son bras qui la serrait était la plus sécurisante qu'elle avait jamais ressentie de toute sa vie.

— Garde la tête haute, Trinity, murmura-t-il à son oreille, avant de l'entraîner vers la foule d'invités.

Une semaine plus tard, Rhett traversait le hall de Hyatt House au pas de charge, exaspéré. Pour la troisième matinée consécutive, Trinity n'était pas venue au petit déjeuner. Cela ne pouvait plus durer. Aujourd'hui, elle viendrait prendre son petit déjeuner, même s'il devait l'y emmener de force !

Il savait où la trouver. Soit la bibliothèque, soit son bureau. Elle y passait l'essentiel de son temps, ces derniers jours, plongée dans les livres qu'il lui avait conseillés, ou en train de rédiger des projets pour le groupe Hyatt. Il avait beau admirer son dévouement – il avait rarement vu une P-DG aussi dévouée qu'elle —, il commençait à s'inquiéter.

D'abord, elle l'évitait. Après tout le mauvais *buzz* causé par le blog *NOLA Secrets & Scandals*, difficile de lui en vouloir. Pourtant, il lui en voulait. Plus elle le fuyait, plus il avait envie de la voir, de lui parler et, pour être tout à fait honnête, de la toucher à nouveau.

Deuxièmement, elle allait finir par tomber malade.

Il traversa le bureau désert de Michael pour rejoindre celui de Trinity. Elle était là, derrière son bureau. Mais au lieu d'être assise, elle dormait, le visage plongé dans un livre.

Rhett s'arrêta un moment, presque effrayé de sentir son cœur se transformer en guimauve. Il avait beau se dire que cette tendresse qu'il ressentait pour elle était dangereuse, il était incapable de lutter contre. Il admirait la détermination, la loyauté et la grâce avec lesquelles Trinity gérait la pression. Sa volonté d'apprendre et de progresser pour le bien de personnes qu'elle ne rencontrerait probablement jamais.

Tout cela était si éloigné de l'image d'elle qu'on lui avait donnée : une femme pauvre qui avait escroqué un milliardaire en se faisant épouser.

Il avança lentement à travers la pièce, d'un pas hésitant. Qu'était-il censé faire ? La porter jusqu'à son lit pour qu'elle se repose ? Mais il savait qu'une fois qu'elle serait dans ses bras, il ne pourrait plus la lâcher… Il imaginait la douce chaleur de son corps blotti contre le sien, alors qu'elle s'abandonnait…

Non ! Trop dangereux.

Devait-il la réveiller ? Ou trouver un moyen de l'installer confortablement là où elle s'était endormie ? Car elle allait se réveiller avec un terrible mal de dos, une fois sa sieste terminée.

Pour la première fois de sa carrière, il mit de côté ses soupçons, qui étaient ses outils de travail, et écouta ses émotions.

Il sentit alors le poids de la responsabilité et un début de culpabilité l'envahir. C'était lui, qui lui avait donné une telle charge de travail censée satisfaire une bande de décideurs incapables de croire en elle.

Finalement, il s'approcha d'elle et lui caressa le dos jusqu'à ce qu'elle remue. Quelques instants plus tard, elle ouvrait les yeux. Mais, d'après son regard embrumé, elle n'était pas totalement réveillée.

Réagissait-t-elle toujours ainsi ? Aurait-il besoin de l'embrasser pour la réveiller le matin, la ramenant lentement des rives du sommeil de la manière la plus douce et sensuelle ? Ou était-elle du genre à se lever facilement ? Ce regard fatigué n'était peut-être dû qu'à ses nuits passées à étudier pour assumer ses nouvelles fonctions ?

Il s'agenouilla à côté de son fauteuil.

— Bonjour, la Belle au bois dormant. C'est l'heure du petit déjeuner.

Il la trouva irrésistible avec son froncement de sourcils endormi et ses cheveux en désordre.

Bon sang, mais qu'est-ce qui lui prenait ?

— Il faut que tu viennes manger, déclara-t-il fermement. Nous discuterons de la suite des événements une fois que tu auras repris des forces.

Elle se leva en titubant, ajusta ses habits froissés et mit de l'ordre dans ses cheveux avant de le suivre.

— Jusqu'à quelle heure as-tu travaillé hier soir ? demanda-t-il.

Elle marmonna quelques mots sans vraiment répondre, mais il s'arrêta net pour la regarder de haut.

— 3 heures, murmura-t-elle enfin en baissant les yeux. Peut-être 4. Je ne sais plus.

En effet, cela allait vraiment devoir cesser.

Quand ils arrivèrent à la salle à manger, elle s'assit à table et regarda par la fenêtre le patio détrempé par la pluie. Une seule des portes-fenêtres était ouverte ce matin, laissant entrer la douce brise fraîche.

Il remplit son assiette d'œufs, de fruits et de biscuits avec de la confiture de fraises et du beurre qu'elle dégustait chaque matin. À son grand soulagement, elle se mit aussitôt à manger sans se plaindre.

— Tu en fais trop en ce moment, dit-il.

Visiblement confuse, elle plissa le front.

— Je dois faire la preuve de mes compétences, répondit-elle.

Elle avait raison. C'était même lui qui l'avait entraînée dans cette spirale…

— Aux dépens de ta santé ? De ta capacité à réfléchir et à raisonner ? Des qualités qui diminuent avec le manque de sommeil, d'exercice et de nourriture ? Alors que deviendrais-tu ? Que deviendraient les habitants de la Maison de Jardin ? demanda-t-il avec conviction. En plus de ça, tu as renoncé à ton salaire. C'est admirable d'aider les autres, mais tu dois *aussi* penser à toi.

Pour la première fois, il vit la colère teinter ces joues. Elle ferma les yeux mais ne put retenir ses larmes.

— Je ne comprends pas ce que tu attends de moi, dit-elle en desserrant à peine la mâchoire.

— Que tu fasses une pause.

Son agacement laissa place à de la surprise. Quelqu'un s'était-il jamais donné la peine de s'inquiéter pour elle ? Michael l'avait-il déjà dorlotée ? Entourée d'affection ?

— Écoute, tu travailles très dur, et c'est bien, poursuivit-il. Seulement, si tu t'épuises à la tâche, tu ne pourras plus aider personne.

Ses épaules s'affaissèrent, ce qui lui donna l'impression de s'être conduit comme une brute.

— Tu as besoin de repos, insista-t-il malgré tout.

Elle haussa les épaules sans répondre.

— Une journée entière.

— Je ne sais pas, murmura-t-elle.

Comment la convaincre ?

— Si tu pouvais faire quoi que ce soit pour te distraire, ce serait quoi ? demanda-t-il.

Elle n'hésita pas un instant.

— J'irais au cinéma.

Il ne s'attendait pas à cette réponse. Il l'avait rarement vue regarder la télévision, elle qui était toujours absorbée par les livres de formation et la paperasse.

— Je ne suis pas sûr que ce soit une bonne idée de nous montrer en public, mais on va faire en sorte que ça marche.

Peut-être pourrait-il louer un cinéma pour la journée ?

À sa plus grande surprise, Trinity le regarda en souriant.

— Suis-moi, murmura-t-elle.

- 10 -

Trinity pénétra dans la salle de home cinéma d'un pas énergique. Comme à chaque fois qu'elle franchissait la porte de cette pièce, elle se sentait bien.

— Michael l'a fait aménager pour moi, dit-elle à voix basse, comme pour ne pas déranger les souvenirs qui y dormaient.

Elle avait passé tant de soirées ici, aux côtés de son meilleur ami, à visionner les derniers films d'action, à rire devant de vieilles comédies, ou à frissonner devant les films de suspense qui défilaient sur l'écran.

Michael avait opté pour une décoration de cinéma rétro : rideaux de velours, lanternes en fer forgé, et écran mural géant. Cela dit, les sièges étaient tout confort. Au centre de la salle, se trouvait un fauteuil inclinable, assez large pour deux personnes, qui offrait une vue imprenable sur l'écran. D'autres fauteuils en cuir surdimensionnés s'alignaient derrière.

Trinity appuya sur un bouton du fauteuil principal, et le dossier s'abaissa pour permettre une position allongée.

— C'est épatant ! s'exclama Rhett.

Trinity ne put réprimer un sourire.

— Michael avait réuni deux pièces pour concevoir cette salle de cinéma, il y a cinq ans, expliqua-t-elle. Il disait qu'elle était idéale pour recevoir des amis, mais on savait tous les deux qu'il l'avait conçue pour moi. J'adore le cinéma. Rien ne me détend plus qu'un bon film. Mais il n'aimait pas aller dans un vrai cinéma à cause de la foule, et de sa tendance casanière, donc ça, c'était notre compromis.

Rhett l'observa un instant avec attention.

— Je ne t'aurais jamais imaginée en cinéphile…

— Il m'a suffi de voir un bon film, un jour, et je suis devenue accro, avoua-t-elle en souriant. Comme je te l'ai déjà dit, ma mère était très pratiquante. Extrêmement conservatrice. Elle considérait le cinéma comme un péché. La télévision aussi, sauf pour les journaux d'information. Je n'avais pas le droit de regarder quoi que ce soit. Pas même des dessins animés.

— Cela devait te faire bizarre quand tous tes camarades de classe te parlaient des dernières séries télé !

Elle haussa les épaules.

— Honnêtement, non. Je lisais beaucoup, alors cela ne m'a pas beaucoup dérangée jusqu'à l'adolescence. Je me sentais plus à l'écart à cause de nos faibles revenus. Mais une fois adulte, j'allais aux séances à un dollar et je passais mes journées à regarder film après film. C'était merveilleusement décadent.

Rhett s'approcha si près qu'elle sentit la chaleur rayonner de son corps. Elle n'arrivait pas à croire qu'ils avaient une telle conversation. Était-il vraiment intéressé par ce qu'elle lui racontait ou était-il simplement poli ?

— Maintenant, je n'ai plus besoin de quitter la maison pour regarder des films, reprit-elle en faisant un geste autour de la pièce. Je peux me faire plaisir quand j'en ai envie.

— Quand es-tu venue ici pour la dernière fois ?

Tout en elle se figea.

— Michael et moi nous étions accordé une soirée

cinéma quelques jours avant sa mort, répondit-elle d'une voix étranglée.

Elle réalisa que Rhett avait dû s'avancer encore vers elle, car il la frôlait presque, à présent.

— C'est l'endroit idéal pour passer une journée pluvieuse, fit-il remarquer d'un ton apaisant.

— J'ai tellement de choses à faire aujourd'hui, murmura-t-elle, culpabilisant soudain d'avoir pris une journée de congé.

— Ton bureau ne se sera pas envolé, demain…

— Ma mère disait toujours que c'était une excuse de fainéant.

— Voilà qui explique cet étrange complexe que tu as, murmura Rhett en posant sa main sur son dos.

Une agréable chaleur se répandit en elle, décrispant chacun de ses muscles.

— Mais je trouve que c'est le lieu idéal pour passer une journée de détente et se ressourcer, ajouta-t-il. N'est-ce pas ?

Elle regarda autour d'elle, imaginant la joie de passer une journée entière à s'adonner à son passe-temps favori.

— Avec du pop-corn au beurre ? demanda-t-elle.

— Je pense que Frederick pourrait nous préparer cela. Peut-être un déjeuner, aussi.

— *Nous* ? Tu… Tu comptes te joindre à moi ? bredouilla-t-elle.

Il resta silencieux si longtemps que sa crainte s'amplifia. Elle se força enfin à le regarder vraiment, se préparant au pire. Malgré la semi-pénombre, elle décela la lueur d'un sourire dans son regard.

— Je ne raterais cela pour rien au monde, affirma-t-il.

Pourquoi diable est-ce que son cœur s'emballait soudain, comme si elle venait de courir un sprint ?

— Maintenant, poursuivit-il, monte enfiler une tenue de détente, et apporte tout ce dont tu as besoin pour te relaxer toute la journée ici. Je m'occupe du choix des films.

— Si tu te joins à moi, tu dois te changer aussi, murmura-t-elle en osant attarder son regard sur sa chemise boutonnée et son pantalon ajusté.

— Chiche !

Trinity prit quelques minutes de plus pour s'accorder une douche rapide. Puis elle enfila son pantalon de cocooning et son T-shirt en coton doux, s'efforçant de ne pas trop penser à cette journée passée à regarder des films avec un homme qui mettait son cœur sens dessus dessous.

Plus que tout, elle rejeta avec force la culpabilité d'avoir mis son travail de côté pour la journée. Mais comme Rhett l'avait souligné, son bureau ne se serait pas évaporé demain, et elle n'avait pas d'affaire urgente à régler pour le moment. Donc sa décision n'aurait pas de mauvaises répercussions.

La seule idée de s'accorder cette pause lui apportait un vif soulagement. Elle mettait tout son cœur et toute son énergie à étudier, échafaudant des scénarios rentables et sécurisants pour l'avenir de Hyatt Heights. Et elle était épuisée. Elle avait besoin de repos. Elle ne devrait peut-être pas s'offrir un peu de temps libre, surtout en compagnie de Rhett, mais…

Refusant d'y réfléchir plus, elle prit son oreiller et un plaid et rejoignit Rhett dans la salle de cinéma. Ce dernier parcourait la liste de films. Elle se sentit un peu plus à l'aise en le voyant vêtu d'un pantalon de jogging et d'un T-shirt blanc. Elle sourit en découvrant la liste qu'il était en train d'étudier.

— Et si on se faisait un marathon de films de super-héros ? suggéra-t-elle.

Il la dévisagea avec surprise.

— Tu dis ça parce que je suis un homme ?

— Comment ça ?

— Je ne t'imaginais pas apprécier ce genre de films.

— Pourquoi ? répliqua-t-elle en plantant ses mains sur ses hanches, l'air faussement indignée. Parce que je suis une femme ?

— Touché !

— Quel genre de films crois-tu que j'aime vraiment ?

— Eh bien, les romances ou les mélodrames…

— Tellement cliché ! rétorqua-t-elle en haussant les épaules. Des super-héros, j'en rencontre tous les jours, à la Maison de Jardin. Quand ma mère et moi y étions résidentes, nous n'avions pas besoin d'une tonne de pathos supplémentaire, et les romances étaient exclues par principe de nos choix, puisque la plupart des femmes qui vivaient au foyer sortaient de ruptures douloureuses. Ce dont nous avions le plus besoin, c'était de films d'action. Et quoi de plus réjouissant dans ce domaine que les films de super-héros ?

— Tu es une vraie fille, à n'en pas douter.

Elle espéra très fort que, dans la bouche de Rhett, ces paroles équivalaient à un compliment.

— Et on éteint les téléphones ! ordonna Rhett.

Le regard en coin que Trinity lui adressa était tout simplement adorable.

— Je suis sérieux, affirma-t-il. La dernière chose dont tu as besoin, c'est de nouvelles sollicitations par SMS ou d'un appel avec de mauvaises nouvelles. On a eu notre lot de mauvaises surprises, ces deux dernières semaines, non ?

C'était un euphémisme !

Il la regarda en silence pendant qu'elle contemplait son téléphone.

Enfin, elle l'éteignit.

— Voilà une femme raisonnable.

— Maintenant, à toi, dit-elle, en le défiant du regard. Logique.

Il n'éteignait jamais son téléphone. Certes, il était peut-être un peu dépendant de son appareil, mais difficile de s'en passer pour rester au top de ses missions. Toutefois, sous le regard moqueur de Trinity, il s'exécuta.

Alors qu'il la regardait se lover sur son côté du fauteuil en réglant l'appuie-tête et en se pelotonnant sous son plaid, il se demanda ce qui allait suivre. Allait-il réussir à garder ses mains dans ses poches, à côté de cette femme tellement sexy ?

Une onde d'excitation mêlée à une pointe de malaise lui serra le ventre.

Il hésita à s'installer à côté d'elle, mais quand elle se tourna vers lui, il prit enfin place. Tout près d'elle, mais sans l'effleurer. Et pourtant, comme il aurait aimé se coller à elle…

Au bout de trente minutes de film, elle lui passa le pot de pop-corn en demandant :

— Alors, qu'en penses-tu ?

— C'est le rendez-vous le plus original que j'aie jamais eu.

Le souffle court, il attendit sa réaction. Peut-être n'aurait-il pas dû dire ça.

Trinity était si calme qu'il crut d'abord qu'elle était en colère. Mais quand il risqua un regard vers elle, elle était tournée vers lui, et non vers l'écran. Et son expression était réservée.

— Parce que c'est un rendez-vous ? demanda-t-elle enfin.

— Est-ce que ce serait un problème ?

Elle piocha une autre poignée de pop-corn et la savoura avec délicatesse sans répondre.

— Nous travaillons ensemble, non ? murmura-t-elle.

Il grignota du pop-corn pendant une minute ou deux,

profitant de la saveur salée et onctueuse du beurre, tout en réfléchissant à ce qu'il allait dire.

— Exact, répondit-il. De plus, nous avons déjà déclenché la rumeur comme quoi nous sommes ensemble auprès de la plupart des gens qui te connaissent. Même auprès de ceux qui ne te connaissent pas, d'ailleurs.

Il repensa à samedi, à l'effervescence qu'ils avaient suscitée quand il avait passé son bras autour d'elle et qu'ils étaient allés affronter ensemble la foule hostile et curieuse, offrant ainsi la preuve qu'il se passait quelque chose entre eux.

Était-il destiné à devenir un chevalier blanc, et non plus un espion sournois ?

— Donc on va faire avec, conclut-il. Je veux voir où ça mène.

— Je pensais que si tu t'étais montré aussi gentil, à la fête, c'était juste pour me sortir d'un pétrin embarrassant.

C'était ce qu'il avait cru lui aussi, au début.

— Sur le moment, je n'ai pas su pourquoi j'agissais ainsi. Normalement, je n'aurais jamais fait un tel geste, surtout en public. Je me suis fixé une ligne ferme il y a longtemps. Je ne fricote pas avec mes clients. En aucun cas.

— À cause de ta fiancée ?

L'estomac de Rhett se noua brusquement. Il avait baissé sa garde, et Trinity s'était engouffrée dans la brèche.

— Je suis désolée, reprit-elle rapidement. Je ne voulais pas être indiscrète.

— Non… C'est juste que je n'ai pas l'habitude de parler de ma vie privée. Mais je peux faire une exception avec toi. Que veux-tu savoir ?

— Tu travaillais avec cette femme ?

— Pas en connaissance de cause.

Il regretta aussitôt ces paroles aussi amères. En toute honnêteté, il éprouvait peu de ressentiment. Il en avait eu au début, mais il avait canalisé toute cette énergie négative pour fonder son entreprise actuelle.

— Je ne comprends pas, murmura Trinity.

Il s'éclaircit la gorge, cherchant l'explication la plus simple.

— Pour elle, je n'étais qu'une opportunité de vivre la grande vie sans qu'elle ait à travailler, expliqua-t-il en fixant l'écran sans vraiment le voir. C'est un sentiment atroce, que je ne souhaite à personne.

— Personne n'a envie d'être abusé. Ni d'être accusé d'abuser des autres…, ajouta-t-elle après un court silence. Tu vois, ce que je ne comprends pas, c'est que Richard et Patricia croient vraiment que Michael n'était pas assez futé pour se protéger contre ce genre de femmes.

— Moi, je ne l'étais pas.

Elle garda le silence un instant avant de demander :

— Tu la connaissais depuis longtemps ?

— Moins d'un an.

— Michael et moi étions amis depuis plus de quinze ans.

À ce stade, il était obligé d'envisager l'éventualité que Michael savait pertinemment ce qu'il faisait, en épousant Trinity.

— Je suis navrée que tu aies connu ce genre d'épreuve, Rhett. Une fois que cette confiance dans les autres est brisée, je sais d'expérience qu'il est difficile de la retrouver. Surtout quand on n'a personne sur qui compter.

Rhett aimait à penser qu'il n'avait besoin de personne pour cela, mais était-ce le cas de tout le monde ?

— Les hommes sont un peu différents des femmes à cet égard, je crois, fit-il remarquer en ignorant l'âpreté qui s'était glissée dans sa voix.

— Je suis sûre que c'est ce qu'ils aiment penser…

— Qu'en sais-tu ? Toi, tu as grandi dans un foyer plein de femmes.

— La nature humaine reste la nature humaine, murmura-t-elle en lui offrant un doux sourire.

C'est ce qu'il avait toujours pensé. Mais à présent, il n'en était plus si sûr.

- 11 -

Trinity se sentait si bien… Voilà des années qu'elle n'avait pas ressenti une telle chaleur, douillette et tellement sécurisante… Oui, elle était bien dans cette pénombre à peine entrecoupée de la lumière de l'écran de cinéma.

Elle reprit lentement ses esprits. Les lueurs contre ses paupières fermées lui donnaient envie de garder les yeux clos, pour se concentrer sur la source de chaleur qui se trouvait à ses côtés… Sur ce parfum d'agrumes et de musc…

Péniblement, elle se força à rouvrir les paupières.

En d'autres circonstances, se réveiller aux côtés d'un homme l'aurait choquée. C'était déconcertant… puisque cela ne lui était jamais arrivé auparavant. Or, comme il s'agissait de Rhett Brannon, tout lui parut très naturel. C'était nouveau. Un peu effrayant, aussi. D'accord, très effrayant. Mais elle se sentait si bien, à ses côtés…

Et comme il ne la repoussait pas, peut-être ressentait-il la même chose ?

Elle devina, d'après la bande-son, qu'ils étaient au milieu du troisième film qu'ils avaient programmé. Elle n'était pas sûre du moment où elle s'était assoupie, mais de toute évidence, elle s'était servie de Rhett comme d'un oreiller. Manifestement, il ne l'avait pas repoussée…

Un crissement de pneus sur le grand écran la fit tressauter. Machinalement, elle s'agrippa au torse de Rhett… Et, émerveillée, le vit poser sa main sur la sienne.

— Bien dormi ? demanda-t-il, un peu moqueur.

Sa voix vibra sous sa paume qui se mit à dessiner de petits cercles sur son T-shirt en coton. Ravalant sa timidité, elle inclina la tête en arrière pour pouvoir voir son visage.

— Oui, répondit-elle. Merci de m'avoir servi d'oreiller…

Il lui offrit un sourire radieux.

— Avec plaisir. Du coup, je t'ai volé le tien.

Sans la quitter du regard, il glissa les mèches de cheveux qui tombaient sur son visage derrière son oreille. Son cœur s'accéléra alors que ses doigts s'attardaient, puis encore plus quand il roula sur le côté, l'enfonçant contre l'assise douillette qui l'écrasa contre lui.

Son regard de braise lui coupa le souffle.

— Trinity ? murmura-t-il d'une voix qui la surprit.

Il lui demandait la permission d'aller plus loin… Devait-elle la lui accorder ? Certaines femmes n'auraient même pas réfléchi. Elle les imaginait se jeter allègrement sur cet homme consentant, allongé près d'elle. Mais elle, elle n'avait jamais été une femme légère.

Rhett lui avait prouvé qu'il tenait à elle. Il l'avait soutenue dans plusieurs situations difficiles. Aujourd'hui notamment, il lui avait montré qu'il tenait à elle en tant que personne, et non simplement physiquement, et qu'il la respectait assez pour lui demander la permission de l'embrasser. Était-ce suffisant pour qu'elle s'abandonne à un élan de passion ?

Au lieu de lui répondre, elle promena son pouce le long de sa mâchoire, rendue rugueuse par sa barbe naissante. Quelle serait la sensation au contact de la peau de son ventre, de ses cuisses ?

Il ferma les yeux lentement, mais ne broncha pas lorsque sa main descendit sur le côté de sa nuque. Elle se livra à sa curiosité, promenant ses doigts dans ses cheveux, découvrant leur texture souple et soyeuse. Elle poursuivit son exploration jusqu'à ses lèvres charnues, puis son menton.

Laissant retomber sa main sur sa chemise, elle devina la fine toison de son torse à travers le tissu. Alors qu'elle s'approchait de son nombril, il contracta ses abdominaux. Elle aurait tellement voulu fermer les yeux et se concentrer sur cette sensation, mais elle fut incapable de détourner son regard de son visage.

Il semblait à la fois surpris et fasciné. Partout où elle posait ses mains, il se contractait, sa peau était brûlante, palpitante.

Elle caressa plus effrontément ses muscles. Le sentir se contracter ainsi à chacune de ses caresses la fit vibrer. Elle suivit les muscles tendus de son torse jusqu'à ses épaules, qu'elle empoigna avec une intensité qui traduisait exactement ce qu'elle attendait de lui.

Alors il se pencha vers elle pour poser ses lèvres brûlantes sur son front. Puis il effleura de ses lèvres ses sourcils, ses pommettes, l'explorant comme elle venait de l'explorer.

Enfin, sa bouche trouva la sienne. D'une main ferme, elle l'attira à elle, se laissant envahir par le désir.

Il prit son temps pour explorer sa bouche. La danse de ses lèvres puis de sa langue déclencha une nouvelle salve de désir en elle. Elle ne put retenir un gémissement. Tout cela était si bon… Mieux qu'elle ne l'aurait jamais imaginé.

Il se colla un peu plus à elle, plaquant son corps contre le sien, éveillant en elle de délicieuses sensations. Elle sentit la chaleur de sa bouche contre sa gorge et plaqua ses hanches contre lui.

Elle laissa échapper de longs soupirs lascifs alors qu'il promenait sa langue le long de son cou, puis suçotait délicatement son lobe d'oreille. Haletante, elle l'enlaça. Elle avait envie, non, elle avait *besoin* de lui, là, maintenant. Inclinant la tête vers l'arrière, elle s'abandonna à lui.

Ce n'est qu'à cet instant qu'elle s'aperçut que la lumière avait remplacé l'obscurité. En ouvrant les yeux, elle se rendit compte que le film était terminé et que les appliques murales s'étaient automatiquement allumées.

Elle essaya de fermer les yeux. De se concentrer sur Rhett, sa peau, sa chaleur. Au lieu de cela, son esprit se mit en ébullition. Et si quelqu'un entrait ? Et si elle avait fait une bêtise ? Et si quelque chose tournait mal ?

Était-elle prête à révéler à Rhett son secret le plus intime ? L'idée, lancinante, tournait inlassablement dans son esprit.

Il fallait tout arrêter. Tout de suite. La panique monta en elle, et son cœur se mit à battre à cent à l'heure.

Rhett dut percevoir son trouble car il se recula juste assez pour la dévisager.

— Tout va bien ? demanda-t-il.

Elle avait envie que tout aille bien… Plus que tout au monde. Mais la raison devait être plus forte. Elle s'humecta les lèvres. Qu'était-elle censée faire ?

— Trinity ? Ça va ?

Elle ne voulait pas le dire à voix haute, mais…

— Non, ça ne va pas.

Alors même qu'elle s'efforçait de contenir sa panique, elle sentit sa maîtrise habituelle l'abandonner. C'était pourtant la seule chose qui lui permettait de tenir le cap, en cas de tempête. En ce moment même, alors que son cœur s'emballait au point qu'elle peinait à respirer, tout self-control lui semblait désormais illusoire.

Elle s'écarta de Rhett, tout en inspirant doucement

pour reprendre le contrôle de son souffle. Elle tenta de s'étirer pour soulager les tensions de son dos et de sa nuque, de retrouver son équilibre. Seulement ce n'étaient pas les symptômes physiques qui étaient les plus gênants, mais la course incessante de ses pensées.

— Trinity, murmura Rhett d'une voix vacillante, à peine audible. Qu'est-ce qui se passe ?

Non. Elle ne pouvait pas le lui dire. Rien ne lui permettait d'exprimer les craintes que ses caresses éveillaient en elle. Il s'agissait là d'une boîte de Pandore qu'elle n'était pas prête à ouvrir. Après tout, elle avait passé ces huit dernières semaines à prétendre être l'incarnation du véritable amour de Michael. Elle savait qu'elle avait été sa meilleure amie ; mais ce n'était pas ce que les gens avaient envie d'entendre. Elle était soit son seul grand amour…, soit une croqueuse de diamants.

Avouer à qui que ce soit qu'elle n'avait jamais connu un homme, alors même qu'elle était devenue veuve… Cela l'obligerait à dévoiler la raison pour laquelle Michael l'avait épousée. Or personne n'était disposé à entendre la vérité.

Elle serait incapable de cacher une telle chose à Rhett si elle couchait avec lui, mais pour l'heure, elle n'était pas prête à affronter cette question. La dernière chose qu'elle voulait à cet instant précis, c'était de reparler de sa relation avec Michael.

Elle respira profondément plusieurs fois avant de murmurer :

— Je suis désolée.

Ces mots lui parurent juvéniles. Quelle femme avait une crise de panique parce qu'un homme sexy avait envie d'elle ?

— Je suis désolée, répéta-t-elle d'une voix plus ferme cette fois-ci. Je me suis mise à réfléchir… et je n'ai pas pu m'arrêter.

Il se redressa, la faisant se sentir toute petite.

— Ce n'est pas la réponse que j'espérais, dit-il.

Son ton amusé eut le mérite de faire baisser sa tension d'un cran.

— Tu as besoin de quelque chose ? s'enquit-il.

— Ça va te paraître dingue… Mais j'ai commencé à me dire que quelqu'un, un photographe par exemple, pourrait soudain surgir de l'ombre pour me prendre en photo. Avec toi.

Elle mentait, mais c'était un cas d'urgence.

— Bon sang ! Je n'aimerais pas que l'on me photographie là, tout de suite ! s'exclama-t-il en riant.

Elle lui sourit. Il avait désamorcé avec humour son angoisse.

— Toi, je suis presque sûr que tu resterais photogénique quoi que tu fasses, ajouta-t-il.

— Là, tu me flattes.

La tournure de la conversation avait beau prendre un tour gênant, au moins ils n'évoquaient pas les autres problèmes…

Mais Rhett ne tarda pas à enrouler ses bras autour de ses épaules, et cette fois il n'y avait rien de sexuel à cela. Elle se laissa aller contre lui.

— Tu dois me trouver trop mélodramatique, murmura-t-elle.

Il posa brièvement son front contre le sien avant de se redresser.

— Tout s'est passé très vite, reconnut-il. Je te comprends. Tu as à peine eu le temps de faire le deuil de ton mari.

Elle se sentit défaillir. Son mari… Comment oublier Michael ? Le pacte qu'ils avaient conclu ?

— Et à présent, tu dois gérer tout le reste, entre les affaires, la Maison de Jardin, les médias, reprit-il en la serrant contre lui pendant un moment. Je trouve normal d'être sensible et émotive, dans une telle période.

— Sauf qu'il faut savoir se ressaisir.

— Non. La plupart du temps, tu t'en sors magistralement bien, tu traverses tout cela avec une assurance que je ne peux que t'envier. Seulement tout le monde est humain. Même toi.

Elle leva le menton, cherchant son regard.

— Quoi ? demanda-t-il.

— Michael avait l'habitude de dire ça aussi, répondit-elle dans un souffle. Il était… très exigeant. Avec lui-même comme avec les autres. Mais il admettait aussi que les gens autour de lui puissent avoir leurs limites.

— C'était un homme intelligent, sans aucun doute.

Au début, elle crut que Rhett s'écartait d'elle, mais il se mit à lui caresser le dos. Un geste de réconfort. Voilà une chose que la vie lui avait rarement offerte… et qu'elle avait perdue avec la disparition de Michael. Rhett l'avait-il compris ?

— C'était mon meilleur ami, dit-elle.

À cet instant, elle ne put s'empêcher de se demander ce que Rhett penserait s'il découvrait que Michael n'avait jamais été pour elle plus que cela : son meilleur ami. Mais les doigts de Rhett qui se promenaient à la base de son cou la ramenèrent à d'autres préoccupations.

— Ne t'inquiète pas pour ça, Trinity.

Elle ne put se retenir de rire.

— Je sais, je sais, marmonna-t-il. Plus facile à dire qu'à faire.

Puis il lui souleva le menton pour la regarder dans les yeux.

— Mais tu n'as pas d'obligation avec moi, Trinity.

Pas de projets pour l'avenir. Prends le temps d'y réfléchir et de décider ce que tu veux vraiment. D'accord ?

Elle hocha la tête, mais au fond d'elle, elle craignait que sa décision ne soit déjà prise.

- 12 -

Trinity sourit en voyant Madison rougir lorsque Roberto l'aida à monter à l'arrière de la limousine. Malgré sa gêne visible, Madison était sublime dans sa robe lavande. À la Maison de Jardin, on préférait généralement les pantalons de yoga ou les jeans, mais la jeune femme devrait s'habituer aux tenues d'apparat si elle voulait représenter l'association lors de galas de charité.

— Prête ? lui demanda Rhett en s'installant à son tour dans la limousine, à côté de Trinity.

Madison haussa un sourcil dubitatif.

— Non.

Trinity ne put se retenir de rire.

Madison grimaça.

— Je ne suis pas très fan des soirées mondaines, admit-elle, mais je vous suis très reconnaissante de m'avoir proposé cette invitation. Et cette robe ! ajouta-t-elle en caressant le tissu soyeux. Elle est splendide, Trinity. Merci !

Trinity lui sourit, se souvenant de sa première collecte de fonds pour la Maison de Jardin. Elle était alors un peu plus jeune que Madison, et elle comprenait le trac de sa collaboratrice.

— Tout va bien. Détends-toi, c'est tout. Et souviens-toi, je serai là, avec toi, murmura-t-elle avant de se tourner vers Rhett. T'ai-je dit que c'était le premier gala de Madison ?

— Je ne m'en serais jamais douté, assura-t-il avec un clin d'œil à la jeune femme. Vous êtes sublime, Madison. Ne vous inquiétez pas. Vous comprendrez vite que l'on y croise toujours les mêmes gens ennuyeux qui vous raconteront les mêmes choses ennuyeuses…

Trinity l'interrompit :

— Tu ne fais qu'empirer la situation. Notre pauvre Madison est livide !

Ils éclatèrent tous de rire, et Madison reprit quelques couleurs.

La végétation luxuriante, les grilles en fer forgé et les façades de pierres et de briques ornementales de Garden District défilaient par la fenêtre alors que Roberto les conduisait vers leur destination.

— Vous vivez donc dans Garden District depuis des années, sans jamais assister aux soirées mondaines, Madison ? demanda Rhett.

Trinity eut envie de lui donner un coup de coude. Elle comprenait qu'il essaye de détendre l'atmosphère, mais Madison n'avait sans doute aucune envie de raconter son histoire à un inconnu.

— Ma famille était assez connue, expliqua Madison après une brève hésitation. À la mort de ma mère, mon père s'est coupé de presque tout contact social. Puis il est tombé malade, alors…

— Je suis navré de l'apprendre, murmura Rhett.

Haussant les épaules, Madison poursuivit :

— Ce n'est pas grave. Il vaut mieux être utile que jolie, comme disait mon père. Mais… Et si je ne savais pas quoi dire à ces gens ? Ce n'est pas comme si cela les intéressait, de savoir comment je parviens à nourrir vingt personnes chaque jour, ou à coordonner leurs lessives.

Elle échangea un sourire avec Trinity, qui se souvint des défis qu'elle avait elle-même relevés en jonglant avec les deux aspects de ce travail : la gestion quotidienne d'un organisme de bienfaisance pour femmes et enfants, tâche indispensable et bien souvent terre à terre, et toute la diplomatie qu'il fallait déployer lors des galas pour inciter les richissimes invités – qui étaient à mille lieues de connaître le fonctionnement des organismes de bienfaisance – à signer de gros chèques pour la fondation.

— Le secret, c'est de les laisser parler, déclara Rhett. Tout le monde aime être écouté, non ? Écoutez-les, et soyez attentive à ce qu'ils vous racontent. Puis faites une ou deux remarques pertinentes sur le sujet dont ils vous entretiennent.

Trinity savait que ce conseil était judicieux.

— Si j'ai appris quelque chose au cours des derniers mois, c'est que l'on n'a pas besoin d'avoir fait de hautes études pour se forger une opinion, dit-elle. Beaucoup de ceux qui participent à ces soirées sont de grands diplômés, mais sans aucune expérience de terrain. Garde cela à l'esprit, et sache que tu as un point de vue d'initiée sur ce dont les organismes de bienfaisance comme le nôtre ont besoin au quotidien.

— Je n'aurais pas dit mieux, renchérit Rhett en prenant sa main dans la sienne.

Trinity sentit son cœur s'affoler au contact de sa main chaude. Il avait décidé d'assumer pleinement ce qui se passait entre eux… Et il le faisait ! Elle frémit en se demandant comment il se comporterait avec elle, lorsqu'ils seraient au gala.

On l'avait traitée de croqueuse de diamants, de prostituée ayant appris à se servir de son corps pour obtenir ce qu'elle voulait dès son plus jeune âge. Avait-elle tout entendu ou la presse lui réserverait-elle d'autres surprises de mauvais goût ?

Mais puisqu'il s'agissait d'une soirée privée à domicile, elle n'avait sans doute aucun souci à se faire pour ce soir.

Comme s'il avait lu dans ses pensées, Rhett serra sa main dans la sienne, cherchant son regard. Il baissa la voix pour qu'elle seule puisse entendre.

— Tu es inquiète ?

— Je devrais ?

— Non, répondit-il en plongeant son regard dans le sien. Sois toi-même. Donne-leur ce qu'ils ont envie de voir.

Elle se mordit la lèvre inférieure, gâchant probablement son rouge à lèvres soigneusement appliqué. Le souci que montrait Rhett à lui donner des conseils lui alla droit au cœur.

— C'est plus facile de se fondre dans le décor, murmura-t-elle.

— Ils ne te laisseront pas faire cela, si ?

Elle secoua la tête, lucide. Richard et Patricia ne se contenteraient pas des accusations déjà proférées à son égard. Ils s'accrocheraient à tous les éléments qu'ils pourraient trouver et les déformeraient pour étoffer leur propre version des événements. Ils voulaient faire d'elle une harpie qui leur volait leur héritage et menaçait le gagne-pain de milliers de familles, alors qu'en réalité, c'était *eux* qui videraient les comptes de Hyatt Heights, tout en prétendant être innocents.

Ce qui donnerait de l'eau à leur moulin, c'était de la voir oublier son mari dans un laps de temps inconvenant après son deuil en étant trop proche de Rhett.

Elle se raisonna rapidement. Un homme aussi attentif et compréhensif que Rhett ne pouvait pas être une menace pour elle. Elle pouvait lui faire confiance. Il l'aiderait à trouver sa voie, la voie de l'entreprise, sans se laisser influencer par la pression médiatique. En regardant leurs mains entrelacées, elle se rendit compte que c'était cela qu'elle voulait. C'était exactement ce dont elle avait besoin en ce moment.

Mais aurait-elle le courage de prendre ce qu'il lui offrait ?

Rhett pensait aller prendre l'air pendant que Madison et Trinity se rendaient aux toilettes pour dames, mais un petit signe de Richard, depuis un couloir reculé, l'en empêcha.

En traversant la salle bondée, ses pensées se bousculèrent dans son esprit. À présent, il savait qu'il ne pourrait pas offrir aux Hyatt ce qu'ils attendaient de lui. Trinity n'était tout simplement pas cette femme sournoise et calculatrice qu'ils voulaient qu'elle soit. Et même pour tout l'or du monde, il ne la dépeindrait jamais en ces termes.

Le fait de prendre position pour la personne qu'il devait espionner, ce qui était une première, pour lui, le plongeait tout de même dans une grande perplexité. Il ne s'agissait pas seulement de son attirance pour elle, car même s'il ne se passait rien de durable avec elle, il serait à ses côtés jusqu'à la fin de son épreuve. Il ne savait tout simplement pas encore comment il allait présenter la chose aux Hyatt ; après tout, il avait signé un contrat avec eux. Ce n'était pas eux qui le payaient, à présent qu'il était engagé comme consultant pour Hyatt Heights, mais il ne pouvait qu'imaginer ce que cela ferait à Trinity de comprendre qu'il avait été engagé pour l'espionner, et non pour la conseiller quant aux affaires de Hyatt Heights.

Ne pouvant faire autrement, il suivit les Hyatt et Larry dans une petite pièce à l'écart du brouhaha du hall principal. À peine furent-ils réunis que Richard lui jeta un regard noir.

— Nous attendons toujours des informations, monsieur Brannon. Pourquoi n'avez-vous encore rien trouvé ?

— Je n'ai rien d'intéressant à vous signaler à ce stade.

Patricia vint se planter devant lui, ses traits déjà durs déformés par la colère.

— Alors vous ne faites pas assez d'efforts. On peut toujours tourner une histoire à la sauce que l'on veut, du moment qu'on la regarde sous le bon angle.

Larry s'éclaircit la gorge.

— Attendez une minute…

— Nous manquons de temps, l'interrompit Patricia sans prendre la peine de baisser la voix. Je veux des preuves *maintenant*, pas quand vous en aurez fini avec elle !

Rhett sentit son sang-froid se lézarder.

— Ne parlez pas de Trinity de cette façon !

— Nous pouvons encore tourner les choses à notre avantage, poursuivit Patricia d'un ton mielleux avant de saisir Rhett par le bras. Offrez donc quelques nouvelles photos à la presse. Un petit ami, huit semaines après la mort tragique de son mari, cela fait toujours mauvais effet, n'est-ce pas, Richard ? Cela devrait mettre en lumière ses vraies motivations, non ?

— Quoi ? s'exclama Larry. Mais vous…

— La ferme ! s'exclama Patricia en plantant un peu plus ses ongles dans le bras de Rhett. Nous voulons des preuves. Je me moque de la façon dont on les obtient.

La panique gagna le visage de Larry.

— Pas moi, marmonna-t-il.

— Je pense que nous pouvons tous travailler ensemble, intervint Richard. Surtout si l'on considère le nouveau membre de notre équipe.

— Comment ça ? demanda Rhett, soudain inquiet.

— On a fini par entrer en contact avec ce blogueur,

déclara Richard qui semblait prendre plaisir à ménager le suspense. Et je me suis arrangé pour qu'il soit là ce soir.

— Alors c'est un homme ? s'enquit Rhett.

— On s'en fiche ! répondit Patricia. Tant que vous lui offrez de bons clichés ce soir, cela nourrira la polémique.

— Comme vous semblez avoir apprécié le précédent baiser avec Trinity, vous n'aurez sûrement aucun mal à recommencer, ajouta Richard en souriant.

Bien qu'embrasser Trinity n'ait jamais été une épreuve, la dernière chose qu'il voulait, c'était la jeter en pâture à la presse à scandale.

— Je ne crois pas que…

— C'est tout réfléchi, l'interrompit Patricia. Contentez-vous de faire ce que l'on vous demande.

Rhett se redressa et lui jeta un regard noir.

— Vous ne semblez pas comprendre mon travail, dit-il d'une voix ferme. Je suis enquêteur, pas un larbin qui *fabrique* des preuves pour vous.

Cette fois, Patricia posa sa main manucurée sur son torse, le forçant à réprimer un frisson de dégoût.

— Je suis sûre que Trinity serait intéressée d'en savoir un peu plus sur vous, vous ne croyez pas ? murmura-t-elle.

— Nous pouvons aussi trouver quelqu'un de plus accommodant pour le faire à votre place, renchérit Richard.

Rhett ne pouvait pas laisser faire ça. Il avait besoin de plus de temps pour se sortir avec Trinity de ce pétrin.

— Que voulez-vous, au juste ? répliqua-t-il. Que je pose pour une photo avec elle afin que l'on puisse de nouveau l'humilier ?

Patricia sourit, sentant manifestement la victoire imminente.

— Apportez la preuve de ce que le public et le conseil d'administration soupçonnent déjà, répondit-elle. Cette femme n'est là que pour l'argent et se contrefiche de ce qui arrivera à Hyatt Heights, ou à la réputation de la famille. Vous pouvez faire ça, non ? Ou devrions-nous trouver quelque chose d'autre sur Trinity pour que le blogueur l'expose au public ?

Le regard que le couple échangea suggérait qu'ils avaient déjà quelque chose en tête. Rhett, qui craignait de ne pouvoir dissimuler le dégoût que ces deux sinistres individus lui inspiraient plus longtemps, préféra se taire. Pour l'instant.

— Pensez-y, c'est tout. Je suis sûre que vous prendrez la bonne décision, reprit Patricia avant de quitter la pièce.

Richard la suivit, non sans avoir jeté à Rhett un regard lourd de menaces.

Larry tapota son front en sueur avec un mouchoir. Il semblait au bord des larmes.

— Je ne voulais pas que ça se passe comme ça, murmura-t-il.

— Quoi ? Que vous vous retrouveriez du côté des méchants ?

— Je ne voulais pas faire souffrir Trinity. Je voulais juste lui faire peur pour qu'elle fasse ce qu'il faut.

Rhett voulut lui dire le fond de sa pensée, mais préféra garder son calme. Larry allait peut-être devenir un allié, à l'avenir. Mais bon sang, comment Michael avait-il pu laisser Trinity s'entourer de telles personnes ?

— En quoi faire peur à Trinity serait-il constructif ? s'enquit-il. Vous croyez que céder le groupe Hyatt à Richard et Patricia sera positif, pour l'héritage de Michael ?

Larry lui jeta un regard perdu.

— Que suis-je censé faire ? demanda-t-il.

— Commencez par influencer le conseil en faveur de Trinity et trouvez-moi ce blogueur !

De retour parmi les convives, Rhett retrouva Trinity

près d'un comptoir à proximité de la piste de danse. Il suivit son regard pour voir Madison regarder les danseurs, un homme grand et élancé à ses côtés.

— On le connaît ? demanda-t-il.

— À vrai dire, non, répondit-elle en observant le couple. Je ne l'avais jamais vu sur le circuit caritatif jusque-là.

Elle se tourna vers lui en souriant, mais son sourire s'évanouit lentement.

— Est-ce que ça va ? murmura-t-elle.

— Oui.

Il se força à lui sourire, mais la requête de Patricia ne cessait de tourner dans sa tête. La dernière chose qu'il voulait, c'était exposer Trinity au blogueur, mais il était persuadé que Patricia allait faire pire s'il ne se pliait pas à sa demande. Il aurait tout donné pour ne pas avoir à agir comme il s'apprêtait à le faire, mais…

— Tu es magnifique, murmura-t-il.

— Je te remercie. Tu n'es pas mal non plus…

— Alors ne gâchons pas ce moment. Que dirais-tu d'une danse ?

Cela devrait fournir de nombreux clichés intéressants.

Trinity observa les gens se déhancher sur la piste de danse avec un regard sceptique.

— Je ne sais pas. Je ne sais pas vraiment danser.

— On est à La Nouvelle-Orléans, dit-il d'une voix enjôleuse. Il est temps d'apprendre à faire la fête !

Sans lui laisser le temps de refuser, il l'entraîna sur la piste de danse. Il avait remarqué que donner trop de temps à Trinity pour réfléchir la paralysait. Parfois, il suffisait de se jeter à l'eau pour apprendre à nager.

D'autant qu'elle n'aurait pas dû s'inquiéter de ses capacités de danseuse. Sur la piste de danse, ils partagèrent beaucoup de rires et quelques taquineries dans une tension de plus en plus sensuelle. Finalement, l'orchestre joua un slow qui lui permit de serrer Trinity contre lui, d'enfouir ses doigts dans les boucles qui lui tombaient sur la nuque.

Ce n'est qu'en apercevant Patricia et Richard qui les épiaient qu'il se souvint exactement pourquoi il était sur la piste de danse. Et, à en croire l'expression victorieuse sur leur visage, il était temps de commencer à s'inquiéter.

- 13 -

— Je pense que ce serait une façon intéressante d'associer les donateurs à la gestion quotidienne de l'organisme de bienfaisance, conclut Trinity en posant son assiette sur la table du déjeuner le lendemain matin.

Dehors, de gros nuages s'amoncelaient dans un ciel devenu noir, annonçant l'arrivée imminente d'un orage. La matinée était déjà bien entamée, même s'ils avaient sauté leur petit déjeuner habituel au profit d'un déjeuner avancé. Rhett appréciait d'avoir pu faire la grasse matinée. Ils étaient rentrés tard après avoir déposé une Madison très bavarde chez elle. Puis il avait passé le reste de la nuit à essayer de trouver un moyen de se sortir de ce pétrin.

Fatigué en se levant ce matin, il avait simplement envie de s'allonger sur l'une des chaises longues sous le bougainvillier, au soleil. La météo en avait décidé autrement. D'ailleurs, Trinity semblait beaucoup plus en forme que lui.

— Tu ne crois pas ? demanda-t-elle.

Il poussa un grognement en buvant sa première gorgée de café.

— Tu as mal dormi ? demanda-t-elle d'un ton moqueur.

— Tu n'imagines même pas…

Il crut l'entendre murmurer « Oh ! J'ai bien ma petite idée… », mais il n'en était pas certain.

Il s'était débattu la moitié de la nuit avec sa décision d'exposer Trinity au blogueur lors de la soirée d'hier. Même si elle ne l'avait pas senti, il avait agi en connaissance de cause. Et maintenant, il attendait avec angoisse l'appel imminent qui ne tarderait pas de leur apprendre qu'un nouveau post était désormais en ligne.

Au moins, ces photos étaient quelque chose qu'il pouvait contrôler, contrairement aux manigances que les Hyatt étaient prêts à mettre en œuvre pour nuire davantage à la réputation de Trinity. Toutefois, il…

Leurs téléphones sonnèrent presque simultanément, le faisant presque sursauter. Il ne prit pas la peine de regarder le sien. Il se concentra sur Trinity.

Il la vit consulter l'écran et blêmir. Un sentiment de culpabilité s'empara de lui, le forçant à fermer les yeux pendant quelques secondes. Il l'entendit jeter son téléphone sur la table, et quitter la pièce en courant.

Le temps qu'il rouvre les yeux, elle avait disparu.

Il voulut la rattraper, mais il devait d'abord consulter ce qui avait été posté.

La vidéo montrait le visage d'un homme qu'il ne reconnaissait pas. Ce n'est qu'en se déplaçant vers le titre que tout prit son sens.

Le père de la veuve confirme qu'elle ne s'intéresse qu'à l'argent

Génial ! Le bonhomme ne comptait sans doute pas postuler au prix de Père de l'Année, n'est-ce pas ? Cela dit, il n'avait jamais été mentionné auparavant, alors pourquoi maintenant ?

Au moins il savait désormais ce que Patricia avait manigancé.

Il monta d'un pas lourd les marches de l'escalier et se dirigea vers la chambre de Trinity. Il savait qu'il l'y trouverait, entourée de ses livres et de ses dessins. Il s'attendait presque à la voir recroquevillée sur son lit. Au lieu de cela, elle regardait par la fenêtre.

Même de dos, elle semblait recroquevillée sur elle-même. Pleurait-elle ? Était-elle en colère ? Son calme apparent ne fit que l'inquiéter un peu plus.

— Trinity, est-ce que ça va ?

Quelle question stupide ! Mais par où pouvait-il commencer ?

— Ça va, répondit-elle d'un ton froid.

— C'est normal que tu sois contrariée.

— Oh ! Je ne suis pas contrariée, assura-t-elle, avec un calme terrifiant.

Elle se tourna vers lui, mais il ne décela aucune trace de larmes sur son visage.

— Je ne suis pas contrariée. Je suis *furieuse* ! Comment a-t-il osé ? Comment ont-ils osé ?

Elle traversa la chambre, puis rebroussa chemin pour retourner vers les baies vitrées.

Rhett eut soudain l'impression d'avoir vendu son âme au diable pour rien, même s'il savait qu'il n'était pour rien, dans cette vidéo. Seulement il n'avait aucune idée de la façon dont il pouvait arranger les choses. Aucune. Et il détestait être impuissant. Il devait trouver un moyen. Il se surprit à vouloir prendre Trinity dans ses bras pour la réconforter, mais la tension qui se dégageait d'elle l'en empêcha.

Il la laissa donc s'exprimer à son rythme, en espérant que sa présence attentive serait suffisante.

— Tu sais ce qui me met en colère ? demanda-t-elle d'une voix forte. Je ne suis pas en colère pour moi, mais pour ma mère.

Elle posa sa main contre la vitre comme pour sentir la pluie couler de l'autre côté.

— Tu vois, je sais que, quoi qu'il dise, il ment. C'est ce qu'il a toujours fait, précisa-t-elle en soupirant. Je me souviens de ses mensonges… Ma mère ne l'a jamais contredit, elle ne l'a jamais affronté. Peut-être qu'elle a supporté ses travers plus longtemps qu'elle n'aurait dû, mais elle a tenté de maintenir la paix dans notre foyer. Jusqu'à ce qu'elle comprenne qu'elle ne pouvait plus. Tu vois, Rhett, c'est une bataille perdue d'avance quand on se retrouve face à quelqu'un de plus fort que soi.

À ces mots, elle se tourna vers lui et caressa la cicatrice au-dessus de son oreille droite.

— Maman a fait le choix de partir, mais les mensonges n'ont pas cessé jusqu'à ce que quelqu'un de plus puissant intervienne. Seul Michael a été capable de le faire sortir pour de bon de nos vies. Mon père voulait juste nous contrôler. Il nous aurait tourmentées longtemps, s'il n'y avait pas eu Michael.

Elle s'interrompit, le regard perdu dans le vague, et reprit :

— Quoi qu'il ait raconté sur nous, c'est un mensonge. Mais ma mère n'est plus là pour se défendre. Voudrait-elle que je le fasse ? Ma vie n'est pas assez chaotique comme ça ? Est-ce que j'ai vraiment envie de m'engager dans… ça ? Ou est-ce que je préfère l'ignorer ? Tout ça est tellement épuisant… Je suis fatiguée…

Rhett s'avança vers elle, le cœur serré de la voir aussi bouleversée.

— Mérite-t-il une réponse ? demanda-t-il à voix basse.

Elle secoua la tête avec fermeté.

— Non, pas du tout.

— Dans ce cas, nous laisserons Bill s'en occuper, assura-t-il.

Il s'approcha d'elle avec prudence, sans savoir exactement comment la réconforter.

— Tu n'es pas seule pour traverser tout ça, murmura-t-il. Tu en as peut-être l'impression, mais tu n'es pas seule.

Ses mots sonnèrent pour lui comme un engagement.

Ces derniers jours, il était devenu plus à l'aise à l'idée d'être là pour Trinity, sans trop savoir ce qui s'était passé. Était-ce la paix que lui procurait sa présence ? Sa volonté de faire de son mieux pour toutes les personnes hébergées à la Maison de Jardin ? Ou l'attrait de sa beauté sophistiquée ? Quoi que ce soit, quelque chose avait changé en lui.

Et, à sa grande surprise, il s'en réjouissait.

Il ignorait comment régler tout cet imbroglio, mais il était en paix avec ses choix, avec lui-même. Il avait la conviction que Trinity ne méritait pas ce que les Hyatt lui faisaient subir. La conviction que Michael avait fait le bon choix.

Puis Trinity prit une grande respiration et demanda :

— Tu veux bien regarder cette vidéo avec moi ?

Si Trinity avait un jour imaginé qu'elle reverrait son père, elle n'aurait jamais pensé que ce serait un jour de pluie, dans la maison de Michael, sur l'écran de son téléphone, avec le bras de Rhett autour de sa taille pour la réconforter.

Elle prit une grande inspiration pour contrer son sentiment d'irréalité alors qu'elle lançait la diffusion de la vidéo.

Le visage de son père était plus bouffi que dans son souvenir. Sûrement parce qu'il continuait à être un grand buveur de bière. Au moins, il était propre et bien rasé. Mais son visage disait toujours la personne qu'il était vraiment : une brute.

— « Ben, moi, j'ai toujours été un bon père, un bon mari. »

Dès qu'elle entendit sa voix, elle frissonna.

— « Jusqu'à ce que ma femme et ma fille tombent sur ce Hyatt. Après ça, je n'étais plus assez bien pour elles. »

La voix de l'intervieweur, modifiée pour la rendre anonyme, posait des questions hors champ.

— « Où ont-elles rencontré Michael Hyatt ? »

— « Ben, je ne sais plus très bien, répondit son père en haussant les épaules. Elles fuguaient tout le temps, sans me dire où elles allaient. »

Ulcérée, Trinity contint difficilement les contestations qui lui traversèrent l'esprit. Elle s'efforça de garder le silence, comme pour prouver quelque chose à cet homme qui ne se trouvait même pas dans la pièce.

Son père poursuivit :

— « Je suppose que tout cet argent, cette villa luxueuse, c'était trop dur de s'en détourner. »

L'intervieweur demanda alors :

— « Votre femme aimait l'argent ? »

— « Comme toutes les femmes, non ? Rien de ce que j'ai fait n'était jamais été assez bien pour elles. Elles pleurnichaient tout le temps. Assez pour me mettre en colère. »

Le public ne se rendrait sans doute pas compte à quel point ses paroles étaient exactes !

— « Je suis presque sûr que si ma gamine était au bon endroit au bon moment, elle en a profité pour mettre le grappin sur ce type. »

— Oh ! éteins ça ! s'exclama Trinity d'une voix brisée.

Rhett interrompit la vidéo et fixa longuement l'écran noir.

— C'est affreux, murmura-t-il.

Trinity se tourna vers lui.

Il recula d'un pas, cherchant son regard. Son léger froncement de sourcils la toucha. Très peu de gens s'étaient jusqu'alors souciés de ses sentiments.

— Comment tu te sens ?

— En fait, c'est un soulagement, répondit-elle tristement.

— Pourquoi ?

— Parce que cet homme est manifestement d'une arrogance folle. Mes souvenirs étaient exacts.

Rhett hocha lentement la tête.

— Mais tout le monde ne connaît pas le contexte, dit-il. Même si c'est le cas de certains…

— Ce n'est pas mon problème.

Trinity regretta ses mots. Ce n'était pas qu'elle s'en fichait, mais une partie d'elle restait insensible à cette méchanceté. Son sentiment dominant à ce moment précis, c'était cette sorte d'engourdissement qui l'envahissait, lui offrant une sorte de répit.

Elle n'était qu'en mode survie depuis qu'elle avait appris la mort de Michael et s'était heurtée à l'indignation du public au sujet de l'héritage. Même avant cela, quand Michael l'avait demandée en mariage et lui avait expliqué la raison de sa demande. C'était comme si ses propres émotions étaient jouées par un orchestre de musiciens, sans qu'elle ait jamais pu interpréter sa propre chanson.

Cet engourdissement lui apportait un soulagement à plusieurs niveaux, même si elle sentait qu'il s'agissait d'une mesure de protection pour arrêter les montagnes russes qu'était devenue sa vie et qui lui donnaient la nausée.

— Ces dernières semaines m'ont appris à mes dépens que je ne peux pas contrôler ce que tout le monde pense, reprit-elle. J'ai passé ma vie à essayer d'aider les autres, et la réalité de ce qui se passe actuellement ne me rend pas heureuse. Mais il serait stupide de ressasser tout cela…

Ce combat l'épuisait. Pourquoi ne pouvait-elle pas être heureuse, ne serait-ce que quelques minutes ? Elle voulait vraiment vivre sa vie plutôt que simplement lutter pour respirer.

Rhett la serra doucement contre lui. Elle se souvint de la sensation de son contact sur sa peau… et regretta de s'être dégonflée, l'autre soir.

Peut-être qu'il ne se serait même pas rendu compte qu'elle n'avait jamais connu un homme ? Après tout, qui aurait pu s'en douter, vu le contexte ?

Des éclairs zébraient le ciel, suivis quelques instants plus tard d'un coup un tonnerre assez puissant pour secouer la maison. La tempête faisait rage. Le vent soufflait avec férocité. La nature se déchaînait, comme pour refléter ses émotions, songea-t-elle.

La gorge nouée, elle glissa ses doigts tremblants dans ceux de Rhett. Elle sentit son regard sur elle, mais ne put se résoudre à lever les yeux.

Elle avait envie de s'accorder cela, cette seule petite fantaisie. Pour elle toute seule. Et elle l'aurait.

— Trinity ?

Son ton était interrogateur, mais sans aucune pression. Elle prit un moment pour rassembler le peu de courage qu'elle put trouver, puis se força à lever les yeux et à soutenir son regard.

Elle vit l'instant où il comprit et laissa ses doigts se promener sur la main de Rhett. Elle s'autorisa à goûter le grain de sa peau. À s'ancrer dans le moment présent, laissant les dernières semaines d'agitation s'évanouir totalement.

La dernière fois qu'il avait posé ses mains sur elle, il avait hésité, presque comme pour lui demander la permission. Cette fois, il l'avait déjà. D'un geste ferme et sûr de lui, il lui caressa l'épaule jusqu'à la nuque. À son contact, elle inclina la tête en arrière, avec l'envie de se fondre dans sa chaleur. Son cou, ses épaules et son dos se détendirent.

Elle ferma les yeux. Ainsi elle pouvait se concentrer sur son odeur, sa présence contre elle. La pluie contre les fenêtres et le toit créait une sorte de cocon autour d'eux. Le reste du monde avait été emporté par le déluge.

Il se mit à lui masser la nuque. Elle ne put réprimer ses soupirs lascifs. De toute façon, elle se refusait à les étouffer. Et ils se mélangèrent au clapotis de la pluie.

Puis ses lèvres vinrent couvrir les siennes.

S'abandonnant à son désir, elle s'agrippa à sa chemise, et fut prise d'un vertige par les sensations délicieuses qui l'envahissaient. Le fait de s'ouvrir à ce qu'elle ressentait, au lieu de réfléchir constamment, ne fit qu'attiser son désir.

Aucun homme ne lui avait jamais fait un tel effet…

Et soudain, il disparut. Elle rouvrit les yeux pour le voir debout à côté du lit, le regard obscurci d'une intensité qui la fit trembler. Elle se sentit petite, mais n'avait pas peur. Rhett ne l'avait jamais brusquée ; il ne ferait jamais une chose pareille.

Ils restèrent un instant à se regarder dans le blanc des yeux.

Elle le rejoignit et s'allongea sur lit. Il prit son pied et elle regarda ses doigts habiles desserrer chaque sangle de ses chaussures et libérer chacun de ses pieds. Depuis quand ôter des sandales était aussi sexy ?

Puis, un à la fois, il enveloppa ses orteils entre ses grandes mains et commença à la masser, langoureusement… Elle soupira d'aise, laissant chaque centimètre de son corps se délecter de son savoir-faire.

Puis il reposa délicatement ses pieds à plat contre le dessus-de-lit. Sans la quitter du regard, il desserra sa cravate, s'en débarrassa, puis déboutonna ensuite le premier bouton de sa chemise. Puis le suivant. Et le suivant.

— Es-tu prête ?

- 14 -

Rhett inspira profondément, s'efforçant de maîtriser le tremblement de ses doigts. Il n'était pas habitué à éprouver un tel trac. Et se refusait de se demander ce que cela pouvait signifier. Au lieu de cela, il ôta rapidement son boxer afin de ramener son attention sur ce qui comptait le plus en cet instant : Trinity.

Elle paraissait au moins aussi émue que lui. Ce qui le galvanisa, évidemment. Mais le plus important, c'était que les réactions de Trinity attisaient les siennes d'une façon qu'il n'aurait jamais soupçonnée. Le désir montait entre eux. Il voulait découvrir chaque centimètre carré du corps de Trinity avec un appétit qui dépassait le simple désir physique… En espérant qu'elle ressentait la même chose que lui.

Il glissa ses mains sous sa jupe, explorant sa peau douce et soyeuse. Les paumes à plat, il remonta ses cuisses musclées jusqu'à ses hanches, avec l'impression qu'elle lui accordait là quelque chose de très spécial, rien que pour lui. Quand du bout des doigts il trouva l'ourlet de sa culotte, il s'arrêta, retenant son souffle. Elle ondula légèrement des hanches, lui donnant la permission tacite de poursuivre. Elle haletait, et il lut le désir dans ses yeux alors même que l'orage obscurcissait davantage la pièce.

Le souffle court, il abaissa lentement sa culotte alors que Trinity frémissait. Il avait rarement vécu un moment aussi érotique que celui-ci.

Elle crispa ses orteils et se cambra. Il voulut caresser à nouveau ses pieds, les embrasser. Mais l'urgence le poussait plus haut.

Comme il l'avait fait avec sa propre chemise, il déboutonna le chemisier de Trinity, lentement, un bouton à la fois. Il devinait sa peau pâle sous le tissu. Quand il lui ôta le chemisier, il gémit à la vue de ses seins enveloppés de dentelle rose pâle. Elle se révélait tellement féminine… Mais le regard implorant qu'elle lui adressait lui suggérait que c'était lui qui détenait la clé pour faire de cette femme une femme comblée.

Enfouissant son visage contre la peau lisse de son ventre, il absorba son odeur suave avec délectation. Elle souleva ses hanches pour venir à sa rencontre. Il promena ses lèvres un peu partout, puis nicha son visage entre ses seins. Il laissa son corps se détendre contre elle, en prenant soin de ne pas l'écraser sous son poids. Pour toute réponse, elle s'accrocha à lui en se cambrant un peu plus. Quelle sensation merveilleuse, que de la sentir en dessous de lui ! Ses petits halètements trahissaient son désir pour lui, attisant un peu plus le sien. Ses doigts s'enfonçaient dans son dos, l'invitant à aller plus loin.

Il s'efforça de tenir le coup, de faire durer le moment le plus longtemps possible. Dégrafant délicatement son soutien-gorge, il fit glisser les bretelles de côté pour libérer ses seins palpitants. Sa peau était si pâle qu'il avait presque peur de lui laisser des marques. Il s'arrêta un instant, désireux de connaître ce qui la faisait gémir, ce qui faisait monter son désir.

Ce n'est que lorsqu'il fut incapable d'ignorer plus longtemps l'élan urgent de son propre corps qu'il finit par glisser sa main sous la fragile barrière de sa culotte. Allongé sur le côté à côté d'elle, il observa son visage à mesure que ses caresses se faisaient plus audacieuses. Sachant qu'il pourrait lui-même très vite atteindre le point de non-retour, il s'efforça de verrouiller ses propres désirs pour se concentrer sur ceux de Trinity. Aussi émerveillé que déterminé, il poursuivit son exquise torture.

Il était envoûté par son visage à la fois surpris et excité. Il éprouvait une véritable ivresse à lui donner du plaisir. Ses petits cris se perdaient dans le fracas du tonnerre. Quand il ne put plus se retenir, ses caresses se firent plus appuyées. Elle ondula de plus belle des hanches, et son petit cri ne fit qu'alimenter son propre plaisir alors qu'il glissait ses doigts en elle.

Soudain elle eut une réaction surprenante : elle se crispa, étouffant péniblement un petit cri de douleur. Il se figea.

Comme elle ne bougeait pas, il se remit à l'œuvre. Mais cette fois, elle poussa un véritable cri de douleur et referma ses cuisses avant de le repousser.

— Trinity ?

— Je n'avais pas réalisé que…, gémit-elle en secouant la tête. Enfin, je n'ai jamais…

Vierge. Ce mot résonna soudain à son cerveau. Non, ce n'était pas possible ! En aucune façon, elle…

Vierge…

Il se recula et se redressa. Comment était-ce possible ? Il avait pourtant fait son enquête. Il lui avait posé les questions les plus banales sur son mariage. Il l'avait observée, épiée, avait cerné la façon dont elle et son mari avaient vécu. Rien d'inhabituel par rapport aux riches et puissants sur lesquels il avait l'habitude de travailler. Rien qui n'aurait pu le préparer à… cela.

Trinity n'avait jamais eu de relation intime avec

Michael, son mari. Leur mariage n'avait pas été réel. Cela signifiait-il que les Hyatt avaient raison, d'une certaine façon ? Trinity avait-elle trouvé un moyen de duper Michael dans un arrangement qui lui donnait accès à sa fortune sans consommer leur mariage en retour ?

À cet instant, le souvenir d'avoir lui-même été trompé dans ce qui aurait pu être une relation similaire lui envahit l'esprit. Quelle douleur… Quelle trahison…

Il s'aperçut soudain qu'il s'était décalé sur le côté du lit, observant Trinity avec méfiance. Son cœur battait la chamade. Le désir s'était évanoui, pour laisser seulement place à une sensation de… trahison.

Il comprenait brusquement que Trinity ne lui avait pas dit la vérité. Comment avait-il pu se laisser berner une nouvelle fois ?

— Comment as-tu pu me cacher une chose pareille ? Me laisser penser que… Que votre mariage était réel. Que ta relation avec Michael était réelle ? bredouilla-t-il en se passant une main dans les cheveux.

Il ignora la façon dont elle se rassit pour ramener son chemisier sur son corps dénudé de ses mains tremblantes. Au lieu de cela, il se laissa envahir par ce sentiment de trahison qu'il avait autrefois connu avec sa fiancée. Il s'était promis de ne plus jamais se montrer vulnérable face à une femme. Et pourtant, l'histoire semblait se répéter…

Une femme l'avait de nouveau attiré dans ses filets par sa douceur et son charme, lui donnant à voir ce qu'elle voulait qu'il voie pour obtenir son aide. Comment ne pas faire le parallèle entre Trinity et son ex-fiancée qui en voulait à sa fortune ? Il avait échappé de justesse à ses intrigues, mais cette expérience l'avait marqué à vie.

Il avait alors passé sa vie à veiller à ce que des gens ne se fassent pas arnaquer comme lui. Comme son père. Et voilà où cela l'avait mené…

Trinity n'était pas une veuve dévouée et éplorée au sens classique du terme. Il se pourrait très bien qu'elle ait escroqué Michael.

Pour la première fois, il avait baissé la garde. Il croyait Trinity incapable de le duper, car il n'imaginait même pas cela possible. Et pourtant…

Il sentit sa peau s'embraser dans un mélange de colère et d'embarras. Il voulait des réponses mais était incapable de formuler la moindre question. Les émotions se bousculaient en lui.

Il se leva, enfila vivement son pantalon et sa chemise, et se dirigea vers la fenêtre. Il fixa le paysage sans le voir, tentant de reprendre ses esprits, et se retourna vers Trinity, assise sur le lit.

Elle était livide. Que cachait-elle vraiment sous cette façade lisse, assise telle une poupée de chiffon, au milieu du lit ?

Au fond de lui, le besoin urgent de savoir la vérité qu'elle lui cachait prit le dessus. Il se moquait de savoir à quel point ses secrets étaient sombres ou laids. Il avait besoin de connaître l'ampleur de la tromperie qui avait déjoué toutes les intuitions sur lesquelles il s'était appuyé pour le guider pendant des années.

Il avait cru en cette femme, et elle l'avait trahi.

— Dis-moi la vérité. Toute la vérité, rien que la vérité, ordonna Rhett qui la fixait, immobile devant la fenêtre.

Trinity avait ressenti un léger soulagement lorsqu'il s'était éloigné d'elle. Le bon sens lui soufflait qu'elle n'avait rien à craindre de lui. Du moins, physiquement. Cependant, elle ne l'avait jamais vu aussi à cran. Et les aléas de la vie lui avaient appris à rester sur ses gardes.

Aucun son ne sortait de sa bouche. Elle aurait dû tenir Rhett fermement à distance. Mais non, elle avait cédé à son désir, très égoïstement.

Pour se retrouver plongée dans ce qui ressemblait fort à un cauchemar. Plus moyen de faire marche arrière, à présent.

Comment pourrait-elle lui expliquer la vérité ? Il considérait sûrement son mariage avec Michael comme une tromperie. Pour Michael, il s'était agi de sécurité. Quant à elle… Cette union avait été sa seule façon de remercier l'homme qui lui avait sauvé la vie.

— J'aurais dû me fier à mon instinct, reprit Rhett en traversant la pièce à toute allure. Tout le monde disait que tu étais une croqueuse de diamants. Comment ai-je pu ne pas m'en apercevoir ? Ton mariage était bien un mensonge. Je veux savoir combien d'autres mensonges tu me caches.

En un instant, le sang glacé de Trinity se mit à bouillonner dans ses veines. S'efforçant de garder son calme et d'ignorer le regard de Rhett, elle se leva et réajusta sa jupe. D'un geste ferme, elle remit son soutien-gorge et boutonna son chemisier.

Ce n'est qu'une fois rhabillée qu'elle s'aperçut que Rhett avait cessé de faire les cent pas.

Elle se tourna vers lui, soulagée que la chambre soit plongée dans une semi-pénombre. Sans doute n'aurait-elle pas été capable de gérer cette conversation en pleine lumière.

— Que veux-tu savoir ? demanda-t-elle.

Sa voix n'était pas aussi assurée qu'elle l'aurait souhaité, mais au moins elle n'allait pas fondre en larmes. Il n'était jamais bon de laisser entrevoir sa vulnérabilité.

— Pourquoi es-tu vierge ? demanda-t-il d'une voix grave, mais éraillée par l'émotion.

— Parce que je n'ai jamais fait l'amour, tout simplement.

Il marmonna quelques mots. Pourquoi insistait-il à

ce point sur l'évidence ? Ne pouvait-il pas aller droit au but ?

— Tu étais quand même *mariée* à Michael.

Elle hocha la tête, certaine que sa voix allait la lâcher.

— Alors pourquoi es-tu vierge ? répéta-t-il.

Elle inspira profondément avant de répondre :

— Michael ne *pouvait* pas consommer notre union.

Rhett poussa un soupir suggérant qu'il ne se contenterait pas de cette réponse sibylline. Oh non, pourvu qu'il ne la pousse pas à rompre son ultime promesse à Michael…

— Et même s'il en avait été capable, il n'aurait pas voulu consommer ce mariage, précisa-t-elle. Je te l'ai dit, à toi et à tous ceux qui voulaient bien m'écouter. Michael était mon *meilleur ami*. Nous étions amis depuis mon enfance. Il ne s'intéressait pas à moi de façon sentimentale.

— Alors pourquoi diable t'a-t-il demandée en mariage ?

Ces mots la blessèrent au plus profond d'elle-même, mais elle mit ses sentiments de côté. Il voulait la vérité ? Il l'aurait. Tout au moins en partie.

— Michael voulait protéger ses biens de sa tante et de son oncle, expliqua-t-elle. Il savait qu'ils n'aspiraient qu'à vendre la Maison de Jardin. La seule façon pour lui d'empêcher que cela ne se produise, c'était de désigner un autre héritier.

— Ce n'était pas la seule façon. Il lui aurait suffi de te nommer sur son testament.

— Ce qu'il a fait. Mais il ne voulait courir aucun risque. Il savait que Patricia et Richard contesteraient tout ce qu'il mettrait en place. En créant ce lien marital entre nous, il renforçait ses chances que les juges lui rendent justice.

— Et il comptait se servir de toi comme mère

porteuse ? s'exclama-t-il d'un ton incrédule qui la mit à bout de nerfs. Il voulait des enfants, mais sans sexe ?

Cette fois, elle ne put retenir une grimace.

— Je n'ai jamais dit ça, murmura-t-elle.

Ce n'était pas ainsi que Michael avait voulu les choses. Mais elle savait qu'en acceptant sa demande, elle renonçait à son rêve de fonder un jour sa propre famille.

— On faisait chambre à part, reprit-elle. Ça, tu le savais déjà.

— Beaucoup de couples vivent ainsi. Mais ils conservent une vie sexuelle. Surtout pendant leur lune de miel. Tu as été mariée *une semaine*, bon sang ! Vous vous connaissiez depuis si longtemps. Pourquoi est-ce qu'il n'aurait pas…

L'urgence de sa voix trahissait sa frustration grandissante. Combien de temps pourrait-elle éluder les questions qui fâchent ? Est-ce que c'était trahir Michael que de révéler enfin toute la vérité, rien que la vérité ?

— Trinity, *pourquoi* as-tu épousé Michael ?

Le cœur battant, elle prit une profonde inspiration pour oublier la détresse dans laquelle elle était en train de sombrer.

— Parce qu'il me l'a demandé, répondit-elle.

— Ce n'était pas un simple mariage. Il y a autre chose.

— En effet. Michael avait des attentes très spécifiques quant à notre mariage. C'était mon job de les mener à bien, qu'il soit là ou non.

— Ton *job* ? Donc il s'agissait d'un arrangement économique ? J'aurais dû m'en douter !

Elle prit sur elle et croisa le regard de Rhett. Cette confrontation était difficile pour elle, mais elle savait qu'elle ne pouvait s'y soustraire.

— Donc il t'a payée ? reprit Rhett sans décolérer.

Ces paroles ne la blessèrent même pas.

— T'a-t-il payée pour faire semblant d'être sa femme ? insista-t-il, comme elle ne répondait pas.

— Pas de la façon que tu imagines, répondit-elle d'une voix trop chevrotante à son goût.

Ce n'est qu'alors qu'elle sentit quelque chose rouler le long de ses joues. Des larmes. Elle ignorait depuis quand elles coulaient, mais elle refusa de les essuyer. Cela ne ferait que souligner leur existence.

— Éclaire-moi, marmonna Rhett. Je refuse que l'on se moque de moi une nouvelle fois. Pas aujourd'hui. Pas *toi*.

À ses mots, elle sentit son cœur se briser et une profonde lassitude l'envahir. Elle avait passé sa vie à aider les autres. C'était sa vocation. Elle avait d'abord soutenu sa mère, puis les femmes du foyer, et enfin Michael.

Et puis brièvement, très brièvement, elle avait cru avoir trouvé en Rhett quelqu'un qui pourrait être là *pour elle*, *avec elle*. Or maintenant, elle savait que cela n'arriverait pas. Pas comme elle l'espérait.

Après ce qui venait de se passer, il ne la regarderait plus jamais de la même façon.

Alors pourquoi continuer à lutter contre l'inévitable ? Si elle lui disait la vérité, il la laisserait peut-être pleurer en paix. Elle était si fatiguée…

— Michael avait besoin d'une épouse, et très vite, reprit-elle.

— Et il t'a choisie, toi ?

— Il savait qu'il pouvait me faire confiance.

— Pourquoi un homme dans sa position aurait-il eu besoin de ta confiance ?

— Il y a certaines choses dans la vie que même les riches ne peuvent contrôler.

— Comme quoi ?

Sa loyauté l'empêchait toujours de laisser sortir ces

mots qu'elle retenait depuis si longtemps, et il lui fallut un certain effort pour avouer, d'une voix tremblante :

— Michael était très malade.

Rhett se figea.

— Malade ? C'est-à-dire ?

Trinity ferma les yeux. Il était temps de rompre la promesse qu'elle avait faite à son meilleur ami.

— Cancer du pancréas. Stade 4.

- 15 -

Rhett reçut ces quelques mots comme un coup de poing. Le fait de découvrir que Michael était atteint d'un mal incurable, et conscient de sa prochaine fin pouvait tout aussi bien appuyer l'une ou l'autre interprétation des motivations de Trinity… selon le camp qu'il choisirait.

— Il n'y a plus moyen d'effectuer des analyses pour prouver ce que tu viens de dire, fit-il remarquer.

Trinity secoua la tête. Au moins, ses larmes avaient cessé de couler. Il n'avait pas aimé la voir pleurer. Cela le perturbait et il avait besoin de toute son objectivité, pour faire la lumière sur cette affaire.

— C'est vrai, confirma-t-elle. L'accident d'hélicoptère a empêché toute autopsie susceptible de fournir la preuve de sa maladie. Il ne reste que des dossiers protégés par le secret médical. Impossible de prouver que Michael était déjà mourant, ou de juger de la gravité de sa maladie. Et les Hyatt n'ont aucun moyen de prétendre qu'il n'était pas sain d'esprit quand il a décidé de m'épouser pour protéger sa fondation. À moins que le juge ne prononce la levée du secret médical. Enfin, à supposer que quelqu'un la réclame…

— Est-ce qu'il l'était ?

— Est-ce qu'il était quoi ?

— Sain d'esprit.

— Oui. Jusqu'à la dernière minute. Je l'avais eu au téléphone juste avant le décollage de l'hélicoptère. L'enquête a conclu à une défaillance mécanique qui ne pouvait être anticipée. Aucun soupçon de sabotage, donc.

Il fut soulagé d'apprendre que Trinity n'était pas au téléphone avec Michael au moment du crash. Voilà une chose qu'il n'aurait pas souhaitée à son pire ennemi !

— Michael savait exactement ce que Richard et Patricia feraient de son patrimoine une fois qu'ils auraient la main dessus, reprit-elle. Son médecin ne lui avait donné qu'un mois, au mieux. Il tenait à ce que tout soit en ordre avant d'annoncer notre mariage.

Sa voix chevrotante nourrit le mélange de culpabilité et de scepticisme qui envahissait Rhett.

— J'ai promis à Michael de protéger ses secrets et sa vision de l'avenir de l'association, poursuivit-elle. Il savait que le conseil d'administration m'épaulerait à la direction de Hyatt Heights, même s'il espérait annoncer lui-même que je prendrai sa place… en temps voulu.

— Pourquoi me dis-tu cela seulement maintenant ?

Pendant un bref instant, une peine si profonde marqua son visage qu'il recula d'un pas. Mais cela ne le protégea pas de ses paroles.

— Tu es la seule personne à qui je me suis confiée aussi ouvertement, Rhett. À quoi bon te cacher encore des choses ?

À présent, il savait qu'aucune parole, aucun dossier, aucune signature ne pourrait le convaincre mieux que cette émotion qu'il lisait dans les yeux de Trinity. Il savait d'expérience que des émotions aussi intenses ne pouvaient être simulées. Elle était digne de confiance. Elle l'avait toujours été.

Et lui, il était un véritable salaud.

Lui qui avait l'art de détecter la moindre fausse note, chez une personne, n'avait jamais su sur quel pied danser avec Trinity. Et le fait de savoir qu'il était au moins en partie responsable de sa souffrance actuelle le rendait malade.

Alors, cette fois, il ne mettrait pas sa parole en doute.

Il franchit les quelques pas qui le séparaient encore d'elle et, arrivé à son niveau, il s'agenouilla, se forçant à lever les yeux vers elle.

— Trinity, je n'ai plus qu'une question, murmura-t-il.

Elle soutint son regard, le visage une fois de plus impassible, malgré sa grande lassitude visible.

— Laquelle ?

— Veux-tu me pardonner ?

— Je ne comprends pas, dit-elle.

Rhett se sentit envahi d'un sentiment d'humilité… et très bête. Pourquoi devrait-il s'attendre à ce qu'elle comprenne ? Il n'était pas sûr de la façon dont il allait se tirer de ce mauvais pas, mais il allait se battre. Peut-être en se confiant à elle comme un ami le ferait ?

— Je t'ai déjà raconté comment j'avais été trahi par une femme.

Elle hocha la tête sans répondre, son visage livide s'adoucissant, piqué par la curiosité. Il sentit alors qu'il était sur la bonne voie.

— Eh bien…

Sa gorge se serra brusquement. Il n'aimait pas parler de sa vie personnelle. Surtout quand il s'agissait d'un épisode aussi peu glorieux. Seules deux autres personnes étaient au courant : son associé et son père. Mais Trinity méritait une explication. Il lui devait bien ça.

— Mon ex-fiancée… J'ai découvert par hasard qu'elle n'avait pas décidé de m'épouser par amour.

— Oh ! Rhett… Je suis désolée.

Il haussa les épaules. Cette expérience douloureuse l'avait blessé, mais elle avait aussi changé sa vie, et ce pour le meilleur.

— Je suis sûr qu'il y a beaucoup d'hommes qui se seraient accommodés d'un tel arrangement, s'ils l'avaient su à l'avance, reprit-il. Mais pas moi. Elle m'avait repéré et est entrée dans ma vie en sachant exactement ce qu'elle voulait : l'accès illimité à mon compte en banque. Elle a passé des mois à me convaincre que ses sentiments étaient sincères. Quand j'ai enfin compris qui elle était vraiment, j'ai rompu nos fiançailles d'une manière assez brutale.

— Qu'est-elle devenue ?

— Elle a épousé un homme de notre cercle social, un ami d'amis. De vingt ans son aîné.

— Je vois…

— C'était un militaire à la retraite. Avec une très bonne rente. Je l'ai croisée plusieurs fois par hasard, et un jour j'ai vu qu'elle était enceinte. Après cela, je me suis réfugié dans mon travail qui me permettait de partir souvent en déplacement. Pour ne plus avoir à la rencontrer.

Il aurait préféré que leurs rencontres ne le perturbent pas ainsi, mais à chaque fois qu'il la voyait, cela ravivait sa souffrance. Ce qui, paradoxalement, nourrissait sa passion pour son travail.

— Ce n'est pas une excuse. Plutôt une explication, précisa-t-il en espérant qu'elle avait apprécié qu'il lui parle aussi sincèrement.

Soudain, il comprit qu'il n'allait pas pouvoir cacher à Trinity qui il était vraiment et pourquoi les Hyatt l'avaient vraiment engagé… Elle méritait de connaître la vérité. Seulement, pour l'instant, il ne savait pas encore comment s'y prendre.

Quand il baissa les yeux vers elle, il la surprit en train de contempler son torse nu. Est-ce que cela signifiait qu'il l'attirait encore, au moins physiquement ?

Une onde de chaleur lui traversa le ventre, lui rappelant la douceur de leur première rencontre.

Son cœur se mit à battre plus fort. Non, il ne devrait pas. Pourtant, il le désirait. Alors son regard se posa sur le sien et il vit aussi cette lueur en elle. Elle avait toujours envie de lui. Mais allait-il faire ce qu'il fallait ? Était-il capable de faire marche arrière, et de laisser Trinity se sentir de nouveau rejetée après tout ce qu'elle avait vécu ?

Pour la première fois depuis le début de cette situation, il décida de suivre son intuition.

— En fait, j'ai encore une question, dit-il.

— Laquelle ?

— Tu veux bien que je reste avec toi ?

Trinity réfléchit un instant avant de répondre. Elle devrait sûrement refuser... Seulement son corps avait de la mémoire, et il réclamait Rhett. Elle n'aurait jamais pensé être le genre de femme capable d'offrir son corps séparément de son cœur, mais pour une fois dans sa vie, une seule fois, elle envisagea de risquer un chagrin d'amour pour pouvoir vivre cet instant unique avec lui. Arriverait-elle à dresser une muraille autour de son cœur, juste un petit moment, pour graver ce souvenir en elle ?

Un moment qu'elle ne revivrait peut-être plus jamais.

— Je ne suis pas vraiment sûre que ce soit une bonne idée, murmura-t-elle d'une voix ni convaincue ni convaincante.

Évidemment que ce n'était pas une bonne idée ! Les choses entre eux étaient déjà assez compliquées ! Rhett lui avait probablement fait cette proposition par culpabilité.

— Je sais, et c'est ma faute, déclara-t-il, confirmant ainsi ses pensées. Je veux me racheter.

À ces mots, le sang de Trinity se glaça. Elle ne voulait pas d'un homme qui se sente *obligé* de lui faire une telle proposition ! Même s'il l'avait bel et bien désirée, tout à l'heure. Elle était peut-être vierge, mais elle n'était pas naïve. Rhett avait eu envie d'elle.

Pourrait-il éprouver de nouveau un tel désir ?

Du coin de l'œil, elle le dévisagea. Sa chemise était ouverte sur son torse sculpté et ses abdominaux… Elle en avait l'eau à la bouche. Comment oublier la sensation de ses muscles contre sa peau ? Seigneur ! Cela ne l'aidait pas à faire le bon choix !

À moitié dénudé, avec ses cheveux en bataille, Rhett était l'homme le plus sexy du monde.

Elle prit une grande respiration et se jeta à l'eau.

— Je ne veux pas qu'il s'agisse de moi, dit-elle, la voix étranglée par l'émotion. Je voudrais qu'il s'agisse de *nous*.

La dernière chose qu'elle voulait, c'était qu'il lui accorde cette… chose par culpabilité. Ce n'était pas le souvenir qu'elle souhaitait garder. Parce qu'elle savait que Rhett ne serait bientôt plus qu'un souvenir.

Il ne réagit pas tout de suite, mais elle décela un changement net sur son visage. D'abord, son corps se détendit, puis il se crispa brusquement. Ses magnifiques yeux gris-vert et son large sourire illuminèrent son visage. On aurait dit qu'elle venait de lui offrir un cadeau. Soudain, l'atmosphère de la pièce se modifia. Il y avait comme de l'électricité dans l'air. Rhett lui tendit la main. La panique s'empara d'elle un instant, mais elle ne put refuser la main qu'il lui tendait. Elle voulait enfin suivre son désir.

Elle allait passer à l'action, et garder ses angoisses et ses émotions au plus profond d'elle-même. Elle avait toujours été émotive mais avait eu toute une vie pour apprendre à dissimuler ses émotions. Pourvu que cette faculté lui soit utile aujourd'hui…

Rhett lui caressa la joue, avant de glisser sa main le long de son cou. Elle frissonna, puis du bout des doigts il défit délicatement les boutons de son chemisier.

Ce geste l'excita autant que la première fois, malgré son anxiété face à ce qui allait suivre et dont elle avait, maintenant, une petite idée. Cela dit, à chaque caresse de Rhett sur sa peau, ses craintes se dissipaient peu à peu.

Une fois tous les boutons défaits, il rabattit son chemisier vers l'arrière et le lui ôta. Elle se retrouva en jupe et soutien-gorge, s'attendant à ce qu'il la déshabille entièrement. Au lieu de cela, il posa ses mains sur ses épaules, puis descendit le long de ses bras jusqu'à ses mains, picorant sa peau de baisers.

Quand il lui prit les mains et les posa sur l'encolure de sa chemise, elle tressaillit.

Lorsqu'elle leva les yeux vers lui, elle vit qu'il la couvait d'un regard de braise qui fit monter sa température en flèche. Le souffle court, elle referma ses mains sur chacun de ses revers. Irait-elle jusqu'au bout ?

Son parfum aux pointes d'agrumes se mêlait à l'odeur de la pluie fraîchement tombée à l'extérieur. Oh ! quelle odeur enivrante… Elle resserra ses mains sur l'encolure. Plus question pour elle de faire marche arrière, même s'il n'existait aucun avenir entre Rhett et elle.

Chassant ces pensées de son esprit, elle se concentra sur le moment présent. Glissant ses mains sous la chemise de Rhett, elle savoura le grain lisse de sa peau aux muscles tendus, et recouverte d'une fine toison. Les yeux fermés, elle se concentra sur la sensation sous ses mains. Elle promena ses doigts sur son torse, puis descendit… et s'arrêta sur le devant de son boxer en coton.

D'où lui vint le courage de poser sa main sur son entrejambe chaud et dur ?

Il gémit, et elle sentit tout son corps vibrer à l'unisson. Allait-elle fondre ou plutôt se crisper quand il poserait à son tour ses mains sur elle ? Elle ne savait pas. Ce dont elle était certaine, en tout cas, c'était que l'onde de désir qui irradiait soudain son bas-ventre était tout à fait agréable…

Dès que Rhett posa les mains sur elle, toutes ses hésitations s'évanouirent.

Une traînée de feu enflamma sa peau, et ils se retrouvèrent plaqués l'un contre l'autre, peau contre peau. Quand il la poussa doucement vers le lit et l'y allongea, la couvrant de son corps musclé, elle crut être propulsée au paradis.

Il ne se sépara d'elle que le temps, beaucoup trop long à son goût, d'enfiler un préservatif.

Cette fois-ci, elle éprouva à peine un soupçon de douleur, juste une sensation nouvelle alors qu'il prenait possession de son corps. Elle se cambra, impatiente de venir à sa rencontre. Pas question de rester passive. Elle l'attira un peu plus fort à elle, promenant ses mains sur les muscles de ses bras et de son dos, tandis qu'il allait et venait en elle de la plus exquise des façons.

Le souffle coupé, elle se délecta de chacun de ses mouvements, alors qu'il enfouissait sa bouche au creux de son cou, enflammant chaque cellule de son corps d'un irrépressible plaisir. Soudain elle cria son nom et planta ses ongles dans son dos.

Et quand il cria son nom, quelques secondes plus tard, elle comprit qu'elle venait de créer là le souvenir d'une vie.

- 16 -

— Fiston, il n’y a que toi pour te retrouver dans ce genre de situation. Je t’ai toujours dit que ce métier finirait par te jouer des tours.

Rhett imaginait facilement son père à l’autre bout du téléphone, avec ses cheveux argentés, assis dans son fauteuil préféré devant sa cheminée, à Seattle… S’il ne s’était pas trouvé en si délicate posture, il aurait souri devant l’indulgence bienveillante paternelle.

— J’ai choisi ce métier, comme tu dis, parce que je voulais aider les gens.

— Tu veux dire aider à démasquer certaines personnes. Des gens comme ton ex-fiancée, ou ta belle-mère, ou…

— Papa !

— C’est une question légitime. Tu n’as pas besoin de travailler. Alors pourquoi t’infliger cela ? Pourquoi exercer une activité qui te maintient jour après jour dans la suspicion et le mensonge ?

Parce que je suis doué pour ça. Ou plutôt… je l’ai été.

— Eh bien, peut-être arrivons-nous à ce moment que tu avais prédit depuis des années, marmonna Rhett sans pour autant être prêt à céder complètement. Mais je tiens à souligner que je ne me suis jamais trompé, jusque-là.

— Il y a toujours une première.

— C'est une première assez unique en son genre, répliqua Rhett, en repensant à la femme qu'il avait laissée dans son bureau de Hyatt House, et au défi inhabituel qu'elle représentait pour lui.

— J'en ai bien l'impression, en effet.

— J'ai juste…

Il détestait l'admettre, mais il ne savait comment réagir, à présent. Ses plans stratégiques habituels l'avaient abandonné.

— Je sais que Trinity travaille dur et fait de son mieux pour gérer à la fois la fondation et les employés de Hyatt Heights, reprit-il. Je l'ai vue à l'œuvre dans son bureau, elle fait un travail consciencieux. Je pourrais sans aucun doute lui faire gagner son procès en un instant, rien qu'en témoignant de tout ce que j'ai vu. Mais…

— Mais ?

— Toi et moi, on sait tous les deux que le fait qu'elle soit restée vierge malgré son mariage constituerait une information préjudiciable dans un procès sur l'héritage de son défunt mari. En tout cas, une fois que le public aura eu cette information, on pourrait s'en servir pour monter le conseil d'administration contre Trinity.

— C'est une possibilité, en effet.

Il laissa le silence s'installer un instant, refusant de poser la question qui le taraudait. Mais il finit par s'y résoudre.

— Est-ce que j'ai raté quelque chose ?

— Tu connais maintenant son véritable caractère et sa loyauté envers son mari ? lui demanda son père, qui comme à son habitude se concentrait sur l'essence du problème.

— Oui. Je sais que c'est quelqu'un de bien. Elle essaie de faire ce qui est juste pour la fondation et le groupe Hyatt.

Contrairement à Richard et Patricia Hyatt…

— Alors fais confiance à ton instinct, fiston.

— Mais…

Mais il était devenu son premier amant, et cela changeait un peu la donne. Bon sang ! Il ne pouvait quand même pas *vraiment être amoureux* de cette femme, si ?

— Aie confiance en ton instinct, répéta son père. Moi, j'ai appris à le faire.

— Papa ! Qu'est-ce que tu as fait ?

Un vent de panique s'empara de lui. Dans quel pétrin son père avait encore pu se fourrer ?

— J'ai rencontré Candy.

— Vraiment, papa ? Une femme prénommée *Candy* ?

Certes, il ne devrait pas avoir un préjugé par rapport à un prénom, mais vu les choix de son père par le passé…

— Oui, monsieur. Et mon instinct ne me trompe pas.

Ça, ce serait à lui d'en juger, songea Rhett. Prendre soin de son père, c'était son job depuis toujours.

— Je me ferai mon opinion quand je rentrerai à la maison, dit-il. Ne signe rien entre-temps.

— Non, tu n'auras pas à te faire d'opinion. Et je n'ai pas besoin de signer quoi que ce soit. Candy a son propre argent.

C'est ce qu'elles disaient toutes…

— Papa…

Il se devait de protéger son père, pour qu'il ne se retrouve pas encore une fois avec le cœur brisé.

— Rhett, il est temps pour toi de lâcher prise.

La voix de son père était calme. Aucune sévérité, ni autoritarisme perceptible. Seulement une acceptation sereine que Rhett peinait à saisir.

— De quoi tu parles ?

— Fiston, malgré nos histoires familiales de relations malheureuses, il y a encore du bonheur à vivre en ce bas monde. Je suis prêt à saisir ma chance, plutôt que de la tenir à distance juste par crainte ou réticence. C'est aussi vrai pour toi.

— Je n'ai pas peur.

— Je n'en suis pas si sûr. Sinon, pourquoi m'appellerais-tu pour avoir mon avis ? Tu es un homme intelligent. Tu n'as pas besoin que je te dise que faire. Suis ton instinct.

Rhett soupira. Son instinct ne l'avait guère aidé jusqu'à présent. Il avait l'impression que toute cette affaire avait été un défi à ses intuitions les plus intimes.

— Quant à ta gente dame, elle sera jugée par l'opinion publique, quoi que statue le système judiciaire, ajouta son père.

— Exactement.

Or il ne voulait pas voir Trinity subir cela. Mais comment la mettre en garde sans se dévoiler lui-même ?

Il ferait tout son possible pour empêcher les Hyatt d'obtenir l'information dont il disposait à présent. Qu'en était-il du reste ?

— Je ne sais pas comment la protéger, avoua-t-il.

— Tu ne le peux pas.

— Mais le seul fait de savoir ce qu'elle affrontera seule…

— Tu ne peux pas empêcher la réalité de lui tomber dessus. Nous le savons tous les deux. Quand elle a choisi d'aider son ami, comme tu me l'as dit, elle savait ce qui l'attendait. Tu ne peux que rester à ses côtés. La guider. La soutenir. Seulement tu ne peux pas la protéger.

Pourtant il le voulait. Pour la première fois de sa vie, il voulait protéger quelqu'un des conséquences de ses actes, plutôt que les exposer. En pensant à cette femme douce et sensuelle qu'il avait tenue la nuit dernière entre ses bras, à la merci de Richard et Patricia Hyatt, il ne savait plus que faire. Et savoir qu'il avait participé au complot visant à la détruire lui faisait honte.

— Je ne veux pas qu'elle découvre la vraie raison de ma mission auprès d'elle, reprit-il.

— Tu sais bien que cela finira par se savoir, tôt ou tard.

— Je le sais.

Et si Trinity lui tournait le dos lorsqu'elle découvrirait la vérité ? Cette seule pensée lui glaçait les sangs. Il mériterait son mépris, bien sûr, mais cela ne l'empêcherait pas de vouloir se battre pour la garder.

Trinity fronça les sourcils en direction de Rhett qui était assis à la petite table face à son bureau. Il ne travaillait pas et regardait par la fenêtre le soleil qui avait finalement décidé de faire son apparition.

Qu'il fasse une petite pause ne la gênait nullement, mais ce tapotement lancinant de son stylo contre les papiers… Absorbé dans ses pensées, il semblait hermétique au bruit qui agaçait Trinity.

— Rhett, est-ce que ça va ?

Rhett sursauta et se tourna vers elle.

— Oui. Pourquoi ?

Elle fixa son stylo, qu'il avait cessé de tripoter.

— Je me demandais juste…

Il comprit aussitôt et posa le stylo.

— Merci, murmura-t-elle, gênée. Dis-moi, tu t'es comporté bizarrement toute la journée. Tu sais, si tu regrettes pour hier, ce n'est pas grave… Je ne t'obligerai à rien.

Il haussa les sourcils d'un air presque aussi surpris qu'elle de son audace. Puis il sourit, mais c'était un sourire un peu crispé, qu'elle ne comprit pas.

— Non, Trinity. Ce n'est pas du tout ça.

— Mais il y a bien quelque chose, n'est-ce pas ?

Elle faillit rire de la consternation qu'elle lut sur son visage et de la façon dont son corps se crispa. S'il y avait bien une chose pour laquelle elle était douée dans la vie, c'était cerner les gens. Rhett ne cachait pas très bien ses émotions.

Avant qu'elle puisse continuer à le taquiner, la porte de son bureau s'ouvrit. À sa plus grande surprise, elle vit apparaître Patricia et Richard, bientôt suivis de Jenny qui gesticulait derrière eux.

— Je suis navrée, Trinity, je n'ai…

— Vous, laissez-nous ! ordonna Patricia.

Si elle n'avait pas été aussi nerveuse, Trinity aurait ri de la façon désespérée dont Jenny avait tenté de faire barrage. Certaines personnes accordaient encore de la valeur à la loyauté, et depuis la mort de Michael, elle avait eu la chance d'être entourée de quelques personnes qui ne lui avaient pas tourné le dos. Jenny en faisait partie.

— Que pouvons-nous faire pour vous, Patricia ? demanda-t-elle alors que la porte se refermait d'un petit coup sec.

— Rhett, c'est si gentil à vous de vous être joint à nous, déclara cette dernière au lieu de lui répondre.

Rhett se leva, pour faire face aux Hyatt.

— Je n'avais pas compris que l'on m'avait donné le choix, répliqua-t-il froidement. Comme Trinity vous l'a demandé, que peut-on faire pour vous ?

— Oh ! Il ne s'agit pas de ce que *vous* pouvez faire pour nous, intervint Richard. Nous avons une proposition à vous faire, que vous ne pourrez pas refuser.

Patricia se tourna vers Trinity en souriant et ajouta :

— Surtout vous, ma chère.

— Comment ça ?

Trinity n'appréciait guère la tournure que prenait la situation. L'ambiance même de la pièce s'était alourdie malgré le soleil qui perçait à travers les stores.

D'autant que Patricia et Richard ne venaient jamais

à Hyatt House en dehors des réunions d'affaires, ce qui n'augurait rien de bon pour leur visite d'aujourd'hui.

L'estomac de Trinity se noua devant la malveillance qui animait le regard de Patricia.

— Nous sommes venus vous proposer une offre très accommodante pour vous, ma chère, dit cette dernière, son ton doucereux contrastant avec son regard d'acier.

— Dans ce cas, transmettez-la à son avocat, intervint Rhett.

Richard lui jeta un regard noir.

— Faites attention, Brannon, maugréa-t-il, à la grande surprise de Trinity.

Le visage figé, Rhett ne répondit pas, se contentant de lui lancer un regard assassin. Il se passait quelque chose d'étrange entre les deux hommes, songea Trinity, de plus en plus inquiète.

— Écoutez, si c'est à propos du procès en cours, Rhett a raison, dit-elle. Vous devez vous adresser à Bill.

— Je ne pense pas que cette affaire se réglera au tribunal, *désormais*.

— Et pourquoi ?

Le doute n'était plus permis : elle allait avoir droit à un nouveau coup tordu. Après tout, c'était ce que les Hyatt faisaient de mieux, non ?

— Vous retirez votre requête ? demanda-t-elle sans grand espoir.

— Non. Vous allez tout simplement nous remettre la succession de votre propre chef.

Trinity poussa un petit cri de surprise, dévisageant tour à tour chacun des protagonistes.

— Jamais je ne ferai une chose pareille !

Patricia se rapprocha, tout sourires.

— Bien sûr, que vous le ferez, ma chère. Sauf si vous préférez que l'on révèle tout ce que l'on sait sur vous à la cour ?

— Et que savez-vous donc ? répliqua-t-elle. Je n'ai rien à cacher. D'autant que quelqu'un a déjà fait de mon passé un livre ouvert sur les réseaux sociaux.

— Oh ! Je suis certaine que le juge sera très intéressé d'apprendre que vous étiez vierge au moment où votre mari est mort. Un mariage non-consommé peut avoir une certaine *influence* sur la façon dont l'affaire est traitée.

Trinity sentit son sang se glacer. Même son cerveau se figea, l'empêchant de formuler la moindre protestation. Puis elle fut envahie par un sentiment nauséeux.

— Un mariage non-consommé ne change rien au fait qu'elle puisse ou non recevoir son héritage, intervint Rhett d'une voix ferme. Le juge ne s'en tiendra pas à ce genre de détails.

— Mais l'opinion publique, si, affirma Richard. Je suis certain que le conseil adorerait être dirigé par une femme accusée d'avoir incité son meilleur ami à l'épouser, sans même lui offrir son corps avant de lui voler son argent.

— Ça suffit ! s'écria Trinity, le cœur battant. Vous racontez n'importe quoi !

— Le public s'en moque, dit Patricia en souriant. Et je suis sûre qu'un certain blogueur sera heureux de répandre la nouvelle à notre place… ainsi que la façon dont nous avons découvert cette information juteuse.

Trinity mit quelques secondes à comprendre qu'elle était vraiment dans une impasse. Qui avait découvert qu'elle était vierge ? Seules deux personnes savaient. Elle et…

Elle blêmit et se tourna vers Rhett.

— S'il te plaît, dis-moi que tu n'as pas fait ça, murmura-t-elle, honteuse que ces mots aient pu franchir ses lèvres.

— Je n'ai pas fait ça, assura-t-il, sans quitter du regard Richard et Patricia.

— Oh mais si, il l'a fait ! s'exclama Patricia en riant. Même s'il n'avait pas inclus cette information cruciale dans son rapport hebdomadaire.

Trinity cligna des yeux.

— Je ne comprends pas…

— Oh ! vous comprendrez un jour, assura Patricia, d'un ton jubilatoire.

Richard sauta sur l'occasion pour livrer quelques détails.

— Votre petit ami travaille pour nous depuis le début.

— En tant que consultant en affaires, oui, répondit Trinity. C'est Larry qui l'a engagé.

— Non, précisa Patricia avec un sourire satisfait. En tant qu'*espion*.

Trinity sentit le sol s'ouvrir sous ses pieds.

— Il a été dépêché auprès de vous pour nous relater tout ce qui nous serait utile de savoir pour contrer vos revendications sur la succession de Michael, précisa Richard, qui jubilait. Et il l'a fait.

Rhett s'avança vers eux.

— Je ne sais pas comment vous avez eu cette information, mais elle ne vient pas de moi, décréta-t-il. Et je vous répète que ce n'est pas une raison légale pour priver Trinity de son héritage !

Patricia haussa les épaules.

— Trinity, vous allez retirer votre plainte et nous céder tout, tout simplement, dit-elle. Sinon, nous discuterons de vos antécédents sexuels, ou plutôt de l'absence d'antécédents sexuels, devant le tribunal, afin que vos manœuvres soient rendues publiques. Et vous, si vous avez de la chance, nous garderons le silence quant à votre rôle dans tout ça, ajouta-t-elle en se tournant vers

Rhett. Histoire de ne pas rendre votre véritable activité professionnelle publique.

— Vous avez signé un accord de non-divulgation, rétorqua Rhett, écrasant par la même occasion le dernier espoir de Trinity que tout cela ne soit qu'une erreur cauchemardesque.

Patricia pivota sur ses talons, et lança ces derniers mots par-dessus son épaule :

— Vous avez soixante-douze heures pour obtempérer.

- 17 -

Pour la première fois depuis longtemps, Rhett se trouva à court de mots. Peut-être était-ce la première fois de sa vie…

Observant depuis le couloir Trinity qui se tenait dans l'embrasure de sa chambre, il sut que le moment était venu pour eux de parler. Et elle semblait si triste, à regarder tout le personnel de maison emballer ses affaires, qu'il comprit qu'il ne pourrait pas repousser l'échéance plus longtemps.

Il ne comprenait toujours pas pourquoi elle tenait à déménager. La première chose qu'elle avait faite en quittant son bureau avait été de demander à Jenny de faire préparer ses affaires et d'appeler des déménageurs.

D'un pas prudent, il s'approcha d'elle et lui dit :

— Pourquoi fais-tu ça ? C'est de la folie.

Elle garda si longtemps le silence qu'il se demanda si elle allait répondre. Finalement, elle murmura :

— Je connais depuis longtemps les avantages dont on bénéficie quand on a de l'argent. Quand on n'en a pas, il est difficile de les imaginer. C'est seulement aujourd'hui que je comprends que si je décide de déménager en quelques heures, et non en jours, voire en semaines, je peux le faire.

Elle se tourna à moitié vers lui, juste assez pour qu'il aperçoive son sourire crispé.

— Et personne ne peut m'en empêcher, ajouta-t-elle.

— Tu n'as pas à faire ça… Ne leur cède pas, Trinity.

Avec tous ces événements, il ne voulait pas qu'elle renonce à ce lieu incroyable que Michael avait créé pour elle.

— Tu crois vraiment que j'aurais envie de dormir dans ce lit à nouveau ? répliqua-t-elle d'une voix tranchante. Jamais !

Et tout cela, par sa faute à lui…

Il ne savait pas qui, mais quelqu'un avait forcément transmis l'information sur sa virginité aux Hyatt. À présent qu'il y pensait, c'était peut-être mieux pour elle de quitter cette maison. La dernière chose dont elle avait besoin, c'était d'y être espionnée. Car quelqu'un devait forcément l'espionner.

— Trinity, je te promets que je ne leur ai rien dit.

— Je ne veux pas en parler.

Devait-il respecter son souhait ? Ou insister ?

— Tu comptes aller à la Maison de Jardin ? demanda-t-il.

Il ne savait même pas pourquoi il lui posait la question. Après tout, ce n'était pas comme si elle avait un autre endroit où se réfugier.

— Oui. Pour l'instant.

Malgré les circonstances, il se sentit soulagé. À la Maison de Jardin, elle serait en sécurité et entourée d'affection et de respect. Il aurait tant aimé l'y accompagner, mais il avait besoin de temps pour comprendre tout ce qui venait de se passer.

— Tu peux rester ici aussi longtemps que ton contrat avec les Hyatt le permettra, déclara-t-elle. Seulement je ne paierai pas un centime de plus pour tes *pseudo*—

prestations de consultant à Hyatt Heights. Pour ma part, ton contrat est clos depuis hier.

— Je comprends…

— J'en doute. Mais je suis plus que généreuse à ce sujet. Tu seras payé. Ma seule condition est que tu te tiennes éloigné de moi.

Ses mots le blessèrent cruellement, même s'il ne les avait pas volés. Il réfléchit quelques secondes avant de reprendre :

— Trinity, je ne te connaissais pas quand j'ai accepté cette mission.

— C'est donc vraiment ça, ton boulot ? demanda-t-elle en se redressant mais en continuant de fuir son regard. Tu gagnes ta vie en espionnant les gens pour les piéger ?

Il contempla ses pommettes hautes. Ses cils longs et épais. Son nez délicat. Sa beauté fragile ne faisait qu'amplifier son sentiment de honte.

Il n'était guère surpris de sa question. Ni de son étonnement. Elle croyait le connaître, et à présent, elle était confrontée à la réalité de ses mensonges. Il ne s'était jamais inquiété des gens qu'il avait espionnés jusque-là. Bien sûr, la plupart d'entre eux ne savaient même pas qu'il avait dévoilé au grand jour leur malhonnêteté. Une fois acquitté de sa tâche pour ses commanditaires, il disparaissait de leur vie sans traîner.

La réalité du métier qu'il avait choisi n'était ni agréable ni confortable. Et voir Trinity souffrir à cause de lui constituait pour lui une véritable torture.

— Je recueille simplement des infos au sujet de certaines personnes, et je les transmets aux clients qui en ont besoin, expliqua-t-il.

À vrai dire, il n'avait jamais eu honte de ses activités. Jusqu'à ce matin.

— Tu *espionnes* les gens, rectifia-t-elle. Et moi qui

croyais que tu me soutenais, que tu me formais à mes nouvelles fonctions…

Sa voix s'étrangla et elle se tut.

« Que tu m'aimais, aussi », aurait-elle pu ajouter. Car il avait bien peur d'être tombé amoureux d'elle… Il avait refusé de se l'avouer, mais maintenant il comprenait ce qui se passait depuis le début : il avait tout de suite été attiré par Trinity. C'est pour cette raison qu'il avait ouvert son cœur, ce qu'il s'était juré de ne plus faire depuis dix ans. Et à présent, il s'efforçait de trouver un moyen de régler la situation qu'il avait compliquée avec ses mensonges.

Pourtant, il était soulagé de voir au moins un soupçon d'émotion chez Trinity. La dernière chose qu'il lui souhaitait, c'était de rester retranchée en permanence derrière le masque figé causé par ses blessures. Elle ne devrait pas avoir à vivre ainsi.

— Je suis navré, dit-il, la gorge nouée. J'ai essayé de trouver un moyen de te sortir de là, tu sais.

— Pourquoi te donner cette peine ?

Il prit délicatement son menton, cherchant son regard brun, avant de répondre :

— J'expose au grand jour les agissements de gens malhonnêtes qui essaient d'en abuser d'autres. Il ne m'a pas fallu longtemps pour comprendre que tu n'étais pas comme ça.

Ses yeux s'arrondirent légèrement, mais elle fuit son regard. Il sentit son sang se glacer.

— Cela n'a plus aucune importance maintenant, dit-elle d'une voix froide. Une fois qu'ils comprendront que je ne céderai pas, les Hyatt finiront de me discréditer, de toute façon.

— Cela n'a pas à se passer ainsi. Nous pouvons demander à Bill de rendre leur requête irrecevable devant un tribunal.

Il fallait tout faire pour empêcher qu'elle soit davantage exposée à la vindicte publique.

— Que ce soit au tribunal ou sur Internet, quelle différence ? murmura-t-elle sans masquer son désespoir. Mais je me battrai jusqu'au bout.

— Une bataille juridique ne vaut pas la peine que tu y laisses ta réputation et ta santé, Trinity.

Elle secoua la tête lentement, tristement.

— Est-ce que quelqu'un t'a déjà sauvé la vie, Rhett ?

— Non.

— Alors tu ne peux pas savoir si cela en vaut la peine ou pas, assura-t-elle en s'éloignant de lui. La discussion est close. Pour l'instant, j'ai juste envie de me retrouver dans le seul foyer que j'aie jamais vraiment connu. Aussi longtemps que j'aurai le droit d'y rester.

Rhett retourna dans sa chambre, ne supportant pas de la voir s'éloigner de lui. Il le méritait, il le savait bien. Mais il n'était pas encore prêt à renoncer. S'emparant de son portable, il composa le numéro de Larry.

— Dis-moi que tu as quelque chose pour moi. Tout de suite !

— Je n'arrive pas à croire que je me prenne au jeu comme une vraie *fashion victim* ! s'exclama Madison avec un soupir exaspéré. Quand on vit dans un foyer, on s'habille de façon très confort. Pas avec des frous-frous, ni des volants ! C'est ridicule !

Trinity se mit à rire.

— Je ne pense pas que tu sois du genre à porter des volants !

— Certainement pas, confirma Madison en frissonnant.

Après avoir accepté un rendez-vous galant avec l'homme qu'elle avait rencontré au gala de collecte de fonds, Madison se préparait, en proie à un trac grandissant.

— Mais un homme comme lui ne se contentera sans doute pas d'un jean et T-shirt, précisa-t-elle.

— On ne sait jamais. Chacun ses goûts, non ?

Et à chacun ses secrets, songea Trinity.

Depuis trois jours, son esprit ne cessait de tourner en rond. À l'approche de sa prochaine confrontation avec les Hyatt, elle se consumait d'inquiétude… et de désir pour Rhett.

D'un instant à l'autre, ses secrets seraient révélés au monde entier. La seule chose qu'elle ignorait encore, c'était d'où viendraient les premiers tirs.

Entre deux crises d'angoisse, elle se demandait ce que devenait Rhett. Elle n'aurait pas dû s'en soucier, bien sûr, et pourtant, la question de savoir s'il était retourné chez lui, où que ce soit, l'obsédait. S'il avait donné aux Hyatt plus de détails sur leur rencontre, leur relation ? Et s'il se souciait un tant soit peu de l'humiliation qu'elle allait subir ?

Elle n'aurait pas dû lui accorder la moindre pensée. Sauf qu'elle ne pensait qu'à lui…

Madison se leva quand la bouilloire sur la cuisinière se mit à siffler. La Maison de Jardin était relativement calme à cette heure de la journée ; les enfants se trouvaient à l'école ou à la garderie, la plupart des femmes au travail ou en formation. Madison était venue lui rendre visite, et la compagnie de son amie lui avait remonté le moral. Sans compter les problèmes avec les Hyatt, elle n'avait pas l'habitude d'avoir si peu à faire. Ses journées avaient toujours été bien remplies, a fortiori depuis la mort de Michael.

Aussi le rendez-vous auquel Madison se préparait lui offrait-il une distraction bienvenue.

— Je ne sais même pas ce que l'on va faire, dit

Madison en versant le thé dans deux tasses. C'est une surprise. Tu crois que l'on va se trouver des goûts en commun ? Je suis une grande solitaire, j'espère qu'il ne trouvera pas cela bizarre.

— Tout va bien se passer, lui assura Trinity.

Elle faillit mettre en garde la jeune femme, mais elle se tut, consciente que sa méfiance à l'égard des hommes n'était que le produit de sa situation actuelle.

— Je suis désolée, déclara soudain Madison.

— Pourquoi ?

— Je suis là, à jacasser à propos d'un type. C'est sans doute la dernière chose qui t'intéresse en ce moment, murmura-t-elle avec un petit sourire. Je ne sais pas quoi te dire pour te consoler de ce que tu vis en ce moment.

Trinity lui avait raconté les grandes lignes de sa situation dès son retour à la Maison de Jardin. Trahison de Rhett comprise.

— Ne sois pas désolée, la rassura-t-elle. Ça m'aide à me changer les idées.

Et elle en avait bien besoin ! À tout moment, le couperet pouvait lui tomber dessus.

Elle avait informé Bill qu'elle continuerait de refuser aux Hyatt le contrôle de la succession de Michael. Oh ! elle n'avait aucun doute : ils allaient l'enfoncer, l'écrabouiller, en commençant d'ailleurs par la Maison de Jardin. Malgré cela, elle ferait tout ce qu'elle avait à faire pour défendre la fondation de la cupidité de la famille de Michael.

Après tout, les moyens de subsistance et la protection des gens étaient plus importants qu'une petite humiliation.

— Je n'arrive pas à croire que Rhett travaillait avec ces gens, reprit Madison en secouant la tête. Il semblait tellement intéressé par notre fondation quand il est venu ici. Il était épaté par tout ce que nous avons mis en place pour aider ces femmes à repartir du bon pied. Je croyais que c'était un type bien.

— Moi aussi, murmura Trinity. Je suppose que personne n'est à l'abri de se faire duper, n'est-ce pas ?

— C'est effrayant.

— Nous le voyons avec les femmes qui viennent au foyer. Leurs conjoints sont des charmeurs au début. Jusqu'au jour où ils deviennent dominateurs, mesquins, colériques… Alors tout bascule.

— Est-ce que Rhett a changé, depuis que tu le connais ?

— Oui, mais je croyais que c'était en mieux. Maintenant je sais que c'était juste un de ses mensonges…

Madison parut soudain mal à l'aise, et Trinity se rappela que la jeune femme était sur le point d'entamer une nouvelle relation avec un homme.

— Ton rendez-vous va bien se passer, Madison.

La jeune femme sourit, mais Trinity décela une lueur grave dans ses yeux. Madison n'avait peut-être pas été maltraitée, contrairement à la plupart des femmes de cette maison, mais sa vie n'avait jamais été simple. Elle méritait un peu d'espoir.

— Va donc t'amuser, Madison. Tout va s'arranger ici. Je te le promets.

Soudain son téléphone portable se mit à sonner, la faisant sursauter. Elle hésita en voyant le nom de Bill s'afficher à l'écran. Il lui fallut un moment pour rassembler son courage et répondre.

— Oui ?

— As-tu vu le nouveau post du blog ?

— Non, Bill, répondit-elle d'une voix agacée. Ce n'est pas comme si j'avais mis en place des alertes ou un abonnement !

— Tu devrais jeter un coup d'œil à celui-ci. Je te rappelle tout à l'heure.

Trinity leva les yeux au ciel en mettant fin à l'appel. Elle qui avait toujours trouvé les femmes mélodramatiques, ce n'était rien à côté des vieux avocats du Sud !

Elle fixa son téléphone durant un long moment, incapable de se résoudre à ouvrir son navigateur Internet. Sa mère lui avait pourtant appris à faire face aux soubresauts de la vie… Elle avait tendance à oublier ses leçons, ces jours-ci.

Peut-être pourrait-elle se cacher dans sa grotte encore cinq ou six heures ?

La sonnette retentit alors à la porte, lui offrant une diversion bienvenue.

Alors que Madison et elle se dirigeaient vers l'entrée principale, le poids de son téléphone dans sa main lui rappelait tout ce qu'elle tentait de fuir. Les Hyatt avaient-ils informé le blogueur du scoop de sa virginité ? Et de la façon dont elle aurait abusé de Michael pour toucher son héritage ?

Elle devait cesser de fuir la réalité et se préparer à l'idée de ce qui l'attendait au cours des prochaines semaines. Laissant Madison aller ouvrir la porte, elle s'arrêta et se força à se connecter à Internet.

Obnubilée par son écran, elle n'entendit pas les pas qui s'approchaient d'elle. Au lieu de cela, quand le blog s'afficha sur son téléphone, elle fit défiler la page jusqu'à la première photo et eut le choc d'y découvrir Rhett Brannon.

C'est alors que sa voix retentit tout près d'elle,

— Bonjour, Trinity.

Levant le nez, elle se retrouva plongée dans ce regard gris infini.

- 18 -

Rhett suivit Trinity dans le petit salon de la Maison de Jardin, puis referma la porte derrière lui. Il voulait prendre toutes les précautions nécessaires afin que personne ne puisse les entendre. Ce qu'il avait à lui dire était trop important, trop personnel.

Elle alla le plus loin possible de lui avant de se retourner vers lui.

— Si tu es venu me parler du blogueur, économise ta salive, dit-elle sèchement. Je constate que tu lui as accordé une interview. Tout comme mon père.

Rien n'aurait pu le blesser plus que de se retrouver comparé à cet homme odieux. Mais il ne fit aucun commentaire.

— Tu as visionné la vidéo ? demanda-t-il.

— Pas encore.

Il avait été si impatient de la revoir. Peut-être aurait-il dû attendre encore une heure ou deux, mais il n'en avait pas été capable. Cela dit, le visage fermé de Trinity et ses réponses fugitives ne lui laissaient que peu d'espoir.

— As-tu l'intention de la regarder ?

— Qu'est-ce que cela va m'apprendre ? répliqua-t-elle. Que tu racontes comment je me suis jetée sur toi pour t'offrir ma virginité ? Tu as dû faire sensation, non ?

Une onde de frustration le parcourut.

— Trinity, je ne te ferais jamais une chose pareille !

— Qu'est-ce que j'en sais, au juste ?

Évidemment...

Comment lui prouver qu'il était digne de confiance ? Il avait besoin qu'elle regarde cette vidéo.

— J'ai toujours été moi-même, Trinity. Certes, je t'ai caché certaines choses à mon sujet, surtout au début. Mais je me suis efforcé de rester le plus près possible de la vérité.

— Pour ne pas risquer de faire des erreurs ?

Difficile de nier. C'était une technique d'infiltration vieille comme le monde.

— Vu la nature de mon travail, que veux-tu que je te réponde ?

— Honnêtement, je n'en sais rien.

Bon. Elle était en colère et lui en voulait. C'était logique.

Il devrait se montrer doux et conciliant, mais ce n'était pas son tempérament. S'il existait un livre de stratégie pour reconquérir la femme que l'on aime après s'être comporté en salaud, il n'en avait jamais entendu parler. Cela dit, il n'allait pas laisser Trinity le repousser ainsi sous l'effet de la colère.

— Je ne vais pas m'excuser d'avoir fait mon travail, mais je suis désolé de la façon dont ça a fini par te faire souffrir, déclara-t-il avant de prendre une profonde inspiration. Maintenant, passons à quelque chose de plus constructif.

Crispée, elle enroula ses bras autour de son ventre.

— D'accord, alors réponds juste à quelques questions, ordonna-t-elle. Comment peut-on gagner sa vie en faisant *ça* ?

Bon sang ! Le terrain devenait de plus en plus glissant.

— Puisque je n'ai pas besoin de gagner ma vie, ce n'est pas vraiment un gagne-pain pour moi.

— Parce que tu fais ça pour le *plaisir* ? s'exclama-t-elle d'un ton qui laissait de plus en plus entrevoir sa colère.

— Non. Je le fais pour empêcher les gens comme moi de se faire exploiter, abuser, voire voler.

À ces mots, elle sembla s'adoucir un peu.

— Ta fiancée ?

— Oui. Ça m'est arrivé à moi, et c'est aussi arrivé à mon père. Le monde est truffé de menteurs et d'escrocs.

— Donc tu diriges une sorte d'entreprise de sécurité spécialisée dans les infiltrations ?

— Plus maintenant.

— Comment ça, plus maintenant ?

— D'abord, plus aucun client ne fera appel à mes services après avoir vu cette vidéo, répondit-il en faisant un geste vers le téléphone qu'elle tenait à la main.

Elle écarquilla les yeux à mesure qu'elle comprenait son allusion.

— Ensuite, je n'ai plus le cœur à ça. Une douce femme du Sud m'a remis dans le droit chemin, ajouta-t-il à voix basse.

Elle secoua la tête et ferma les yeux quelques secondes. Quand elle les rouvrit, elle le regarda bien en face.

— Je ne peux pas. Je ne peux pas faire ça, Rhett.

— Si, tu le peux, affirma-t-il en se rapprochant. Je sais que tu as été blessée. Je sais que je t'ai fait souffrir. Mais je m'efforce de réparer mes erreurs.

— En révélant encore plus mes secrets au grand public ? murmura-t-elle avec une lueur triste dans les yeux qui lui fendit le cœur. Tu leur as parlé de Michael ? De sa maladie ? C'est *aussi* une confidence que je t'ai faite. Je lui avais promis que je ne révélerai rien.

— Je n'en ai rien fait, murmura-t-il en la saisissant par les épaules pour la secouer doucement. Je te promets que je ne leur ai rien déclaré qui t'aurais mise dans l'embarras. Regarde cette vidéo, Trinity. Tout de suite.

Il serra les dents alors que sa voix sur l'enregistrement résonnait dans la pièce, mais il refusa de s'éloigner de Trinity. Il resterait ici, avec elle, même si elle ne voulait pas de lui, jusqu'à ce qu'il soit certain que cette lueur triste avait quitté son regard.

Même s'il ne pouvait voir l'écran, il reconnut la petite distorsion de la voix rendue anonyme de l'intervieweur.

— « Voulez-vous vous présenter ? »

— « Je m'appelle Rhett Brannon, je suis consultant pour Hyatt Heights, Inc. »

— « On vous a donc demandé de former Trinity Hyatt à la gestion du patrimoine dont elle va hériter de son défunt mari, c'est ça ? »

— « Le groupe Hyatt Heights, en effet. »

— « Êtes-vous employé par quelqu'un d'autre ? »

— « Je ne suis pas habilité à vous le dire. »

— « Êtes-vous contractuellement obligé de nier avoir répondu à cette question ? »

Rhett avait hésité avant de répondre :

— « En effet, j'ai signé un accord de confidentialité avec une autre entité qui m'a missionné pour travailler en étroite collaboration avec Trinity Hyatt. Une chose qu'elle ignorait à l'époque. »

— « Puisque nous nous demandons si cette femme est compétente pour gérer la fortune de Michael Hyatt, pouvez-vous nous dire si vous pensez qu'elle a dupé son défunt mari en vue de reprendre ses affaires ? »

Rhett se souvint combien cette partie de l'interview avait fait monter sa tension. Bien qu'il se soit efforcé de contenir la colère dans sa réponse, celle-ci se voyait sur son visage.

— « J'ai passé beaucoup de temps auprès de Trinity Hyatt, avec son avocat et le personnel de Hyatt House qui a côtoyé Michael Hyatt pendant des années. Il n'y a pas eu de duplicité de sa part. Michael et elle ont été des amis très proches durant de nombreuses années, et je crois que c'est la raison pour laquelle il lui a demandé de l'épouser. »

Il s'était interrompu un moment avant de continuer :

— « Les gens se marient pour différentes raisons. De nos jours, on suppose que c'est soit par amour, soit pour l'argent. Mais ce n'est pas toujours le cas. Je crois que Michael voyait en Trinity une personne qui pouvait le compléter en affaires, dans les situations mondaines et au quotidien. C'était son choix à lui. Malheureusement, il est décédé avant d'avoir pu expliquer autour de lui pourquoi il avait fait ce choix. »

Rhett parlait ensuite de son expérience avec Trinity dans le domaine des affaires. Il était resté aussi général que possible, pour éviter tout problème juridique – pour lui-même comme pour Trinity. Bill et lui avaient informé le blogueur de ce qu'il ne pourrait pas déclarer, ce qui n'avait pas empêché ce dernier de demander :

— « Si Trinity Hyatt est une si bonne personne, pourquoi pensez-vous qu'elle s'attire autant d'ennuis ? »

Rhett se souvint de la tristesse qui avait accompagné sa réponse. Trinity n'avait jamais mérité les ennuis qui s'étaient abattus sur elle depuis la mort de Michael.

— « Deux choses. D'abord, tout est question d'argent. Les gens cupides sont capables de raconter n'importe quoi pour rallier d'autres personnes à leur cause. Surtout si ces racontars leur profitent d'une façon ou d'une autre. Nous n'y pouvons rien, seulement démentir leurs déclarations du mieux que nous le pouvons. En fin de compte, le public croira ce qu'il voudra. Deuxièmement, la tragédie, c'est très vendeur.

C'est ce qui permet à votre blog et aux médias sociaux d'exister. C'est la course aux clics. Or nos vies sont déjà assez compliquées, il est inutile de dramatiser. »

Il avait pris une grande respiration avant de poursuivre :

— « Ce dont nous avons besoin, c'est d'amour. C'est Trinity qui m'a appris cela. »

Rhett se crispa à l'approche du moment où l'intervieweur avait rompu le scénario.

— « J'ai entendu dire que le mariage de Michael et Trinity Hyatt n'avait pas été consommé. Pouvez-vous nous le confirmer ? »

Trinity coupa brusquement l'enregistrement.

— Je ne peux pas. Je ne peux tout simplement pas entendre ça, murmura-t-elle.

Il posa sa main sur la sienne.

— Fais-moi confiance, Trinity.

Or la confiance était rompue, il le savait. Mais s'il avait accordé cette interview, c'était tout autant pour rétablir cette confiance, que pour effectuer une mise au point factuelle auprès du public.

— S'il te plaît.

Elle hésita encore quelques secondes et finit par appuyer sur le bouton pour écouter la suite de la vidéo.

— « J'ai aussi entendu ces rumeurs, et ça me rend triste. »

— « Comment ça, monsieur Brannon ? »

— « Michael Hyatt était un membre influent de cette ville, tenu en haute estime par ses collaborateurs, les membres de son conseil d'administration et ses employés. Pourquoi n'arrivons-nous pas à avoir confiance en son jugement ? Il a choisi Trinity. Pour une raison qui lui appartient, c'est elle qu'il a choisie. Pourquoi remettre ce choix en question ? »

— « Des gens se font arnaquer tous les jours. »

— « Pas des amis de quinze ans. Michael connaissait Trinity depuis qu'elle était enfant. Il savait ce qu'il faisait, croyez-moi. »

Trinity poussa un petit cri, mais il ne se retourna pas pour la regarder, redoutant ce qu'il risquait de voir.

— « Monsieur Brannon, pensez-vous que les Hyatt vont gagner le procès ? »

— « Ils vont continuer à se battre. Et parce qu'ils sont prêts à se battre sans fair-play, ils pourraient gagner. J'ai proposé de témoigner en faveur de Trinity. Tout ce qu'elle a à faire, et qu'elle a toujours fait, c'est faire de son mieux. Et pour la mémoire de Michael et la confiance qu'il lui a accordée, je sais qu'elle fera les bons choix. »

Rhett espérait que ses paroles suffiraient à convaincre Trinity qu'il croyait en elle. Il n'avait peut-être pas été en mesure de l'aider à remporter la procédure en cours, mais il comptait bien lui avoir facilité la tâche avec cette interview.

Après avoir éteint son téléphone portable, Trinity tremblait comme une feuille. Le fait que Rhett ait protégé sa vie privée était le plus important pour elle. Mais il l'avait aussi défendue… et défendu Michael.

— Pourquoi l'as-tu fait ? demanda-t-elle d'une voix à peine audible.

— Je tiens à arranger les choses.

— Pourquoi ?

Il lui manquait une donnée, et elle avait besoin d'en savoir plus. Rhett se dirigea vers l'autre extrémité de la pièce, se passant les mains dans ses cheveux. Oh oui, elle avait raison : il ne lui disait pas tout.

Seulement… Était-elle prête à tout entendre ?

— Trinity, il y a quelque chose que je ne t'ai pas encore dit.

Voilà. Était-elle prête ? Tenait-elle vraiment à savoir ?

— Quoi donc ? demanda-t-elle, la gorge nouée.

À sa grande surprise, Rhett soutint son regard. Comment ne pas voir l'émotion dans ces yeux gris ?

— Que je t'aime, déclara-t-il avec une force tranquille qui la bouleversa au plus profond d'elle-même.

— Pourquoi ?

Il éclata de rire.

— Trinity, tu te dévalorises trop souvent ! Tu es intelligente, forte, travailleuse, compatissante, répondit-il en se rapprochant d'elle, comme s'il ne supportait pas de se tenir si loin. Et tu es belle à tous points de vue. Même si je te perds à cause de mes erreurs, je ne pourrai jamais t'oublier…

Oh ! Seigneur ! Chaque mot semblait tambouriner à son cœur, le suppliant de l'ouvrir pour faire une place à cet homme. Oserait-elle prendre ce risque ? Et si… ? Mais non ! Assez de questions ! Elle devait garder la foi, comme sa mère le lui avait toujours appris.

— Pourquoi tu n'as pas dit ça sur la vidéo ? demanda-t-elle.

— Il me semble que certaines choses doivent rester privées.

Bonne réponse.

— Trinity, je ne peux pas empêcher les horreurs que les Hyatt diront sur toi. Et je ne suis pas fier du rôle que j'ai joué en leur fournissant l'information sur ta… virginité.

— Comment est-ce arrivé ?

— Il faut croire que l'espion a été espionné, avoua-t-il avec un sourire penaud. Je crois que quelqu'un m'a entendu discuter au téléphone avec mon père alors que je pensais être seul.

— Avec ton *père* ? Parce que tu lui as parlé de moi ?

— Pour info, il n'a jamais approuvé mon choix de

carrière, malgré les expériences de vie qui m'y ont poussé. Notre famille n'est pas des plus chanceuses en amour.

Il lui tendit la main avec hésitation, comme pour insister sur ses paroles. Il effleura d'abord le dessus de ses doigts, puis les fit glisser pour prendre entièrement sa main dans la sienne. Lentement elle laissa ses doigts s'entremêler aux siens. Consentante, mais toujours prudente. Il lui adressa alors un sourire compréhensif.

Bon, elle allait oublier le fait qu'il avait pu parler à son père de sa virginité. C'était trop embarrassant, même si elle comprenait à présent les questions que cela avait pu soulever pour Rhett.

— Disons que je me suis retrouvé dans une situation spéciale, reprit-il, et mon père avait hâte de me faire admettre que je n'avais pas toujours eu raison sur ces choses-là.

— Voilà un homme intelligent, dit-elle en souriant à l'idée que son père avait ramené Rhett à un peu de modestie.

— On a connu des moments difficiles, lui et moi. Il n'a jamais approuvé la façon dont j'ai géré ces situations.

— Ce n'est jamais facile d'être trahi par quelqu'un que l'on aime, murmura-t-elle. Je suis navrée que vous ayez tous les deux eu à vivre ça.

— Je ne regrette pas. Je ne serais pas là si on avait vécu autre chose. Si je n'avais pas fait ces choix discutables.

— Je connais ce sentiment…

— Je préférerais que ce ne soit pas le cas, affirma-t-il en prenant son visage entre ses mains. J'ai fait tellement de bêtises depuis que je t'ai rencontrée… Je voudrais avoir l'opportunité de me racheter. D'ailleurs, j'ai fait jouer mes relations pour mener ma petite enquête, et je te suggère de te débarrasser de Maggie. Elle dirige l'équipe de ménage de jour et a contacté Patricia Hyatt sur son téléphone portable à de nombreuses reprises.

Trinity connaissait cette femme, bien qu'elle ait rarement eu affaire directement avec elle. Sans doute avait-elle souhaité se faire discrète pour mieux l'épier.

Elle ne put s'empêcher de poser à son tour sa main sur la joue de Rhett. Elle n'avait soudain plus envie de parler de tout cela.

— Et à part des bêtises, qu'as-tu fait ? demanda-t-elle.

— Difficile à dire quand je vois cette tristesse dans tes yeux.

— Essayons, dit-elle, en souhaitant pouvoir effacer les regrets de son visage. Tu as cru en moi, tu m'as encouragée, protégée dans une salle remplie d'invités avides de ragots et même de sang.

— Des vrais chiens enragés.

— Donc je trouve que, dans l'ensemble…, tu es peut-être mon ange gardien, conclut-elle d'une voix étranglée.

— Tu en es sûre ? Un trentenaire sans boulot avec un père à charge et une triste expérience amoureuse ? On dirait que maintenant, la menace qui pèse sur toi… c'est moi !

— Tu es sûr de vouloir renoncer à ta société pour moi ?

Rhett l'attira contre lui, et murmura dans ses cheveux :

— Mon père m'a dit qu'il était temps de lâcher prise. J'ai décidé qu'il avait raison.

— J'ai moi aussi appris quelque chose grâce à mon père.

Il l'enlaça un peu plus, et elle n'en revint pas de ce réconfort qu'elle éprouvait à sentir son corps contre le sien.

— Quoi donc ? demanda-t-il.

— J'ai appris que les actes de certaines personnes peuvent nous mettre en colère, nous rendre tristes, nous amuser ou nous irriter. Mais il n'y a qu'une seule raison pour laquelle les actions de quelqu'un peuvent vraiment nous blesser.

— Laquelle ?

Elle savait qu'il regrettait ce qu'il avait fait. Elle le sentait à sa voix, à la façon dont il la touchait.

— Cela ne nous blesse que si on les aime, répondit-il.

Il recula d'un pas et se perdit un instant dans son regard.

— Merci, Trinity. Rien ne pourra jamais signifier plus pour moi que de savoir… que tu m'aimes.

— C'est le cas. Je t'aime, Rhett.

Ces mots, elle les prononça vraiment comme un échange de vœux, même s'ils ne se trouvaient pas dans une église pour les prononcer. Elle n'avait jamais aimé un homme. Et elle aimait Rhett. Et si lui accorder sa confiance lui faisait peur, son cœur, lui, la poussait à aller vers lui.

D'une main tremblante, elle prit le visage de Rhett pour l'attirer jusqu'à ses lèvres.

— Je ne te laisserai plus jamais affronter seule les tracas de la vie, promit-il. Je serai toujours à tes côtés.

Tandis qu'il promenait ses mains le long de son corps, elle s'abandonna à la magie de l'instant. Il n'y avait que Rhett pour lui procurer cette sensation délicieusement électrique. Son corps tout entier vibrait à l'unisson du sien. Comme le lui avait toujours dit sa mère, il y avait quelque part un homme fait pour elle. Et elle venait de trouver celui qui enchantait son cœur autant que son corps.

Sans plus attendre, Rhett réunit avec vigueur leurs deux corps en une étreinte fébrile. Oh ! quel bonheur…

Le solide support de la table en dessous d'elle… Son corps viril entre ses cuisses…

— Je t'aime, Trinity, murmura-t-il en cherchant son regard. Je t'aimerai toujours.

Voilà. Ils ne faisaient plus qu'un. Pour toujours.

Retrouvez en novembre 2020,
dans votre collection

PASSIONS

Retrouvailles à Mesa Falls, de Joanne Rock - N°889

Six ans après leur douloureuse rupture, le travail contraint Elena à revenir au ranch de Gage, dans le Montana. Son pouls s'affole lorsqu'elle revoit son ancien amant, encore plus séduisant que dans ses souvenirs. Alors, quand il lui propose de séjourner chez lui pour faciliter ses recherches concernant un scandale people, Elena hésite. Car elle sait que ces retrouvailles risquent de réveiller des sentiments enfouis…

Sous le charme du play-boy, de Dani Wade

Lors d'un gala de charité donné à La Nouvelle-Orléans, Madison tombe sous le charme du beau et charismatique Blake Boudreaux. D'ordinaire solitaire et indépendante, elle se surprend à accepter un rendez-vous avec ce riche play-boy. Envoûtée par cette rencontre, elle s'étonne cependant qu'un homme comme lui s'intéresse à une fille comme elle. À moins que Blake ait une raison cachée de le faire ?

Un amour au Texas, de Charlene Sands - N°890

SÉRIE : TROIS RANCHERS À AIMER TOME 1

Drea retourne dans son Texas natal afin d'organiser une collecte de fonds pour le service de cardiologie de l'hôpital local. Ce qu'elle ignore, c'est qu'elle va devoir travailler main dans la main avec Mason Boone, l'homme qui l'a rejetée sans pitié douze ans auparavant. Malgré sa rancœur toujours tenace, Drea ne peut ignorer la beauté virile de Mason et le trouble qu'elle ressent en sa présence, ce qui rend leur collaboration d'autant plus difficile…

Un désir si insensé, de Joss Wood

Recrutée par Carrick Murphy pour authentifier une peinture, Sadie doit lutter contre le désir insensé qu'elle éprouve pour cet homme d'affaires au physique de rêve. Après une nuit entre ses bras, elle se promet d'en rester là. Elle ne peut quand même pas faire confiance à ce play-boy à la mauvaise réputation ! Une fois qu'elle aura rempli sa mission, elle fera en sorte que cet homme sorte de sa vie. Même si cette résolution lui paraît bien compliquée à tenir...

Un marché si tentant, de Katherine Garbera - N°891

SÉRIE : INCONTRÔLABLES PASSIONS TOME 4

L'influenceuse Iris Collins aime contrôler tous les aspects de sa vie. Pourtant, lorsque son petit ami la quitte quelques jours seulement avant une réception à laquelle il devait l'accompagner, elle est désemparée. Pour faire bonne figure, elle doit absolument trouver un remplaçant. Par bonheur, elle tombe sur le sublime Zac, qui accepte de jouer son fiancé moyennant rémunération. Un marché très simple... à ceci près qu'Iris n'avait pas prévu de ressentir une si forte attirance pour lui...

Un difficile dilemme, de Yahrah St. John

Lors d'une soirée avec les anciens élèves de son lycée, Jessie ne peut s'empêcher de dévorer du regard Ryan, son meilleur ami de l'époque. L'adolescent timide est devenu un homme follement sexy ! Alors, lorsqu'il l'invite à danser, elle accepte, le cœur battant. Perçoit-il lui aussi cette alchimie qui opère entre eux ? Une alchimie qui pousse Jessie à remettre en cause sa relation à distance avec son fiancé, Hugh. Dès lors, comment faire le bon choix ?

Le serment d'un Dante, de Day Leclaire - N°892

Si elle veut se réconcilier avec sa famille, Kat n'a pas le choix : elle doit se marier, et vite. Hélas, le seul homme avec lequel elle pourrait convoler n'est autre Gabriel Moretti, le fils illégitime des Dante – et son ennemi juré ! Elle lui propose ce marché : s'il accepte de l'épouser, elle lui offrira le bijou qu'elle a toujours refusé de lui vendre. Gabriel finit par accepter son offre, mais à une condition : leur union devra être consommée...

Libre d'aimer, de Sarah M. Anderson

Depuis que Gabriella est arrivée dans la ville de Royal, au Texas, elle vit un véritable enfer. Assignée à résidence, elle doit supporter les colères de son père et la surveillance de son garde du corps. Aussi, quand le mystérieux Chance frappe à sa porte pour lui proposer une escapade à cheval, accepte-t-elle avec bonheur de s'évader avec lui. Et tant pis si tout le monde parle de lui comme d'un homme dangereux !

La fierté d'un cow-boy, de Maureen Child - N°893

Émue, Cassidy est de retour dans le Montana, cette magnifique région où elle a rencontré Jake Hunter, il y a plus d'un an. Après une folle nuit d'amour, elle ne l'a plus revu. Or, aujourd'hui, la peur a remplacé la passion dans le cœur de Cassidy. Car elle doit lui révéler qu'un garçon est né de leur brève union. Et, si elle craint la réaction de Jake, elle redoute plus encore qu'il refuse de l'aider, au moment où elle est sur le point de perdre la garde de leur enfant.

Amoureuse d'un prince, de Sandra Hyatt

Face à Adam Marconi, le prince de San Philippe, Danni a toujours eu du mal à respecter le protocole. D'abord parce qu'elle le connaît depuis l'enfance et que, jusqu'à présent, tout était simple entre eux – sans obligations ni devoirs. Mais aussi parce elle est bien incapable de réfréner les battements de son cœur lorsqu'elle se trouve en sa présence... Tout se complique encore lorsqu'il lui demande de l'aider à trouver l'épouse idéale...

Composé et édité par HarperCollins France.

Achevé d'imprimer en septembre 2020.

CPI
BLACK PRINT

Barcelone

Dépôt légal : octobre 2020.

MIXTE
Papier issu de sources responsables
FSC® C108412
FSC
www.fsc.org

Pour limiter l'empreinte environnementale de ses livres, HarperCollins France s'engage à n'utiliser que du papier fabriqué à partir de bois provenant de forêts gérées durablement et de manière responsable.

Imprimé en Espagne.